BOOKAPI
VERLAG

Bibliografische Information der Deutschen
Nationalbibliothek:
Die Deutsche Nationalbibliothek verzeichnet diese
Publikation in der Deutschen Nationalbibliografie;
detaillierte bibliografische Daten sind im Internet über
http://dnb.dnb.de abrufbar.

1.Auflage
© 2021 Bookapi Verlag e.K.
Wallgrabenstraße 27, 89340 Leipheim

Coverdesign: Marie Grasshoff
Lektorat & Korrektorat: Jacqueline Luft – Lektorat Silbenglanz
Buchsatz: Stefanie Scheurich

Druck: booksfactory
ISBN: 978-3-9821-4834-2

Coryn

Schweiz, Zürich
26. Dezember

Orange sieht die Freude der Menschen aus. Aber nein, sie sieht nicht nur so aus – sie fühlt sich so an, sie riecht und schmeckt orange wie der Sonnenaufgang an einem frostigen Wintermorgen, der den Himmel überschüttet und den man einatmen möchte, bis die kalten Lungen in seiner Farbe brennen.

So auch jetzt.

Sie seufzte vor Freude, als sie das rote Geschenkpapierbündel in meinen Armen erblickte. Voller Bemühen, die kunstvolle Schleife nicht zu zerknittern, reichte ich es ihr.

»Du meine Güte, Coryn!« Sie schaute entzückt zu mir herüber. »Das ist ja ein Geschenk! Wie lange ist es her, dass ich an Weihnachten eins bekommen habe!«

»Frohe Weihnachten, Elisabeth. Das habe ich gern für dich gemacht. Öffne es doch, es wird dir bestimmt gefallen.« Obwohl ich lächelte, konnte ich nicht verhindern, dass sich ein mitleidiger Unterton in meine Stimme schlich. An Weihnachten allein zu sein, so fern von den eigenen Kindern, die zu sehr in die eigenen Sorgen verstrickt waren …

Das musste schrecklich sein. Umso mehr hoffte ich darauf, dass mein Besuch ihren Schleier glücklich aufleuchten ließ, und der Funke, selbst wenn er erlosch, doch eine kleine, glänzende Spur hinter sich herziehen würde, wenn ich ging.

Unsicher zupfte Elisabeth an der Schleife. »Es ist so schön eingewickelt. Ich möchte es so ungern auspacken. Als ich noch mit meiner Familie zu Hause lebte, weißt du, da war genau das das Schönste an Weihnachten. Das bunte Papier mit Weihnachtsbäumen und Rentieren und diese Samtbänder.« Sie seufzte verträumt.

»Ich kann ein Foto davon machen, wenn du möchtest.«

»O ja, prima!« Elisabeth klatschte in die Hände, stoppte mich aber, als ich nach meinem Handy langte. »Nein, warte. Wir machen es auf die altmodische Art. Ich bestehe darauf.« Sie erhob sich und machte ein paar Schritte auf ihre Kommode zu, aus der sie eine kleine blaue Polaroidkamera fischte. Die Leichtigkeit, mit der sie sich bewegte, gehörte nicht zu einer respektablen Seniorin – sie entstammte einem jungen Mädchen, das auf seinem Stuhl hin und her zappelte, ungeduldig darauf wartend, dass der Abend anbrechen und der Weihnachtsmann kommen würde.

Elisabeth blühte auf. Eine simple Geste brachte sie dazu, die Traurigkeit – einen dicken, schweren Mantel – von sich zu schütteln und erneut aufzuleben. Ein heller Schleier flimmerte um ihren gesamten Körper und tauchte ihr Gesicht in jenes volle, kräftige Orange, das ich so liebte. Fast hätte ich meine Hand danach ausgestreckt, um die Wärme auf meinen Fingern zergehen zu lassen.

»Hier.« Sie gab mir die Kamera, positionierte sich auf ihrem Sessel und hielt das Geschenk hoch. Nachdem ich auf den Abzug gedrückt hatte, knatterte es, als würde das Gerät mit letzter Kraft versuchen, eine Aufnahme zuwege zu bringen. Dann spuckte es ein kleines Polaroid aus, auf dem eine ältere Frau aufgeregt grinste.

Ich reichte Elisabeth die Aufnahme. »Zufrieden?«

»Ja, wunderbar! Jetzt kann ich das Geschenk auspacken!« Vorsichtig verstaute Elisabeth das Bild in ihrer Kommode, bevor sie sich dem Geschenk widmete. Als das Geschenkpapier zu Boden fiel, enthüllte es ein quadratisches Buch, auf dem mit goldenen Buchstaben »*Australiens Schönheiten*« eingraviert war. Elisabeth hielt den Atem an. »Du meine Güte, Coryn ...«

»Ich wusste doch, dass du es toll finden wirst. Mein Vater hat die Fotos auf seiner letzten Dienstreise gemacht. Ich dachte, wenn du nicht mehr nach Australien reisen kannst, könnte ich es zu dir bringen.«

Ehrfürchtig blätterte Elisabeth durch die Seiten und berührte die Kängurus, die durch die Fotos sprangen.

Es war schon immer ihr Traum gewesen, einmal in Australien zu sein. Als mein Vater mit einigen Arbeitskollegen für Aufnahmen dorthin geschickt wurde, wusste ich, was ich tun musste.

»Oscar ist so ein guter Mensch. Richte deinem Vater bitte ein großes Dankeschön von mir aus. Und auch an dich einen riesigen Dank.« Sie schaute von dem Buch auf. Freudentränen glänzten in ihren Augen. Das Schimmern um ihren Körper veränderte sich: Es wurde heller, sanfter und legte sich wie eine gemütliche Decke um ihre Schultern. Ruhiges Glück.

Ich tätschelte ihre Hände, deren Haut papierdünne Falten überzogen. »Das werde ich. Noah wird immer bei dir sein. Sieh das Buch einfach wie ein kleines Zeichen dafür, dass er Weihnachten mit dir teilt.«

»Danke dir, mein liebes Kind.« Sie umarmte mich und intuitiv spürte ich, wie ihr Schleier durch meine Berührung aufflammte. Als sie mich losließ, fühlte ich mich ein wenig erschöpft. »Aber, Coryn, ich habe gar nichts für dich vorbereitet. Wie unaufmerksam von mir.«

»Das brauchst du doch nicht. Glaub mir, ich bin reichlich beschenkt.«

Ein Klopfen unterbrach Elisabeth, als sie etwas erwidern wollte. Sie schaute mich überrascht an. »Was, ist es etwa schon so spät? Herein!«

Die Tür öffnete sich und eine junge dunkelhaarige Frau erschien an der Schwelle. Es war Agnes, die Altenpflegerin.

»Frau Hansson, das Mittagessen ist schon fertig. Würden Sie uns Gesellschaft leisten?« Sie winkte mir fröhlich zu. »Coryn, du kannst sie natürlich auch begleiten.«

»O ja, das ist eine wunderbare Idee!«

»Ich kann leider nicht.«

Elisabeth bedachte mich mit einem traurigen Blick.

»Es tut mir leid, Elisabeth. Ich muss heute wieder arbeiten. Aber ich komme dich morgen Vormittag gern wieder besuchen, wenn du Lust hast.«

»Schade, Liebes. Aber schönen Tag dir noch.« Sie seufzte. Schnell fing sie sich wieder und strahlte Agnes an. »Weißt du, was mir Coryn heute mitgebracht hat? Es ist unglaublich!«

»Ach wirklich?« Agnes bot Elisabeth einen Arm an und manövrierte sie vorsichtig in Richtung des Ausgangs. Über die Schulter hinweg schenkte sie mir ein kleines Lächeln zum Abschied, ehe die beiden den Raum verließen. Ihre Schleier tanzten nebeneinander und durchdrangen mit ihrem Schein die Wände des Heimes: Elisabeths viel strahlender als der andere, erfüllt von einem goldenen Licht, das überall, wo sie vorbeiging, glitzernde Luftpartikel in die Höhe warf. Ich schmunzelte. Das war er, der Grund, aus dem es mich seit sechs Jahren unweigerlich jede Woche ins Altenheim zog. Es war derselbe Gedanke, wegen dem ich mich nach der Schule für jeden Psychologiestudiengang beworben hatte, den es in der Schweiz gab. Ich wollte Menschen ihren seelischen Frieden zurückgeben. Ihre Farben. Denn ich war süchtig nach ihrem Leuchten.

Gedankenverloren verließ ich das Heim und schlurfte über den Gehweg. Dünn gepuderter Schnee hatte Laternen, Autos und Bäume überzogen und sich auf die Menschen gelegt. Inmitten vom ganzen Weiß waren sie dunkle Statuen, nur ihre Schleier brannten in bunten Farben. Ein Mädchen, das sich mit einem aufgeschlagenen Buch auf eine Bank niedergesetzt hatte, sonnte sich in einem frühlingshaften Gelb. Ein paar Schritte weiter brüllte eine Gestalt in Hirschledermantel und großen Boots in ihr Handy hinein, umwickelt von einem dunklen Rot. Ich hatte mich so sehr an diese Schwaden gewöhnt, dass ich mir blind vorkommen müsste, wenn ich sie nicht mehr sehen könnte. Vermutlich wäre es so, als hätte jemand einen Teil von mir entrissen: nicht gewaltsam, sondern unmerklich, als würde man einen Faden aus einem gewebten Teppich herausziehen und damit sein Muster zerstören.

Als ich klein gewesen war, hatte ich gedacht, dass alle die Welt so sahen wie ich. Ich hatte auf die Schleier gedeutet und den anderen beschrieben, wie wundersam sie waren, und doch hatte ich nur Gelächter geerntet, weil keiner verstand, wovon ich redete. Im Kindergarten machten meine Freundinnen große Augen. Und dann mieden sie mich. Ihre Eltern erklärten ihnen, man solle nicht mit dem Mädchen spielen, das Lügen erzähle.

Meine Mutter hatte mich an diesem Tag in den Arm genommen. Still war sie gewesen, auf eine damals so unerklärliche Art fremd. Heute verstand ich, dass sie es wohl für eine dieser kindlichen Launen gehalten haben musste, die man als Elternteil duldete, für eine Geschichte, die der von Karlsson vom Dach nicht unähnlich war. Spätestens als mein Vater bei einem dieser Gespräche die Stirn runzelte, hatte ich meine Farben beklommen um mich geschlungen und beschlossen, nichts mehr zu verraten. Doch auch wenn ich sie nicht mehr laut aussprach, blieb die Frage danach, was mich von allen unterschied. Ich hatte Bücher gewälzt und das Internet durchforstet. Alles, was ich fand, waren undurchsichtige Theorien über Auren.

Aber diese Dinge waren keine Auren. Sie waren bunte Tintenmeere, die ebbten und fluteten und mir offenbarten, was sonst unter dem unbeeindruckten Gesichtsausdruck geheim gehalten wurde. Ich hatte keine Angst vor ihnen, denn sie gehörten zu mir. Vielleicht trug meine Schüchternheit die Schuld an meinem Schweigen. Wenn mir wenigstens ein Mensch vorurteilslos zugehört hätte – hätte ich mich ihm geöffnet? Ich glaubte, es war besser, dass ich es nie erfahren hatte. Womöglich hätte man mir psychologische Hilfe verordnet. Eine Frau, in deren Mundwinkeln sich korallfarbiger Lippenstift sammelte und die mir unter ihren dicken Brillengläsern erklärte, dass ich mich nicht für meine Seltsamkeit zu schämen brauche. Nach dieser Beratung hätte ich mich sicherlich nur noch mehr wie ein Aussetzling gefühlt. So wurden die Schleier zu meinem kleinen Geheimnis, meiner Art, die Menschen um mich herum besser zu verstehen.

Irgendwann hatte ich begonnen, Muster zu erkennen. Grün wie Ruhe, Gelb wie Freude oder neues Wissen. Sehnsucht war kobaltblau und Eifersucht kleidete sich in ein samtiges Violett. Die Schleier von Kleinkindern waren pulsierende Farbausbrüche. Erwachsene jedoch besaßen eher vielschichtige, dicke, die sich wie eine Last auf ihre Schultern drückten und graue Falten in ihre Gesichter malten. Ich spürte sie alle, wie sie an mir zogen und mich dazu drängten, mich ihnen anzuschließen, dasselbe wie sie zu fühlen. Ich sah sie alle. Nur nicht meinen eigenen.

Mein Schnürsenkel löste sich aus seiner Schleife. Ich beugte mich hinunter, um ihn wieder zu richten. Im selben Moment hupte jemand und Reifen schlitterten über den Asphalt, bevor sie quietschend zum Stehen kamen. Abrupt fuhr ich hoch. Einige Schritte vor mir hatte ein roter Wagen angehalten, aus dem ein aufgeregtes Gezanke nach draußen drang. Ich atmete aus. War ja klar. Orell saß wieder am Steuer. »Hallo, ihr beiden!«

»Meine Güte, Coryn!« Meine Mutter, Emilia, kurbelte das Beifahrerfenster hinunter, fasste sich an den Kopf und blickte verzweifelt zu mir. Die Strähnen ihres haferblonden Haars knoteten sich wirr ineinander. Wie oft hatte sie diese Geste in der letzten halben Stunde wiederholt?

»Hast du gesehen, wie dieser irrsinnige Junge fährt?! Bist

du komplett blind geworden, dass du mitten auf den Fußgängerweg fahren musst, Orell?«, giftete sie ihn an.

»Entspann dich, Mama.« Er tätschelte herrisch das Lenkrad. »Es ist doch nichts passiert. Ich habe die Kiste voll unter Kontrolle. Steig ein, Coryn, ich fahre dich zur Arbeit.«

»Du fährst nirgendwohin!« Energisch riss meine Mutter die Wagentür auf und lief zur Fahrerseite, um Orell böse zu mustern. »Steig aus, deine Fahrt ist beendet. Sei froh, dass das hier kein Lamborghini ist, sonst hättest du ein großes Loch in deinem Geldbeutel. Los, auf den Rücksitz mit dir.«

Belustigt beobachtete ich die Szene vor mir: Orell, wie ein Ausdruck von ergebenem Schuldbewusstsein seine Miene verdüsterte, und meine Mutter, die wutentbrannt darauf wartete, dass er ihren Anweisungen folgte. In diesem Moment gab es keine gegensätzlicheren Schleier als die ihren: ein flammendes, alles verzehrendes Rot, das Orells gräuliches Schimmern verschlingen wollte.

Beschämt kletterte er aus dem Fahrzeug. »Ich habe gebremst. Wir haben den Bürgersteig doch gar nicht so sehr mitgenommen.«

»Hör zu, Orell, du bist ein Trottel und deswegen kannst du überhaupt nicht fahren, aber wir sind alle noch am Leben und dafür kannst du dem Himmel danken. Im Übrigen wäre es nur allzu schade, wenn wir uns wegen deiner Fahrkünste den Tag vermiesen lassen. Also spar dir deine Ausreden.« Sie wandte sich mir zu. »Wir fahren dich zu deiner Arbeit, Coryn.«

Ich schmunzelte. Das war typisch für meine Mutter. Ich kannte keinen anderen Menschen, der so schnell von einer Emotion zur nächsten wechseln konnte, ohne dabei auch nur im Geringsten an Souveränität zu verlieren. Sie konnte ein aufbrausender Vulkan sein oder ein erfrischender Windstoß, eine reißende Strömung oder der furchtlose Felsen, der sich dieser widersetzte. Mein Vater, Oscar, nannte sie deshalb immer ein Chamäleon. Wenn er ihren Schleier sehen könnte, wäre er erstaunt, wie recht er damit hatte. Es war genau diese Fähigkeit, die mir den entscheidenden Vorteil in unserer Familie beschaffte. Die sanften Verfärbungen ihres Schleiers sprachen zu mir und warnten mich, wann es Zeit war, auf Abstand zu gehen. So geriet ich fast nie in eine Auseinandersetzung mit ihr. Ganz im Gegenteil zu Orell.

»Ja, es wäre super, wenn ihr mich zum Flugplatz bringen könntet. Es ist doch schon ziemlich kalt geworden.« Ich schwang mich auf den hinteren Sitz und klopfte penibel meine Schuhe ab, bevor ich die Tür hinter mir schloss. Meine Mutter hasste es, wenn der Wagen auch nur im Ansatz schmutzig wurde.

»Tja, es ist der sechsundzwanzigste Dezember, was erwartest du? Aber eigentlich bist du eine Frostbeule.« Sie warf mir einen kurzen Blick zu. »Wenigstens eine warm eingepackte Frostbeule. Du hast die Gene deines Vaters bekommen. Ich an deiner Stelle würde vor Hitze eingehen.«

Meine Mutter überprüfte die Spiegel und steuerte den Wagen gekonnt auf die Straße, wobei sie Orell aufmunternd zuzwinkerte. Unsicher sah er zwischen mir und Emilia hin und her und seufzte. Mein stiller Beistand auf dem Rücksitz neben ihm schien ihn zu beruhigen.

»Wieso genau seid ihr hier eigentlich vorbeigefahren?«, lockte ich ihn ins Gespräch.

»Wir haben uns ein paar Eier beim Bauern besorgt. Da du hier in der Nähe warst, dachten wir uns, dass wir dich direkt zur Arbeit fahren können.«

»Wie geht es eigentlich Elisabeth?«, warf meine Mutter ein. Beim Schulterblick schlug der Reißverschluss ihrer Lederjacke gegen das Lenkrad. Ich konnte mir nicht vorstellen, dass sie bei den Minusgraden in diesem dünnen Stoffstreifen nicht fror. Der Winter schien ihr im Blut zu liegen.

»Oh, bei ihr ist alles super. Sie hat sich sehr über das Geschenk gefreut. Übrigens soll ich Papa von ihr danken. Wann kommt er wieder?« Oscar war auf einer seiner Fotografenreisen, die ihn immer wieder in die schönsten Ecken der Welt führten. Er war ein Geheimnissammler: die Taschen voll mit Fotos, die lebendig von seinen Abenteuern erzählten.

Zu der Zeit, als ich noch in den Kindergarten gegangen war und meine Freunde stolz mit den Berufen ihrer Väter geprahlt hatten, hatte ich nur mit der Zunge geschnalzt und dieses eine Foto aus der Hosentasche herausgeholt, dessen Ränder durch die häufige Berührung weich und ausgefranst waren. Es zeigte meinen Vater, wie er mit seiner Hand über die Mähne eines Löwen strich und dabei siegessicher in die Kamera lächelte. Und ließ die Kinder in meiner Gruppe mit offenen Mündern erstarren. »*Ist dein Vater etwa ... ein Löwenzähmer?*« – »*Nein, viel besser. Mein Papa kann alles sein, was er will.*«

»Nun ja, seine Reise nach Mumbai war ursprünglich für anderthalb Wochen angesetzt«, holte mich meine Mutter aus der Erinnerung zurück. »Aber heute haben wir telefoniert und er hat mir erzählt, dass sich das Ganze wahrscheinlich auf zwei Wochen verlängern wird. Offenbar gab es irgendwelche Verzögerungen.«

»Meinst du, er wird die Elephanta-Höhlen besuchen?«, mischte sich Orell neugierig ein. So vornübergebeugt und mit unordentlichen Augenbrauen, die seine Stirn hochgeklettert waren, wirkte er beinahe wie ein unschuldiges Kind. Die Sommersprossen um seine Nase verstärkten den Effekt noch mehr.

»Woher kennst du die denn?«

»Du weißt doch: Volle Punktzahl in der Erdkunde-Maturitätsprüfung.«

»Du hast recht. Bei einem Vater, der die ganze Welt bereist und bei jeder Heimkehr die Weltkarte ausrollt, um dir dort jedes kleinste Stück Land zu beschreiben, ist es unwahrscheinlich, dass du die Hauptsehenswürdigkeiten Indiens kennst.«

»Oha!« Orell zog eine gespielt beleidigte Miene. »Zweifelst du mich etwa an? Ich habe Papa auf die Idee gebracht, die Höhlen zu fotografieren. Ohne meine Recherche –«

»Ich bin stolz auf dich, Orell«, fiel ihm meine Mutter sanft ins Wort. Durch den Rückspiegel schenkte sie ihm ein liebevolles Lächeln, das Orell voller Freude erwiderte. Der Streit war ganz vergessen. Der Schnee des zweiten Weihnachtstages hatte tiefen Frieden darüber ausgebreitet. In einem zarten Blassrosa glimmend wärmten mich ihre Schleier von innen. Ich schätzte dieses Gefühl so sehr in meiner Familie. Wenngleich sie minutenlang heftig diskutieren konnten, folgte auf den Sturm immer die Versöhnung. Jeder Grund für ein Zerwürfnis verblasste und wurde nichtig vor dem Versprechen, einander wertzuschätzen und in allen Zeiten zusammenzuhalten.

Ich wandte mich wieder Orell zu. »Freust du dich schon auf das Tennisturnier heute?«

»O ja, sogar sehr.« Orell grinste von einem Ohr zum anderen, wie jedes Mal, wenn er von seiner Sportart sprach. »Ich rechne mit nicht weniger als Gold.«

»Ihr spielt doch gegen den Tennisclub Waidberg, oder?«

»Genau. Wir zerstören den Tennisclub Waidberg.«

»Oh-ho-ho, Orell, bitte nicht so selbstsicher!«, rief meine Mutter aus. »Du lässt deinen Gegnern doch glatt gar keine Chance, sich zu beweisen! Coryn, sag mal, müssen wir hier rechts oder links? An dieser Straßenbiegung verwechsle ich den Weg immer.«

»Nach rechts. Ach, und kannst du bitte das Fenster schließen? Es ist wirklich kalt.«

Meine Mutter grummelte, kurbelte aber das Fahrerfenster hoch.

»Ach komm schon, Mama, gegen die haben wir schon mal gewonnen. Es wird wohl nicht so schwer sein, das Ganze zu wiederholen. Vor allem jetzt, da Matteo wieder spielen kann.« Matteo war der beste Freund von Orell, ein junger athletisch gebauter Mann, der das Zeug zum professionellen Tennisspieler hatte. Wenn die beiden zusammen auftraten, war der Sieg sicher auf ihrer Seite.

»Ich fürchte, ich werde nicht zum Spiel kommen können.« Die Hände frierend in die Jackentaschen gesteckt nestelte ich an meinem Schlüsselanhänger: ein weiches rotes Herzchenkissen, das Orell mir vor Ewigkeiten geschenkt hatte. »Ich weiß nicht, wie viel heute am Flugplatz los ist.

Wenn noch andere außer Ed und mir da sein werden, könnte ich vielleicht früher gehen, aber sonst –«

»Mach dir keine Sorgen, Schwesterherz. Ich werde jemanden bitten, das Spiel zu filmen. Zu Hause wirst du es dir in Ruhe anschauen können.«

»Das kann ich doch machen«, schlug meine Mutter vor. Ihre grünen Augen, zu groß für das schmale Gesicht, glänzten. Die Grübchen um ihre Mundwinkel ließen sogar diese glückliche Mimik schelmisch wirken. »Ich sollte es heute pünktlich schaffen. Sorge du nur dafür, dass in einer der ersten Reihen Platz ist und ich organisiere den Rest. Ach ja, und ich will ein eindrucksvolles Spiel sehen. Wäre ja blöd, wenn ich aus direkter Nähe euer massives Versagen beobachten müsste.«

»Das kriege ich schon hin, versprochen«, sagte er lachend.

Meine Mutter und ich stimmten mit in sein Gelächter ein. Als ich mich erneut auf die Straße vor uns fokussierte, erkannte ich schon die vertrauten Felder und den Wald, der rechts den Weg säumte. Es war ein Bild aus einem Märchen: schneegekrönte Anhöhen und ein kleines Haus im Handwerksstil, dessen rotes Dach sich von der Umgebung abzeichnete.

Hier oben, weit weg von dem Tumult der Innenstadt, stand die Zeit still. Nur der Wind war geblieben, der durch die Baumkronen stieß und den fernen Geruch nach Tannen, Bergen und den säuselnden blauen Flüssen in den Höhen der Schweiz mit sich brachte. Ich konnte mir keinen besseren Ort vorstellen, um die gesamten Sorgen der Welt loszulassen. »Hier kannst du direkt halten, Mama.«

Sie nickte und hielt am Straßenrand, bevor sie den Motor abstellte. »Nun denn.« Sie drehte sich zu mir und klopfte mir liebevoll auf die Schulter. »Ich wünsche dir einen wunderbaren Arbeitstag, Coryn. Wie kommst du heute Abend nach Hause?«

»Ed ist mit dem Auto hier. Er hat versprochen, mich mitzunehmen.«

»Dann bin ich ja beruhigt.« Sie stockte und schlug sich mit der Hand gegen die Stirn. »Ach, fast vergessen! Orell, sei so lieb und gib mir doch bitte das Päckchen, das bei dir hinten in der Türlasche liegt.«

Orell reichte ihr ein kleines Bündel, das in silbernes Geschenkpapier eingewickelt war. »Übergib das bitte Ed. Es ist eine Kleinigkeit, aber ich hoffe, dass er sich darüber freuen wird.«

Dankbar schob ich mich auf meinem Sitz vor und tätschelte ihren Arm. Es war so aufmerksam von ihr, Ed etwas zu schenken. Sie kannten sich nur flüchtig. Meistens besuchte ich ihn, weil er sich sonst in seiner viel zu großen Wohnung einsam fühlte. An den wenigen Tagen, die er bei uns verbracht hatte, hatte meine Mutter in ihrer Anwaltskanzlei gearbeitet. Aber wenigstens hatten sie sich beim Abendessen kennengelernt. Und an der Art, wie ausgelassen meine Mutter mit ihm über Kampfsport geplaudert hatte, hatte ich erkannt, dass sie ihn mochte. »Danke dir, Mama.«

Sie strich mir über die Wange. Ein weicher Nelkenduft umwehte sie. »Nun los. Deine Arbeit wartet.«

Ich wickelte mir den Schal um den Hals, ehe ich aus dem Auto stieg und den beiden zum Abschied winkte. »Schönen

Tag euch noch! Orell, viel Erfolg bei deinem Turnier!« Ich wartete, bis der Wagen wendete und in die entgegengesetzte Richtung an mir vorbeirollte. Der frisch gefallene Schnee knirschte leise unter seinen Reifen. Eine Sekunde zu lang heftete ich den Blick auf ihre Schleier – als wüsste etwas in mir, dass ich sie in mein Gedächtnis brennen sollte.

Dann waren sie fort.

Coryn

Schweiz, Zürich
26. Dezember

Ich stapfte über das Feld und konzentrierte mich darauf, nicht zu viel Schnee in meine Stiefel zu schaufeln, da wurde ich mit einem Schneeball im Rücken überrascht. Erschrocken schaute ich mich um. Ed stand einige Meter weit weg auf der Anhöhe und krümmte sich vor Lachen. »Du Arschloch!«, kreischte ich und rannte los, um ihn zu fangen und Rache zu üben. Prompt rutschte ich aus und wäre auf dem Boden gelandet, wenn ich nicht von kräftigen Armen gepackt und wieder gerade aufgestellt worden wäre.

»Schätzchen, man fliegt hier normalerweise mit dem Gleitschirm. Es sei denn, dir wachsen Flügel aus dem Rücken, die du bisher vor mir geheim gehalten hast.«

»Danke fürs Auffangen, Raphael.« Ich wischte mir die Schneespritzer von den Wangen. Ich suchte die Gegend nach Ed ab, in der Hoffnung, ihn für seine Tat büßen zu lassen. Im selben Moment, als ich dachte, eine Bewegung zwischen den Bäumen registriert zu haben, traf mich ein weiterer Schneeball in die Seite.

»Was für ...?« Beim Umdrehen wäre ich fast mit einem Jungen zusammengestoßen, der jauchzend den Berg hinuntergerannt kam. Die dicke Daunenjacke ließ seine Silhouette unrealistisch kräftig wirken. Ohne dass ich verstand, was mit mir passierte, hob er mich hoch, presste mich an seine Brust und wirbelte mich durch die Luft. Lachend streckte ich die Arme aus.

»Fröööööhliche Weihnachten, Coryn!«, trällerte Ed mir ins Ohr und setzte mich behutsam auf dem Boden ab.

Ich lehnte mich an ihn, bis die Welt um mich herum ihren wilden Tanz beendete. »Puh, das sind deine Weihnachtsgrüße? Mich mit Schneebällen abzuwerfen? Fröhliche Weihnachten euch auch.«

»Ach komm schon, tu mal nicht so, als ob es dir keinen Spaß gemacht hätte«, neckte mich Raphael. In seinen dunklen Brillengläsern verhöhnte mich mein Spiegelbild: strubbelige blonde Haare, die sich unter der Mütze gelöst hatten; gerötete Wangen und dieser unverkennbare abenteuerliche Ausdruck im Gesicht, der die Augenbrauen in einem Bogen nach oben schnellen ließ. Selbst wenn ich mich bemühen würde, ernst zu bleiben, würde ich scheitern. »Ihr seid einfach frech, wisst ihr das? Schon als du mich aufgefangen hast, Raphael, hätte ich wissen müssen, dass mehr dahintersteckt.« Ich hob Eduards Geschenk auf, das während des Durcheinanders zu Boden gefallen war. »Hier, das ist für dich von Mama. Sie hofft, es gefällt dir.«

Eduard nahm das Päckchen an und drehte es verlegen hin und her. Seine braunen Haarspitzen waren nass vom Schnee. »Übergib ihr bitte ein großes Dankeschön, das ist wirklich sehr lieb von ihr. Ich werde das Geschenk aufmachen, wenn wir Pause haben. Los, komm, die ersten Besucher warten schon auf uns.«

»Ihr beide habt sie einfach stehen lassen, um mich mit Schneebällen abzuwerfen?«

»Was denkst du von uns?« Raphael stutzte. »Valentina ist oben in der Hütte und betreut sie. Wir sind nur kurz hinuntergegangen, um den Wind zu überprüfen. In dem Moment haben wir dich und deine Familie im Wagen gesehen und wollten dich freundlich empfangen.«

»Tja, das ist euch gelungen«, gab ich zu, nahm ihre Hände und zog sie zur Hütte. Vorfreude flatterte in meinen Gliedern und beflügelte jeden meiner Schritte. Es spielte keine Rolle, wie lange ich schon am Flugplatz arbeitete: Jedes Mal, wenn ich den Hügel erklomm und die ausgebreiteten bunten Kappen der Gleitschirme am Startplatz erahnte, rissen die Ströme der Begeisterung mich vom Boden fort, schäumten und sprudelten und ließen mich schweben.

Ursprünglich hatte ich diese Arbeit bloß als Nebenverdienst gedacht, als eine Möglichkeit, wenigstens die Studiengebühren selbst zu finanzieren, wenn ich bei meinen Eltern wohnen blieb. Obwohl es nicht nötig gewesen wäre, verschaffte es mir doch eine gewisse Erleichterung, meine Familie nicht so sehr belasten zu müssen. Und spätestens an dem Abend, an dem ich mit einem Kragen voller Schnee heimgekehrt war und von meinem ersten Flug erzählt hatte, schwanden auch die Argumente meiner Mutter, mit der sie sich gegen den zeitaufwendigen Nebenjob gewehrt hatte.

Für gewöhnlich dauerte es, bis ein Anfänger das Handwerk beherrschte und allein Reisen unternahm. Es bedurfte Flugsimulationen am Boden, theoretischer Studien der

Navigation und der Aerodynamik und vieler Starts zusammen mit einem Betreuer. Die Ausbildung hatte sich in meinem Fall jedoch von zweieinhalb Monaten auf drei Wochen verkürzt.

Ich war wie ein wissbegieriges Kind gewesen, das alles Neue in sich aufsaugte, und zugleich ein Wagehals, der mit mutigen Unternehmungen Adrenalin jagte, unfähig, jemals aufzuhören. Meine Tage hatten aus Vorlesungen bestanden, Besuchen bei Elisabeth und der Zeit am Flugplatz, wo ich geübt hatte, bis der Abend den Himmel scharlachrot färbte und sich die Sonne sterbend über dem Horizont ergoss.

Nach zwei weiteren Wochen hatte ich alle Manöver gemeistert, die mir Raphael, Ed und Valentina beibringen konnten; und beinahe neidisch auf meine Lernfähigkeit hatte Valentina mich meiner letzten Prüfung unterzogen. Ab diesem Moment hatte ich die Erlaubnis bekommen, die Besucher bei ihren Starts zu betreuen. Flugbegleitungen wurden zu meiner liebsten Freizeitbeschäftigung und meine Arbeitskollegen zu guten Freunden.

Zwar war der Altersunterschied zwischen Raphael und mir sehr groß – er war fünfunddreißig und der Inhaber des Betriebs –, aber Valentina, Eduard und ich könnten Kommilitonen in unterschiedlichen Semestern sein. Genauso wie Ed und ich hatte auch Valentina ihre Arbeit hier angefangen, um ihr Studium zu finanzieren. So hatten wir uns kennengelernt. Heute war sie Raphaels einzige Festangestellte, während Ed und ich zweimal in der Woche jobbten.

Mein Psychologiestudium und die Besuche bei Elisabeth nahmen viel Zeit in Anspruch und so kam es, dass ich für andere Aktivitäten mit Valentina, Eduard oder Raphael nur selten die Gelegenheit fand. Doch ich wusste, dass die drei stets ein offenes Ohr für mich hatten, falls ich ihre Hilfe brauchte.

Mit diesen Gedanken erreichte ich unsere Arbeitshütte, in der späte Gäste Verpflegung erhielten. In staubigen Regalen mischten sich Bücher, Flugausrüstungen und Karten. Die Schweiz war für ihre Naturschönheiten bekannt. Besonders dieser Ort war ein magischer Anziehungspunkt für Reisende, denn viele Wanderrouten schlängelten sich durch den Wald an dem Flugplatz vorbei. Einige Monate lang hielt der Mythos von wilden Wölfen in der Gegend Wanderer davon ab, diesen Ort zu passieren. Doch spätestens nachdem ein Jägerteam den gesamten Wald durchkämmt hatte und mit fragenden Blicken zurückgekehrt war, kehrten sie zurück.

Vor dem Eingang des Hauses erkannte ich die grazile Silhouette von Valentina und noch drei weitere Personen, die ihren Erklärungen lauschten.

»Genau, also Ihre letzte Station ist das Panorama Restaurant Felsenegg. Da müssen Sie jetzt diesem Weg hier folgen, am Feld vorbei und durch den Wald. Passen Sie aber auf, Sie haben da noch einen Anstieg von sechsundsiebzig Metern und der Boden könnte von der Nacht noch vereist sein.«

»Wie lange dauert es, bis wir da sind?«, fragte einer der Wanderer. Er war ein stämmig gebauter Mann mit einem kurzen roten Bart. Erschöpft lehnte er sich an die Hauswand und wischte sich mit dem Handschuh über die feuchte Stirn.

Valentina drückte ihm Trost spendend die Hand. »Es ist nur noch eine halbe Stunde. Sie schaffen das schon. Wenn Sie mögen, kann ich Ihnen ein belegtes Brot machen, das sollte Ihnen neue Kraft schenken.«

»O ja, gern.« Der Mann seufzte erleichtert und Valentina verschwand im Inneren des Hauses. Im Vorbeigehen begrüßte sie mich und deutete mit einer Geste an, ihr zu folgen.

In der Hütte empfing mich eine wohlige Wärme und die Gerüche nach Holz und Leder liebkosten meine Nase. Wie gebannt starrte ich auf Valentina, die ein Brötchen toastete: eine schlanke schwarzhaarige Schönheit mit olivfarbenem Teint. Jede ihrer Bewegungen strahlte Ruhe und Stärke aus. Ihre Figur ertrank in dem waldgrünen Schleier, der sie umgab und sie zu einer mystischen Kreatur machte.

Solange ich sie kannte, hatte ich kein einziges Mal gesehen, wie ihr Schleier die Farbe wechselte. Das Grün gehörte zu ihr wie die Kälte zu den Bergen und es faszinierte mich, wie sie ihr Gemüt auf diese Weise verborgen hielt. Raphael war von einem türkisenen Leuchten umgeben, das die grauen Strähnen in seinen Haaren silbrig färbte, und Eduards Körper umwob ein sommerlich grüner Vorhang.

Valentina musste bemerkt haben, dass ich sie beobachtete, denn als sie sich uns zuwandte, ruhte ihr Blick auf mir. »Schön, dass du es heute doch noch einrichten konntest, Coryn. Wir brauchen wieder fleißige Hände.«

»Aber ist heute denn wirklich so viel Betrieb? Ich kann mir vorstellen, dass die meisten den zweiten Weihnachtstag lieber bei der Familie verbringen als auf dem Flugplatz.«

»Das ist es ja.« Raphael studierte die Einträge im Terminkalender, der aufgeschlagen auf dem Tisch lag. »Sehr viele verbinden Familie mit Sport und gehen am sechsundzwanzigsten Dezember nach draußen, um etwas mit ihren Liebsten zu unternehmen. Ein Gleitschirmflug oder eine Wanderung kommt da sehr gelegen.«

»Wenn ihr mich fragt, ist das um Welten besser, als stundenlang am Tisch zu sitzen und Essen in sich hineinzuschaufeln«, bekräftigte Ed und spritzte einen riesigen Klecks Mayonnaise auf das Brötchen, was Valentina mit einem erhobenen Zeigefinger quittierte. Er richtete seine vom Schnee verklumpte Kapuze und fuhr unbeirrt mit der Vorbereitung fort.

Raphael deutete auf eine der Notizen. »Wir haben heute sogar einen ganz besonderen Gast. Nicolas kommt mit seinem Sohn Simon; der Kleine unternimmt heute seinen ersten eigenständigen Flug. Ob du ihren Start wohl beaufsichtigen könntest, Coryn? Sie sollten gleich da sein.«

»Ja, sehr gern.«

»Gut, ich miste in der Zeit ein bisschen aus. Es ist dieser verrückte innere Drang, aber ich will, dass vor Neujahr alles blitzeblank ist.« Beim Anblick der vollen Regale und der Stapel an Flugkarten in der Ecke seufzte er gequält. Im regulären Betrieb boten sich uns nur beschränkte Möglichkeiten, die alte Ordnung in der Hütte wiederherzustellen, zumal die Karten und das Flugmaterial häufig herausgekramt werden mussten.

Jedes Mal kurz vor Neujahr veranstaltete Raphael eine riesige Reinigungsaktion, bei der er die gefühlte Hälfte der Hütte verfluchte und heraustrug, wenn man ihn nicht davor bewahrte. Deshalb hüteten wir uns davor, ihn an solchen Tagen allein in seinem Betrieb zu lassen, und übernahmen die Aufgabe, ihm dabei zu helfen.

Diesmal war es Ed, der die Initiative ergriff: »Ich kann dich dabei unterstützen, mach dir keine Sorgen darum. Zu zweit bekommen wir das schnell hin.«

»Danke dir.« Er schmunzelte und fügte mit einer Kopfbewegung zum Fenster hinzu: »Coryn, wie es aussieht, sind die beiden schon angekommen. Geh mal hinaus und assistiere ihnen beim Start. Wenn du etwas brauchst, sind wir hier.«

Ich schlüpfte aus der Tür und lief auf die Stelle am Hügel zu, an der die Piloten ihre Flüge starteten. Der Himmel war stahlblau; kein Lüftchen ging. Wie schön es wohl wäre, wenn mich der Gleitschirm jetzt langsam und gemächlich nach oben tragen würde! Immer höher und höher, bis ich wie ein Vogel frei über die Schweizer Berge schweben würde, deren verschneite Kuppen Nebel tranken.

Fast beneidete ich Nicolas und Simon um den Genuss, genau jetzt abheben zu dürfen. Doch ich zügelte mich und ging freudigen Schrittes auf den Vater und den Sohn zu. »Na ihr beiden, seid ihr bereit?«

»Ach, Coryn, lange nicht gesehen«, scherzte Nicolas, als er mich entdeckte.

»Ja, ganze drei Tage nicht. Sie haben sich so verändert. Tragen Sie einen anderen Haarschnitt?«

Nicolas lachte auf. Er war ein Stammgast auf dem Flugplatz, der schon vor meiner Einstellung regelmäßig hier abgehoben war. Nun war es für ihn an der Zeit, die Passion an seinen Sohn weiterzugeben. »Nun, dann überlasse ich ihn dir mal, Coryn. Fang du an, ich werde direkt nach dir kommen. Und nicht vergessen: Du schaffst das«, sagte Nicolas an Simon gewandt. Er hob den Daumen in die Luft und lächelte den blonden, dürren Jungen aufheiternd an, bevor er an der Hügelflanke entlanglief, um die Vorbereitungen für seinen Start zu treffen. Aus dem Augenwinkel bemerkte ich drei Figuren, die sich langsam der Flughütte näherten. Ihre weiße Kleidung verschmolz beinahe mit den pulverigen Schneehügeln: Als würden sie versuchen, unbemerkt zu bleiben. Ich schüttelte den Kopf.

Simon schluckte schwer, machte sich jedoch daran, seinen Schirm zu entfalten. Als wir dessen Eintrittskante in Windrichtung platzierten und die Leinen sortierten, brach es plötzlich aus ihm heraus: »Was ist, wenn ich das nicht hinbekomme? Was ist, wenn ich die Steuerleinen nicht richtig ziehe oder die Schirmkappe in der Luft zusammenklappt? Wenn ich ungebremst nach unten falle?«

Ich legte die Leinen aus der Hand und näherte mich ihm. »Du wirst nicht herunterfallen, Simon. Denk nur an die vielen Übungen, die du mit dem Simulator gemacht hast und an deine Tandemflüge. Selbst wenn etwas schiefgehen sollte, hast du immer noch deinen Rettungsfallschirm.«

Simon wischte sich die Hände an der Hose ab. Sein Schleier schwankte unsicher.

»Komm her.« Ich schloss Karabinerhaken an sein Gurtzeug, um ihn mit dem Schirm zu verbinden, und zog kräftig daran. »Siehst du? Es ist alles sicher. Vor dem Start überprüfst du das aber noch mal, ja?« Ich reichte ihm seinen Helm, den er sich zitternd um das Kinn schnallte. Jetzt, so kurz vor dem Abflug, war seine Erregung um ein Zehnfaches gestiegen. Unter der dicken Winterjacke war sein drahtiger Körper gespannt wie eine Gitarrensaite. Sein Schwaden ließ mich seine Besorgnis so spüren, als würde ich sie selbst erleben. Es waren nasse, eisige Wellen, die um mich schlugen und mich zu überwältigen drohten. Wenn ich keuchend aus ihnen emportauchen würde, hätte sich ihre Tiefe schwarz und salzig in meinen Geist gesetzt.

Obwohl ich wusste, dass sich die Gefühle dadurch nur verstärken würden, nahm ich seine Hand und versuchte, meinen Schauer zu verbergen. »Simon, sieh mich an.«

Widerwillig hob er den Kopf.

»Dein Vater wird bei dir sein«, redete ich zuversichtlich auf ihn ein. »Und ich bin mir sicher, dass das ein wundervolles Erlebnis für euch beide sein wird. Schau mal, Simon, Fliegen ist etwas Außergewöhnliches. Und diesmal wirst du es ganz allein steuern können. Du wirst selbst entscheiden können, ob du an Feldern vorbeifliegst oder die Kälte der Berge in deinem Rücken spürst. Du wirst so frei sein wie noch nie zuvor. So frei wie ein Adler, wenn er über die verschneite Landschaft gleitet und wir ihn aus der Ferne bewundern. In solchen Momenten, Simon ...« Ich holte tief Luft, um meinen Worten Nachdruck zu verleihen. »In solchen Momenten geben wir die Welt frei und verlieren unsere menschliche Hülle. Wir werden zu schwerelosen Geschöpfen zwischen Himmel und Erde.«

»Ja«, hauchte Simon an seinen Handschuhen herumnestelnd. »Das klingt wirklich großartig.«

»Das ist es. Und deswegen möchte ich, dass du dir diese Eindrücke nicht durch die Furcht davor verdirbst, etwas falsch zu machen. Gib dich dem Flug hin und der Gleitschirm wird dich tragen.«

Simon nickte zögerlich. Wärme breitete sich von seinen Fingerspitzen bis in meinen gesamten Körper aus. Die Spannung in ihm war nun eine andere. Sie wandelte sich in eine glühende Vorfreude, in wogende Begeisterung, die ihn in einem goldenen Schein umgab. Er richtete sich auf. Seine Stirn hatte sich geglättet und die vollen Lippen zitterten nicht mehr. »Danke dir. Lass mich anfangen.«

Ich nickte. »Fünf-Punkte-Check?«

»Fünf-Punkte-Check«, bestätigte er.

»Gut. Gurte und Schnallen geschlossen?«

Er rüttelte an seinem Gurtzeug, um sich zu vergewissern, dass alles fest war. »Ja.«

»Leinen freiliegend und nicht verknotet?«

»Ja«, erwiderte er, nachdem er die Leinen kritisch fixiert hatte.

»Gleitschirm ausgebreitet, Eintrittskante frei?«, gab ich vor.

»Ja.«

»Wind passend?«

»Ja.«

»Luftraum frei?«

»Ja. Ich laufe jetzt los.«

»Viel Erfolg!«, rief ich ihm zu, während er sich langsam vorwärtsbewegte.

Unter dem Gewicht des Schirms, der sich Stück für Stück mit Wind füllte, beugte er sich leicht, bis sich die Kappe in einen Flügel verwandelte, der senkrecht über ihm hing. Zum letzten Mal schaute Simon nach oben und überprüfte, ob die Leinen nicht verknotet waren. Dann beschleunigte er. Die schnellen Schritte hallten in meinen

Ohren wider und brachten mein Blut zum Kochen. An der Stelle, die er gerade passierte, stieg die Hügelflanke steil ab, sodass er gleich abheben musste. Nur noch wenige Sekunden. Jetzt.

Der Wind wehte sein siegreiches Jubeln herbei, als sich der Gleitschirm erhob und Simon forttrug, der sich bald in einen kleinen goldglänzenden Punkt im Himmel verwandelte. Ich klatschte in die Hände.

»Er hat es geschafft«, sprach Valentina wie ein Echo meiner Gedanken aus. Durch meinen eigenen Gefühlsausbruch in Verlegenheit gebracht wirbelte ich herum. Sie stand neben mir. Meine Freundin musste sich lautlos zu mir gesellt haben, kurz nachdem Simon gestartet war. »Und du hattest einen beträchtlichen Anteil daran, wie gut er den Start ausgeführt hat.«

Ich runzelte die Stirn. »Wie soll ich das verstehen?«

»Ich meine ja nur«, sie deutete geheimnisvoll auf meine Hände, »dass es so gewirkt hat, als hätte der Junge gar keine Angst vor dem Abflug.«

Ich schaute an mir hinunter. Meine Handflächen waren mit feinem goldenem Staub bedeckt, wie damals, als ich beim Basteln eine Dose mit Glitzer verschüttet und die kleinen Sprenkel wieder hatte aufsammeln müssen. Sie hatten etwas Intimes an sich und die Tatsache, dass Valentina sie entdeckt hatte, ließ ein mulmiges Gefühl in meinem Bauch aufsteigen. Ich hatte ihr eine geheime Seite von mir offenbart, von deren Existenz ich selbst nichts wusste. Wo kamen sie her? Ich ballte die Hände zu Fäusten und öffnete sie wieder. Der Goldstaub war immer noch da. Auch, als ich ihn mit der anderen Hand abschütteln wollte.

31

»Valentina?« Sie war verschwunden. Statt ihr beobachtete mich einer der drei Männer, die mir schon einige Minuten zuvor durch ihre seltsame Kleidung aufgefallen waren. Ihr Grüppchen stand etwas abseits des Starthügels unter einer hohen Tanne, fern von den Besuchern, die zum Fliegen hier erschienen waren. Gerade als ich mich fragte, warum keiner aus dem Team bei ihnen war, drehte sich einer der Männer zu mir um.

Seine durchtrainierte Statur ließ ihn jung wirken, höchstens fünfundzwanzig. Selbst mit dem großen Abstand zwischen uns wallte mir die Hitze seines roten Schleiers entgegen.

Sein bohrender Blick erschütterte mich bis in die Knochen. Ein unerklärlicher Impuls drängte mich dazu, schnell ins Innere der Hütte zu flüchten. Dort angekommen presste ich mich schwer atmend an die Wand. Ich bebte am ganzen Leib.

Asten

Feja, Winterreich
45. Mond der 3600. Sova

»Eure Hoheit, ich bitte um Verzeihung für mein Eindringen.« Ifrice, ein blasser schmaler Junge, verneigte sich ehrfurchtsvoll vor ihm. Als wären die Worte des Dieners nicht für ihn bestimmt, studierte Asten weiter die Landschaft jenseits des Fensters, wo die rotwunden Strahlen des Sonnenaufgangs die zerklüfteten Felsen küssten.

»Eure Hoheit?« Die Stimme des Jungen bebte. Er fürchtete sich davor, für sein Auftauchen bestraft zu werden.

»Was willst du von mir?« Ruckartig drehte sich Asten auf seinen Absätzen um und schritt auf den Diener zu. Er überragte Ifrice um mehr als zwei Köpfe und nutzte den Höhenunterschied gekonnt aus, um seinem Diener noch mehr Angst einzuflößen. Mit einer einzigen Handbewegung packte er den Schleier, der blassblau den Körper des Jungen umwehte, und zog ihn zu sich hoch. Goldener Staub befleckte seine Handflächen wie Blut.

Ifrice stöhnte auf. »Eure Hoheit ... bitte nicht.«

»Was habe ich dir gesagt, du Sprössling?«, zischte Asten

den Jungen an. Unter der Stärke, mit der er seinen Schleier umfasste, welkte Ifrice dahin wie eine zarte Blume, die sich nicht rechtzeitig vor dem plötzlichen Einbruch des Nachtfrostes geschlossen hatte.

»Dass ... ich nicht ... Eure Gemächer betreten darf«, stieß er hervor. »Es sei denn ... es ist eine wichtige Angelegenheit.«

»Und welche wichtige Angelegenheit könnte mich schon im Morgengrauen erwarten, hm? Komm schon, sag es mir!«

Ifrice rang sichtbar nach Luft. Jede Farbe war aus seinem Gesicht gewichen und konzentrierte sich in dem Schwaden, der Quecksilber gleich in Astens Fingern zerrann. »Der König ... Seine Majestät ... er bittet Euch zu sich.«

»Der König.« Schlagartig veränderte sich Astens Miene. Mit getrübten Zügen ließ er den Schleier des Dieners los, der keuchend und hustend zu Boden sank. Asten beachtete sein Leiden nicht. Ifrice' qualvolles Stöhnen hinter sich lassend schritt er an ihm vorbei und hinaus aus dem langen Raum mit Marmorsäulen, in denen sich das Licht spiegelte.

Es interessierte ihn nicht, was aus Ifrice wurde, nachdem er seinen Schleier auf so eine zerstörerische Art berührt hatte. Und wenn dort ein blutiger Riss klaffen sollte, der Ifrice unempfänglich für bestimmte Gefühle machte, war es zweitrangig. Er war nur ein einfacher Diener und dazu ein Mischblut.

Asten traf den König voll angekleidet und in Gesellschaft mehrerer Wachmänner an. Es war selten, dass sein Großonkel ihn so früh zu sich rief. Was war geschehen, dass seine Präsenz vonnöten war? Als der König ihn bemerkte, befahl er ihm mit einer ungeduldigen Geste, näher zu treten.

Meliodas war ein Mann mit einer durchscheinenden weißen Haut und ebensolchen langen Haaren – eine Auszeichnung der Reinblute, als hätte die karge Natur dieses Reiches den Feen selbst jegliche Farbenfreude verboten. Seinen Kopf schmückte eine goldene Krone, die aus miteinander verflochtenen Ranken bestand, wodurch sein ganzes Erscheinen erhaben und der Zeit entrückt wirkte.

Er war ein Mann, der keine Zärtlichkeit, keine Güte und kein Alter kannte. Die einzige Zuneigung, die er einer Fee gegenüber jemals geäußert hatte, richtete sich an Asten. Doch auch bei ihm munkelte das Winterreich, der König habe die Obhut gezwungenermaßen und nicht aus freien Stücken übernommen, weil Astens Familie verstorben war. Er hatte sich nie damit beschäftigt, ob die Gerüchte stimmten. Solange er der nächste König würde, war es ihm egal.

Obwohl Meliodas seinen Schleier stets verborgen hielt, wummerte sein Zorn in dem eisigen Schweigen, das Asten auf seinen Wutausbruch vorbereitete.

»Warum habt Ihr mich heute so früh zu Euch gerufen, Eure Majestät? Ich dachte, Ihr verbringt den Morgen mit Euren Beratern.«

»Tut mir schrecklich leid, wenn ich dich durch meinen Zuruf von ausgesprochen wichtigen Angelegenheiten abgelenkt habe«, spottete Meliodas.

Asten lief es kalt den Rücken hinunter. Obwohl er es niemals offen zugab, hasste er die Art, wie sein Großonkel Gewalt über ihn ausüben konnte. Wie er ihn lenkte, als wäre er bloß eine hilflose Schachfigur auf seinem Spielbrett.

»Du musst wissen, dass ich schlechte Neuigkeiten erhalten habe, Asten. Diese Männer hier«, Meliodas deutete auf die Soldaten um ihn, »kommen aus dem Reich des Sommers. Dort haben rebellische Aktionen stattgefunden.«

»Eure Hoheit, es fing an mit einer Familie der Mischblute, die Heilmittel herstellte. Sie haben sich geweigert, die Mittel an den Palast auszuliefern, als der Bote kam. Später sind noch andere dazugestoßen. Sie alle verweigern die Treue zum König«, erklärte einer der Wachmänner.

Astens Gesicht verfinsterte sich. Er hatte von den Protesten gehört, die sich im Land der Mischblute häuften. Bis dahin waren es eher leise Zerwürfnisse gewesen; Feen, die ihre Unzufriedenheit mit der Regierung des Palastes kundtaten. Mit dem Staub auf ihren Stiefeln brachten diese Soldaten eine weitaus bedrohlichere Situation mit, als diejenige, die sich Asten bis dahin ausgemalt hatte. Es waren Nachrichten von lebendigen Widerständen, von solchen, die an die Palasttür klopften und sich nicht mehr fern von ihm abspielten.

Asten verdrängte die aufkeimende Besorgnis. Der Palast hatte es Tausende von Sovas lang verstanden, das Sommerreich zu zügeln. Wieso sollte ihre Kontrolle über die Mischblute genau jetzt versagen?

»Was werdet Ihr mit den Insurgenten machen, Eure Majestät?«, fragte er den König.

Meliodas streichelte gelassen den Rias, der sich schlaftrunken zu seinen Füßen niedergelegt hatte. Unter der sanften Berührung rekelte sich die dunkle Kreatur fast wohlig: die langen, schwarz-weiß gemusterten Vorderbeine mit ausgefahrenen Krallen von sich gestreckt; die kohlschwarzen Rabenflügel an den dürren Körper geschmiegt.

Bösartige Geschöpfe zu zähmen gehörte zu Meliodas' persönlicher Machtdemonstration, die er jedem Besucher aus seinem Reich darbot. Häufig genug hatte Asten erlebt, wie der Gast im Angesicht dieser furchterregenden Kreatur erblasste und zurücktaumelte, ohne seine Bitte vorzutragen.

»Ich will, dass du dich darum kümmerst.«

»Ich?« Verwundert zog Asten eine Augenbraue hoch, was der König anscheinend als ein Zeichen der Impertinenz missverstand. Sein Duft wurde herber, metallischer. Unvermittelt stand er vom Thron auf und stolzierte auf Asten zu. Die Federn auf der Stirn des Rias bewegten sich, als er erwachte und fauchend zwei Reihen gezackter Reißzähne offenbarte.

»Ja, du. Ich finde, dass du dich für einen angehenden Herrscher zu wenig an der Offensive beteiligst. Der König kann sich nicht im Palast ausruhen, wenn draußen Aufständische toben.«

Asten senkte das Kinn, um das Feuer in seinem Blick zu verbergen. Seine Mimik war der einzige Weg, in seine Gefühle hineinzusehen. Als Mitglied der Königsfamilie hatte er rasch lernen müssen, die Farbe seines Schleiers konstant zu halten. Ein undurchdringbares, unnahbares Weiß hielt selbst den König davon ab, seine Emotionen sehen und manipulieren zu können. »Wie Ihr befehlt, Eure Majestät«, erwiderte er kühl.

»Reise heute noch ins Sommerreich, um diese Meute ruhigzustellen. Ich will nichts mehr von irgendwelchen Aufständen hören. Auch wenn das bedeutet, die Sommerfeen um die Hälfte zu dezimieren.« Meliodas hatte sich vor Asten aufgebaut. Sein Atem bildete kleine Eiskristalle an den Wimpern des Prinzen.

Als Asten aufschaute, begegnete er in seinem Gesicht demselben Hass, den er selbst empfand. Es war der Hass gegen die Bewohner des Sommerreiches; gegen diejenigen, die ihr reines Feenblut durch die Bindung mit Menschen auf Ewigkeiten besudelt hatten.

Es reichte nicht aus, dass sie das gesamte Geheimnis ihrer Existenz durch den Aufenthalt in der Menschenwelt aufzudecken drohten. Nun waren sie auch noch schamlos genug, den Palast zu kritisieren, der ihnen das sichere Leben als Fee ermöglichte und die Unberührtheit ihrer Natur durch Menschen wahrte. Nur echte, reinblutige Feen waren in der Lage, alle ihre Fähigkeiten auszuschöpfen. Ein Mischling würde in seiner Magie niemals vollkommen sein.

»Ich werde Euren Willen befolgen, Eure Majestät.« Die Worte des Prinzen wehten wie ein spitzer Windzug durch den Thronsaal. Hinter ihm hörte er die Zähne der Wachmänner klappern.

Meliodas wandte sich ihnen zu. »Ihr seid entlassen.«

»Habt Dank, Eure Majestät.« Eilig verneigten sie sich vor dem König und stolperten durch die massive Eichentür heraus, erleichtert darüber, dass ihre Schleier nicht mehr von dem König und seinem Großneffen beschädigt werden konnten.

Asten verzog die Lippen. Genauso wie sein Großonkel verabscheute er jede Form von Furcht.

»Nun denn, da wir nun unter uns sind ...« Meliodas nahm erneut auf seinem Thron Platz, von dem aus er Asten intensiv musterte. »Erzähl mir doch, wie es mit deinen Erfolgen in der Menschenwelt aussieht.«

»Gestern haben meine Männer und ich die letzten Mischblute aus der Schweiz eliminiert, Eure Majestät. Nachdem ich Eure Aufgabe erledigt habe, nehmen wir uns Frankreich vor.« Asten entfernte sich in die Ecke des Saals, wo ein großer runder Tisch seine Aufmerksamkeit fesselte.

Er beugte sich darüber. Risse zogen sich über dessen glatte Oberfläche und gaben Berge und Täler, Flüsse und Meere frei. Auf ihnen drängten sich in unregelmäßigen Abständen Häuser aneinander. Beim genauen Hinsehen erkannte er die Menschen darin, deren Schleier in unterschiedlichen Farben flimmerten. Zwischen ihnen jedoch machte er vereinzelt kleine, golden glimmende Punkte ausfindig: Feen, die in genau diesem Moment in der Menschenwelt zauberten. Ihnen jagte er nach. Die Karte verriet ihm, wo er sie finden konnte. Sie nach Feja zu entführen war seine Arbeit.

»Tatsächlich? Ihr habt alle aus der Schweiz aufsuchen können? Ich bin schwer begeistert.« Die Worte des Königs zerflossen wie dickflüssiger Honig.

Asten hörte die vibrierenden, boshaften Töne darin. »Was wollt Ihr mir damit sagen, Eure Majestät?«

»Es ist nur so, Asten«, Meliodas lächelte schattig, »dass ich heute die Nachricht von einer kleinen Gruppe an Mischbluten erhalten habe, die sich in Zürich aufhält. Du hast bei deiner Mission nicht unvorsichtigerweise die größte Stadt des Landes übersehen, mein Junge?«

»Eure Majestät! Ihr werft mir doch nicht vor, meine Arbeit nicht gründlich genug zu machen?! Wir haben alle

Feen aus der Schweiz nach Feja gebracht!«, rief Asten gereizt aus. Schlimm genug, dass er auf seinen Missionen mit diesen Unreinen in Berührung kam. Nun musste er sich auch noch Vorwürfe anhören. Er, der Kronprinz!

Erbost starrten sich Meliodas und Asten an. Die Luft um sie herum gefror. Als wäre die Umgebung untrennbar mit ihren Seelen verbunden, rieselten feine Schneekörner von der Decke und bedeckten den Boden wie ein weißer Teppich.

»Du weißt, dass ich dich nach dem Tod deiner Familie als einen Sohn sehe, Asten. Aber ich erwarte von meinem Sohn tadellose Erfüllung meiner Befehle. Und wenn du dazu nicht imstande bist, werde ich mich wohl nach einem anderen Kronprinzen umsehen müssen.«

Erzürnt wandte sich Asten ab. Er machte keine Fehler. Es war gewiss das Versagen seiner Begleiter, denen er es überlassen hatte, die Karte der Schweiz zu studieren. Bitterkalte Worte verbrannten ihm die Kehle, doch er zügelte sich, sie dem König ins Gesicht zu schleudern. Er würde es nicht zulassen, dass Meliodas seinen Stolz zum Wanken brachte. »Ich kümmere mich um die Angelegenheit als Erstes, Eure Majestät«, zischte er, verbeugte sich und rauschte aus dem Saal. Seine Schritte dröhnten über dem Marmorboden.

Astens Abgang glich einem Sturm, der alles hinter sich verwüstete. Diener sprangen ihm erschrocken aus dem Weg, um nicht von der Gewalt des Prinzen mitgerissen zu werden. Überall, wo er hintrat, überzog eine dünne Eisschicht knisternd den Boden und schlängelte sich in grotesken Mustern an den Wänden entlang bis zur Decke.

Als er sich der Tür eines anderen Saales näherte, erwuchs auf Astens Befehl hin eine lange silbrige Pflanze mit großen spitzen Dornen, deren Verästelungen an der Tür entlangkrochen und sie zusammenpressten. Das schwere Holz spannte sich unter dem Druck. Für eine kurze Zeit widersetzte es sich den magischen Ranken. Asten knirschte mit den Zähnen. Selbst die robustesten Schlösser, die wuchtigsten Türen würden nicht standhalten können, wenn er Einlass begehrte. Der Palast diente seinen Herren, nicht andersherum.

Wie zur Bestätigung gab die Pforte in der nächsten Sekunde nach und zerfiel in Tausende Bruchstücke, die zu Boden krachten und eine Wolke aus Staub und Eissplittern hinterließen. Chaos umfing ihn, als er in die Halle trat.

»Eure Hoheit!« Bestürzt sprangen drei Männer zur Seite. Nachdem sich der Staubnebel gelichtet hatte, stand Asten in einem riesigen Kampfsaal mit bodentiefen Fenstern, hinter denen schwarze Felsen zwischen Eis und Schnee hervorstachen. Waffen aller Art schmückten die Wände: Pfeile und Bögen, Schwerter und Dolche.

Astens Puls beruhigte sich. Beinahe liebevoll ließ er seinen Blick über ihre Klingen gleiten, die das einströmende Sonnenlicht zurückwarfen. Diese hier waren keine gewöhnlichen Feenwaffen. Nein, bei jeder davon handelte es sich um speziell für die Soldaten der Reinblute angefertigte Meisterwerke. Ihre Schneiden bestanden aus den Pollen der Pflanze Sirea, die nur an einem einzigen Ort im Winterreich wuchs und alle fünf Sovas in der Nacht aufblühte, wenn ihre Knospen vom Mondschimmer getränkt wurden. Wahrhaftig eine tödliche Schönheit. Aber mehr noch als diese Pracht genoss Asten die Ironie, dass diejenigen, die diese Waffen schmiedeten, zugleich auch den meisten Schaden davontrugen. Mischblute.

Die Männer im Raum waren in weiße Kleidung gehüllt und umfassten lange Degen. Asten musste sie durch seinen lauten Eintritt vom Kampftraining abgelenkt haben.

»Was führt Euch zu uns, Eure Hoheit?«

»Das solltet ihr besser selbst wissen.« Aufgebracht funkelte er Alastair an – einen muskulösen Mann mit einer dicken Narbe am Hals, der sich getraut hatte, zuerst vor ihm zu sprechen. Schwere Stille voller Unbehagen zog in den Saal ein, nachdem Asten den Fehler seiner Diener in Zürich aufgedeckt hatte. »Ich muss euch nicht erklären, was es bedeutet, wenn König Meliodas unzufrieden ist«, fuhr Asten fort, »und deswegen will ich diese Ungereimtheit möglichst schnell beseitigen. Unglücklicherweise habe ich für heute einen anderen Auftrag vom König erhalten und werde dafür ins Sommerreich fliegen. Ihr aber werdet jetzt noch nach Zürich reisen, um die Feen zu finden. Sucht euch Waffen aus und zieht los.«

Rasch kramten die Männer in den Wandschränken und legten sich herbe Waffengürtel aus weißem Leder um die Hüften. Unter dem scharfen Blick des Prinzen durfte keine Bewegung zu lange dauern. »Geht zu Pakar und lasst euch Portaltalismane aushändigen. Ich hoffe, eure krankhafte Vergesslichkeit hat nicht auch den Teil des Hirns betroffen, der für die Amulette zuständig ist?«

Der rote Bart von Bethesh kräuselte sich unangenehm berührt. »Nein, Eure Hoheit. Zwei Portaltalismane für jeden. Einer für den Sucher, einer, um ein Mischblut mitzunehmen. Wir sollen die Anhänger mit unserem gesamten Sein hüten und direkt nach der Rückkehr wieder an –«

»Das reicht«, schnitt ihm Asten das Wort ab. »Verschwindet jetzt. Ich habe wichtigere Dinge zu tun, als mit euch zu plaudern.« Mit dem Fuß einen ungeduldigen Rhythmus auf dem Marmor trommelnd wartete Asten, bis seine Gesandten nach einer Verbeugung aus der Halle getreten waren. Jede Faser seines Seins verlangte danach, die Mission im Sommerreich möglichst schnell abzuschließen. Endlich allein klopfte er ein paarmal auf die Waffenwand. Ein Teil von ihr glitt zur Seite und offenbarte ein geheimes Fach. Ein zusammengerolltes, unscheinbares Seil war darin verstaut, das aus ineinander verflochtenen dünnen Strängen bestand. Asten nahm es an sich, schloss das Fach und stieg über die Trümmer der Tür, ohne weiter auf die brutalen Auswirkungen seiner Wut zu achten.

Als er den Palast verließ, war der Morgen längst angebrochen. Ihm drängte sich eine Winterlandschaft entgegen, in der jedes Leben vom ewigen Schnee und Eis an der Wurzel erstickt wurde. Grauer Nebel stieg hoch und wallte um die Bergspitzen.

Hier schlugen nur wenige Pflanzen aus. Vorwiegend waren es Bäume, die niemals grünten und deren Äste und Stämme der Wind über die Zeit verdreht und verzerrt hatte, sodass sie sich wie knorrige Finger dem unerwünschten Besucher entgegenstreckten. Man wusste nicht, ob es dem Schnee geschuldet war oder der Magie der Reinblute, die über dieses Reich herrschten, doch irgendwann hatten sich diese Bäume silbrig-weiß gefärbt. Seitdem sahen sie so aus, als bestünden sie aus Stahl und nicht aus Holz, was der ohnehin entseelten Landschaft den letzten Anschein von Leben entzog.

Dennoch wusste Asten, dass dieser Eindruck täuschte. In Wahrheit trieben hier viele dunkle Kreaturen ihr Unwesen. Aber Asten fürchtete sich weder vor den großen Geschöpfen wie dem Rias noch vor kleineren wie den Flusshuseln. Die verfilzten Bäuche voller Hunger reckten sie sich auf dem Grund des Trauernden Flusses in der Zwischenwelt und trübten seine Gewässer mit Leiden und Scheußlichkeit. Sogar der König mied sie, wenn er den Palast verließ.

Doch heute suchte Asten nach einem anderen Tier. Der Lurix war ein riesiger Vogel mit massiven krallenbesetzten Pfoten und einem Maul voller scharfer Zähne. Früher, als er jünger gewesen war, hatte er sich die Zeit damit vertrieben, sie zu jagen. Es verschaffte ihm ein Hochgefühl der Überlegenheit, ein Wesen zu besiegen, das stärker und größer war als er selbst. Ein weiterer Beweis dafür, dass sich die reinblutigen Feen über alle Bewohner des Reiches erhoben.

Obwohl die Lurixe im Sommer- und Winterreich Fejas lebten und nicht gerade winzige Geschöpfe waren, stellte es die Feen vor große Herausforderungen, sie zu fangen. Nicht nur besaßen die Lurixe durch ihre Flugfähigkeit große Vorteile. Vor allem ihr widerspenstiger Charakter führte dazu, dass die meisten Feen von Anfang an auf diese Reittiere verzichteten. In den seltensten Fällen ordneten sie sich freiwillig den Feen unter. Für Asten jedoch war dies nur ein weiterer Grund dafür, die Kreatur gefügig zu stimmen.

Tatsächlich dauerte es nicht lange, bis er an der Spitze eines nahen Felsens einen Lurix erspähte. Das Wesen hatte sich mit dem Rücken zu ihm positioniert und seinen schuppenbesetzten Körper mit den Flügeln umwickelt wie einen Kokon. Asten hatte sich nah genug an ihn herangeschlichen, damit er das Geschöpf beim ersten Pfeilschuss treffen würde. Aber es war diesmal nicht die Jagd, auf die er sann.

Entschlossen rannte der Prinz auf den gegenüberliegenden Berg zu, der Teil einer langen Felsenkette war, und kletterte darauf. Das Eis hatte dessen raue Oberfläche geglättet und geebnet, sodass Asten beim Hochsteigen immer wieder abrutschte. Nachdem er an der Spitze angelangt war, waren seine Hände blutig aufgeschlagen. Der Schmerz klang schnell ab: feine, helle Haut umspannte die Einrisse und die Wunden verblassten. Winterfeen heilten schnell.

Von dem Bergkamm aus bewegte er sich leise auf den Lurix zu. Als er ihm nahe genug war, ließ er sein Seil wie ein Lasso durch die Luft sausen und schnürte damit die Beine des Wesens ein. Schlagartig bäumte sich die Kreatur auf, knurrte und schlug, über den unerwarteten Angriff empört, mit den Flügeln um sich. Asten sprang zur Seite und zog leicht an dem Seil.

Plötzlich lebte der Strick auf. Die feinen Verflechtungen schimmerten metallisch, verdichteten sich und flossen zu einer Schlange zusammen, deren Kopf in die Beine des Lurix biss. Der verzweifelte Ruf des Geschöpfes donnerte über die Gebirgszüge und erschütterte die Schneehöhen, bis er in einer Schlucht zerschellte. Der Lurix drängte sich nach vorn und stürzte vom Felsen herunter. Asten umfasste den Strick fester und stieß sich ebenfalls vom Bergplateau ab.

Gemeinsam mit dem Tier wütete er in atemberaubender Geschwindigkeit gen Boden, da breitete der Lurix seine Flügel aus und raste nach oben. Der Prinz nutzte die prompte Richtungsänderung aus und katapultierte sich mit dem Strick auf den Rücken des Wesens.

Schreiend versuchte der Lurix, sich seines Reiters zu entledigen. Seine Schuppen bürsteten sich nach oben, er legte die Flügel seitlich an und vollbrachte mehrere Drehungen in der Luft. Asten jedoch war es gewohnt, wilde Geschöpfe zu zähmen. Mit den Beinen umschlang er den Bauch des Lurix so fest, dass sich seine spitzen Absätze in sein Fleisch bohrten. Warme Flüssigkeit sickerte in seine Schuhe. Gleichzeitig griff er in den Spalt zwischen Hals und Kopf der Kreatur, wo die Schuppen eine Art Deckel formten, und rieb an seiner nackten Haut. Kleine, krankhaft glimmende Bläschen bildeten sich an dieser Stelle. Offensichtlich am Atmen gehindert röchelte der Lurix. Der Schmerz zwang ihn zum Aufgeben. Er erkannte, dass er in diesem Kampf der Unterlegene war.

Triumphierend stieß Asten einen Schrei aus und kostete den wohligen Schauer der Eroberung aus, der ihn aufs Neue in den Bann zog. Es war ganz wie damals, als er als kleiner Junge zum ersten Mal die volle Kontrolle über einen Lurix erlangt und gewusst hatte, dass dieser ihm den gesamten Flug über gefügig sein würde. Nein – sein *musste*. Die Tiere in Feja trauten sich nicht, sich gegen den Stärkeren aufzulehnen. Nicht, sobald seine Macht einmal bewiesen war. *Ganz im Gegenteil zu den Mischbluten*, ging es Asten durch den Kopf, *aber auch sie werden heute einsehen müssen, wie sinnfrei diese Versuche sind.*

Den Rest ihrer Reise über verhielt sich der Lurix ruhig. Er gehorchte jedem Befehl des Prinzen, der ihn mithilfe leichter Berührungen an den Seiten die Richtung wies. Sie flogen über flache Bergkuppen, in die sich die Winterfeen große Höhlen zum Wohnen geschlagen hatten, und über gigantische Felsenzirkel, in denen sich Erzählungen zufolge die Rias mehrten. Irgendwann schmolz der Schnee zu klaren türkisfarbenen Seen und die einsamen Berge machten nach und nach den grünen Hügeln Platz, die unter der Last Tausender pinker, tiefblauer und gelber Blumen ächzten. Beim Anblick dieses Lebens wünschte sich Asten die strenge Monochromie des Winterreiches zurück.

Der Himmel senkte sich hier tiefer über die Erde. Von der Sonne durchdrungene Wolken fielen auf Asten herab und gaben ihm das Gefühl, erstickt zu werden. Angewidert von der Farbenvielfalt ließ er den Lurix tiefer fliegen und lehnte den Kopf an dessen Hals, um die Siedlungen und Arbeitsstätten der Feen besser zu erkennen. Es waren kuppelförmige Zweiggespanne, gewürgt von zu vielen Blumen, die anscheinend der vulgären Ästhetik dieser Feen entsprachen. Errichtet, um wieder zu zerfallen.

Gerade als Asten den Blick abwenden wollte, wurde er auf eine ungewöhnlich große Feenmenge aufmerksam, die sich auf einer Lichtung unter einem hohen Kirschbaum gruppiert hatte. In einigem Abstand zu ihnen hatte sich ein Mann mit einem Pegasus postiert, dessen weiße Kleidung mit silbrigen Ranken ihn deutlich als Diener des Palastes auswies. Der König hatte ihn wahrscheinlich ins Sommerreich beordert, damit er die Elixiere mitnahm, die die hiesigen Bewohner aus Blüten und Magie brauten und den

Winterfeen als Nahrungsmittel bereitstellten. Und ebenso wie sein Vorgänger war er auf Verweigerung gestoßen.

Die Versammelten warfen ihre Arme in die Höhe und tauschten zornige Ausrufe aus. Ihre Schleier loderten in dunklen, erdigen Tönen. Asten lachte lautlos auf. Er musste die Schuldigen nicht einmal suchen.

Voller dunkler Vorfreude lenkte er den Lurix tiefer. Ein Schwall kalten Windes begleitete ihn; die Landung wirbelte Staub auf. In der Angst, von seinem Lurix erdrückt zu werden, schoss die Menge auseinander. *So schafft man sich Platz.*

»Ich begrüße Euch, treue Untertanen.« Auf seinem Lurix thronend beobachtete er die Feen betont von oben herab. Das Tier musste ihnen Angst einjagen, denn sie hielten sich in sicherer Distanz zu ihm und warfen panische Blicke auf seine langen schwarzen Krallen. *Besser so.* »Ich war auf dem Rundflug und habe bemerkt, dass hier meine Hilfe gebraucht wird. Erlaubt Ihr Eurem Prinzen, den Konflikt für Euch zu lösen?« Spöttisch verneigte er sich vor den Feen, blieb aber weiterhin auf dem Lurix sitzen.

Ein betretenes Flüstern ging durch die Menge. Die Mischblute hatten offensichtlich nicht mit seinem Auftritt gerechnet und darauf gehofft, den Diener mittels der Macht der Gruppe zu beugen. Diesmal war ihr Plan zum Scheitern verurteilt.

Asten betrachtete die Menge gelangweilt. Es waren vorwiegend junge Feen: Männer in braunen Stoffhosen und Frauen in fließenden Kleidern, deren Blumenschmuck zu intensive Düfte ausstieß. Ihre Gesichter waren von Sorgenlosigkeit gezeichnet. Die albernen Geschichten von der Zeit, als Winter und Sommer noch ebenbürtig waren und keiner über den anderen herrsche, waren ihnen zu sehr zu Kopf gestiegen. Sie hatten in ihre leichtgläubigen Seelen den Samen des Widerstands gepflanzt. Die gefangenen Rebellen, die er in Meliodas' Auftrag gefoltert hatte, hatten diesen Irrsinn gebrüllt. Geflüstert. Geschluchzt. So lange, bis Asten ihren Schleier in Streifen und sie in blutige Häufchen gerissen hatte.

Diese Feen schienen nicht so engstirnig zu sein. Die Frauen scharrten mit ihren Füßen über den Boden, die Männer ballten die Hände zu Fäusten, ohne ihr Begehren in die Tat umzusetzen. Feiglinge. Es würde ein Leichtes sein, sie auf ihre Plätze zu verweisen. Asten belächelte den Anflug der Beunruhigung, der ihn im Palast kurzzeitig ergriffen hatte. »Will denn keiner von euch mit mir sprechen? Wie schade. Dabei bemängelt man doch gerade im Sommerreich häufig den fehlenden Kontakt zum Palast.«

»Eure Majestät, wenn Ihr erlaubt.« Der Botschafter bahnte sich den Weg zu ihm hindurch und verbeugte sich. »Ihr müsst von dem Vorfall wissen. Ich bin schon der zweite Ausgesandte des Palastes heute, dem die Abgabe von Elixieren aus dem Sommerreich alle fünfzig Monde wieder verweigert wird. Dabei gehört das zu den am strengsten gehüteten Vereinbarungen zwischen Sommer- und Winterreich.«

Die Worte des Dieners waren der Zünder gewesen, der die schwankenden Flammen der Mischblute zu einem riesigen Feuer entfachte. Die Versammelten rückten bedrohlich auf den Botschafter zu, polterten und umzingelten ihn und Asten. Ihre brennenden Schleier überlagerten selbst die Farben ihrer Kleider. »Der Palast wird nichts von uns bekommen!«

»Hinfort mit den Vereinbarungen, wenn nur wir sie einhalten müssen!«

»Die Elixiere wollt ihr, was? Wieso sind denn die allmächtigen Reinblute nicht in der Lage, sie zu produzieren?«

Die vielen Stimmen überschlugen sich und fügten sich zu einem überschäumenden Meer von Erbitterung zusammen, das die beiden Vertreter des Winterreiches zu übermannen suchte. Während der Schleier des Dieners tatsächlich erschrocken aufflackerte, legte Asten die Stirn in Falten.

Als Kronprinz war er es nicht gewohnt, dass man ihm widersprach. »Ruhe!«, befahl er. Die düstere Macht, die in seiner Stimme mitschwang, ließ die Feen verstummen. »Der Mann hat recht. Es ist die Pflicht des Sommerreiches, Elixiere an uns auszuliefern. Ich verlange, dass das unverzüglich getan wird. Wir wollen doch keinen Keil zwischen die Reiche schlagen, nicht wahr?«

Für eine lange Sekunde herrschte Stille, die den Prinzen ungeduldig werden ließ. Er vergeudete zu viel Zeit mit diesem dreckigen Pöbel. Im Namen des Königs wollte er kein Blut vergießen, aber nun bereute er, die Auseinandersetzung mit Worten lösen zu wollen. *Vielleicht sollte ich mir einfach nehmen, was mir gehört.*

Eine männliche Fee trat vor. »Ich entschuldige mich für die Umstände, die wir Euch und Eurem Begleiter verursacht haben, Eure Hoheit. Wir sehen ein, dass wir einen schrecklichen Fehler begangen haben. Bitte nehmt die Elixiere und verzeiht uns diesen Aufruhr. Die Reiche sollten sich nicht zerstreiten.« Die Fee – ein junger blonder Mann mit energisch leuchtenden grünen Augen – verbeugte sich und hielt ihm einen Beutel hin, in dem kleine Gläschen klapperten. Seine Gesten strahlten Ergebenheit aus.

Asten entging der Kontrast nicht, den seine Körpersprache mit seinem Schleier bildete.

Die Menge lärmte erneut, doch die Fee hielt sie mit einer Geste zurück: »Es ist richtig so.«

Wachsam streckte Asten seine Hand nach dem Beutel aus und bedeutete dem Unbekannten, auf ihn zuzugehen, auch wenn ihn die Nähe eines Mischblutes zuwider war. Dieser Mann hatte definitiv etwas zu verbergen. Er musterte ihn misstrauisch. »Ich freue mich, dass sich die Sache doch noch zum Guten wenden konnte. Der König wird zufrieden sein«, sprach Asten gedehnt.

Das Mischblut jedoch übersah seine Feindseligkeit. »Ihr erfüllt mich mit guter Hoffnung, Eure Hoheit. Wohl lebe der König.« Mit diesen Worten verneigte sich die Fee erneut und überreichte Asten das Paket.

In dem Moment, als er den Beutel streifte, brüllte der Lurix vor Schmerz auf, stieg auf seinen Hinterbeinen hoch und warf den Prinzen beinahe zu Boden. Gerade rechtzeitig hielt er sich an seinem Hals fest. Der Beutel jedoch fiel hinunter. Die Gläschen darin zersplitterten und erzeugten einen Regenbogen an Rauchfahnen, die sich in unterschiedliche Richtungen ausbreiteten.

»Das ist für unser Volk! Das ist für Feja!«, rief jemand. Durch den Smog erahnte Asten die verwischten Umrisse des Feenmannes: knochige Schultern, markante Nasenspitze. Er hatte ihn bloß abgelenkt, damit sein Komplize auf den Lurix einstechen konnte! *Ihr wolltet mich fallen*

sehen! Dachtet ihr, ihr könntet euch dann gemeinsam auf mich stürzen? Dummköpfe, so leicht bekommt ihr mich nicht.

»Verflucht seid ihr!«, donnerte Asten, warf sich nach vorn und sandte einen Sturm an Eissplittern aus, die vom Himmel auf die Feen peitschten. Wiehernd erhob sich der Pegasus des Botschafters in die Luft. Die Feen selbst konnten sich seiner Rache nicht so leicht entziehen. Einige Eissplitter trafen die Feen an Kopf, Armen und Beinen, hinterließen brennende Wunden und verstümmelten sie. Die anderen waren so groß, dass sie die Bäume spalteten. Sie regneten zischend auf den Stamm des Kirschbaums herab und teilten ihn entzwei. Krachend begruben die Hälften drei Feen unter sich, die panisch wimmerten, bis ihre Schluchzer gänzlich verstummten.

Die anderen Rebellen suchten ihre Rettung durch Flucht. Aber auch sie waren schwächer als die brodelnde Wut, die Astens Fähigkeiten beherrschte. Silbrige Ranken sprossen in rasender Geschwindigkeit aus der Erde und wanden sich um die Leiber der Feen. Sie lähmten sie und verwandelten sie in vereiste Figuren, auf deren Gesichter der Schreck geschrieben stand. *Noch nicht genug.* Der Staub, den sein Gewitter hervorbrachte, vereinte sich mit dem Rauch der zerbrochenen Elixierfläschchen zu einem grauen Wahnsinn, der ihm saure Tränen in die Augen jagte.

Asten tobte so lange, bis er glaubte, alle Feen vernichtet zu haben. Ihre Schuld spielte keine Rolle. Rachsucht und Zorn darüber, als Kronprinz von niederen Geschöpfen betrogen worden zu sein, ließen sein Blut kochen.

Als sich der Nebel lichtete, bot sich seinem Blick das Bild einer totalen Verwüstung. Die Erde, die vorher noch mit farbenfrohen Blumen übersät gewesen war, war wie nach einem Feuer versengt und von tiefen Rissen und Rußflecken überzogen. Die goldenen Wolken wichen blutrotem Himmel, als trauerte die Natur selbst um die Verluste bei diesem schrecklichen Kampf. *Lächerlich.* Die Feen, die bei Astens Angriff das Leben verloren hatten, kehrten zur Erde zurück. Hellgrüne Blumenstängel bedeckten ihre Asche und schufen so eine blühende Wiese an den Orten, wo die Mischblute gefallen waren. Asten musste der Versuchung widerstehen, diese Gräber zu zertrampeln. Sie würden ohnehin bald von den Orhonen zersetzt.

Er suchte die Lichtung nach dem Palastdiener ab, doch vergeblich. Wahrscheinlich war auch er Opfer seiner Lektion geworden. Asten zuckte gleichgültig mit den Schultern. Mal ein Diener mehr, mal weniger. Meliodas würde schon einen anderen, dritten Botschafter finden, der die Elixiere aus dem Sommerreich holen würde. Das alles hatte sich ohnehin zu lang gezogen. *Jetzt wissen die Mischblute, wo sie hingehören.* Nach dieser Begegnung würde sich niemand mehr trauen, sich dem Palast in den Weg zu stellen.

Asten drehte sich, um die Verletzung des Lurix zu überprüfen. Sie war nicht tief und würde ihn nicht daran hindern, zurück ins Winterreich zu fliegen. Der Kronprinz schnaubte verächtlich. Nicht einmal einen sauberen Schnitt konnten sie vollziehen. Es hatte einen Sinn, dass die Reinblute die Regierung innehatten.

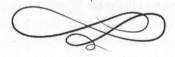

Schweiz, Zürich
26. Dezember

Sie waren gekommen. Er spürte es an der Art, wie sie Coryn beobachteten, während sie Simon bei seinem Start begleitete – wie gierige Raubtiere, die ihre Beute belauerten und bis zum richtigen Moment für den Angriff ausharrten. Als er die weiß umhüllten Figuren am Rande des Flugplatzes ausgemacht hatte, überwältigte ihn die Erinnerung daran, wie auch er und seine Familie einst von den Palastdienern aufgespürt worden waren. Es war dieser eine Herbsttag vor zwölf Jahren gewesen, an dem dünne Regenfäden vom wolkenverhangenen Himmel gefallen waren und abends drei Unbekannte an ihre Tür geklopft hatten. Seine Eltern glaubten, dass es sich bei den Besuchern um Freunde handelte, die sich zum Abendessen verspäteten, und ließen sie herein. Sie sollten teuer für ihren Fehler büßen.

Sein Vater – eine Sommerfee, wie Eduard später erfuhr – hatte die Gesetze Fejas gebrochen und nach einer Flucht aus dem Sommerreich ein Kind mit einem Menschen gezeugt.

Der König geriet in Zorn, als er davon hörte. Eine Truppe an Männern bekam den Auftrag, den Schuldigen finden. Mit ihm sollten auch seine menschliche Frau und das Mischlingskind zum Verschwinden gebracht werden. Denn das Geheimnis von Feja sollte nicht ans Licht gelangen.

Nachdem sein Vater die Fremden als Soldaten erkannt hatte, drängte er Ed zur Balkontür, kniete sich vor ihn und flehte ihn an zu fliehen, weil er die Feengabe von ihm geerbt habe. Ed tat es. Begleitet vom Poltern zerberstender Möbel und verzweifelten Rufen seiner Mutter rannte er davon, jeder seiner Schritte beschleunigt von stechender Angst. Erst am Haus seiner Großmutter hielt er an, wo er Schutz für die nächsten Jahre bekam.

Wenn er richtig darüber nachdachte, fiel ihm auf, dass sie ihm nie verraten hatte, wie sie seine Existenz und Abstammung vor den Ausgesandten des Feenkönigs hatte verheimlichen können, die Mischblute aus der Menschenwelt stahlen. Er selbst hatte sie nie danach gefragt. Vielleicht war er einfach zu verschreckt gewesen, um es zu tun. Jetzt, viele Jahre nach ihrem Tod, blieb ihm nur die Vermutung. Er konnte sich sein Glück nur mit ihren Magiezaubern erklären. Und damit, dass es nicht viel gab, was sie vor dem Palast verbergen musste. Sein Vater hatte ihm nicht mehr vererbt als die Fähigkeit, Schleier zu sehen. Die Kräfte eines Reinbluts hatten ihn umgangen. Er wusste nicht, ob er dafür danken sollte. Vielleicht hätte er sich mit dieser Gabe gegen die Wintersoldaten wehren können …

Damals war Eduard noch ein kleiner achtjähriger Junge gewesen, der an einem Tag alles verlor und seitdem die Bürde zweier zusammenbrechender Welten auf seinen

Schultern trug. Er hatte die Bitte seines Vaters erfüllt, weil es die Person war, die er am meisten liebte. Jetzt, als erwachsener Mann, fragte er sich, wie es gewesen wäre, wenn er nicht weggelaufen wäre.

Hätte er das Grauen verhindern können? Hätte er am nächsten Tag nicht mit zersplitterndem Herzen in den Nachrichten lesen müssen, dass die gesamte Familie Favre bei einem späten Einbruch umgekommen war? Sein Verstand sagte ihm, dass er nicht der Schuldige an der Katastrophe sei. Auch die Selbstvorwürfe würden ihm seine Eltern nicht zurückbringen. Und doch konnte er nicht damit aufhören. Ließ zu, dass sie ihn innerlich zerfraßen und ihm für immer seine unbeschwerte Kindheit geraubt hatten.

Ihn plagten Furcht, Hass und Rachsucht. In dem Moment, als die Palastdiener aus den Schneebergen vor ihm erwachsen waren, ein Lockruf erkalteter Erinnerungen, wäre er fast auf sie gestürmt, um sie endlich zur Rechenschaft für den Tod seiner Eltern zu ziehen. Doch nein. Sie waren nicht für ihn gekommen. Denn die Person, die die Männer aufmerksam betrachteten, war nicht er. Es war Coryn.

In seinem Hals steckte ein Kloß. Die Geschichte wiederholte sich. Nur, dass es diesmal Coryn und nicht seine Eltern waren, deren Glieder sie zerhacken würden. Die Goldsprenkel auf ihren Händen hatten sie verraten. Seine Großmutter hatte ihm davon erzählt, dass Feen, die die Schleier anderer berührten, für wenige Minuten schimmerndes Pulver auf ihren Fingern trugen. Eduard hatte keine Zeit, um sich dem Schock hinzugeben. Seine beste Freundin war eine Fee. Er hatte es geahnt; Himmel, er hatte es geahnt. Die Stärke, mit der sich Coryn zu jenen hingezogen fühlte, deren Schleier in dunklen Farben versanken. Die Art, wie sie sie in kurzer Zeit wieder zum Leuchten brachte. Das schaffte kein Mensch. Und wenn er sie nicht dringend von diesen Männern fortschaffte, würde von ihr schon bald nichts Menschliches mehr übrig bleiben.

Seine Ohren pochten, weil er fieberhaft nach einem Ausweg suchte. Er konnte es nicht zulassen, noch eine weitere nahestehende Person an die Reinblute zu verlieren. Nicht Coryn. Den einzigen Menschen, der ihn die Trauer seiner Kindheit vergessen ließ. Bei ihr hatte er sich von Anfang an normal gefühlt. Was für ein fataler Irrtum.

Eduard erfand immer wieder Ausreden, um das Aufräumen in der Hütte zu unterbrechen und aus dem Fenster nach Coryn zu sehen. Sie würden nicht fliehen können. Sobald die Ausgesandten des Palastes die Fähigkeiten einer Fee einmal gesehen hatten, würde sie nirgendwo in dieser Welt je ein sicheres Versteck finden. Er konnte auch nicht gegen die Feen kämpfen: Die Stärke, die ihnen ihre magischen Kräfte und ihre Kampfausbildung verliehen, war weitaus größer als die seine, selbst wenn sich Valentina und Raphael ihm anschließen würden.

Die Zeit zerrann in Eduards Fingern wie feiner Sand. Die Feen würden angreifen, wenn die Dämmerung die Konturen des Flugplatzes aufweichte und die letzten Besucher zurück in ihre Häuser führte. Bis dahin dauerte es noch eine Stunde. Und er hatte noch immer keine Lösung gefunden. Ihm blieb nichts anderes übrig, als seine Aufgaben zu verrichten und nach außen hin zu lächeln und zu scherzen, innerlich in der Sorge um Coryn fast vergehend.

»Was ist mit dir?« Valentina, die ein Glas Wasser an die Lippen führen wollte, hielt inne und musterte ihn stirnrunzelnd. »Hast du Fieber? Du benimmst dich schon den ganzen Nachmittag so seltsam. Möchtest du lieber nach Hause fahren? Es ist schon spät, wir haben den größten Ansturm an Gästen überstanden. Den Rest schaffen Raphael, Coryn und ich schon allein.«

»Nein, nein, es geht mir gut. Es ist wahrscheinlich einfach nur der Staub hier, er hat auf mich so eine komische Wirkung.« Eduard rang sich ein Lächeln ab. Coryn würde diesen Biestern nicht allein gegenüberstehen. Er würde bis zum Ende bei ihr sein, selbst wenn er sich selbst auf Gedeih und Verderb ausliefern müsste. Nicht noch einmal würde er den Geistern seiner Vergangenheit den Sieg überlassen.

»Hey, Junge.« Raphael stemmte die Hände in seine Hüfte und legte den Kopf zur Seite. »Valentina hat recht. Du siehst echt übel aus, richtig farblos. Vom Staub kommt so etwas nicht. Ich könnte dich mit Wasser vollpumpen und hoffen, dass du ein bisschen zur Besinnung kommst. Ehrlich gesagt will ich das aber nicht wirklich. Mach heute früher Feierabend. Du hast mir hier beim Aufräumen sehr geholfen.«

»Lass mich mal deine Stirn fühlen.« Bevor Ed protestieren konnte, stand Valentina schon vor ihm und legte ihm ihre kühle Hand auf die Stirn. Gleichzeitig schob sie ihm ein Stück Papier in die Hand, das er unwillkürlich mit seiner Faust umschloss. »Kein Fieber«, stellte sie fest. »Wahrscheinlich ist es einfach eine starke Erschöpfung. Geh raus und atme ein bisschen frische Luft, dann schauen wir mal, wie es weitergeht.« Ohne ein weiteres Wort der Erklärung verließ sie die Hütte, deutete aber an der Türschwelle auf die Nachricht in Eduards Hand.

Dieser Hinweis war genauso wie der Zettel nur für ihn bestimmt. Raphael, der zu sehr damit beschäftigt war, die Flugkarten auf dem Tisch zu sortieren und wieder ins Regal zu räumen, übersah ihn. Nur kurz schaute er von seiner Arbeit auf und nickte Ed zustimmend zu. »Das ist eine gute Idee. Vergiss deine Mütze nicht, sie hängt hier am Kleiderhaken.«

Ed folgte seinem Rat und schlüpfte eilig hinaus, schlich um die Hütte und blieb auf der gegenüberliegenden Seite stehen. Die gewaltigen Fichten und das tiefe Dach des Hauses würden ihn vor den Blicken der Palastdiener schützen. Erst nachdem er sich vergewissert hatte, dass ihn keiner beobachtete, entfaltete er den Papierschnitzel und verschlang begierig die Worte darauf:

Coryn wird nicht in die Hände unserer Feinde geraten. Benimm dich so, als wüsstest du von nichts, um keinen Verdacht zu erregen. Sieh einfach zu, dass du und Coryn in der Dämmerung vor der Hütte seid.

Das stählerne Band um Eduards Brust löste sich. Valentinas Brief strotzte von Sicherheit, dass seiner besten Freundin nichts zustoßen würde. Das war alles, was in diesem Augenblick zählte. Rasch versteckte er den Brief in seiner Hosentasche. Sein Innerstes strebte danach, etwas zu tun – zu Coryn zu laufen oder Valentina zu fragen, was ihr Plan war. *Bleib ruhig, Ed. Du hilfst ihr am meisten, wenn du unauffällig bleibst.* Valentina hatte ihm diese Botschaft nicht umsonst auf diese Art übergeben. Anscheinend fürchtete sie sich davor, durch ein Gespräch zu viel Aufmerksamkeit auf sich zu ziehen. Er musste von allen Handlungen absehen, die ihre Freundin in weitere Gefahr bringen könnten.

Eduard atmete den kühlen Duft von Tannen und Schnee ein, konzentrierte sich darauf, wie er in seine Lungen strömte. *»Unsere Feinde«.* Valentina wusste, wozu die zwielichtigen Gestalten auf dem Flugplatz in der Lage waren. Sie war genauso wie er. Eine Fee. Er war viele Monate lang mit zwei von ihnen befreundet gewesen. Wieso war ihm das bisher entgangen? Dieser konstant grüne Schleier um ihren Körper ... nur Feen waren dazu imstande, ihn so stark zu kontrollieren.

War es den Feen nun erlaubt, die Grenzen Fejas zu verlassen? Aber warum jagten die Soldaten dann noch immer Mischblute in ihrer Welt?

Darüber kannst du dir später den Kopf zerbrechen. Eduard holte tief Luft und schleppte sich zurück zur Hütte. Es war nicht wichtig, wie Feen aus Feja geflüchtet waren. Was zählte, war, dass Coryn nicht dorthin gelangte.

Als sich der Tag langsam dem Ende neigte und pinkfarbene Streifen, vor der nahen Gefahr bangend, den Himmel in einzelne Teile zerrissen, war Eduard ein wundes Nervenbündel. Glücklicherweise war Coryn nach dem Start von Simon in die Hütte zurückgekehrt und hatte sich den Karten in den Regalen gewidmet. Auch seine Freundin schien die Bedrohung der Männer zu fühlen. Sie sprach kaum und als sie sich einen Tee zubereitete, schlugen ihre Fingernägel einen nervösen Rhythmus auf die Tasse. *Wenigstens ist sie hier, wo ich auf sie aufpassen kann.*

Valentina verabschiedete sich von den letzten Besuchern des Flugplatzes und gesellte sich danach zu ihnen. Trotz der erschöpfenden Arbeit hing keine Strähne aus ihrem schwarzen Zopf und ihre Haltung war so gerade wie zu Beginn des Tages. Fröhlichkeit umspielte ihre Lippen. Eduard spürte die Anspannung, die sich ihres Körpers bemächtigte und sie zaudern ließ. Sie beide waren auf das Schlimmste gefasst.

»Nun denn, meine Lieben, wir haben einen erfolgreichen Tag hinter uns«, verkündete sie und rieb sich vergnügt die Hände. »Ich muss dir recht geben, Coryn, ich hätte auch nicht damit gerechnet, dass am zweiten Weihnachtstag so viele Gäste kommen werden. Ich glaube, das war ein Rekord in den letzten Jahren.«

Die Sommersprossen um Coryns Nase bewegten sich beim Lachen. Sie wirkte so kindlich, so unbeschwert. Wie jemand, der keine Ahnung davon hatte, dass in dieser Sekunde die gefährlichsten Männer dieser Welt ihren Tod kalkulierten. Er schluckte.

»Raphael, hast du das gehört? Dein Betrieb blüht auf! Ich will ja nicht zu direkt werden, aber wie wäre es mit einer Gehaltserhöhung?«

Raphael brummte aus der hinteren Ecke etwas Unverständliches vor sich hin, woraufhin Valentina und Coryn kicherten. *Faszinierend*, dachte Eduard. Valentina wusste um die Gefahr, die über ihren Köpfen schwebte, und besaß dennoch den Mut, dieser offen ins Gesicht zu lachen.

Die raue Stimme eines Fremden unterbrach ihr Gespräch: »Würden Sie mir bitte beim Start helfen? Ich bin ein Anfänger und bei Ihnen soll man ja eine professionelle Begleitung bekommen.« Einer von den weiß gekleideten Männern, die Ed bereits draußen wahrgenommen hatte, verharrte an der Türschwelle. Sein Körper verdeckte den Flugplatz hinter ihm und seine stechend blauen Augen waren genau auf Coryn gerichtet. Scharf, keine Widerrede duldend.

Sie schob ihren Tee beiseite und strich sich blonde Strähnen hinters Ohr. »Es tut mir sehr leid, aber wir schließen für heute. Es wird langsam dunkel, da ist das Fliegen gefährlich. Vor allem Anfänger können den Start- und Landeplatz nicht genau erkennen. Wenn Sie möchten, trage ich Sie für morgen in unseren Kalender ein.« Coryn langte nach einem Stift, um eine neue Notiz zu erstellen.

Der Unbekannte hielt sie auf. Mit großen, entschiedenen Schritten verringerte er die Distanz zwischen ihnen und stützte sich auf dem Tisch vor ihr ab. Sein Schleier stand in Flammen. Die Schatten seiner Begleiter tasteten über den Boden. Sie waren umzingelt.

»Ich verfüge über genügend Kompetenz, um einen Start- und Landeplatz in der Dunkelheit zu erkennen«, zischte der Fremde Coryn an. »Also helfen Sie mir, verdammt noch mal, oder ich verwandle Ihr niedliches Häuschen in Holzspäne.«

»Wow, Kumpel, langsam.« Alarmiert durch den aggressiven Tonfall stellte sich Raphael vor Coryn und verschränkte die Arme vor der Brust. »Das hier ist mein niedliches Häuschen und ich mache hier die Regeln. Hören

Sie mal auf damit, dem Mädchen Angst zu machen. Sie hat Ihnen einen Termin vorgeschlagen. Wenn Sie keinen möchten, verlassen Sie bitte den Flugplatz.«

»Ich rede nicht mit Ihnen, Sie Idiot«, blaffte der Mann.

»Schade, denn glücklicherweise bin ich hier der Chef. Gehen Sie unverzüglich aus dem Haus.«

Coryn wurde bleich. Es schmerzte Eduard physisch, nicht zu ihr zu laufen und sie festzuhalten. Jede Bewegung könnte ihre heikle Lage zum Kippen bringen. *Vielleicht lassen sich die Männer noch überzeugen ...* Er glaubte selbst nicht daran.

Der Fremde richtete sich beherrscht auf. Ein Muskel zuckte an seiner Wange. »Ich bedaure, dass wir bei der Sache keinen Kompromiss finden konnten«, entgegnete er und ließ seine Worte nachklingen, sodass sie einem dunklen Omen gleich in der Luft schwebten. Sein Atem bildete leichte Wolken. Plötzlich war es entsetzlich kalt. Betont langsam kehrte er ihnen den Rücken zu und machte seinen Begleitern ein Zeichen.

»Lauft ins Sommerreich. Du weißt, wo das Portal ist«, flüsterte Valentina Eduard zu, da splitterte Glas, eine glühend blaue Kugel schoss durch das Fenster auf den Tisch zu und zerschlug ihn. Coryn schrie auf und umklammerte Eduards Arm. Eine weitere Kugel schmetterte gegen die Wand – nur in kleiner Entfernung zu Raphaels Kopf. Schwere weiße Staubwolken wallten auf.

»Worauf wartet ihr? Jetzt!«, rief Valentina inmitten des Getöses. Zwei weitere Angreifer erschienen im Raum, gingen mit Dolchen auf Raphael und sie los. Raphael warf einen Stuhl nach ihnen. Noch auf seiner Flugbahn zerstückelte ihn jedoch einer der Männer mit einem mächtigen Schlag.

»Duck dich!« Eduard drückte Coryn instinktiv nach unten und bedeckte sie mit seinem Körper. Die Decke über ihnen löste sich. Schutt, Ziegelsteine und Holz regneten auf sie herab. Einige der Stücke trafen ihn am Rücken, zerschnitten seine Kleidung und bohrten sich brennend und schmerzvoll in seine Haut. Er biss die Zähne zusammen.

»Lauft!«, schrie Valentina zum letzten Mal und warf mit einem kleinen Fläschchen nach den Angreifern. Das Glas explodierte und setzte einen dichten grünen Rauch frei, der ihre Feinde umschlang und ihnen für kurze Zeit die Sicht zu trüben schien.

Steh auf. Steh auf, verdammte Scheiße. Wie betäubt schleifte Ed Coryn mit sich, die vor Schock und Angst jede Bewegung vergaß. Er hatte sie vor Feja bewahren wollen. Jetzt war das Sommerreich ihre einzige Rettung.

Hustend kämpften sie sich durch das Meer aus Trümmern und Asche. Stille Dunkelheit empfing sie, eine lebendig gewordene Nacht, die sie belauschte.

»Komm, Coryn, renn!«, forderte Ed sie auf. Er zog sie, so schnell ihn seine Beine tragen konnten, hinter sich her und auf den Waldrand hinter dem Flugplatz zu. Schritte dröhnten in seiner Nähe. *Verfolgung.* Sein Herz raste. Wenn sie nicht vor ihren Angreifern am Portal zu Feja ankämen, wäre Coryn ihnen schutzlos ausgeliefert. Und er hatte bereits selbst miterlebt, wozu die Feen in ihrer Wut fähig waren.

Als sie fast die Waldlinie erreicht hatten, riss eine kräftige Druckwelle sie zu Boden und legte einen dumpfen, geräuschlosen Schal um die Welt. Seine Ohren piepten. Benebelt zog er sie hoch und schleppte sie weiter. Wie in Zeitlupe drehte sich Coryn um und sah auf die blauen Flammen, die sich hoch an der Hütte entlangzüngelten und über die Wände des zerfallenen Gebäudes leckten.

»Valentina! Raphael!«, brachte sie hervor. Statt eines Schreis war ihre Stimme nur ein krächzender Schluchzer. Sie wankte. Wäre hingefallen, wenn er sie nicht aufgefangen hätte.

Ed, der nur mit Mühe ein lautes Heulen unterdrücken konnte, riss sie nach vorn. *Nicht nachgeben. Bloß nicht nachgeben, sonst sind wir alle tot.* »Weiter, weiter«, wiederholte er wie ein Mantra. Er drängte, schob, flog mit ihr auf den Wald zu.

Abrupt schrie Coryn auf und sackte kraftlos in sich zusammen. Etwas Warmes und Flüssiges spritzte auf Eduards Hose. Ein Pfeilschaft vibrierte in ihrem Bein, eine glitzernde Linie in der Nacht. Er schnappte erschrocken nach Luft. »Es wird alles gut, Coryn, alles wird gut. Es ist nichts passiert.« Ohne lange Überlegungen hievte Ed Coryn auf seine Schulter und rannte keuchend weiter. Alles, woran er dachte, war die Flucht.

In der Dunkelheit des Waldes stieß er gegen Äste, stolperte über Steine. Seine Kraft versiegte. Schweiß rann über seine Stirn. Seine Großmutter hatte ihm nur erzählt, dass sich das Portal im Wald befand, nicht aber, wo genau. Was, wenn er die falsche Richtung eingeschlagen hatte? Die Befürchtung durchzuckte ihn wie ein Blitz. *Nicht daran denken.* Irgendwo neben ihnen jaulte ein Tier. Weitere Heulrufe vereinten sich mit ihm und bündelten sich zu einem einzigen wilden Gebrüll, das durch das Gestrüpp schnellte und nach den Flüchtlingen lechzte. Also war der Mythos von den Wölfen im Wald doch wahr! Es lief ihm kalt den Rücken herunter. Schattenhafte Gestalten starrten ihnen aus dem Dickicht entgegen, ihre Pfoten trampelten über das Laub. Er durfte nicht daran denken, was passieren würde, wenn sie ihn erwischen würden.

Auf seiner Schulter entfuhr Coryn ein leises Stöhnen.

»Du packst das, halte durch«, raunte er ihr zu. Sie antwortete nicht. Plötzlich blitzte zwischen den Bäumen ein weißes Licht auf. In der flirrenden Luft zerflossen die kahlen Konturen der Bäume. Das Portal. Ed konnte sein Glück kaum fassen. Sie hatten es geschafft. Nur noch wenige Meter. Ein paar Schritte. Sein Atem kam stoßweise, doch das Ziel vor ihm jagte Adrenalin in Schwallen durch seinen Körper und saugte die letzte Kraft aus seinen erschöpften Muskeln. Nun waren sie schon an der Lichtung, das gleißende Licht des Portals umschlang seinen Körper und sog an ihm. Er griff danach … In derselben Sekunde stieß ihn etwas heftig von hinten an. Zähne drangen in sein Fleisch und rissen Gewebe auseinander.

Heller Schmerz strömte durch sein linkes Bein, verkrampfte alles in ihm und ließ schlagartig von ihm ab. Eduard aber konnte nicht mehr atmen. Sein Sichtfeld zerfranste. Er schlug hart auf dem Boden auf und verlor das Bewusstsein.

Eduard erwachte im rosafarbenen Nebel. Wasser umspülte seine Füße und weiches, dichtes Moos breitete sich unter seinem Rücken aus wie eine gemütliche Decke. Er setzte sich auf und sackte beinahe erneut in sich zusammen, so sehr hatte die Flucht ihn seiner Kräfte beraubt. *Wir haben es geschafft. Wir haben es geschafft, wir sind in Feja. Die Reinblute haben uns nicht fassen können.* Eduard klammerte sich an diesen Gedanken wie an ein Stück Holz, das ihn, spuckend und würgend, unter den jähzornigen Wellen nach oben half.

Wir sind in Sicherheit. Beide. Aber wo ist ... »Coryn?«, rief er. Als keine Antwort folgte, schrie er erneut: »Coryn? Wo bist du?« Noch immer war keine Reaktion zu hören. Stille umgab ihn; der üppige Nebel schluckte jedes Sein und war sein einziger Geselle. Voller Furcht richtete er sich auf und ächzte vor Schmerz, als er auf der Suche nach seiner Freundin durch den Nebel humpelte.

Er fand sie einige Meter entfernt liegend, ihre Arme und Beine waren seltsam verdreht. Ihre Lider flatterten. Ed beugte sich zu ihr hinunter und streichelte über ihre Wange. Sie war unmenschlich kalt. *Heilige Scheiße.* »Coryn, bitte wach auf«, hauchte er.

Sie rührte sich nicht. Allein an ihren flachen, leisen Atemzügen erkannte er, dass sie nicht tot, sondern nur besinnungslos war. Dort, wo der Feenpfeil in ihrem Bein steckte, klaffte ein langer Riss in ihrer Hose. Darunter zog sich die Haut zu dicken schwarzen Geschwüren zusammen, die sich noch weiter über ihr Bein zogen. Hastig riss er ihre Jacke auf und schob den darunterliegenden Pullover nach oben. Die Adern des Knäuels dehnten sich bis zu ihrem untersten Rippenbogen aus.

Eduard brach der Schweiß aus. Es war keine Wunde, die ein menschlicher Pfeil zufügen würde, keine Entzündung, die Coryns Körper mit Fieber und Wahn aufhalten könnte. Dieses Etwas war *lebendig*. Es brodelte dunkel unter ihrer Haut. Und es bewegte sich mit einer unheimlichen Zielstrebigkeit auf Coryns Herz zu, als würde es wissen, dass dort der Ursprung ihres Lebens lag. Bei der Geschwindigkeit, mit der es ihr unteres Körperteil befallen hatte, durfte das nicht mehr allzu lange dauern.

Eduards Eingeweide verkrampften sich, als er realisierte, dass er mit ihrem Eintritt in Feja nur dem sichtbaren Feind entkommen war. Doch dem unsichtbaren – der Zeit – konnte er nicht so einfach entrinnen.

So behutsam wie möglich nahm er seine Freundin in die Arme und setzte seinen Weg fort. Der Nebel um ihn herum teilte sich, während er achtsam einen Fuß vor den anderen setzte. Sein Bein blutete rot in den Nebel hinein. Wenn er nicht von tödlicher Angst und Schmerzen vom Wolfsbiss geplagt worden wäre, fände er sicherlich Gefallen an der Landschaft, die ihn schweigend umgab. Bäume mit vollen pinken und braunen Kronen neigten sich müde dem Fluss entgegen und ließen ab und zu zierliche Blätter hineinfallen, die wie Papierboote auf dem Wasser glitten und ins geheimnisvolle Nirgendwo verschwanden. Der Fluss selbst war lang und tief. Wasser plätscherte lautlos am Ufer, dessen Ränder vom Netz einer samtigen hellgrünen Pflanze umsponnen waren. Alles war eingetaucht in ein rosafarbenes Licht, das aus einer für ihn unsichtbaren Quelle stammte. Die Zwischenwelt war genauso, wie seine Großmutter sie ihm beschrieben hatte.

Der Nebel ließ die Trennung zwischen Himmel und Erde verschwimmen. Die Uhr an seinem Handgelenk blieb stehen. Hier existierten kein Raum und keine Zeit. Anscheinend war der Fluss selbst der Weg und führte in die magische Unendlichkeit. Beinahe erwartete, nein, hoffte Eduard darauf, hinter einer Böschung am Ufer ein Wesen mit durchscheinenden Flügeln zu bemerken, das ihm für eine Gegenleistung seine Hilfe anbieten würde.

Aber es war niemand da. Er musste sich auf die eigenen Kräfte verlassen und zu einer Feensiedlung kommen.

Coryns Stirn war nun mit winzigen Schweißperlen bedeckt; sie zitterte fiebrig. *Ich muss uns von hier fortbringen, ganz egal, wohin. Dorthin, wo Feen sind. Dorthin, wo man ihr helfen kann. Und mir ... Himmel, ich bin selbst nur noch ein Wrack ... Sollten mich die verdammten Mischblutkräfte nicht heilen? Normalerweise dauert das nicht so lange!*

Je weiter Eduard voranschritt, desto dichter wurde der Nebel. Er zischte und zog sich zu verrauchtem Qualm zusammen wie eine lebendige, atmende Kreatur, die einen Eindringling in ihrem Gebiet erahnte. Immer wieder formierten sich kleine Hügel aus dem Dunst und verschwanden wieder. Die Luft war erfüllt von einem leisen Gemurmel. Tausende dünne Stimmen stiegen aus dem Nichts zu ihm hinauf und ließen das Blut in seinen Adern gefrieren. Besorgt fixierte Ed die Nebelbänke und suchte nach der Quelle der Geräusche. Er machte kein anderes Lebewesen in der Nähe aus.

Plötzlich krallte sich etwas von unten in seinen Schuh: ein kleines gräuliches Wesen, das ihn hasserfüllt anstarrte. Vom Körperbau her ähnelte es einer ausgehungerten Katze. Seine Konturen jedoch verschwammen im Nebel, als wäre es selbst nur eine Ausgeburt dieses schrecklichen

Ortes. Aus dem gefletschten Maul ragten überdimensional große Fangzähne.

Erschrocken wich Ed zurück und beförderte das Wesen mit einem Tritt zurück ins Wasser. Was war das für ein Ding? Einen weiteren Angriff konnte er wirklich nicht gebrauchen. Beklommen setzte er seinen Weg fort, wobei er darauf achtete, wohin er trat. Kaum war er einige Schritte gegangen, fasste ihn etwas erneut von unten. Mehrere Wesen krabbelten an ihm und Coryn hoch, zerfetzten schnaubend seine Kleidung und zielten mit ihren Klauen nach seinem Gesicht. Die kleinen Biester mussten erkannt haben, dass er sich nicht mit seinen Armen wehren konnte, und witterten so ihre Chance, ihn zu Boden zu werfen.

Ed wollte sie abschütteln, doch erfolglos. Die Menge der Kreaturen überwältigte ihn. Sie nagten an ihm. Überall, wo ihre Zähne ihn gestreift hatten, juckte seine Haut und bildete eiternde rote Pusteln. Kiefer schnappten nur wenige Zentimeter über seinem Hals zu. Eduard wollte rennen, aber seine Beine versackten in dem dicken Nebel. Einer seiner Füße verstrickte sich in etwas und er kippte nach vorn. Gerade noch rechtzeitig legte er eine Hand um Coryns Kopf, um sie vor dem Aufprall zu schützen. Noch mehr der grauen Figuren stürzten auf ihn zu.

Schweren Herzens blickte Ed auf Coryn herab, die er noch immer fest umklammert hielt. Er musste sie loslassen, das wäre ihre einzige Rettung. Er rollte sie auf den Boden und riss die kleinen Wesen von sich. Von einem schrillen Winseln begleitet purzelten sie hinunter, machten sich jedoch sofort wieder an den Angriff.

Da kommen noch mehr. Dutzende größerer Feinde krochen

aus dem Fluss. Wasser tropfte von ihren verfilzten Fellen und unterstrich die unnatürliche Wölbung ihrer heraustehenden Rückenknochen. Einem grauen Albtraum gleich wankten sie nach vorn und schlossen unvermeidlich einen Ring um ihn.

»Geht weg! Nein!«, fauchte er sie an. Sie hörten nicht auf ihn. Eine kleine Gruppe machte sich über Coryn her und knabberte an ihrer Schulter. Neben ihm materialisierte sich eine riesige, krallenbesetzte Pranke aus dem Nebel und haschte nach ihm. In der letzten Sekunde wich er zurück.

Mühsam kämpfte er gegen die Wesen an und war fast schon wieder auf den Beinen, als ihn ein dumpfer Stoß gegen die Brust hinunterwälzte. Eine schlammverkrustete, unförmige Kreatur mit angelegten Ohren bedrängte ihn und holte zum nächsten Schlag aus. Keine Sekunde zu spät drehte er den Kopf zur Seite, sodass die massive Pfote auf den Boden krachte. Nebeltropfen spritzten hoch und ließen seine Augen tränen.

Mach etwas, Ed! Er rappelte sich auf und stieß das Ungeheuer von sich herunter. Verstört wankte es zurück. Im selben Moment packte ihn etwas von hinten, umgriff seinen Hals und würgte ihn. Röchelnd schlug er um sich, aber er war zu schwach. Mit der schwindenden Luft verließen ihn die Kräfte und alles überschwappte ein blutiger Schleier.

Gerade als er dachte, dem Tod geweiht zu sein, drang ein lauter Ruf zu ihm durch und ein Strahl durchzuckte den Nebel. Er erhellte die hintersten Winkel und brachte die Landschaft für einen Wimpernschlag zum Flimmern.

Eduards Angreifer, geblendet vom grellen Licht, fielen von ihm ab, erstarrten und zerschellten in Tausende Bruchteile. Eduard selbst war wie gefangen in dem weißen

Schein. Es zog ihn in seinen Bann, obwohl er vor dem Verderben wimmerte, das es mit sich führte. Als es versiegte, kniete er um Luft ringend auf der Erde und war wieder von Nebel umgeben. Die Flucht, der Kampf, diese unerwartete Rettung – das alles hatte ihn so sehr ausgezehrt, dass er keinen klaren Gedanken fassen konnte. Wenn nur diese Schmerzen endlich aufhören würden ...

»Ed«, wisperte jemand in seiner Nähe. Coryn.

Auf allen vieren bewegte er sich in die Richtung, aus der er ihre Stimme vernommen hatte, und stieß zuerst auf ihre Hand. Von einer Welle der Erleichterung übermannt umklammerte er sie. »Du lebst«, flüsterte er zurück.

»Ja.« Coryns Züge verzerrten sich vor Schmerz. Sie schluckte heftig. »Ich ...« Sie brachte den Satz nicht zu Ende. Der Parasit unter ihrer Haut ergriff Besitz von ihr. Ihr üblicher Duft nach Johannisbeeren wurde vom Gestank faulenden Fleisches überlagert.

Rasch schob er ihre Kleider hoch. Die schwarzen Verästelungen rankten bis zu ihrem Brustbein. Das Böse verbreitete sich unglaublich schnell. *Sie darf nicht sterben. Nicht jetzt; nicht, nachdem wir das alles zusammen hinter uns gebracht haben!* »Hey, du!«, rief er verzweifelt aus. »Ich weiß, dass du hier bist! Du hast mich vor dem Tod bewahrt. Bitte hilf mir! Wenn du nicht willst, dann rette wenigstens sie! Bitte!« *Du bist ihre einzige Chance!* Eduard blinzelte angestrengt in den Nebel. »Bitte!«, flehte er erneut.

»Wer bist du?«, erkundigte sich die Stimme fordernd. Sie kam aus der Ferne. Ob es der Dunst war, der ihn wieder täuschte? Für einen Moment vibrierten die tiefen Noten in der Luft und lösten sich in Rauchfahnen auf.

»Ich bin nicht dein Feind. Mein Name ist Eduard. Ich bin genauso wie du. Bitte hilf mir.«

»Was machst du hier?«, führte der Fremde ungerührt seine Befragung fort.

In Eduards Kopf ratterte es. Die Stimme konnte einem Reinblut gehören, einem Geschöpf, das sich darüber freuen würde, sie an den Palast auszuliefern. Er musste irgendeinen plausiblen Grund erfinden. Doch der Nebel lähmte seine Gedanken und der Schmerz zerstückelte sie. Ein Blick auf Coryn und Eduard wusste es: Er hatte keine Zeit für Schwindel. »Ich komme aus der Menschenwelt.«

»Menschenwelt!« Die Stimme klang erschüttert. »Also bist du nicht so wie ich! Was hat ein Mensch in Feja verloren? Geh fort und nimm deine Gefährtin mit. Ihr beiden habt hier nichts zu suchen!«

»Ich bin eine Fee!«, rief Ed ungehalten und fügte zur Überzeugung hinzu: »Ich kann deinen Schleier sehen. Du bist ein Feigling, wenn du dich mir nicht zeigst.« Eduard war selbst verwundert darüber, wie leicht ihm diese Lüge von den Lippen ging. Der Dunst erlaubte es ihm nicht, die Umgebung einen Meter vor ihm zu erspähen, geschweige denn den Urheber der Stimme zu lokalisieren. Aber er konnte den Unbekannten nicht gehen lassen.

Der Betrug erreichte seine Wirkung. Vorsichtig und voller Zweifel lugte ein junger Mann mit einem mächtigen goldenen Geweih und einem pferdeartigen Körper aus dem Dunst.

Ein Hyale, stellte Eduard erleichtert fest, *kein Reinblutsoldat.* Das Volk dieser Wesen war zwar argwöhnisch, aber nicht doppelzüngig, und wenn ihr Misstrauen erst einmal überwunden wurde, konnten sie zu treuen Freunden werden.

Skeptisch fixierte er Eduard. »Was ist mit dem Mädchen?«

»Sie ist auch eine von uns. Ein Feenpfeil hat sie getroffen und das Gift breitet sich rasant aus. Sie benötigt dringend einen Heiler.«

Coryns Bewusstlosigkeit und Eduards Angst mussten den Hyalen von der Wahrheit seiner Geschichte überzeugt haben. Er nickte ihm knapp zu. »Kannst du sie tragen?«

»Ich ...« Eduard hatte Mühe aufzustehen. Jeder Muskel brannte von den unzähligen Wunden und vor Erschöpfung. Keuchend brach er zusammen.

»Du bist selbst stark verletzt«, bemerkte der Hyale und wandte sich von ihm ab.

Eduards Herz setzte aus. Er durfte ihn doch nicht im Stich lassen!

Aber das schwebte ihm auch nicht vor. Was der Hyale in Wahrheit im Sinn hatte, war, mit seinen Hufen einen seltsamen Rhythmus zu schlagen – als würde er die Musik für einen wilden Tanz anstimmen. Dort, wo seine Beine den Boden berührten, sprühten grüne Funken und stoben hoch.

Allmählich füllte sich die Luft mit weiteren Tritten, die mit in die Melodie einstiegen. Helle Figuren zerstreuten das Halbdunkel und bewegten sich auf Eduard zu. Manche von ihnen glitten auf Flügeln hinab, die anderen jagten mit ihrem gewaltigen Stampfen regelmäßige Stöße in die Erde. Voller Verblüffung bemerkte Eduard, wie sie sich vor dem Hyalen einfanden und ihn verehrungsvoll grüßten.

Er zählte insgesamt fünf Geschöpfe. Zwei davon waren ebenfalls Hyalen. Blaue Blüten wanden sich um die Hörner der Frau, Armreifen aus einem dunklen Material um die Unterarme des Mannes. Selbst unter dem Einfluss seines Schmerzes staunte er darüber, wie außergewöhnlich die Bewohner des Sommerreiches wirkten.

»Du hast uns gerufen, mein Freund«, sprach eines der Wesen. Es war ein riesiges eulenähnliches Geschöpf mit strahlend weißem Gefieder und muskulösen Beinen. Irgendwo tief in Eduard, verborgen im verworrenen Labyrinth der Erinnerung, schlummerte ein Bild, das seine Großmutter für ihn gemalt hatte, als er noch ein kleiner Junge gewesen war. Doch egal, wie sehr er sich anstrengte, der Name dieses Geschöpfes entglitt ihm, sobald er ihm auf der Zunge lag. Sein Kopf ... sein Kopf tat ihm so höllisch weh.

Der Eulenmann schielte neugierig zu Eduard hinüber.

Wie heißt du? Was bist du?

»Ja. Diese Feen müssen zu den Dryaden gebracht werden. Sie sind schwer verletzt und können nicht selbst laufen.«

Einwilligend senkte das Wesen den Kopf. Ein Riese mit geflochtenem Haar und einem braunen Blättermantel beugte sich hinunter, um Coryn anzuheben. Eduard wollte gerade protestieren, so bedrohlich erschien ihm die Größe des Wesens, da kräuselten sich dessen Lippen zu einem unbeholfenen Lächeln.

»Hab keine Angst vor ihm. Komm her, Fremdling.«

Ed sträubte sich nicht, als der Hyalenmann ihn sanft zu sich zog und auf seinen Rücken lud. Das Fell des Wesens war noch feucht und zottelig vom Nebel, aber es roch nach einer gebürsteten Katze und fühlte sich warm an. Es fiel ihm leicht, diesem Geschöpf zu vertrauen.

»Wir werden uns wiedersehen, Lerenial. Pass gut auf dich auf«, bat der Eulenmann Eduards Retter.

Lerenial ... Lerenial ... Ein Hyale ..., rauschte es in seinem Kopf, als der Hyale, auf dessen Rücken er reiten sollte, den Kopf knapp neigte und rasch den Rückweg antrat. In der Eile des Aufbruchs schaffte es Eduard nicht, sich bei Lerenial zu bedanken. Doch seine Lippen formten ein stummes Danke, als er vom Hyalen davongetragen wurde, was seinem Beschützer nicht entging.

Ermüdet von dem langen Kampf um Leben und Tod und der Sorge um Coryns Vergiftung ließ er zu, dass der Schlaf sein Traumnetz langsam über ihn spann. Und sobald er sich fallen ließ, vergaß er den Schmerz, der ihn im Wachsein so sehr peinigte. Sie hatten die Flucht überlebt. Fürs Erste.

Coryn

Feja, Sommerreich
48. Mond der 3600. Sova

Als ich die Augen aufschlug, fand ich mich in einem elastischen Netz wieder, das zwischen den Ästen eines gewaltigen Baums gespannt war. Seine Ranken waren so dick wie drei Menschen, die einander in eine liebevolle Umarmung schlossen, und der Stamm selbst hatte einen unüberschaubaren Durchmesser. Mein Kopf dröhnte. Wo zum Teufel war ich? Und wie war ich hierhin gelangt? Ich wollte mich drehen, aber die Bewegung sendete einen furchtbaren Schmerz durch mein rechtes Bein. Ich stöhnte.

»Du bist wach.« Die Stimme einer Fremden ließ mich aufhorchen. Im nächsten Moment fiel der Schatten einer jungen Frau auf mich herab. Ihre Haut war hölzern und Blätter schlossen ihre Wangen in einen Rahmen, der ihr Gesicht symmetrisch wirken ließ. Ihre Haare bestanden ebenfalls aus dem goldenen Blattwerk. Ihr Leib nahm menschliche Konturen an, doch ebenso wie dem Gesicht entsprangen auch ihm Laubschichten in Grünabstufungen, die von feinen Lianen zusammengehalten wurden.

Dieses ... Geschöpf erschreckte und faszinierte mich gleichermaßen. Ich hatte so etwas noch nie gesehen. Eine menschliche Gefangene in der Hülle eines Baums. Ich musste wohl halluzinieren. »Wer sind Sie?«

»Wer seid Ihr«, korrigierte sie mich, wobei sich die rindenartige Struktur in ihrem Mundbereich leicht öffnete. Sollte das ein Lächeln sein? »In Feja sagt man Ihr und nicht Sie. Aber das ist nur eine Kleinigkeit von all den Dingen, die du lernen musst. Ich bin Samarrha, eine Dryade. Du bist Coryn, spreche ich das richtig aus?«

»Ja ... Woher kennen Sie ... ähm ... kennt Ihr«, verbesserte ich mich, »meinen Namen?«

Die Dryadenfrau lavierte anmutig zwischen den Baumästen und nahm auf dem Platz, der meinem Netz näher war. Der Ausdruck einer unwiderstehlichen Neugier weitete die dunklen Holzmuster in ihrem Augenbereich.

Ich wich erschrocken zurück. *Eine Dryade.* Als ich klein gewesen war, hatte meine Mutter mir oft aus diesem einen zerfledderten Märchenbuch im malvenfarbenen Umschlag vorgelesen, in dem die Dryaden einem Prinzen seine Geliebte entrissen und aus Hass gegen das Königreich in ihresgleichen verwandelt hatten. In dieser Geschichte jedoch befreiten sich die Wesen nicht aus ihren Bäumen, sondern machten sich nur durch ihre Stimmen bemerkbar. Das Geschöpf vor mir war eindeutig von der Pflanze getrennt. Oder würde sich auch ihr knorriger Körper gleich mit den Ästen verflechten? *Warum denke ich überhaupt darüber nach?*

»Du hattest ein ziemlich großes Geleit hierhin. Es wäre ein Fehler, eine Fee nicht zu kennen, die so einen Aufruhr verursacht.«

»Fee?«, wiederholte ich verständnislos. Wovon redete sie?

»Eins nach dem anderen. Wie geht es deinem Bein?« Ohne eine Antwort abzuwarten, glitten ihre langen wurzelähnlichen Finger zu meinem Knie und lösten den Verband aus Grashalmen. Eine tiefe Wunde klaffte darunter. Von ihrem Zentrum gingen lange schwarze Verzweigungen ab, die nach oben hin immer heller wurden. Entsetzt zuckte ich zusammen. »Was... was ist das? Wo kommt das her? Was geht hier vor sich?« Das hier... sah übel aus. So richtig, richtig übel.

»Du musst dich nicht fürchten«, erwiderte Samarrha ohne eine Spur von Mitgefühl. Als hätte sie mit mir lästige Arbeit zu verrichten, lehnte sie sich zurück und zupfte eins von den Blättern an ihrer Schulter ab. Dann verrieb sie es, eine leise Melodie summend, bis die Masse in ihren Händen eine cremige Konsistenz bekam und aufleuchtete. Dort, wo sie das Blatt abgerissen hatte, bildete sich eine zarte Knospe, öffnete sich und gab eine strahlend gelbe Blüte frei, deren goldene Pollen vom Wind verweht wurden.

Gerührt beobachtete ich dieses Wunder. Es war ein Kind der Fantasie und der Natur, das hier in diesem Winkel der Welt stolz sein Recht auf Leben erkämpft hatte.

Ohne eine Vorwarnung lehnte sich die Dryade zu mir und verteilte das Gemisch auf meiner Wunde. In der Erwartung eines brennenden Gefühls hielt ich den Atem an. Doch es kam nicht. Statt eines Schmerzes umfloss die Salbe kühl und lindernd die Verletzung. Eine dünne Hautschicht wuchs darüber und verdeckte fast vollständig den Einriss. Als wäre dort das Herz der dunklen Adern gewesen, das mit seinem letzten Schlag deren Tod forderte, wurden die Linien schmaler und verebbten pulsierend.

Ich kam aus dem Staunen nicht mehr heraus. Wie konnte das ... Wie war das ... »Wie ist das möglich?«, brachte ich hervor.

»Du bist in einem Feenreich, Coryn, hier ist ziemlich vieles möglich. Ich konnte die Salbe erst auftragen, nachdem du aufgewacht bist. Innerhalb der nächsten Stunde sollte dein Bein vollkommen verheilt sein.«

Feenreich? »Wie bitte?«

»Du Arme, du erinnerst dich wirklich an nichts.« Nach einem kurzen Zögern trennte Samarrha einen kleinen Ast vom Baum ab und rollte ihn zwischen den Fingern, bis er immer breiter und dünner wurde und sich schließlich zu einem Blatt groben Papiers entfaltete. Sie berührte es in der Mitte, woraufhin sich die Struktur bewegte und verformte. Detaillierte Zeichnungen von Bergen, Wäldern und Seen breiteten sich von der Mitte bis in die Ecken aus und nahmen die gesamte Fläche des Bogens ein. *Das darf doch alles nicht wahr sein! Zuerst diese Beinwunde, dann das hier ...*

»Das hier ist das Menschenreich, wo du herkommst«, erklärte Samarrha geduldig und deutete auf den linken Abschnitt der Karte. Als wären ihre Worte eine Aufforderung gewesen, veränderte sich das Papier erneut. Vor mir lag nun die nahe Darstellung meines Zuhauses, des Altenheims und des Flugplatzes, an dem meine Erinnerung an das Geschehene von großen Lücken zersetzt wurde.

Das Altenheim ... Ich hatte Elisabeth versprochen, sie am nächsten Vormittag zu besuchen!

»Und hier ist Feja, das Feenreich. Der Junge und du seid durch ein Portal hierhin geflohen, weil man euch verfolgt hat. Dich hat ein Feenpfeil getroffen.«

Meine Gedanken verdichteten sich zu einem ungeordneten Knäuel. Feja, Verfolgung, Dryaden. Was bedeutete das alles? Ich glaubte, in einem fantastischen Traum zu sein, der mich säuselnd in seine Fänge gelockt hatte. Und denen ich mich nicht mehr entwinden konnte. Ich musste aufwachen, aber nichts dergleichen geschah. »Also ... und jetzt ... Wo ist Eduard?«

Das Holz auf ihrer oberen Gesichtspartie bekam Risse, beinahe wie ein menschliches Stirnrunzeln. »Die anderen Dryaden haben seine Wunden versorgt und ihn dazu gezwungen, sich auszuruhen. Der Holzkopf war direkt nach dem ersten Aufwachen voller Tatendrang. Er wollte zu dir kommen und als ihm das verboten wurde, brannte er darauf, sofort aufzubrechen, um eure Freundin Valentina zu suchen. Wir haben es geschafft, ihn davon zu überzeugen, hier zu bleiben. Jedenfalls so lange, bis du wieder zu Bewusstsein kommst.«

Valentina. Mit einem Schlag brachen die Ereignisse des Abends über mich herein. Der gewaltsame Fremde, der abends nach einer Startbegleitung verlangt und nach einer Absage die Hütte in ein Schlachtfeld verwandelt hatte. Das Ungewitter der totalen Verwüstung. Die stürmische Flucht mit Ed und dann – gleißend hell und gnadenlos – der Widerhall der Explosion und das Feuer, das das Haus mitsamt der Kämpfenden auffraß. Mir fiel der rasante, atemberaubende Lauf wieder ein und das Gefühl, den Wald zu erreichen, würde über unser beider Leben entscheiden. Und schließlich rief mein Körper mit aller Macht den Schmerz wach, mit dem die Pfeilspitze in mein Bein eingedrungen und dort zitternd stecken geblieben war.

Ich hielt inne und versuchte vergebens, das wilde Schlagen meines Herzens zu beruhigen. Meine Blessur – ein Zeugnis des schrecklichen Abends – stand so lebendig vor mir, dass es mir schwerfiel, die Wahrheit der Ereignisse anzuzweifeln. Es war alles wirklich so passiert. Oder ich war verrückt.

Hätte ich meine Gedanken als Fallbeispiel im Buch zur psychologischen Diagnostik gelesen, das ich für meine Hausarbeit ausgeliehen hatte, würde ich sie mit schweren Erlebnissen begründen. Ich hatte in den letzten Stunden zu viel gefühlt. Meine Fantasie half mir dabei, den Schock zu verarbeiten. *Diese Erklärung macht meine Lage nicht besser.*

Von der Angst und Ratlosigkeit überwältigt war das Einzige, was mir in den Sinn kam: »Wie lange habe ich geschlafen?«

»Drei Nächte lang. Das Gift des Feenpfeils war sehr stark und hat dich für eine beträchtliche Zeit außer Gefecht gesetzt.« Samarrha wickelte mein Bein erneut mit dem Grashalmverband ein.

Wie konnte sie so ruhig sein? Bei Gott, wie konnte sie so gelassen reagieren? Empfand sie keinerlei Gefühle dabei, mir das alles zu erklären? *Das kann man doch nicht erklären! Nicht so!* »Ihr sagtet, ich sei eine Fee. Ihr habt Euch geirrt, oder? Oder ich habe mich verhört. Ich bin doch ... Ich habe doch nicht –«

»Du stellst sehr viele Fragen, Coryn.« Die Dryade senkte das Kinn. Auf einmal schoss eine starke Efeuranke den Baumstamm hoch und wand sich um ihr Handgelenk. Wie es schien, verlangte die Natur ihren Besitz zurück.

»Du musst aufpassen, dass es dir nicht zum Verhängnis

82

wird. Der Palast mag keine Feen, die zu neugierig sind. Gib auf dich acht.«

Bevor ich etwas erwidern konnte, lehnte sich Samarrha gegen den Ast, der ihr vorher als Sitzplatz gedient hatte, und verschmolz mit dem Baum. Ihre Gestalt fügte sich nahtlos in ihn ein, das ohnehin hölzerne Gesicht erstarrte in einem wundersamen Rindenmuster und der gehobene Arm bildete einen Zweig, an dem grüne Blätter hingen. Es war, als wäre sie nie da gewesen.

»Leb wohl, Geliebter. Schaue dich nur in deinem Königreich um und du wirst eine neue Prinzessin finden, die es für eine Ehre erachten wird, dir die Tränen deiner Trauer von den Lippen zu küssen, flüsterte die Dryade und senkte die Lider. Der Baum holte sich zurück. Nur die seltsamen Verformungen an den Stellen, die bei einer Frau wohl zur Brust gehören würden, verrieten dem Königssohn, dass er tatsächlich mit seiner Gefährtin gesprochen hatte ...«

Ich blinzelte, um mich davon zu überzeugen, dass ich immer noch am selben Ort war – und nicht auf dem Schoß meiner Mutter, mit angehaltenem Atem der Geschichte im malvenfarbenen Einband lauschend. Wie konnte das alles passieren? *Zur Hölle damit!* Vor kurzer Zeit hatte ich bei meiner Familie gelebt. Ich hatte heißen Espresso zwischen der Statistik- und Biopsychologievorlesung getrunken, Elisabeth im Altenheim besucht und auf dem Flugplatz ein wenig dazuverdient. Ich war ein gewöhnlicher Mensch, wie man sie massenweise auf den Straßen der Schweiz traf. Nun ja, fast gewöhnlich. Vielleicht machte mich meine Fähigkeit, Schleier zu sehen, ein winziges bisschen originell – aber es war eine kleine, unauffällige Besonderheit.

Vor kurzer Zeit kannte ich keine Dryaden oder Feen und keine weiß gekleideten Männer mit magischen Kräften, die mich und meine Freunde angriffen. Jetzt aber ... Jetzt zerfiel die mir bekannte Welt an einem einzigen Abend in Trümmer.

Was war mit meinen Eltern? Machten sie sich Sorgen um mich, weil ich so lange nicht mehr nach Hause gekommen war? Drei Nächte ... Drei Nächte lang hatte ich geschlafen. Hatte meine Mutter mit panischer Stimme die örtliche Polizei verständigt und mein Vater seine Dienstreise abgebrochen, um nach mir zu suchen? Und was war mit Valentina und Raphael, hatten sie die Explosion überlebt? Hatte Elisabeth an ihrem kleinen Tisch gesessen und immer wieder auf die Wanduhr geschaut, die Falten tief vor Traurigkeit, weil ich nicht kam? Ich musste Antworten finden. Himmel, ich musste die ganze Sache schnellstmöglich beenden und nach Hause zurückkehren. Dafür brauchte ich Eduards Hilfe. Diese ... Frau ... Samarrha hatte gesagt, dass die anderen *Dryaden* für ihn sorgten, während ich schlief. Er musste sich also in der Nähe aufhalten.

Ich stützte mich an den Ellenbogen ab und schwang mich hoch, sodass ich eine sitzende Position schräg zur Netzkante einnahm. Die Erde unter mir lag in etwa vier Meter Fallhöhe. Dicht gewachsene Mooskissen bedeckten den Boden, aber die massiven Wurzeln des Baums krochen darüber und streckten sich bis ins Unermessliche aus. Wenn ich springen würde, riskierte ich, mir bei der Landung einen schweren Bruch zuzuziehen.

Einer plötzlichen Eingebung folgend krabbelte ich entlang des Netzes. Ein Zweig am Baumstamm diente als erster

Haltepunkt für das Geflecht. Stückweise verlagerte ich mein Gewicht vollständig auf ihn und ignorierte dabei den aufwallenden Schmerz in meinem Bein. »*Innerhalb der nächsten Stunde sollte dein Bein vollkommen verheilt sein.*« Weil ein Blütengemisch die grässliche Wunde natürlich heilen würde. In einem Feenreich. Ich schüttelte den Kopf. Ich musste mich jetzt verdammt noch einmal damit beschäftigen, hier herunterzukommen.

Als Kind hatte mein Vater mich oft in den Wald zum Spazieren mitgenommen. In seinem Herzen war er ein kleiner Junge geblieben, dessen Blick sich bei der Erwähnung verrückter Ideen mit Begeisterung entzündete, nur sein Äußeres passte sich den Jahren an. Bei solchen Ausflügen erklärte er mir die unterschiedlichen Baumarten. Einmal schlug er mir mit einem Zwinkern vor: »*So, Coryn, dann teste doch mal selbst aus, wie gut dich ihre Äste halten können.*« Ohne auf eine zweite Aufforderung zu warten, war ich losgerannt und auf den Baum geklettert, bis ich ihm von der Krone aus mit schmutzigen, aufgekratzten Händen zuwinken konnte.

Bei dem Gedanken an ihn zog sich alles in mir zusammen. Ich rutschte ab und verlor fast den Halt. *Konzentriere dich.* Zögerlich und mühselig senkte ich mich immer weiter ab. Als ich wieder festen Boden unter mir spürte, war ich so erschöpft, dass ich beinahe zusammengesackt wäre. Allein das Verlangen, eine Erklärung zu erhalten, zwang mich nach vorn.

»Ed?«, rief ich. Die Stille des Forstes verurteilte mich. Mir war, als würden unter jeder Unebenheit, in jeder Höhlung in der Baumrinde unsichtbare Wesen lugen, die mich für die Störung dieses stummen Ortes straften. Der Wald selbst war ein Lebewesen.

»Ed, wo bist du?« Unschlüssig wanderte ich durch das Gehölz und hielt Ausschau nach ähnlichen Netzen wie das, in dem ich aufgewacht war. Ein mulmiges Gefühl überkam mich. Wo war er? Die anderen Dryaden haben seine Wunden versorgt. Er musste doch in der Nähe sein! Oder hatte man ihn an einem anderen Ort geheilt? Vielleicht in einem anderen Teil des Waldes?

»Ed, komm raus, verdammt noch mal!«, schimpfte ich laut, um meine eigene Angst zu übertönen. Etwas im Gestrüpp hinter mir raschelte. Ich wirbelte herum. Nichts. Voller Unbehagen setzte ich meinen Weg fort.

Wenn ich Samarrha nicht begegnet wäre, würde ich davon ausgehen, in einem gewöhnlichen Forst unterwegs zu sein – so natürlich ebneten die Sonnenstrahlen die Erde, in der meine Füße versanken. Ich nahm seltsame, nicht zusammengehörige Düfte wahr, die dennoch auf eine einzigartige Art miteinander harmonierten: Zimt und Besenheide, Holz und feuchte Erde, Rauch und dieser unverkennbare, drückende Geruch von Bedrohung, der alle anderen mit seiner moderigen Spur umwickelte. Obwohl es nicht kalt war, befiel mich Gänsehaut.

»Eduard!« Aus dem Augenwinkel heraus erkannte ich einen gräulichen Schatten, der mir durch das Unterholz folgte. Ich beschleunigte meinen Lauf. *Es ist bestimmt nur ein Eichhörnchen. Kein Grund zur Sorge*, redete ich mir ein und befahl mir selbst, nicht mehr zurückzuschauen.

Nach wenigen Schritten lichtete sich der Wald, die Bäume standen nicht mehr so dicht beieinander und in den

Lücken zwischen ihnen schimmerte etwas. Ich betrat eine riesige Wiese, auf der wie Farbkleckse eines ungeübten Künstlers blaue Blumen getupft waren. Vor mir lag ein vom warmen Sonnenlicht überflutetes Tal. Der Wald schützte diesen verträumten Landstrich von der einen Seite. Von der anderen aber säumten ihn drei flache, blumenbewachsene Hügel. In der Mitte traf die Heide auf einen kristallklaren See, dessen Oberfläche sich leicht kräuselte. Der Kontrast zwischen der Enge des Waldes und der Freiheit hier schmerzte fast physisch. Blumen streckten sich sehnsüchtig dem Himmel entgegen, schlossen sich jedoch rasch, als ich mir zwischen ihnen einen Weg bahnte. Spürten sie die Fremdheit, die von mir ausging?

Plötzlich glaubte ich, eine bekannte Gestalt am Ufer des Sees zu erkennen. »Eduard!«, rief ich hoffnungsvoll.

Die Figur drehte sich um. Ed. Er lächelte und hechtete zu mir, um mich zu umarmen. Unvermittelt wallte Wut in mir auf und ließ mich nach Luft schnappen. Ich schlug seine Arme weg. Meiner Kehle entwich ein Knurren und in dem Schrei, den ich von mir gab, erkannte ich mich nicht wieder.

»Du!«, fuhr ich ihn an. »Wieso zum Teufel bist du weggegangen? Du hast mich allein gelassen, war dir das eigentlich bewusst?! Allein – hier! Unter Dryaden, oder wie auch immer diese verrückten Wesen heißen sollen, die aus gottverdammten Blättern bestehen! Sie sprechen! Erzählen mir etwas von Feja und Verfolgung und Feen, von denen ich angeblich auch eine bin! Hast du auch nur im Entferntesten daran gedacht, dass ich nach dem Aufwachen nicht den blassesten Schimmer davon habe, wo du bist? Ich musste dich mitten im Nirgendwo suchen! Ich wurde von Schatten gejagt! Was mache ich hier überhaupt? Wo bin ich? Bring mich sofort zurück!«

Eduard hob abwehrend die Hände, aber ich konnte nicht aufhören. Er hatte mich verlassen, um seelenruhig am See zu sitzen. Er, mein bester Freund! Hatte er vergessen, was wir uns versprochen hatten? Damals, vor fast anderthalb Jahren, als sein Gleitschirm von einer zu heftigen Bö ergriffen worden und er hinabgestürzt war? Ich war als Erste zu ihm gerannt. Hatte seine Hand gehalten und mit ihm gesprochen, während er sich keuchend und spuckend auf dem Boden zusammengekauert hatte, seine Rippen mit den Knien schützend. Zum Heulen einer Rettungswagensirene und Raphaels geschocktem Lispeln hatten unsere Blicke zueinander gefunden und sich etwas geschworen. Seit diesem Tag auf ewig füreinander da zu sein.

Er hatte den Schwur gebrochen.

Der Ausdruck von Reue und heißer Scham verzog seine Lippen zu einer gekränkten geraden Linie. Das machte alles nur noch schlimmer.

»Was waren das überhaupt für Männer am Flugplatz, was wollten sie von uns? Wie um alles in der Welt sind wir hier gelandet?« Die Hände zu Fäusten geballt, rückte ich an Ed heran, der unsicher nach hinten schwankte. Ein grauer Schleier wirbelte lau um seinen Leib. Es war mir recht. Die Angst vor den Dingen, die ich in den letzten Stunden gesehen und gehört hatte, fütterte und hegte das Feuer der Verärgerung in mir. Einmal entfacht, würde es alles um sich herum einäschern. Ich genoss es.

Eduard hatte mich hierhin gebracht. Eduard hatte diese gesamte Katastrophe verursacht. Ohne seine dämliche

Flucht wäre ich nicht angeschossen und die Hütte am Flugplatz nicht in die Luft gesprengt worden. Woran hatte er bloß gedacht?

Plötzlich schrie er auf und fiel rücklings nach hinten. Durch meinen Ansturm zurückgedrängt war er über einen Stein gestolpert, der von dem hohen Gras getarnt wurde. In nur einem Satz war ich bei ihm, mein Zorn ebenso schnell verraucht, wie er gekommen war. Eduards Fall entzog ihm den Sauerstoff, den er zum Leben brauchte. Nur eine Schneise trauervoller Verheerung blieb zurück – und ich, die als leere Hülle in sich zusammenfiel, nachdem das Feuer jede Energie von mir abgenötigt hatte. *Wie damals, nachdem der Rettungswagen mit Ed abfuhr und ich kraftlos auf dem Flugplatz zusammenbrach.* »Es tut mir so leid«, flüsterte ich. »Geht es dir gut?«

Stöhnend richtete sich Ed auf und presste sich die Hand an die Schläfe. Blut rann in dünnen Fäden hinunter. »O Mann ... Coryn ... War das wirklich nötig? Ich meine, ich verstehe ja, dass das alles viel für dich ist. Aber denkst du wirklich, dass du Probleme auf diese Weise lösen kannst?«

»Bitte entschuldige.« Ich biss mir auf die Lippe und half ihm beim Aufstehen. Humpelnd stützte er sich an meiner Schulter ab. »Du bist verletzt«, stellte ich betreten fest. »Ne, weißt du, nur du hast Schaden von unserer Flucht davongetragen. Mir selbst hat das Ganze wahnsinnig viel Spaß gemacht.«

»Was ist dir zugestoßen?«

»Welchen Teil der Geschichte willst du hören? Den mit den Wolfsbissen oder den mit den grauen Kreaturen, die mich angegriffen haben, als ich dich trug?«

Schuld verbrannte meine Wangen. Erst jetzt wurde mir bewusst, wie kindisch ich mich verhalten hatte. Ich hatte zugelassen, dass sich meine eigene Furcht und Verzweiflung über meinen Verstand erhoben und mich regierten. Wie so oft bei den Menschen, bei denen ich es mir erlaubte, echt zu sein.

Alles in mir schrie danach, die grauenvollen Erinnerungen auszulöschen und einen Schuldigen dafür zu finden, dass ich mich in dieser surrealen Welt befand. Mein Temperament hatte Eduard Teufelshörner aufgesetzt, wo keine waren.

»Es tut mir leid«, wiederholte ich unbeholfen.

»Schon okay.« Ed rieb sich am Nacken und lächelte mich beschwichtigend an. Seine braunen Haare standen in alle Richtungen ab. »Blöd nur, dass die mich gerade noch zusammengenäht haben. Fast erwäge ich, zurückzugehen und sie noch mal danach zu fragen.«

»Rede nicht so darüber, als wäre das alles total normal.«

»Wie soll ich denn darüber reden?« Ed sah mich unter gefurchten Augenbrauen aufmerksam an.

Irrte ich mich oder hatten sich neue Züge in sein Gesicht geschlichen? Er wirkte älter, sorgenvoller. Seine Lider hingen schlaff herab und dünne Falten kringelten sich um seine Mundwinkel. Beinahe gewaltsam band der Kummer seinen Schleier an die Erde, wo er doch für gewöhnlich frei um Eduards Silhouette tänzelte. »Ed ... wo sind wir hier?«

»Setz dich. Es ist eine lange Geschichte.«

Ich kam seiner Aufforderung nach und nahm neben ihm auf der Wiese Platz. Als ich mich voller Erwartung zu ihm drehte, war sein Kopf wehmütig geneigt und sein Mund leicht geöffnet. Er war in seine eigene Welt versunken. Es verwirrte mich, ihn so zu sehen. Bisher hatte er diese Seite vor mir verborgen. Dabei verriet die Harmonie, mit der sich seine Gesichtsmuskeln in diesem nachdenklichen Ausdruck entspannten, dass er häufig so gestimmt war.

»Der Ort, an dem du gerade bist, heißt Feja«, fing er leise an. Seine Stimme verflocht sich mit dem Rauschen des Wassers zu einem gemurmelten Lied, das mich zugleich beruhigte und jeden meiner Muskeln in eine flatterhafte Spannung versetzte. Auch die Dryade hatte diesen Namen verwendet. Die Erinnerung daran durchfuhr mich scharf. Das Ganze hier war schlicht unmöglich. Ich konnte, wollte, würde nie glauben, dass ich tatsächlich an einem fantastischen Ort mit unmenschlichen Wesen weilte. Aber Eds ruhig glimmender Schleier flüsterte mir ein, dass ich mich irrte.

»Es besteht aus zwei Teilen: Dem Sommerreich im Westen und dem Winterreich im Osten, die beide von Feen und anderen magischen Wesen wie zum Beispiel den Dryaden bevölkert werden. Früher waren die Reiche eins. Seit der Trennung jedoch steht Hass zwischen ihnen und es gibt nichts, was den herrschenden Winter davon abhalten würde, den Sommer zu unterjochen. Er scheut keine Mittel, um seine Dominanz zu beweisen.«

»Und warum hat sich das Reich aufgespalten?«, warf ich ein. Zwischen saftig grünen Hügeln und Grashalmen, die meine Haut kitzelten, klang Eduards Erzählung wie ein verwunschenes Märchen. Sie war Bildern von weißhaarigen Königen und Schlössern entstiegen und wickelte ihren Zauber um mich. *Nur eine Geschichte, Coryn. Es ist nur eine Geschichte.* Ich zog meine Knie an.

»Früher lebten alle Kreaturen in Frieden. Irgendwann entdeckten einige junge Feen ein Portal in ihrem Reich. In ihrer unschuldigen Neugier durchschritten sie es und fanden so den Weg zu den Menschen. Diese Geschöpfe, die über keine einzige magische Kraft verfügen, übten auf die Feen seltsamerweise eine starke Anziehung aus. So kam es dazu, dass die Feen bei ihnen blieben und Nachkommen zeugten – Mischblute, die die Feengabe von einem Elternteil geerbt haben.

Die Nachricht von Feen, die sich mit Menschen verbrüdert hatten, verbreitete sich in Feja rasend schnell. Manch andere folgten dem Beispiel ihrer Freunde und kehrten mit ihren Kindern und Frauen nach Feja zurück. Der Großteil allerdings war strikt dagegen, in auch nur die entfernteste Form von Kontakt mit Menschen zu treten. Sie glaubten, dass ihr reines Blut durch die Verwandtschaft mit ihnen besudelt und die Fähigkeiten der auf diese Weise geborenen Kinder weniger ausgeprägt sei. Diese Mischblute waren ihrer Ansicht nach weniger wert als reinblutige Mitglieder ihrer Rasse.« Abscheu zog Eduards Unterlippe hinunter. Kleine Wunden prangten darauf, die nur von nervösen Bissen stammen konnten.

Rasse. Mich schauderte es. Ein einziges Wort, das so viel Übel anrichten konnte. Und es war immer dasselbe.

Heiser, als müsste er sich überwinden weiterzusprechen, fuhr Eduard fort: »So schlugen die Menschen, ohne es im Geringsten zu ahnen, einen Keil zwischen die Feen und trugen dazu bei, dass die beiden Reiche entstanden. Der Teil von Feja, in dem die feindlich gestimmten Feen lebten, verwandelte sich durch ihren Hass und ihre Abschätzigkeit in ein kaltes Gebiet, in dem ein ewiger Winter waltet. Da sie damals in der Mehrheit waren, rissen sie die Macht über Feja an sich, errichteten einen Palast und gaben die Macht in Königsdynastien von Reinbluten weiter.

Die Mischblute jedoch mussten sich der Unterordnung fügen. Der Palast verstand, dass es ohne Untertanen keine Regierung geben konnte. Er machte den Mischbluten glaubhaft, dass sie von den Fähigkeiten der Reinblute abhängig waren, denn nur sie konnten die Gabe vollständig einsetzen. So erzeugten sie eine Art Dienstleistungs- und Produktkreislauf, bei dem die Mischblute die niedrigste Stufe besetzten.«

Gebannt hörte ich weiter zu, aber Eduard verstummte. Grauen braute sich über seinem Kopf zusammen wie ein verhängnisvoller Rabenschwarm, der mit dem Flügelschlagen das Licht des Himmels auslöschte und ihn kreischend und pikend umzingelte.

Angegriffen von etwas, das nur er sehen konnte, schrumpfte Ed. Auf einmal saß vor mir ein kleiner, gebrechlicher Junge, der in den Schutz genommen werden musste. Ich tätschelte seinen Arm. Verwirrt fuhr er hoch und schaute zu mir auf. In seinen graublauen Augen hatte sich das Licht verloren.

»Was ist dann passiert?«

»Es war ihnen nicht genug«, hauchte er, seine Worte fast vollständig vom Schmerz ermattet. »Diese Macht war ihnen nicht genug. Der Palast wollte sicherstellen, dass er seine Kontrolle über Feja und seine Diener niemals verlieren würde. Genau das wäre passiert, wenn die unterworfenen Mischblute wieder in die Menschenwelt geflohen wären, wo sie keinen tyrannischen Herrscher über sich hätten. Also organisierte der König kleine Gruppen von Reinbluten – meistens ihm treu ergebene Wächter oder Mitglieder der Königsfamilie –, die regelmäßig in die Menschenwelt reisten. Dort mussten sie Mischblute aufspüren und sie an den Palast ausliefern. Er seinerseits entschied darüber, wie mit den Flüchtlingen aus Feja verfahren werden sollte. Zusätzlich zum Machtverlust im eigenen Reich fürchtete er nämlich noch eine zweite Sache: dass die Mischblute ihr Feengeheimnis an die Menschen verraten würden. Manche der Auswanderer wurden zurück ins Sommerreich gebracht, aber viele ...«, er schluckte heftig, »Viele verloren als Strafe für ihr Vergehen das Leben. Entweder in dem Moment, als man sie in der Menschenwelt fand, oder aber auf Befehl des Palastes in Feja selbst. Eine Warnung für Feen, niemals die Grenzen ihres Reiches zu überqueren.« Seine Stimme erstarb erneut.

Ich fragte mich, was von dieser traurigen Geschichte ihn so sehr schmerzte. In meiner Vorstellung war Ed zu Hause fest verankert. Er spielte Basketball, studierte und quälte sich mit absolut menschlichen Dingen ab: verbrannte Pizzen, für die er sich vor mir hundertfach entschuldigte, oder das verhasste Aufräumen. Er hatte mir nie etwas über seine Eltern oder seine Kindheit anvertraut. Selbst dann nicht, als wir bis zwei Uhr nachts auf seiner zerfledderten Couch gesessen und »Maleficent« geschaut hatten – einen absoluten Familienfilm. Ich hatte es immer damit erklärt, dass er nicht in der Vergangenheit schwelgen wollte.

»Meine Mutter und mein Vater ... die beiden sind vor zwölf Jahren genau auf diese Weise umgekommen.«

Oh. Die Nachricht verpasste mir einen heftigen Hieb in die Magengrube. Das konnte nicht real sein. Das war nicht echt. Eduards Eltern wurden nicht von Feenwesen umgebracht. Er musste sich täuschen. Bei Traumata, die in frühen Entwicklungsstufen passierten, legten sich manche Kinder eine fantastische Realität zurecht. Eine Alternativwelt, in der ihre im Autounfall gestorbenen Eltern von Feen in ein grausames Reich verschleppt wurden. Einige von ihnen trugen diese Vorstellung unbewusst bis ins Erwachsenenalter hinein.

War das mit Eduard geschehen? Hatte er sich die Soldaten des Königs bloß eingebildet, um den Verlust seiner Eltern zu verkraften?

Du hast die Feensoldaten gesehen, Coryn. Du hast gesehen, wie sie magische Kugeln durch die Hütte schossen und mit unnatürlicher Stärke kämpften. Zwei Menschen können nicht an derselben Fantasie leiden.

Als sich unsere Blicke kreuzten, erschütterte mich die Trauer, die aus dem seinen quoll. Eduard musste nicht weinen oder mit wilden Gesten erklären, dass dieses Reich wirklich existierte und dass seine Eltern der Brutalität ihres Herrschers zum Opfer gefallen waren. Sein Leid traf mich auch so bis ins Mark. Die lautlose Qual überzeugte mich von dem, was ich bis dahin nicht für möglich gehalten hatte. Alles, was ich erwidern konnte, war ein ersticktes Röcheln.

»Es tut mir leid, dass ich dir das alles erzählen musste. Wie du unschwer erkennen konntest, habe ich meine Herkunft als Mischblut mit ziemlich großem Erfolg geheim gehalten. Die Palastwächter haben mich nicht entdeckt, weil ich mich unauffällig verhalten habe und in der Obhut ... anderer lag. Ich wähnte mich in Sicherheit und glaubte, dass es mein ganzes Leben lang so gehen könne. Tja, ich habe mich geirrt. Du wirst mich jetzt wahrscheinlich für verrückt halten, aber du bist auch eine Fee.« Er legte eine bedächtige Pause ein und wartete auf meine Reaktion. Seine Fingergelenke knackten immer wieder, weil er seine Hände nicht in Ruhe lassen konnte.

Aufgewühlt und niedergeschlagen durch das Geständnis über seine Eltern blieben mir die Worte im Hals stecken. Sie strebten danach, herauszusprudeln und sich in einem tosenden Fluss aus Zweifeln, Verneinung und schlagkräftigen Gegenargumenten zu ergießen. Irgendetwas hielt sie zurück. Ein eisiges Collier umfing meinen Nacken und sengte mich innerlich aus. *Fee. Du bist eine Fee, Coryn.*

»Das ... Das stimmt nicht«, protestierte ich schwach, mein Widerstand nur gegen mich selbst gerichtet. Ein Teil von mir wusste, dass ich mich irrte. Er rief Dinge in mir wach, die ich in die hinterste Ecke meines Verstandes verdrängen wollte, wo sie nur noch schemenhaft geisterten und in der Wirklichkeit keinen Bestand hatten. *Die Schleier, Coryn, was ist damit? Warst du wirklich so naiv zu glauben, es sei ein Sehfehler? Etwas, was dir aus Zufall widerfahren ist; etwas, was dich nicht von den anderen unterscheidet? Du wusstest doch immer, dass du anders bist. Du bist eine Fee. Hör auf, dich gegen die Wahrheit zu wehren. Nimm sie an.*

Ich wollte mir die Ohren zuhalten, um die innere Stimme zum Erliegen zu bringen, aber sie war stärker als ich. Eduard musste meinen inneren Kampf bemerkt haben. Sachte legte er seinen Arm um mich und barg mich in dem

Trost seiner freundschaftlichen Umarmung, in Wärme und seinen herben Kiefernduft. Erst jetzt fiel mir auf, dass ich am ganzen Körper zitterte.

»Ich weiß nicht, ob du mir jemals verzeihen kannst, dass ich dich in die gesamte Sache hineingezogen habe. Wenn man es mit mir gemacht hätte, würde ich die Person wahrscheinlich bis an ihr Lebensende hassen, weil sie mir mein Leben geraubt hat. Ich wünschte, es hätte noch einen anderen Ausweg für dich gegeben.«

Ich wünschte es auch. Ich wünschte, ich wäre an diesem Tag nicht zur Arbeit gegangen, wäre länger bei Elisabeth geblieben, hätte mich krank gestellt. Irgendetwas. Ich wünschte, ich könnte jetzt am Tisch meiner Eltern sitzen und mit ihnen pilzgefüllte Pfannkuchen essen, während Orell wild gestikulierend von seinem Tennisturnier erzählte. Ich wünschte, ich wäre niemals an diesem Ort gelandet, hinter dessen Maske aus verzauberter Schönheit Gefahren und Tod lauerten.

Doch hätte ich mich ewig vor diesen Männern verstecken können? Diesen ... Reinbluten? Oder hätten sie mich aufgespürt? Womöglich sogar meine Eltern bei dem Versuch getötet, mich zu entführen?

Alles in mir zog sich schmerzhaft zusammen. Meine Eltern. Von wem hatte ich dieses verfluchte Feensein geerbt? Und war sie auch auf meinen Bruder übergegangen? Schwebte er in Gefahr? Ich schluckte. Ich durfte nicht darüber nachdenken. Vielleicht morgen. Vielleicht niemals. »Waren diese Männer am Flugplatz die Botschafter des Palastes?«

»Ja. Du hast deine Gabe – die menschlichen Emotionen als Schleier zu sehen – zu auffällig und zu zielgerichtet benutzt. Deswegen haben sie dich gefunden. Ich habe geahnt, dass du sie in dir trägst.«

Ich krächzte. »Warum hast du mir nie etwas gesagt?«

»Ich hatte keinen eindeutigen Beweis dafür. Und ich wollte dich vor dem Horror dieser Wirklichkeit bewahren. Du hättest mir ohnehin nicht geglaubt. Aber als die Feenmänner über die Hütte am Flugplatz herfielen, hatte ich keine Wahl mehr. Ich habe gehofft, dass wir sie zurückdrängen würden, damit du niemals einen Fuß nach Feja setzen musst. Sie waren zu stark. Die einzige Chance, dich zu retten, war es, dich hierhin zu bringen, bevor sie dich entführen konnten.«

Denn sie würden mir Qualen einer noch übleren Art zufügen, als die, die ich bei der Flucht in dieses Reich erlitten habe, dachte ich den Gedanken zu Ende. Unvermittelt entfernte ich mich von ihm. »Vielen Dank für deine Fürsorge, Ed. Jetzt will ich nach Hause. Ich werde nicht hierbleiben können, auf gar keinen Fall. Meine Eltern machen sich Sorgen um mich. Das mit Feja klingt alles schrecklich und dafür haben die Feen mein herzliches Beileid. Das ändert allerdings nichts daran, dass ich nicht hierhin gehöre. Du musst mir zeigen, wo das Portal ist, damit ich zurückkehren kann.«

Eduards Kiefer mahlten. Auf einmal verhärtete eine schwarze Unbiegsamkeit seinen Schleier, machte ihn beinahe greifbar wie eine Mauer, hinter der er sich versteckte. »Das geht nicht.«

Ich atmete konsterniert aus. »Wie, das geht nicht? Wovon redest du bitte? Wo ein Eingang ist, muss doch auch ein Ausgang sein, nicht wahr? Bring mich sofort dorthin!«

»Das geht nicht«, wiederholte er steif. »Für Mischblute funktioniert das Portal nur in eine Richtung.«

Lerenial

Feja, Zwischenwelt
45. Mond der 3600. Sova

Nachdem der Hyale seinen Freunden die Aufgabe übertragen hatte, Eduard und seine Gefährtin zu den Dryaden zu bringen, war er wieder allein. Der rosafarbene Dunst schlug seine Fluten erneut über der Zwischenwelt zusammen und nichts erinnerte mehr daran, was sich hier vor wenigen Augenblicken zugetragen hatte.

Noch immer zitterten seine Hörner vor Verunsicherung und Erstaunen. Es musste Dutzende Sovas her gewesen sein, dass zwei Feen gleichzeitig ohne Talismane durch das Portal gereist waren. Lerenials Vorgänger hatte ihm davon erzählt, denn niemand anderes als die Torhüter und der amtierende König durften dieses Wissen besitzen. Zu hoch war die Gefahr, die Kontrolle über das gesamte Sommerreich zu verlieren, wenn die Erkenntnis nach außen gelangte.

Selbstvergessen trabte der Hyale entlang des Trauernden Flusses, jede dessen Windungen er nach den Dutzenden Sovas seines Dienstes auswendig kannte. Das Aufkommen seiner Hufe verklang im Nebel. Es war das Blut, woran das Portal eine Fee erkannte; Blut, das ein Geschöpf von einem anderen unterschied. Und wenn ein Wesen das Blut seines verletzten Gefährten auf sich trug, zählte das Weltentor sie als einen Körper.

Lerenial mochte nicht darüber nachdenken, woher die beiden Flüchtlinge diese Information erhalten hatten. Oder war es bloß Zufall gewesen? Hatten sie nicht gewusst, dass die Wunde dieses Mädchens die Portalkräfte zerstreuen würde?

Versonnen malte Lerenial mit der Hufspitze unregelmäßige Kreise auf den Boden, die der Nebel aufweichte. Ob es wohl falsch gewesen war, den beiden Flüchtlingen zu helfen? Er war so überrascht gewesen, zwei Reisende in derselben Zeit ankommen zu sehen, dass er seine Entscheidung nicht überdacht hatte. Nicht, wie er es hätte tun sollen.

Der König schrieb ihm vor, das Portal zu bewachen. Lerenial war verantwortlich dafür, dass keine Feen auf diesem Weg Feja verließen und keine Menschen das Reich betraten. Wenn man ihn dabei erwischt hätte, wie er Magie verschwendet hatte, um Unbekannte vor dem Angriff der Flusshusel zu retten ... Oh, was für eine schreckliche Strafe würde ihn erwarten! Schließlich hatte er in seiner Verwirrung nicht einmal erfragt, welche Ziele sie hier in Feja verfolgten.

Womöglich wäre es sogar besser um sie bestellt, wenn sie hier in der Zwischenwelt getötet würden. Es war ohnehin nicht richtig, wie sie ins Reich gelangt waren. Bei dem Gedanken daran wurde Lerenial übel. Seine Unvorsichtigkeit setzte der König mit vorsätzlicher Täuschung gleich.

Andererseits: Wie oft hatte er schon den Palast hintergangen! In einer Welt, in der sich ein jeder zwischen Schwarz und Weiß, zwischen Beugung und Aufstand entscheiden musste und Hilfsbereitschaft von Macht und Gier zerschlagen wurde, bedeutete Güte stets Betrug. Allein die Tatsache, dass er als Diener des Palastes mit anderen Wesen aus dem Sommerreich befreundet war, musste er verheimlichen. In dieser angespannten Zeit hätte man ihn sonst schnell als Deserteur verunglimpft.

Lerenials aufrichtiger Natur missfiel diese Ordnung. Er war erpicht darauf, die lang vergessene Vergangenheit wieder aufleben zu lassen, in der Winter und Sommer zu einem einzigen, immer grünen Geflecht verbunden waren. Damals, so hatten es ihm seine Urgroßeltern erzählt, tobten die jungen Feen noch gemeinsam auf sonnenbeglänzten Frühlingswiesen und flogen unbeschwert durch die Lüfte. Zu dieser Zeit besaß noch jede Fee ein hübsches Paar Flügel, das aus Licht und Freude gesponnen war. Mit dem Anfang des Konflikts jedoch hatten sie sich traurig hinabgehängt und waren später von der Bosheit gänzlich verätzt worden.

Auf der anderen Seite wusste Lerenial, dass Menschen die Ursache ebendieses Konflikts waren. Wenn er die Zeit des Friedens wiederherstellen könnte, würde es eine Zeit sein, in der keine Mischblute existierten. Und damit auch nicht seine Freunde.

Lerenial selbst war ein Emporkömmling des Winterreiches. Man hatte ihn als inneren Wächter im Palast ausgebildet. Später hielt man es für geeigneter, ihn in die Zwischenwelt zu versetzen, wo er das Portal hüten sollte. Dies war vor vielen Sovas gewesen, noch lange vor dem tragischen Tod der Eltern und Großeltern des Kronprinzen Asten. Lerenial hatte das Amt angenommen, ohne zu wissen, von welcher Abgeschiedenheit sein zukünftiges Leben begleitet würde.

Die Zwischenwelt war so eintönig und so trüb wie kein anderer Ort in Feja. Während er am Portal postierte, das verloren und ungenutzt der Macht des Verfalls überlassen wurde, färbten das Alter und die Fäulnis auch auf ihn ab. Sein Fell, einst weich und golden, verfilzte und sonderte den Gestank nach schimmelnder Erde ab. Eine dünne Staubschicht hatte seine Hörner bedeckt. Der Ring, den König Meliodas ihm für seinen Dienst geschenkt hatte, glänzte nicht mehr so wie früher. Aber vielleicht war es nicht wichtig, denn es gab ohnehin niemanden, der ihn für seinen Zustand ausschimpfen könnte.

Die Mischblute ängstigten sich davor, bei ihrer Flucht aus dem Sommerreich erwischt und schwer belangt zu werden. Die Feen in der Menschenwelt ihrerseits glaubten wohl daran, dass es für sie sicherer sei dortzubleiben. Zu Recht.

Weltentrückt und einsam durchstreifte er die Landschaft und fand nichts Tröstliches in der Monotonie des Nebels und des dunklen Flusses, der hier und da hindurchschimmerte und für einen Moment groteske Gestalten unter seiner Oberfläche offenbarte. Das ewige Zwielicht hielt ihn gefangen und verzerrte Raum und Zeit: Die Sonnenstrahlen kämpften sich nicht bis an die Erdoberfläche und die Nacht senkte sich niemals über das Tal. Ohne sie auch keine Ruhe und keine Erholung.

»Zwischenwelt« war nicht nur geografisch eine treffende Bezeichnung. Lerenial schwebte zwischen Vereinzelung und Umzingelung von seelenlosen Geschöpfen, die seine Präsenz nur so lange duldeten, wie er nicht zu nah an ihren Fluss herantrat. Obwohl er ein Wachmann im Dienst war, fühlte er sich wie ein Ausgestoßener. Verdammt dazu, sein restliches Leben in einer gläsernen Kapsel aus unbewegter Ewigkeit zu verbringen.

Lerenial mochte keine Isolation. Auch wenn sich seine Familie im Winterreich stets hinter Kälte und Distanz verschanzte und nur selten warme Emotionen zeigte, war ihm das Gefühl der Einsamkeit fremd. Hier in der Zwischenwelt war es ihm zum ersten Mal begegnet. Es befiel ihn leise, auf weichen Pfoten. Es schmiegte sich an ihn, nach einem Gesellen suchend, mit kühlem, nassem Fell und verursachte ein unwohles Ziehen in seiner Bauchgegend. Ganz still nistete es sich in seinen Knochen ein.

Er wünschte, er könnte seinen Eltern eine Amanté schicken. Aber in der Zwischenwelt gab es weder Schnee noch Blüten, die er für die Nachricht benötigt hätte, und ohnehin wehrte dieser Ort jede Form weitläufiger Magie ab. Anfangs lenkte sich Lerenial noch mit unterschiedlichen Überlegungen ab. Die Zwischenwelt hatte jedoch die unerklärliche Fähigkeit, seine Gedanken müde und stumpf werden zu lassen, sie in ein Ebenbild ihrer eigenen Trägheit zu verwandeln. Er wollte davonlaufen, aber er vergaß, vor wem und warum. Seine Wanderungen durch die Zwischenwelt wurden immer länger und zielloser, denn er verlor seinen Orientierungssinn.

Hunderte und wieder Hunderte Monde lang hielt er

seine Verlassenheit aus. Irgendwann erkrankte er so sehr daran, dass er fahrig zu galoppieren anfing. Kopflos und ohne zu verstehen, was er da tat, raste er immer weiter und weiter. Die Geschwindigkeit täuschte ihm vor, wieder lebendig zu sein. Er streifte die betäubende Hülle ab, die die Zwischenwelt um ihn geschaffen hatte, wenn er nur schnell genug war.

Dieser Teil der Zwischenwelt, in den er bei seinem Spurt gelangt war, war ihm neu. Immer rasanter durchstieß er den Dunst. Auf einem besonders lehmigen Uferabschnitt rutschte er plötzlich aus und fiel schreiend ins Wasser. Sofort attackierten ihn die Flusshusel. Er trat um sich, doch konnte nicht verhindern, dass sie an ihm kratzten und bissen. Schon bald wurde er noch tiefer hineingesogen. Das schlammige, ölige Wasser verklebte seine Augen, drängte sich zwischen seine Lippen. Finsternis flutete seine Lungen und stieß den Sauerstoff in hilflosen Luftbläschen aus. Dann war es vorbei.

Als er wieder zu sich kam, überraschte es ihn, dass er lebte. Mehr noch: dass Mischblute aus dem Sommerreich ihn gerettet hatten. Seine weiten Spaziergänge hatten ihn bis an die Grenze der Zwischenwelt geführt, wo die Behausungen der Feen den Nebel widerwillig zurücktreten ließen.

Die Feen kümmerten sich rührend um Lerenial. Sie pflegten ihn, bereiteten ihm stärkende Tränke zu und wachten über seinen fiebrigen Schlaf, bis er wieder geheilt war. In den Phasen des Bewusstseins zwischen Schlaf und den Wahnbildern – den Brandmarkungen, mit denen die Zwischenwelt ihn für seinen langen Verbleib entlohnte – lernte er seine Retter kennen.

Der Erste war Nuepán: Ein junger Mann mit aschblonden Wellen und klarem Blick, der magische Waffen für die Reinblute des Winterreiches schmiedete. Seine Verlobte Kelda unterstützte ihn dabei. In ihrem leichten violetten Kleid und mit den Veilchen im Haar entsprach sie Lerenials Vorstellung davon, wie die Bewohner Fejas vor der Aufspaltung ausgesehen hatten. Kelda flüsterte den Schwertern und den Bögen zu, um ihnen zu lehren, ihren Besitzer stets zu beschützen.

Der Letzte war Haltor: Ein Tierzähmer, der Pegasi für Reisen zwischen den Feensiedlungen vorbereitete. Er war es gewesen, der die Flusshusel in der Zwischenwelt verjagt und Lerenial vor dem Tod bewahrt hatte.

In den Sovas, die Lerenial im Winterreich verbracht hatte, hatte er nie erlebt, dass seine Familie die Mischblute herabsetzte. Im Gegenteil: Genau wie die Hyalen im Sommerreich wahrten auch sie Neutralität in Feenangelegenheiten. Sein Dienst im Palast und die dortige allgegenwärtige Abneigung gegenüber den Sommerfeen hatten jedoch auch in seiner Seele schmutzige Schlieren hinterlassen. Ohne jemals mit ihnen in Kontakt getreten zu sein, malte sich sein Verstand sie als Verbrecher aus.

So kam es, dass die Fürsorge und Herzlichkeit der Mischblute seine ungefestigte Einschätzung umwälzten. Was ihn am meisten an seinen neuen Freunden erstaunte, war ihre Ungerührtheit, als er ihnen von seinem Posten berichtete. Kein Muskel in ihren schmalen Gesichtern zuckte. Als wären sie bereits darauf gefasst gewesen, einen Widersacher in ihrem Haus aufgenommen zu haben. Immerhin war er es, der ihre Flucht vor der Unterdrückung des Palastes in die Menschenwelt verhinderte.

Als er seine Retter darauf ansprach, schüttelte Nuepán nur den Kopf und seine Locken hüpften über die breiten Schultern. »*Du verstehst eine wichtige Sache falsch, Lerenial. Die wenigsten Mischblute sind dem gesamten Winterreich gegenüber feindlich gestimmt*«, sagte er. »*Der Palast missbraucht seine Macht, um uns in die Schranken zu weisen. Dabei gehört Feja nicht dem König allein, sondern allen Feen. Wir hoffen darauf, dass er seinen Fehler bald einsieht. Aber wir sind ein Volk, das differenzieren kann. Nur blinde Wut kann dazu führen, dass man die Untertanen für das Vergehen ihres Herrschers bestraft. Vielleicht sind wir bisher noch nicht wütend oder aber auch nicht verdorben genug.*«

Nach diesem schicksalhaften Vorfall war der Hyale zu seinem Wachposten am Portal zurückgekehrt. In der Trübseligkeit der Zwischenwelt merkte er jedoch schnell, wie sehr er seine neu gewonnenen Freunde vermisste. Das Pflichtbewusstsein schalt ihn für den Wunsch, seinen Arbeitsplatz für ein Vergnügen zu verlassen, und die Vernunft dafür, sich nicht vor den Konsequenzen seiner Abwesenheit zu fürchten. Man hätte ihn durchaus zum Abtrünnigen erklären und für immer aus Feja verbannen können. Oder man würde ihn seiner prächtigen Hörner entledigen, auf die er so stolz war. Oder ... Er wagte es nicht, an die anderen Bestrafungen zu denken.

Und dennoch wünschte er, behaupten zu können, dass er lange genug der Versuchung des Wiedersehens widerstand. In Wahrheit erlahmte sein innerer Kampf schnell. Er beruhigte sein Gewissen damit, dass seit seiner Einberufung in das Amt noch kein einziges Geschöpf aus dem Sommerreich die Zwischenwelt betreten hatte. Und machte sich nur achtzehn Monde später auf den Weg ins Sommerreich.

Die Feen hatten ihn ebenso liebgewonnen wie er sie und freuten sich sehr über seine Rückkehr. Einige wenige Monde lang – kristallene Augenblicke, die zu Wasser zerrannen, ehe er sie festhalten konnte – war er ihr Gast. Es erstaunte ihn selbst, wie geborgen und gelöst er sich in ihrer Gemeinschaft fühlte.

Dieses Zusammentreffen war das erste in einer langen Kette von seinen heimlichen Visiten in das Sommerreich. Schon bald waren seine Schuldgefühle ebenso begraben wie seine Bedenken darum, erwischt zu werden. Seine Besuche dehnten sich nun weiter aus. Nach und nach lernte er die weiteren Bewohner der Siedlung kennen: allesamt zwanglose, naturbelassene Geschöpfe, bei denen er die Rivalitäten zwischen Winter und Sommer vergaß. Er dachte nicht daran, dass sich etwas wandeln könnte. Aber es geschah.

»*Vielleicht sind wir bisher noch nicht wütend oder aber auch nicht verdorben genug.*« Die Worte Nuepáns schmeckten bitter auf Lerenials Zunge. Seit seiner ersten Begegnung mit den Sommerfeen war eine Menge Zeit verflossen. Die einzige Tochter des Königs war fortgelaufen. Man munkelte, ihr hätten der kalte und mitleidslose Umgang zwischen den Reinbluten und die Trennung Fejas missfallen.

Lerenial selbst hatte die Fee nie zu Gesicht bekommen, erinnerte sich nicht einmal an ihren Namen. Seit diesem schrecklichen Ereignis war es ihm, als hätte die Welt vergessen, dass der König jemals eine Tochter großgezogen hatte. Doch er verstand auch, dass dieser Akt mehr war als ein Vergehen gegen die elterlichen Normen. Es war ein offener Aufstand gegen die gesamte Macht des Palastes, der das Gesicht einer der höchstgestellten Feen in ganz Feja trug. Niemand konnte dem rasenden König erklären, wann seine Tochter den Palast verlassen hatte. Niemand konnte ihm beibringen, wie sich eine bekannte Fee unbemerkt an den Wachen hatte vorbeischleichen können, die die Gänge und das Tor des Königshauses flankierten.

Lerenial grübelte darüber, wie lange die Flucht unentdeckt geblieben war. Glaubte man den Liedern der Troubadoure, hatte die Königstochter keinen häufigen Kontakt mit ihrem Vater gepflegt und war nur dann vor ihm erschienen, wenn er ihre Audienz dringend verlangte. Ohne den Kronprinz Asten wäre das Verschwinden einer so wichtigen Persönlichkeit vielleicht noch länger unbeachtet gewesen. So hatte nämlich Meliodas' Großneffe Alarm geschlagen, nachdem er seine Tante nicht beim morgendlichen Kampftraining vorgefunden hatte.

Die Wachen des Königs zerstreuten sich in alle Himmelsrichtungen und durchforsteten das gesamte Königreich nach ihr. Doch als sie sich einer nach dem anderen wieder in den Palast einfanden, brachte keiner die erfreuliche Nachricht mit sich. Man nahm an, dass die Prinzessin durch eins der Portale in die Menschenwelt gelangt sein müsse.

Davon gab es insgesamt drei. Das Erste war in direkter Nähe zum Palast positioniert. Das Zweite an der Grenze zwischen Sommer- und Winterreich und das Dritte in der Zwischenwelt, bewacht von Lerenial. Zu der Zeit, als die Flucht vermutlich stattgefunden hatte, hatte sich Lerenial bei seinen Freunden im Sommerreich aufgehalten.

Von Nuepán erfuhr Lerenial, dass der Palast daraufhin seine Sicherheitsmaßnahmen verstärkte. Er schickte Diener zu allen Portalwächtern, die ihre Anwesenheit überprüfen und sie verhören sollten. Durch einen Schleier des Entsetzens erinnerte sich Lerenial an seinen hastigen Rückweg und die Hoffnung, man hätte seine Abwesenheit nicht bemerkt. Nur kurze Zeit später war ein angsteinflößend muskulöser Feenmann an seinem Portal aufgetaucht und hatte ihm Fragen gestellt. Bei jeder Antwort hatte der Fremde die Augenbrauen so zusammengezogen, dass der Hyale das Schlimmste befürchtete. Ihn schauderte es. Es war ein unerhörtes Glück gewesen, dass die Farbe seines Schleiers seine Lüge nicht aufgedeckt hatte.

Erzürnt und gekränkt durch das Verhalten der Prinzessin lud Meliodas seine Wut auf den Mischbluten ab. Nach seinem Verständnis waren sie die Schuldigen an der Tragödie: Sie waren es, die das Zusammenleben von Feen und Menschen als Erste für möglich erklärt hatten. Der König wickelte das Sommerreich noch enger in seine eisige Umarmung, indem er seine Einschränkungen und Forderungen an die Mischblute verstärkte.

Heute, Dutzende Sovas später, war der Palast geschwächt durch den abscheulichsten aller Verrate: den inneren. Ein dem Königsbruder nahestehendes Reinblut hatte vor fünf Sovas die gesamte Familie von Asten ermordet. Das Königshaus verschloss den Horror hinter seinen Mauern, verriegelte die Tore, verstopfte die kleinsten Schlitze, durch die das Grauen nach außen dringen konnte. Es könnte den Stimmen der Feen neue Kraft verleihen, deren Hass auf den Palast über Generationen zu einem hässlichen Geschwür angewachsen war.

Dabei hatte der König die Ermittlung so schnell für beendet erklärt! Als Lerenial das nächste Mal vom Königshaus hörte, hatte man einen Bediensteten seiner Hoheit für seine Tat bereits zum Tod verurteilt. Gleichwohl konnten weder eine noch so harte Strafe noch die Einschüchterung der Untertanen die Getöteten wieder zum Leben erwecken. Der Schutzschild des Palastes bekam durch den Untergang eines Regierungsflügels große Risse. Während der König seine Autorität im Winterreich stärken musste, schwoll im Sommerreich das verstohlene Gemurmel über einen Aufstand zu einer Welle der Empörung an, die über den König hereinzubrechen drohte. Bisher schaffte es der Palast, die einzelnen Meuterer durch gewaltsames Einschreiten in die Knie zu zwingen. Aber wie lange würde seine Stärke noch halten? In Eissplittern zerschellte seine Autorität.

Lerenial schüttelte sich, um die finsteren Gespenster von sich abzuwenden. Er wollte nicht an einen Krieg denken. Dieser schien so unmöglich und so weit fort. Der heutige Mond sollte unter einem guten Stern stehen. Mit seiner Einmischung in Eduards Kampf gegen die Flusshusel hatte der Hyale das Leben zweier Feenwesen bewahrt.

Er schloss die Augen und badete in den Strahlen der Erfüllung, die seine Flanken wärmte und seine edlen Hörner vergoldete. Die Erinnerung, wie auch er im Moment höchster Verzweiflung von Mischbluten gerettet worden war, weckte in ihm den Wunsch, seine Freunde aufzusuchen. Trotz der gefährlichen Situation vernachlässigte er die Treffen nie.

In freudiger Erwartung schlugen seine Hufen einen regelmäßigen Takt beim Traben. Seine Seele sang jedes Mal, wenn er diesen Pfad zur Siedlung des Sommerreiches betrat. Schon glaubte er, durch den Nebel bekannte Konturen erkennen zu können. Verflochtene, blütenschwere Magnolienäste bildeten eine Art überdeckten Eingang in die Siedlung. Er holte tief Luft und beschwor den feinen, süßlichen Duft der Bäume herauf, der ihm immer als Erster den Eintritt in das Sommerreich verkündete.

Es war nichts da. Er nahm das Traben wieder auf. Hatte er sich etwa verirrt? Das Dorf müsste direkt vor ihm liegen. Aber nein doch, er kannte diesen Weg! Er musste nur dem Bett des Trauernden Flusses folgen, das immer kleiner und enger wurde, weil es einem winzigen Bächlein im Dorf entsprang. Jeden Moment müsste der Nebel aufweichen und das immergrüne Sommerreich enthüllen. Wieso roch er nur nichts?

Eine plötzliche Ahnung traf ihn und raunte ihm zu, seinen Schritt zu beschleunigen. Auf einmal hatte er das Gefühl, dass es viel kälter geworden war. Seine Arme bedeckten sich mit Gänsehaut und das Fell auf seinem Rücken stellte sich auf. *Hör auf zu fantasieren, Lerenial. Die Zwischenwelt spielt mit dir. Du lebst hier schon Tausende von Monden lang. Wie kannst du dich täuschen lassen?* Obwohl sich Lerenial selbst beruhigen wollte, brach ein Schweißfilm auf seiner Stirn aus. Er hatte selten Angst. Aber jetzt glaubte er, einer unsichtbaren Kraft zu begegnen, die die seine um ein Hundertfaches überstieg; einer Kraft, die ihm teuflische Furcht einjagte. Die Zwischenwelt lachte ihn für sein Unbehagen aus.

Hier stimmt etwas ganz gewaltig nicht. In einem einzigen Moment legte Lerenial seine aufgezwungene Ruhe ab und stürmte, von einer schlimmen Vermutung gehetzt, nach vorn. Prompt lichtete sich der Dunst. Lerenial hatte recht: Er war in der angrenzenden Siedlung des Sommerreiches angekommen. Oder eher in dem, was von ihr übrig geblieben war.

Lerenial hielt mitten in der Bewegung inne. Seine Hinterbeine wollten den atemlosen Galopp fortsetzen und schnellten unkontrolliert weiter, sodass sich sein Körper zusammenschraubte und zu Boden krachte. Ein Teppich aus Magnolienblüten federte seinen Sturz ab und umfloss ihn wie eine pinke Blutlache.

Er hob den Kopf an. Die Bäume hatten ihre Blüten verloren. Die meisten waren erfroren auf die Erde gefallen. An vielen platzte die Eiskruste bereits auf und ein roter Saft sickerte weinend aus den Spalten. *Was ist hier passiert?*

Betäubt erhob sich Lerenial und drang über den knisternden Teppich tiefer in die Feensiedlung ein. Das laute Pochen seines Herzens durchschnitt die Schweigsamkeit, in die das Dorf getaucht war – eine künstliche, unheilvolle Ruhe, die nicht einmal der Stille in der Zwischenwelt glich. Er konnte sich nicht vorstellen, was für eine Gewalt hier noch vor so kurzer Zeit getobt hatte. Doch er fühlte, dass das Ausmaß ihrer Wirkung zerstörerisch war. Welcher Katastrophe wurde er Zeuge? Lerenial hoffte inständig, dass seine Freunde davon verschont geblieben waren.

Die Angst davor, seinem schlimmsten Verdacht gegenüberzustehen, bremste ihn und ließ ihn zaghaft nach vorn wanken. Als er die Lichtung erreichte, wo die Heimstätten seiner Verbündeten errichtet waren, fiel alles in ihm auf einmal.

Die Häuser gab es nicht mehr. Die grünen Ranken, die früher aus der Erde gesprossen waren, um sich zu einem kuppelförmigen Unterschlupf zu formen, waren allesamt ausgerissen und wie Unkraut achtlos durch die Gegend verstreut. Ihre schwarz ausgesengten Wurzeln krümmten sich voller Anklage in ihren letzten Lebensstunden. Von überall her segelten kleine weiße Flocken auf die Äste und das zertrümmerte Mobiliar herab. Dort, wo sie sie berührten, blitzte etwas Helles auf, nur um in Sekundenschnelle zu verglühen und eine dünne Rauchfahne zu vererben.

Orhonen, dachte Lerenial zermürbt. Sie traten nur in Erscheinung, wenn ein Ort in Feja dem Untergang geweiht war. Dann fielen sie schwerelos auf die Überreste des Seins und zersetzten es in einzelne, leuchtende Fasern, aus denen alles in Feja geschaffen war: Magie. Sie wischten jede Spur des Konflikts fort, der hier mit Eifer ausgetragen worden war. Denn alles begann und endete in der Magie. Vor ihrer Macht waren alle anderen nichtig.

Ungläubig und sprachlos durchkreuzte Lerenial das Dorf und suchte nach dem Zeichen eines Lebens. Es musste doch jemanden geben, der ihm erzählen konnte, wo sich seine Freunde befanden!

Lerenial weigerte sich, auch nur daran zu denken, dass das Unglück ihn seiner Gefährten beraubt haben könnte. Er würde spüren, wenn ihnen etwas zugestoßen wäre. Er hätte sie schon viel früher aufgesucht. Er wäre zu Hilfe geeilt, genauso wie sie es damals bei ihm getan hatten. Oder etwa nicht?

Wohin er auch ging, überall begegneten ihm nur halb zerfallene Feenhäuser. Das Gras unter seinen Füßen war von schweren Stiefeln ausgetreten und von Reif überzogen. So unbeseelt wirkte die Siedlung plötzlich riesig und fremd. Kühle Windböen bliesen ihm entgegen und fegten Blüten, Staub und Holzsplitter zu kleinen tristen Häufchen zusammen. Die Hügel und der See hatten ihre gewöhnlich strahlende Farbe ausgeblutet und ergaben sich einem öden Grau, das der Himmel auf die Erde drückte.

Mit der schwindenden Farbe des Sommerreiches flaute auch Lerenials Hoffnung ab. Eisige Panik befiel mehr und mehr seine Glieder und wisperte ihm Dinge ins Ohr, gegen die er sich so sehr sträubte. Immer wieder rief er die Namen seiner Freunde. Aber das Höchste, was er damit bewirkte, war, die Raben zu verscheuchen, die es sich auf der verfallenen Schmiede von Nuepán und Kelda gemütlich gemacht hatten.

Lerenial hielt davor inne. Etwas in ihm, was noch nicht ganz von der Allgegenwärtigkeit des Unheils überzeugt war, wartete darauf, dass Nuepán und seine Verlobte jeden Moment lachend aus der Schmiede heraustreten würden. Nuepán würde sich auf den Tisch abstützen, an dem die Feen in den Pausen einander fröhlich trällernd bedienten, und verkünden: »*Schau mal her, Kelda, wir haben heute erhabenen Besuch.*« Die Feenfrau selbst würde auf ihn zu huschen und ihn in eine luftige Umarmung schließen.

Sekunden verstrichen, ehe Lerenial verstand, dass es nicht geschehen würde. Wie lange lag hier schon alles in Trümmern? Der Hyale erschrak, als ihm klar wurde, dass es viele Stunden gewesen sein könnten. Stunden, die sich vielleicht bereits zu einem ganzen Mond zusammengefügt hatten. Während die Grenzen der Zeit in der Zwischenwelt verschwammen, waren sie hier durchaus real. Hatten seine

Freunde auf seine Hilfe gehofft? Waren sie vor Kurzem noch hier gewesen, verletzt inmitten der totalen Verwüstung, und hatten einander mit den Worten getröstet, dass Lerenial bald erscheinen würde? Mit jeder Minute, die er schindete, sanken ihre Überlebenschancen.

Lerenial war am Rande der Verzweiflung, als er plötzlich aus der Richtung, wo der Wald an die Siedlung grenzte, ein leises Geräusch vernahm. Es war ein fast unhörbares Rascheln, als würde jemand durch den Forst trotten und dabei die getrockneten Blätter auf dem Boden zerknittern. Lerenial horchte auf. Wo Schritte waren, da war auch Leben, vielleicht seine Freunde. Sein Herz machte einen Satz. Er sollte sich lieber nicht zu sehr auf diesen Glauben verlassen. Es konnte genauso gut ein Feind sein, der sich im Gehölz versteckt hatte.

Lautlos näherte er sich dem Hain, dankbar für das dichte Gras, das das Aufkommen seiner Hufe dämpfte. Neben ihm knarzte ein Ast. Etwas kam auf ihn zu. Er drehte sich um. Gerade als er dachte, eine unscheinbare Bewegung zwischen den Büschen gesehen zu haben, wurde ihm auf einmal etwas über den Kopf gestülpt. Das dicke Material erstickte seinen Aufschrei. Jemandes Hände zerrten ihn heftig zur Seite. Er fiel fast um und ruderte blind mit den Armen, um das Gleichgewicht zu bewahren.

»In wessen Dienst bist du hier?«, zischte ihn eine tiefe Stimme an. Der Fremde war ganz nah an seinem Gesicht.

Lerenial wollte seinem Angreifer einen Hieb mit den Hinterbeinen versetzen, aber sie waren fest verbunden. Bevor er reagieren konnte, wurden auch seine Arme nach hinten verdreht und fixiert.

Lerenial brüllte vor Wehrlosigkeit und Wut. Sein Kopf zuckte hoch und schlug nach dem Feind. Erfolglos.

»In wessen Dienst, habe ich dich gefragt?« Die Stimme wurde ungeduldiger, schärfer.

Lerenial versuchte hektisch, sie einem ihm bekannten Wesen zuzuordnen. Seine Gedanken röhrten. Wie viele hatten ihn überwältigt? Wenn er doch nur freie Arme oder Beine hätte! So könnte er sich den Weg freikämpfen. Gefesselt war es ihm nicht möglich.

»Antworte! Oder bist du taub?!« Der Besitzer der Stimme schüttelte ihn unwirsch an der Schulter. Lerenial knurrte und stieß nochmals mit dem Kopf nach ihm. Diesmal hatten seine Hörner den Aggressor getroffen. Er hörte ein schmerzvolles Wimmern und der Druck auf seiner Schulter ließ nach.

Einer, zählte Lerenial für sich, *wo bleiben die anderen?* Er musste nicht lange warten. Jemand Schweres hängte sich an ihn. Gleichzeitig donnerte etwas gewaltsam gegen seine Brust, was ihn nach Atem ringen ließ.

»Du Biest!« Schnaufend ließ er seine Arme wie ein Knüppel durch die Luft sausen.

Brüsk riss jemand den Stoff von seinem Kopf herunter, holte zu einem vernichtenden Schlag mit einem Stein aus und ... erstarrte.

Lerenial blickte geradewegs in die blauen Augen von Haltor, die vor Entsetzen sichtbar geweitet waren. »Lerenial ... was ... bei allen magieschaffenden Wesen Fejas!«, keuchte dieser. Unsicher wich er zurück und musterte den Hyalen eingehend. Sein eigener Körper war mit Blutergüssen übersät. »Das bist ja wirklich du. Was machst du hier überhaupt? Lass dich mal ansehen. Haben wir dich verletzt?« Stirnrunzelnd umrundete ihn der Feenmann.

Er selbst war vor Schock wie festgewurzelt und rührte sich nicht. Gerade noch fürchtete er, seine Freunde für immer verloren zu haben ... und jetzt sprangen sie ihn aus dem Gestrüpp heraus an und brachten ihn fast um. Er wusste nicht recht, was er von dieser Wandlung halten sollte. »Nur ein paar Kratzer, nichts Ernstes. Das heilt schnell. Bei allen Schöpfern der Magie, es tut mir so leid.« Er drehte sich zu der anderen Fee um. Lerenial dachte, ein kurzes Aufblitzen von Missgunst in seinen Zügen zu lesen. Dann war es verschwunden.

»Wir haben den Falschen überfallen, Adiz«, bemerkte Haltor trocken.

Adiz war ein Feenmann von kleinem Wuchs, um dessen Brust sich grüne Triebe schwangen und mit den geflochtenen schwarzen Haaren verwirbelten. Tief hingen die Augenbrauen über seinen Lidern. Darunter funkelten ihn zwei unterschiedlich farbige Augen gehässig an. Ohne es sich erklären zu können, verspürte Lerenial eine starke Abneigung gegenüber diesem Geschöpf, und es vermochte nicht daran zu liegen, dass dieser ihn überfallen hatte.

Eine Hand an die Wange gepresst – Lerenials Schlag hatte ihn übel getroffen – bemühte sich Adiz darum, seinen Schmerz zu verheimlichen. Die leidende Krümmung seiner Mundwinkel verriet ihn.

Lerenial sah fragend zwischen den Feen hin und her. »Ich bin ins Dorf gekommen, um euch zu besuchen. Leider waren mein Empfangskomitee nicht du, Nuepán und Kelda, sondern Orhonen. Was ist passiert?«

»Orhonen«, wiederholte Haltor niedergeschmettert. Sogar in der Dunkelheit des Waldes flackerte sein Schleier sehr schwach und verlor mit jeder Zuckung an Licht. Ein Sonnenstrahl stahl sich für einen Moment durch die Baumkronen und bekundete die Blässe seiner Haut und seine geschwollenen Tränensäcke. Selbst seine kurzen blonden Strähnen schienen ausgeblichen zu sein und der gerade Nasenrücken wirkte so hart im eingefallenen Gesicht. Wann hatte diese Veränderung bloß stattgefunden?

Als hätte der Tierzähmer seine Gedanken gelesen, erlangte er die Fassung wieder, fischte einen Verband aus einem Lederbeutel, der ihm um die Hüfte geschlungen war, und reichte ihn seinem Bruder. Ohne sich zu bedanken, drückte Adiz diesen an seine Wunde.

Haltor jedoch ließ sich nicht von seiner Unhöflichkeit beirren. »Es gab einen Vorfall mit den Reinbluten. Sie haben die Siedlung überfallen«, erklärte er knapp. »Diejenigen, die sich retten konnten, sind in den Wald geflohen. Wir verstecken uns hier schon seit Morgengrauen. Es ist sicherer, ein paar Monde abzuwarten, um sich zu vergewissern, dass sie nicht mehr zurückkommen werden.«

»Diejenigen, die sich retten konnten?«

»Ja.« Haltor bedeutete Lerenial und Adiz, ihm tiefer in den Wald zu folgen. »Dazu gehören Kelda, ich und noch ein paar weitere Feen, die du vielleicht kennen könntest. Wir haben uns getrennt, ihr Lager befindet sich in einem anderen Teil des Waldes. So erregen wir nicht zu viel Aufmerksamkeit.« Er schob einen Ast zur Seite, damit Lerenial und Adiz ungestört daran vorbeigehen konnten. »Adiz ist mein Zwillingsbruder. Wir beide stammen aus Zurit. Er hat vor längerer Zeit eine Wanderung durch das Sommerreich unternommen und ist in Improsia geblieben, weil es ihm dort am besten gefiel. Deswegen kanntest du ihn vorher nicht.«

Erstaunt musterte Lerenial den Feenmann, der ihn geflissentlich ignorierte. Konnte es tatsächlich wahr sein? Dieses herablassende Schweigen, das einem Reinblut gehören könnte ... Diese rissige, wie durch Rauch versengte Haut, die seine Heilungskräfte nicht regeneriert hatten, die überheblich hohe Stirn ... Er konnte sich keine Fee vorstellen, die Haltor weniger ähneln würde. Warum hatte ihm sein Freund nie etwas von seinem Zwillingsbruder erzählt?

»Adiz war auf der Durchreise hierhin. Er musste einige Zutaten für seine Elixierbrauerei besorgen und ist zu uns gestoßen, als er erfuhr, was hier geschehen ist.« Haltors Worte schmeckten nach Argwohn.

Nun denn, wenn sich Adiz immer so verhielt, wie er es bei ihm tat, konnte er sich ausmalen, warum sein Freund dessen Gesellschaft lieber mied.

»Wir haben die Waldgrenze bewacht, um die anderen vor einem möglichen zweiten Angriff der Feen zu schützen und haben dich fälschlicherweise für einen Widersacher gehalten. Bitte verzeih uns.« Die Reue und das Leid, die Haltors Sprache verlangsamten, ließen es Lerenial eng ums Herz werden. Was für eine schwere Bürde war seinem Freund nur in einem Monddurchlauf auferlegt worden! Umso mehr hasste er sich dafür, nicht bei ihm gewesen zu sein, als die Welt um ihn herum zerbarst.

»Bitte entschuldige den Schlag. Ich dachte, von Gegnern umzingelt zu sein«, bat Lerenial Adiz.

Nicht die lädierte Wange verschuldete seine Grimasse. »Schon gut.«

»Wir sind da«, beendete Haltor ihr Gespräch. Tatsächlich fand sich Lerenial auf einer kleinen Waldlichtung wieder, deren Zentrum ein schimmernder See bildete. Ihn speiste ein niedriger Wasserfall. Das Wasser perlte und sprudelte in Strömen ein Gefälle hinab, wo es die klare türkise Oberfläche des Sees aufschäumte und sein Rasen milderte, je weiter es sich von dem Felsen entfernte, bis es zuletzt nur noch harmonisch dahinplätscherte. Die bunten Farben dieses geheimen Ortes waren eine willkommene Abwechslung nach der Monochromie, die das gesamte Dorf eingenommen hatte. »Wo sind denn die anderen?«, erkundigte sich Lerenial.

Haltor lachte, doch in seinen Schleier trat keine Helligkeit. Grau hing sich dieser an den Zweigen eines Baumes auf und betäubte das Grün der Knospen. »Du glaubst doch nicht, dass wir uns den Reinbluten genauso präsentieren würden, wenn sie zu uns gelangen sollten. Dafür gibt es Vorsichtsmaßnahmen.« Er legte den Kopf in den Nacken und gab drei kurze, helle Töne von sich. Das Vogelgezwitscher klang so echt, dass Lerenial den Impuls unterdrücken musste, sich umzudrehen, um in dem Astwerk nach dem Sänger der ausgefallenen Melodie zu suchen. Er wusste, dass die Feen eine unglaubliche Verbindung mit der Natur eingegangen waren. Dass sie sich von ihr auch die Stimmen liehen, hätte er jedoch nicht gedacht.

Auf Haltors Signal hin lugten hinter den Bäumen und den Steinen mehrere zierliche Gestalten hervor, die sich langsam aus ihrem Versteck trauten und sich zu ihnen gesellten. Auf einmal kreischte jemand auf, hastete in einer Wolke aus Veilchen auf Lerenial zu und umfing ihn mit beiden Armen. »Oh, Lerenial, zum Glück bist du gekommen. Hast du Neuigkeiten von Nuepán mitgebracht?«

Der Hyale befreite sich vorsichtig aus der Umarmung und betrachtete Kelda aufmerksam. Auf ihrem dichten Wimpernkranz glänzten Tränen. Ihre sonst so scharf geschnittenen Züge verschwammen im gleichen Kummer, der auf allen Anwesenden lastete.

»Nuepán?« Lerenial schickte einen fragenden Blick in Haltors Richtung. »Ist er nicht bei euch? Ich dachte, dass ihr euch hier alle verbergt.«

Unerwartet wich Kelda zurück, ihr Schleier panisch von einer Richtung in die andere gerissen. Haltor versteifte sich.

»Was ist hier los?«

»Nuepán ... ist gerade nicht hier.« Haltor biss auf seine Lippe. »Er ist gestern Abend fortgegangen, um Freunde bei einem Aufstand zu unterstützen, die in einem anderen Dorf Elixiere brauen.«

Freunde in einem anderen Dorf. Angestrengt dachte Lerenial nach. Meinte er die Feen, von denen Haltor ihm bei ihrem letzten Treffen erzählt hatte? Parse und Frine? Er musste ihn unbedingt danach fragen.

»Ich habe ihn natürlich davor gewarnt: In Zeiten wie der unseren protestiert man am besten nicht. Was hätte es ihm auch gebracht? Er hatte einen Besitz, eine Arbeit, eine Verlobte. Das alles aufzugeben, nur für irgendwelche Elixiere ...«

»Du hast doch keine Ahnung, wie wichtig Elixiere sind«, fuhr Adiz ihn überraschend an. »Hast im Kopf immer nur deine dämlichen Tiere und nicht eingesehen, dass Magie viel wertvoller ist. Nuepán hat alles richtig gemacht. Wenn es etwas gibt, was den Palast schwächen kann, dann sind es die Tränke und ein guter Aufstand.«

Unwohlsein breitete sich in den Gliedern des Hyalen aus und die Stummheit, die Haltor und Kelda ergriffen hatte, kündete von geteilter Bedrückung. Haltor hatte Adiz nicht herausgefordert. Warum war er so feindselig?

Haltor verschweigt etwas. Den wichtigsten Teil der Wahrheit hat er noch nicht ausgesprochen. Sein Freund scharrte mit den Füßen über den Boden und trug dünne Lehmschichten ab, was Lerenial nur noch mehr aufwühlte. »Und?« Er hielt die Spannung nicht mehr aus.

Haltor bedachte Kelda mitleidig. Ihre Schultern waren verkrampft und das violette Kleid am Saum gerissen. »Vielleicht ist es besser für dich, bei diesem Gespräch nicht dabei zu sein.«

»Nein! Ihr werdet mir sofort sagen, was mit meinem Verlobten geschehen ist!« Kelda schob das Kinn vor und nahm eine aufbegehrende Haltung ein. Ihre braunen Augen brannten.

Lerenial staunte darüber, wie rebellisch seine Freundin auf einmal wirkte. Bisher hatte er nur die sanftmütige Seite von ihr zu Gesicht bekommen. Wie es aussah, kochte unter der zarten pfirsichfarbenen Haut hitziges Blut.

Haltor gab unter ihrem Druck nach. »Adiz... bitte sag du es ihr.«

Mit einem entnervten Seufzer nickte Adiz und nahm die Hilfe einer weiblichen Fee an, die seinen improvisierten Wangenverband löste und eine Creme auf die Blessur auftrug. Wachsamkeit leitete ihre Bewegungen an. Auch sie hatte Adiz' Streitlustigkeit gespürt.

»Auf meinem Weg von Improsia hierhin bin ich auf einem Pegasus über die Siedlung geflogen, wo die Auflehnung stattgefunden hat. Mein Bruder hat diese Information nicht an dich weiterleiten wollen, weil er dir keine überflüssigen Sorgen bereiten wollte. Hätte ich Nuepán gekannt – ich hätte das Recht dazu gehabt, es dir trotzdem zu erzählen. So aber musste ich auf Haltor hören.«

Kelda knetete ihre Hände. »Weiter«, forderte sie und zum ersten Mal lächelte Adiz.

Vielleicht ist er einfach so geradlinig, überlegte Lerenial, *vielleicht schreckt er nicht vor der Wahrheit zurück und versucht nicht, sie weich einzukleiden, sich in andere hineinzufühlen, wie Haltor es bevorzugt. Vielleicht erscheint er mir deshalb so rau und unwirsch.*

»Die Widersetzung ist gescheitert. Der Baum, unter dem sie sich versammelt hatten, ist durch einen riesigen Eissplitter entzwei gespalten. Die Erde darunter trotz der Orhonenarbeit vollständig ausgedörrt. Zu einer solchen Macht ist nur der Prinz oder der König selbst fähig. Wir wissen alle, dass ihre Wut keine Grenzen und keine Fehler kennt. An deiner Stelle ... würde ich nicht allzu viel Hoffnung darin setzen, dass dein Verlobter wieder zurückkommt«, beendete Haltors Bruder seine Schilderung.

Lerenial war wie gelähmt. Benebelt von der Schwere der Nachricht nahm er verzögert wahr, wie sich Kelda die Hand vor den Mund schlug, um einen Schluchzer zu unterdrücken. Die Kleider mit der anderen zusammengerafft verschwand sie hinter den Bäumen, um sich wohl unbeobachtet ihrer Trauer hinzugeben.

Lerenials Gedanken kreisten immer wieder um die zerfallene Schmiede im Dorf, aus der er erwartet hatte,

Nuepán herauskommen zu sehen. Es konnte nicht sein, dass sein Freund tot war. Es konnte einfach nicht sein. Genauso wenig, dass Nuepán, der ihm noch vor wenigen Monden seine friedfertige Einstellung gegenüber dem Winterreich nähergebracht hatte, zu einem Rebellen wurde. Oder waren die Monde längst zu einer Sova verflossen? Wie viel Zeit hatte die Zwischenwelt geschluckt? »Warum hat Nuepán mir nichts davon erzählt, dass er sich an einer Revolte beteiligen wollte?«

Haltor senkte das Kinn und entfloh Lerenials Blick. »Versteh das bitte nicht falsch ... aber egal, wie man es dreht, du kommst aus dem Winterreich.«

Die Worte schälten Lerenial ein Stück seines Herzens ab. Es war kein Schlag, sondern ein beständiges, brennendes Ziehen, das sein Innerstes aufzehrte und nur noch einen Schatten von dem übrig ließ, wo er das Vertrauen in Nuepán hinter Tausend Schlössern geborgen hatte.

Nuepán – der Einzige, der, alle Normen Fejas brechend, seine Freundschaft zu ihm bewiesen hatte – fürchtete sich davor, sich gleichsam auf ihn zu verlassen.

Weil Lerenial dem Teil des Feenreiches entstammte, der mit dem seinen verfeindet war.

Und jetzt war er tot.

Asten

Feja, Winterreich
50. Mond der 3600. Sova

Mit harten, energischen Schritten erklomm Asten den Berg, der den Palast vom übrigen Teil des Winterreiches abschnitt. Obwohl ihn nur ein leichtes Cape vor den beißenden Windzügen schützte, fror er nicht. Das Blut der Winterfeen, das durch seine Adern floss, hatte ihn schon bei seiner Geburt zu einem unempfindlichen Eiskristall gefroren. Doch jetzt brodelte Astens Innerstes und wirbelte hier und da kleine Schneestürme auf, die von den Bergen spiralartig nach oben kreisten und die Luft erschütterten. Im selben Moment fielen sie herab und rollten in Tausenden Eissplittern mit hellem Klang über das Gestein.

Asten war zornig. So zornig, dass er jeden, der ihm über den Weg liefe, bedenkenlos in Stücke reißen oder aber langsam zu einer Schneeskulptur gefrieren lassen würde, in dessen Gesicht sich der letzte Schrei des Unglücklichen einpräge. Das Heute hatte ihm nur schlechte Nachrichten beschert. Sein Gefolge – oh, wie sehr er sie doch für ihre Langsamkeit und ihre Unfähigkeit verabscheute! –

hatte erst nach fünf Monden zurück in den Palast gefunden.

Asten konnte die Verzögerung nicht mit dem Eigenwillen der Portale erklären. Schließlich hatte er den Männern Talismane aus der königlichen Schatzkammer überreicht, die es ihnen erlaubten, die Zeitmagie zu überlisten. Der Nutzer dieser verzauberten Kette würde nach derselben Anzahl an Monden nach Feja zurückkehren, die er im Menschenreich verbracht hatte. Auf diese Weise umging er die Eigenart der Portale, den Reisenden in eine beliebige Zeit zu befördern. Oder, was noch viel schlimmer wäre, ihn in seinem Inneren festzuhalten und aus schlichter Bösartigkeit nicht mehr freizulassen. Nein, die Gemütlichkeit bei der Mission war die alleinige Schuld der Soldaten.

Noch mehr vergrämte den Prinzen, dass sie nur ein einziges Mischblut in Zürich aufgetrieben hatten. Und das auf Kosten von drei weiteren, die ihnen durch ihre unnütze Selbstverwaltung entflohen waren. Statt sich an seine Befehle zu halten und die Feen unauffällig zu entführen, hatten sie direkt das ganze Haus in die Luft gejagt, in dem sie die Mischblute entdeckt hatten. Jeder Dummkopf wäre sofort entwischt. Mit höchster Wahrscheinlichkeit hatten die Flüchtlinge das Portal in der Nähe genutzt, um nach Feja zu gelangen.

»*Es tut uns so leid, Eure Hoheit. Keiner konnte wissen, dass das Portal direkt in der Nähe lag. Und dass die Mischblute darüber informiert waren, ist wirklich eine unerhörte Begebenheit.*«

Asten knirschte verdrossen mit den Zähnen. Es war eine unerhörte Begebenheit, dass er sich nicht einmal in Kleinigkeiten auf seine Diener verlassen konnte. Denn nur auf

Astens Rechnung schrieb Meliodas die Fehler seiner Untertanen. Und je mehr die Liste in die Länge wuchs, desto stärker sanken seine Chancen, der Thronfolger zu werden. Um ihn zu demütigen, wäre der König zu allem bereit. Er würde selbst die Tradition der Kronenerbschaft brechen, die so vergreist war wie das Leben selbst.

Doch damit endeten die Verhängnisse des Tages noch längst nicht. Um das Missgeschick mit den Entschwundenen eigenständig zu korrigieren, hatte Asten beschlossen, den Portalwächter in der Zwischenwelt aufzusuchen. Dieser hätte bemerken müssen, wenn Fremde durch das Portal nach Feja eingedrungen wären.

Insgeheim hatte sich Asten selbst für diese hervorragende Idee gratuliert: Sein königlicher Status setzte ihn über jedes Gesetz und jede Ordnung in Feja. Unabhängig davon, mit welchem Schwindel der Hyale ihn zu blenden ersuchen würde, würde Asten ihn gefangen nehmen. Dadurch bekäme Meliodas den wahren Schuldigen aus den Händen seines Großneffen übergeben, was Astens Beliebtheit bei ihm sicherlich steigern würde.

Zu Astens bitterer Enttäuschung hatte er den Wachmann nicht an seinem Posten vorgefunden. Er durchkämmte die gesamte Zwischenwelt nach ihm. Dabei verfluchte er zutiefst den Nebel und das dickflüssige Gebräu, aus dem ihn mehrfach graue Flusshusel attackierten. Vom Hyalen gab es keine Spur. Irgendwann führte ihn der Weg auf eine weite, ebene Fläche hinaus, die von waldbewucherten Anhöhen umschlossen war. Es wäre der ideale Ort für eine Siedlung des Sommerreiches gewesen. Allerdings war das Tal seltsam verwaist, als hätte jemand oder etwas vor kurzer Zeit die Häuser aus dem Boden gerissen und die Bewohner verscheucht. Niemand anderes als der Palast selbst konnte solche großen Maßnahmen verordnen. Asten rieb sich über die Nase. Er erinnerte sich nicht daran, dass Meliodas ein ganzes Dorf zu vernichten geplant hatte.

Er musste jemanden suchen, der ihm diese unverschämte Selbstregulierung erklärte. Jemand ... Lebendigen. Und am besten jemanden, der keine Ahnung hatte, mit wem er sprach. Fremdheit garantierte Ehrlichkeit. Doch die blieb dem Kronprinzen von Feja für gewöhnlich verwehrt.

Im nächstgelegenen Dorf bekam er seine Antworten. Versteckt hinter der Maske seiner eigenen Zauberei, die ihm jedes beliebige Aussehen verschaffen konnte, erfuhr er als verirrter Wanderer etwas, was ihm als Prinzen nicht zu Ohren gekommen wäre. Ein Fremder war vor fünf Monden im Morgengrauen mit einem großen Gefolge über die Siedlung hereingebrochen und hatte das Tal in Schutt und Asche gelegt. Die benachbarten Feen hatten ein Treffen mit ihren Freunden verabredet. Nachdem sie nicht erschienen waren, schickte man einen Boten nach ihnen. Dieser jedoch kehrte schwer atmend und mit ergrautem Gesicht zurück. In seinen Beinen habe sich der Schrecken festgesetzt, erzählte man Asten. Und in seinen Händen der Fetzen eines gemusterten Stoffes, der eine vereiste Dornenranke abbilde. Das Symbol des Königshauses war unverkennbar. Der Bote hatte es an einem der Häuser gefunden.

Asten geriet in Rage. Das gesamte Dorf war davon überzeugt, dass es der Palast gewesen war, der im Schutz der Dämmerung das Sommerreich heimtückisch überrannt hatte. Die brutale Natur des Prinzen dürstete danach, alle

Feen umzubringen, die sich getraut hatten, ein falsches Wort gegen ihn oder den König auszusprechen.

Aber diesmal setzte er auf seinen Verstand. Die Taktik riet ihm dazu, seine Tarnung nicht zu enthüllen und stattdessen nach dem wahren Täter zu suchen. Es wäre nicht klug gewesen, ein Blutbad zu veranstalten. Das würde die Mischblute nur noch mehr in ihrer Meinung bestärken, dass der Palast all ihr Übel verantwortete.

Asten kümmerte sich nicht um den Tod der Mischblute. Wenn der Angreifer nichts hinterlassen hätte, was den Palast als Organisator vermuten ließ, würde er sich nicht damit beschäftigen. Das hier war etwas anderes. Das hier war die Sabotage der gesamten Macht des Königshauses, die Konsequenzen derer er erleiden musste.

Die Zurückhaltung gelang Asten nur im Sommerreich. Sobald er die Grenze zum Winterreich überschritten hatte, warf der Prinz den freundlichen Schein ab und zeigte, was er wirklich war: ein erboster Halbkönig, in dessen Seele nur Selbstbesessenheit und Macht Platz fanden. Gierig, berechnend, abschätzig. O ja, er wusste, dass er so war. Und er genoss es.

Sobald Asten den höchsten Punkt des Berges erreicht hatte, eröffnete sich ihm eine Landschaft voller gezackter Felsenriffe, an denen sich Wellen des verwehten Schnees aufschlugen. Etwas weiter im Norden lugte das steinerne Gebilde des Palastes aus dem Schneenebel hervor. Über ihm brach der wolkenverhangene Himmel entzwei und vergoss silbriges Licht auf die spitzen Türme. Asten durchlief ein wohliger Schauer. Bald würde das alles ihm gehören.

Er hielt seine Wangen den kalten, zerrenden Böen entgegen und streckte die Arme aus. Dann ließ er sich in die Tiefe fallen. Immer schneller werdend stürzte er der Erde entgegen. Der Wind peitschte seine Brust und umwehte seine Glieder. Er genoss das schonungslose Reißen und Ziehen, das seinen Gemütszustand so sehr widerspiegelte.

Wenn ihn in diesem Moment jemand von außen betrachtet hätte, müsste er ihn für einen Verrückten halten, der in den sicheren Tod fiel – oder für einen Gott, an den die Feen nicht glaubten. Denn schon im nächsten Moment erwachte ein gewaltiges Grollen in den Tiefen der Felsen und aus dem Gestein schossen weiße Schneewolken, die Astens Flug abfederten. Wie riesige Schwingen des Winters umwanden sie ihn und geleiteten ihn auf diese Art bis zur östlichen Flanke des Palastes, wo sie sich wieder auflösten und das Weite suchten. Diese Magie war deutlich mächtiger als die mickrigen Feenflügel, die vor Urzeiten verwelkt und abgefallen waren.

Das monumentale Tor vor dem Prinzen setzte sich knirschend in Bewegung und gab den Eintritt frei. Mit jedem Schritt fegte Asten Schnee mit in die Halle hinein. Der Rausch des Fluges hatte ihm seine Tobsucht nur zum Teil genommen.

Rasant durchquerte er die Galerie zum Thronsaal, um Meliodas die Neuigkeiten mitzuteilen, da sprang ihm ein Junge in den Weg.

Asten hatte ihn beinahe umgerannt. »Pass doch auf, wo du hingehst!«, giftete er ihn an und wollte seinen Lauf fortsetzen.

Der Junge war dreist genug, ihn aufzuhalten. »Verzeiht mir, Eure Hoheit. Jemand fragt nach Euch. Ich habe ihr gesagt, dass bei Euch gerade keine Audienzzeiten sind und sie morgen wiederkommen soll, aber diese Frau ... Ich ... Sie war sehr beharrlich ... Wollte unbedingt heute noch mit Euch sprechen ... Sie ist mir den ganzen Tag über gefolgt und wollte nicht nachlassen, also habe ich –«

»Was?« Asten drehte sich um und starrte den Sprechenden finster an. Ein Körper, der so wirkte, als hätte man zu wenig Haut über die Knochen gespannt, blaue Flecken an Ellenbogen und am Hals. Wie konnte er es wagen, ihn zu unterbrechen! Erst jetzt wurde ihm klar, dass es sich bei dem Jungen um Ifrice handelte, den er schon einmal für seine Frechheit hatte bestrafen müssen. Seine eingefallenen Wangen zeugten deutlicher als sein Gemurmel davon, dass er noch immer an den Folgen litt. *Anscheinend war es nicht genug für dich, was?*

Unter dem sengenden Furor des Prinzen fiel er merklich in sich zusammen, sein leuchtender Schleier verblühte. Seine Finger zitterten. Er sah so aus, als würde er sofort losrennen und sich unter einem Tisch zusammenkauern, um dem Zorn seines Herrschers zu entweichen. *Was für ein Schwächling.*

»Bitte verzeiht mir«, wiederholte der Junge hilflos und nestelte an seiner weißen Tunika. »Ich wusste nicht, was ich sonst machen soll. Die Fee, sie ist ... direkt nebenan im Eissaal. Wenn Ihr sie kurz anhören könntet –«

»Ich habe Besseres zu tun, als mich mit dämlichen Feenfrauen zu vergnügen. Verschwinde, wenn du nicht willst, dass ich meine Lektion vom letzten Mal wiederhole.«

»Ich hoffe inständig, dass das nicht nötig sein wird.«

Als Asten sich umdrehte, erwartete er schon entnervt, eine andere Dienerin des Palastes zu sehen. Stattdessen glitt eine filigrane Figur aus dem Saal neben dem seinen, durchflutet von den Sonnenstrahlen, die in die Galerie fielen. Erst als der Schein langsam in den Ritzen der Wände gerann, verstand er, dass es sich schlicht um eine junge Frau handelte, ein Mischblut. In ihr rotes Haar war eine violette Blume in der Farbe ihres Kleides eingeflochten, die sich gegen die Kälte des Winterreiches gewehrt hatte und auf eine wundersame Art vom Reif verschont geblieben war.

Er hätte ihrem Auftritt gegenüber gereizt und verärgert reagieren müssen, aber seine Stimme versagte. Die Schönheit dieser Frau hatte ihm die Sprache verschlagen.

»Entschuldigt mich für meine unerlaubte Einmischung, Eure Hoheit.« Sie machte einen Knicks, hielt dabei seinem Blick stand. Ihre mandelförmigen Augen leuchteten warm. »Ich konnte nicht zulassen, dass der Junge für seine Ankündigung bestraft wird. Ihr als gerechter Herrscher werdet das verstehen müssen.«

Der Prinz sah sich nach Ifrice um, aber der Diener war verschwunden. Er musste es für weise gehalten haben, Astens Rat zu folgen. Asten schnalzte mit der Zunge. Er hatte den Sprössling auf seinen Platz verwiesen. »Wer seid Ihr?«

»Mein Name ist Kelda, Eure Hoheit.« Die Andeutung eines Lächelns glitt über den Mund der Fee und erstarb still, ohne bis zu den Augenwinkeln vorgedrungen zu sein. Sie wollte stark wirken, das spürte er. Stark – obwohl nur Verzweiflung oder Schmerz sie hierhin getrieben haben konnten. Was war ihr Ziel im Palast?

Asten musterte sie unverhohlen von Kopf bis Fuß. Das dünne Kleid umspielte ihre Figur und ließ ihn weibliche Kurven erahnen. Ihre vollen Lippen erinnerten ihn an die üppigen, taugetränkten Blüten, die er auf seiner Reise im Sommerreich gesehen hatte. Im Palast war er von vielen Feenfrauen umgeben: Dienerinnen und Hofdamen, die ihre jugendliche Anziehungskraft dafür benutzten, die Wachmänner zu verführen und sich dadurch ein wenig dem Glanz und Gloria des Königs zu nähern. Die Ausstrahlung, die sie besaßen, war eine eisige und unnahbare. Es war die Schönheit einer frostigen Sternennacht. Kelda jedoch lockte ihn wie ein rosenbetörter Mondspaziergang.

Astens ursprünglicher Zorn ebbte ab. »Ihr wolltet mich sprechen?«, fragte er deutlich achtungsvoller.

»Ja, richtig. Eure Hoheit, ich hoffe, Ihr verzeiht mir die Dreistigkeit, mit der ich mich an Euch gewandt habe ... Ich dachte, dass Ihr mich besser verstehen werdet, als der König es hätte tun können.«

Asten runzelte die Stirn. Die Wendung, die diese Geschichte nahm, überraschte ihn. Gleichzeitig schmeichelte ihm die Vorstellung, dass Kelda genau ihn und nicht Meliodas aufgesucht hatte. *In manchen Fragen scheine ich doch besser zu sein als du: Nicht wahr, alter Mann? Oder bestehst du immer noch darauf, dass ich mich beweisen muss, um dein Thronfolger zu werden?* »Ich bitte Euch. Wir müssen uns doch nicht mitten in der Galerie über eine Angelegenheit unterhalten, die Euch offenbar sehr am Herzen liegt. Ich wünschte, ich hätte den Thronsaal, um Euch aufrichtig zu empfangen. Bis dahin müssen wir uns mit dem Dornensaal begnügen. Bitte – nach Euch.« Asten machte eine einladende Geste, woraufhin Kelda zögernd die Halle betrat. Geriffelte Säulen trugen die weiß getünchte Decke des Raums. An allen Wänden spreizten silbrige Ranken aus Eis ihre dicken, langen Dornen aus. Trotz der drei großen Fenster, die die seitliche Mauer durchbrachen, fühlte sich dieser Ort für Asten klein und unbedeutend an, und auch die reich verzierten kristallenen Kronleuchter änderten nichts an dieser Empfindung.

Meliodas hatte Asten dessen alleinigen Besitz für private Empfängnisse und Beratungen eingeräumt. Hinter dieser Fassade aus Großzügigkeit grinste jedoch stachelige Provokation. Im Vergleich zum Thronsaal sollte diese Halle ihm jedes Mal aufs Neue die eigene Nichtigkeit vorführen. *Du wirst niemals so sein wie ich.*

»Danke, Eure Hoheit«, unterbrach Kelda seine Gedankengänge. »Man hört so viel Schlechtes über Euch. In Wahrheit seid Ihr so ein galanter Mann. Ein erboster Tyrann, der die Mischblute unterdrückt, würde sich mir gegenüber nicht so freundlich verhalten wie Ihr.«

Asten witterte rasch die Chance, einen Gewinn aus dem Gespräch zu ziehen. Was immer diese Frau wollte, er würde es ihr geben. Was würde das Volk mehr in die Knie zwingen als die Vorstellung, dass sein Herrscher es bedingungslos liebte? Dass die Tyrannei, auf der das Regime fußte, nichts als ein schreckliches Missverständnis war?

Er beschwor ein melancholisches Cyanblau für seinen Schleier herauf. Kelda sollte nicht den neutralen weißen Schwaden zu Gesicht bekommen. »O ja, das ist leider wahr. Das Volk hat ein allzu schlechtes Bild von mir. Dabei bemühe ich mich doch nur um unser aller Wohl. Die Verteilung der Aufgaben auf unterschiedliche Reiche ist keine Bevorzugung des einen und Benachteiligung des anderen. Sie erwächst aus der Notwendigkeit, Feja am Leben zu erhalten. Aber Ihr sagt es ...« Er seufzte schwer.

Direkt, nachdem sie den Dornensaal betreten hatten, hatte Asten auf einen weichen samtroten Sessel gedeutet, in den sich Kelda nun gehorsam setzte. Er selbst entfernte sich zu einem Tisch in der Mitte des Raums, dessen Beine wie die Wände aus dünnen silbrigen Dornenzweigen bestanden. Verstreut in den Büchern blätternd beobachtete er Keldas Reaktion auf seine Worte unauffällig in der Fensterspiegelung.

Die gesamte Zeit über hatte sie ihm mit wachsendem Interesse zugehört. Dennoch fuhr sie sich immer wieder mit der Zunge über die Unterlippe. Grau und grün verschwammen in ihrem Schleier ineinander. Offenbar wartete sie auf eine abfällige Bemerkung, eine brutale Geste; etwas, was seinen Ruf im Volk bestätigen würde. Er würde ihr keinen Anlass dazu geben.

»Heute Morgen habe ich die schreckliche Nachricht erhalten, dass eine Truppe an Reinbluten eine Siedlung im Sommerreich überfallen und vernichtet hat. Sie trugen die Kleider des Palastes und haben einen Fetzen davon an einem Stück Holz abgerissen. Die Nachbarn haben es gefunden. Jetzt glauben sie alle daran, dass die Aktion von Meliodas oder mir geplant war ... Obwohl in Wirklichkeit ein kopfloser Irrer die Anspannung zwischen den Reichen schamlos ausgenutzt hat, um seine persönliche Rache zu üben.«

An der Betroffenheit, mit der sie den Aufschrei auf ihren Lippen erstickte, erriet er, dass sie in genau diesem Dorf gewohnt hatte. *Es wird immer besser. Eine unwiderstehliche Frau, die mein Ansehen beim Volk steigern wird – bei meiner Krone, wenn das keine ideale Kombination ist!*

»Oh, ich hatte ihnen doch gesagt, dass sie sich nicht vor Euch fürchten müssen!«, rief Kelda. »Ich hatte darauf bestanden, dass weder Ihr oder der König diese Zerstörung verursacht habt!«

»Natürlich nicht. Wie könnte ich das!« Scheinbar gerührt riss er sich vom Tisch los und ging auf Kelda zu. Jetzt, da Freude und Erleichterung durch ihre Adern flossen, besaß sie einen noch viel größeren Charme, der eine wilde Gier in ihm entfesselte. Er hungerte nach ihrem Glück, nach ihren Emotionen, die so hell und allmächtig waren, wie er sie selbst nie erlebt hatte. Die Feen im Winterreich kannten solch bunte Gefühlsausbrüche nicht. Umso stärker war seine Sehnsucht nach dem Geschmack des Neuen, der spritzig auf seiner Zunge prickelte. Er wollte diese Frau haben, das wusste er. Und er würde sie sich nehmen.

In gespielter Demut verbeugte er sich vor ihr und hauchte einen Kuss auf ihre Hand. Sie zuckte zurück, aber er hielt sie weiter fest. »Kelda, ich würde niemals gegen Euresgleichen vorgehen, das müsst Ihr Euch merken. Feja hatte noch nie einen treueren Freund der Sommerfeen als mich.«

»Danke, Eure Hoheit. Erlaubt Ihr es mir, dass ich Euch eine Frage stelle?«

»So viele, wie Ihr wollt.«

»Eure Hoheit ...« Für einen Moment verlor die Feenfrau die Fassung und geriet in Verlegenheit. Er reichte, damit Asten den Stimmungswechsel in ihr wahrnahm. »Vor fünf Monden gab es einen Aufruhr in einem anderen Dorf im

Sommerreich, Palia. Dort haben sich mehrere Mischblute zusammengeschlossen und gegen die Übergabe von Kraftelixieren an den Palast protestiert. Was ist aus ihnen geworden?«

Die letzten Worte der Fee waren so leise wie das Wispern des Windes und trotzdem kroch jedes einzelne von ihnen Asten unter die Haut. Entgeistert starrte er sie an. Der Aufstand. Der Mond, an dem er selbst in das Sommerreich gereist war, um die Unruhen zu beenden. Er hatte seine Macht unerbittlich gegen diejenigen verwendet, die dem Regime trotzten. Und er hatte es nicht bereut. Keiner hätte sich jemals getraut, den Kronprinzen wegen Mordes an mehreren Regierungswidrigen anzuklagen.

»Es tut mir leid, ich weiß es nicht«, erwiderte er brüsk und wusste im selben Moment, dass er einen Fehler begangen hatte.

Kelda durchschaute seine Lüge. »Eure Hoheit, das ist nicht die Wahrheit!« Ergriffen sprang sie aus dem Sessel auf und stellte sich direkt vor den Prinzen. Als könnte sie ihn dadurch zu einem Geständnis zwingen.

Asten belächelte ihren Versuch. Sie war die Erste, die ihn direkt konfrontierte. Es amüsierte ihn, ein Spiel zu spielen, bei dem er immer gewann.

Er breitete unwissend die Arme vor ihr aus. »Kelda, Ihr müsst mir verzeihen. Auch der Prinz kann nicht über alles Bescheid wissen, was in Feja passiert. Das Königreich ist groß und der Palast hat genug interne Angelegenheiten, um die er sich kümmern muss.«

»Ihr lügt! Ich sehe es an Eurem Schleier, dass Ihr lügt!«

Erst jetzt nahm Asten die hellen diabolischen Funken in

den Augen der Fee wahr. Ihre pfirsichfarbene Haut rötete sich. Sie wagte es tatsächlich, ihn herauszufordern! Das ging zu weit. Prompt färbte sich sein Schleier in das anfängliche verschlossene Weiß. Er legte die Stirn in Falten. »Ihr solltet aufpassen, wie Ihr mit mir redet, Kelda. Vor Euch steht immer noch der Prinz von Feja.« Es wäre allzu schade, wenn diese angenehme Unterhaltung damit enden müsste, dass er sie wegen ihrer ungezügelten Zunge in eine eiserne Statue verwandelte.

»O ja, der Prinz von Feja.« Sie rümpfte die Nase. »Derjenige, der seinen Schleier verbirgt, damit andere nicht in seiner schwarzen Seele lesen können. Wie konnte ich nur so blind sein, Eurer oberflächlichen Freundlichkeit zu vertrauen! Ihr habt mich die ganze Zeit über betrogen. In meiner Naivität habe ich geglaubt, dass der Prinz von Feja nicht so niederträchtig sein könne, wie man über ihn erzählt; dass der Neffe nicht so abartig sei wie sein Großonkel! Ich hätte mir den Weg sparen und auf meine Freunde hören sollen.« Atemlos wandte sich Kelda von ihm ab und wollte siegessicher davonrauschen.

Nicht so schnell, meine Liebe. Asten war niemand, der eine Beleidigung schweigend ertrug. Kelda hatte ihn erniedrigt. Eine einfache Frau, ein niederes Mischblut, das sich dem Kronprinzen entgegenstellte! Nein, er würde sie nicht ungestraft davonkommen lassen. Er riss sie heftig am Arm und drehte sie zu sich um, sein brennendes Antlitz gebieterisch über sie gebeugt. Sie erschrak nicht.

»Wie redest du mit mir, du jämmerliches Mischblut? Oder hast du vergessen, dass ich dich mit einem Fingerschnipsen zu Staub zermahlen könnte?«

»Macht, was Ihr wollt. Die Wahrheit über Euch wird sich trotzdem verbreiten. Ihr werdet die ganze Welt nicht ewig belügen können, wie Ihr es Euch erträumt. Ihr wart es, der unser Dorf zerstört hat, nicht wahr? Genauso wie Ihr auch dafür gesorgt habt, dass der Aufstand in Palia niedergemetzelt wurde! Seid einmal in Eurem Leben ehrlich: Was habt Ihr den Rebellen angetan?«

Asten zog Kelda näher an sich. Ihre Gesichter berührten sich fast. Kälte und Wärme. Es entrüstete ihn, dass sie noch immer keine Angst vor ihm zeigte. Sein Atem malte verwunschene silbrige Reifmuster auf ihre Wangen; eine elegante Schönheit, die den Tod in ihren Körper hauchte.

»Ich habe sie alle ausgemerzt, alle! Keiner konnte mir entkommen! Ich habe sie niedergemetzelt und dem Erdboden gleichgemacht, und du, du würdest keinen von ihnen wiedererkennen, wenn du sie sehen würdest! Niemand überlebt es, sich gegen mich zu stellen!«

Die fahle Blässe, mit der sich Keldas Haut überzog, verschaffte Asten eine animalische Befriedigung. Ihr Leid gab ihm Kraft. Nun würde er doch das bekommen, was er sich gewünscht hatte. Wenn auch auf eine andere Weise.

Ein schmerzerfüllter Aufschrei bahnte sich durch Keldas Kehle den Weg nach außen, ihre Muskeln spannten sich unter seinen Händen an. Mit unerwarteter Stärke stieß sie ihn von sich. Verblüfft taumelte er nach hinten und schlug rücklings an dem Tisch auf. »Ihr!«, brüllte sie, ihre Stimme das Heulen eines verletzten Tiers. »Ihr habt meinen Verlobten ermordet! Ich verfluche Euch, Prinz Asten! Auf dass sich im Moment höchster Not Eure Kräfte gegen Euch wenden! Wenn sie das Einzige sind, worauf Ihr Euch verlassen könnt

– dann werdet Ihr genau den gleichen elenden Verrat erleben wie der, den Ihr an Eurem Königreich begeht!«

Kaum hatte Kelda die letzten Worte gesprochen, befreite sich eine zuckende teerschwarze Sphäre aus ihrer Hand, die blitzschnell in Astens Richtung preschte. Mit jedem Fuß, den sie überwand, schwoll sie zu einer gigantischen dunklen Gewitterwolke an, deren Inneres lilafarbene Blitze zerschossen.

Asten hechtete nach vorn und donnerte sein Schwert darauf herab.

Die Rauchwolke zischte nur und zog sich noch weiter auseinander. Jetzt war sie doppelt so groß wie er selbst. Sie verschluckte das Licht und füllte den gesamten Raum aus. Für den Bruchteil einer Sekunde erkannte er darin die Spiegelung seiner selbst: Die Beine, breit aufgestellt in einer Kampfhaltung, die silberne Krone im Haar, das weiß um seinen Kopf peitschte. Direkt danach brach der Schatten berstend in sich zusammen und versank in seiner Brust.

Asten schrie. Es war kein Schrei eines schmerzvoll Gepeinigten, nein, er gehörte zu einem Wahnsinnigen, der den eigenen Schmerz nicht verstand. Der Prinz sank auf die Knie und rang nach Luft. Um ihn herum zog der Tag wieder in die Halle ein wie ein grausamer Gast, der die Schrecken der letzten Minuten verblassen ließ.

Auf seinen Schrei hin stürmten Wachen in den Dornensaal. Drei von ihnen umringten ihren Herrscher, voller Bemühen, ihm wieder auf die Beine zu helfen. Zwei weitere schnappten Kelda und hielten sie von beiden Seiten fest, obwohl sie vehement gegen sie ankämpfte. »Eure Hoheit, geht es Euch gut?«

Die besorgte Frage des Wachmanns stieß durch den zähen Nebel in Astens Kopf und löste diesen ganz. Geschwächt, aber wieder bei Sinnen schob er die Männer von sich und taumelte auf Kelda zu. Das Haar wild über die Schultern verteilt trat die Feenfrau noch immer nach den Soldaten. Ihr Körper war deutlich erschlafft und ihre Verteidigung nur noch ein Funken des erloschenen Feuers. Letztendlich hatte doch er gewonnen.

Voller Überheblichkeit beugte er sich über sie, seine Lippen zu einem dünnen weißen Faden zusammengepresst. Das Bedürfnis, sich an Kelda für ihre Demütigungen zu rächen, loderte in ihm und verbrannte die letzten Spuren von Flauheit nach ihrem Angriff. »Na, was haben wir denn da, kleine Fee? Etwa ein dreckiges Mischblut, das sich zu viel zugemutet hat? O nein.«

Ihre Brust hob und senkte sich schnell.

Asten umschlich sein Opfer wie ein Raubtier, das auf den richtigen Moment für den tödlichen Biss ausharrte. »Was mache ich jetzt nur mit dir? Dich zu töten wäre wirklich allzu einfach. Aber wenn ich dich leiden lasse, riskiere ich, dass irgendein dämlicher Diener davon erfährt und es in einem unpassenden Moment in ganz Feja herumposaunt. Am Ende klopfen noch mehr deiner widerwärtigen Verwandten an die Palasttür, weil sie wissen wollen, was mit ihrer geliebten Kelda passiert ist. Ganz wie du es heute getan hast. Und wir wollen doch kein Massaker veranstalten.« Asten hielt an und hob unwirsch das Kinn der Fee an, um mit seinem Blick in ihr Wesen einzudringen. Ihr Schweigen war ihr Protest. Asten lachte auf: ein schauriges, rabiates Lachen. »Schade, gerade noch warst du so gesprächig. Aber wie du willst. Ich habe auch ohne unsere Zusammenarbeit eine herausragende Idee, was dich angeht.« Er zuckte mit den Schultern. »Lasst sie los«, befahl er den Wachmännern.

»Aber Eure Hoheit, sie läuft davon!«

»Das wird sie nicht. Lasst sie los!«

Die Männer traten unsicher zurück. Asten hatte mit seiner Vorhersage recht. Bevor Kelda auch einen Schritt nach vorn wanken konnte, schmetterte er sie allein mit seiner Handbewegung rückwärts gegen die Wand. Stöhnend und aufgespießt von den eisigen Stacheln versank sie in der Dornenhecke. Ihr Blut färbte das Gestrüpp rot.

Damit war Asten noch nicht zufrieden. Der Tempel des Grauens, den er errichtete, versetzte ihn in eine Ekstase, aus der er keinen Ausgang kannte. Er weidete sich daran, sie zu foltern. Mehrfach warf er seine Arme in die Höhe und jedes einzelne Mal schob sich ein neues Dornengestrüpp über sie und zeichnete ihre Silhouette nach. Ihr Kleid bauschte sich auf. Stacheln kletterten darüber und rissen es in dünne Streifen. In der klirrend kalten Luft vereinigte sich der Geruch von Blut mit dem von vermodertem Holz zu einer ekelerregenden Komposition.

Ein lautloser Schrei verzerrte Keldas Züge zu einer Fratze, während das leblose Dornengebüsch immer mehr von ihr für sich beanspruchte. »Der Fluch ... wird sich erfüllen«, würgte sie noch, da krümmte sich ihr Oberkörper plötzlich in einer unnatürlichen Bewegung. Eine Dornenranke hatte sie von hinten durchstoßen und ihren Körper dort ausgehöhlt, wo früher ihr Herz schlug.

Kelda war nicht mehr. Die hässlichen Stacheln hatten

ihren vorher noch so fragilen Leib zu ihresgleichen verunstaltet. Nur an der Stelle, wo sich ihr Arm gegen das Eis gewehrt hatte, erinnerte die Form des Gebüschs daran, dass darin einst ein lebendiges Wesen gefangen war.

Befriedigt kehrte Asten um und stolzierte an den Wachen vorbei aus dem Saal. Überwältigt von seiner Brutalität starrten diese ihn mit offenen Mündern an. Er missachtete ihre Verstörtheit. Das erbärmliche Mischblut hatte es nicht anders verdient.

Als Asten erneut die Galerie passierte, lag sie in völliger Dunkelheit. Der Tag hatte sich gähnend verzogen und nur die Teerschwärze des Himmels hinterlassen, die sich auf jede Lichtquelle stürzte, um ihr Leben klebrig und dunkel zu überziehen. Selbst der Mond wickelte sich befangen in Schichten aus Wolken – als würde er sich dafür schämen, Astens Weg zu bescheinen.

Aber Asten sah auch in der Nacht ausgezeichnet. Und er bereute nichts. Nach den vielen Sovas seines Dienstes beschmierte seine Hände bereits so viel Blut, dass der Mord an einem weiteren Mischblut nichts veränderte.

Ohnehin war sie es, die sich selbst in den Tod getrieben hatte. Wäre sie nicht so offensiv und nicht so tollkühn gewesen, wäre die Sache vielleicht noch zum Guten für sie ausgegangen. Allein das Bedauern darüber, so viel seiner wertvollen Zeit mit der Feenfrau vergeudet zu haben, schwirrte um ihn wie eine lästige Mücke. Der Nutzen, den sie für ihn hätte bringen können, überstieg die Kosten um ein Vielfaches.

Die verdammten Mischblute sollen mich nicht mit ihren Problemen belästigen. Jemand soll diesen dämlichen Dienerjungen

darüber informieren. Wie hieß er gleich noch mal? Sollte noch eine Sommerfee hier auftauchen, kann er sie direkt in den Kerker werfen, zog Asten seine Lektion aus dem Vorfall.

Und dann marschierte er, völlig ausgesöhnt mit seinen Taten, zum Thronsaal, um seinen Besuch bei dem König nachzuholen.

Eduard

Feja, Sommerreich
48. Mond der 3600. Sova

»Was erzählst du da? Wie meinst du das, dass es nur in eine Richtung funktioniert? Du denkst wohl, dass du lustig bist, oder? Du kannst mich doch nicht in dem Wissen hierhin gebracht haben, dass wir beide hier für den Rest unseres Lebens feststecken werden!« Blitze schossen aus Coryns Augen. Er verkohlte unter ihrer Einwirkung.

Schutzlos vergrub er die Finger in der Wiese und wühlte feuchte Erde auf. Ihr Ärger war unerbittlich.

»Eduard Favre, sieh mich sofort an!«, forderte sie spitz. Ihre Sommersprossen wirkten dunkler, gesprenkelte Schatten in ihrem Gesicht.

Du hättest wissen sollen, dass es so endet. Hast du wirklich gehofft, dass sie diese Erklärung einfach so hinnehmen wird, dass sie das alles einfach so hinnehmen wird? Sie gehört nicht hierhin und du kennst diese Wahrheit besser als alle anderen.

Eduard streckte den Rücken durch. Ihre Wut würde vergehen, genauso wie seine eigene verblichen war. Die Schwere der vielen Jahre hatte ihre leuchtend rote Farbe

Schicht für Schicht abgetragen. Vielleicht tat er ihr sogar einen Gefallen, indem er sie so früh damit konfrontierte.

»Es tut mir leid, Coryn. Du kannst nicht zurück. Der Palast wünscht nicht, dass seine Untertanen in die Menschenwelt fliehen. Kurz, nachdem meine Familie nach Zürich verschwunden ist, sollten die Portale für uns geschlossen werden. Nenn mich einen Idioten und verabscheue mich, aber du wirst nicht zurückkehren.«

»Ich glaube dir nicht. Ich gehe jetzt zum Portal. Falls es nicht funktionieren sollte, irre ich eben so lange durch dieses verfluchte Land, bis ich ein anderes finde. Du kannst gern hier bei den Dryaden und den Feengestalten bleiben, wenn es dir so sehr gefällt. Aber weder du noch irgendwer anders kann mich davon abhalten, nach Hause zu reisen! Meine Eltern brauchen mich! Gottverdammt, Orell braucht mich! Ich habe keine Ahnung von diesem ganzen Feenzeug, Eduard. Und wenn ich mir für einen winzigen Augenblick vorstelle, dass du recht haben könntest ... Heilige Scheiße, ist dir überhaupt bewusst, was das für Orell bedeuten könnte? Ich darf nicht zulassen, dass ihm das Gleiche passiert, was du und diese verteufelten Kreaturen mir angetan haben!« Die letzten Worte schrie, spuckte sie aus.

Wie Peitschenhiebe trafen sie seine Seele und ließen die Kruste über den alten Wunden aufplatzen, die die Zeit umsichtig verschlossen hatte. Ihre Wut speiste seinen Trotz. Es war pure Selbstsucht. Vermutlich hasste er sich dafür selbst noch mehr, als sie es jemals tun könnte. Es änderte nichts. Nicht noch einmal würde er einen Menschen an Feja verlieren.

Habe ich mich deswegen so sehr an sie gebunden? Wir kennen uns gerade einmal seit anderthalb Jahren. Ist es nicht ungesund, in dieser kurzen Zeit so eine Angst davor zu entwickeln, dass sie fortginge? Habe ich mich nur mit ihr angefreundet, weil sie zu weich ist, um mich allein zu lassen? Nein, nein, das konnte nicht sein! Er durfte diesen Gedanken nicht zulassen. *Dabei ist Coryn so sehr an ihre Familie gebunden. Du bist es, der sie davon abhält, wonach sie so sehr strebt. Weil es dir wichtiger ist, dass sie dir erhalten bleibt als ihren Eltern. Was hättest du getan, wenn sie sich zwischen dir und deine Familie gestellt hätte? Du bist besitzergreifend, Ed. Du bist ängstlich und egoistisch. Der schlechteste beste Freund, den man sich nur vorstellen kann.*

Und wenn auch. Er hielt es nicht aus, anders zu handeln. Coryn hatte sich selbst dazu entschieden, ihm zu vertrauen. Jetzt würde sie nirgendwohin gehen. Und wenn er dafür belügen, betrügen und verraten müsste – kein Mittel wäre ihm zu teuer.

Entschieden bäumte er sich vor ihr auf und packte sie an den Schultern. Jede Nuance eines verhärmten Graus war aus seinem Schleier gewischt. »Coryn, du hast absolut keine Ahnung, in was du dich da begibst. Das einzige Portal liegt in der Zwischenwelt. Auf dem Weg hierhin wären wir beide fast tausende Tode gestorben, die du dir in deinen schlimmsten Albträumen nicht ausmalen könntest. Du warst bewusstlos, als wir hier gelandet sind. Ich nicht. Und glaube mir, wenn ich dir sage, dass du nicht lebendig in der Menschenwelt angelangen würdest. Mal ganz abgesehen davon, dass es gar keinen Rückweg für uns gibt.«

»Dort ist meine Familie!«

»*Und ich habe keine Familie mehr, die auf mich wartet*«,

wollte er sie anschreien. »*Interessiert dich das denn überhaupt nicht?*«

»Dort sind unsere Feinde. Oder denkst du wirklich, dass sie aufhören, im Menschenreich nach dir zu suchen, wenn du ihnen einmal entflohen bist? O nein, dort werden sie dich ganz sicher finden. Und deine Eltern ebenfalls, wenn du das vergessen haben solltest. Das sind Jäger! Und weißt du zufällig, wen sie jagen? Dich!«

Coryn wollte sich von ihm entfernen, aber Eduard schüttelte sie heftig. Aggression packte ihn. Sie würde ihm nicht entschlüpfen. Das durfte sie einfach nicht.

»Wenn du überleben willst, musst du in einer Feenmenge untertauchen. Hör auf, dich wie ein kleines Kind zu benehmen und akzeptiere die Realität, auch wenn sie dir nicht gefällt.« Plötzlich nahm Eduard wahr, wie ihr Körper erzitterte. Zuerst war es nur leicht und flach wie eine Dünung. Nur Sekunden später schlug sie in ihrem gesamten Leib Wellen, sodass ihre Zähne unkontrolliert aufeinander klapperten. Zu spät nahm er Notiz davon, dass er die Grenze überschritten hatte. »O nein«, wisperte er und zog sie, von Schuldgefühlen übermannt, in eine Umarmung. Zerknirscht streichelte er ihr immer wieder über den Kopf. *Der schlechteste beste Freund, den man sich nur vorstellen kann.* Spätestens jetzt hatte er es bewiesen. Es brachte ihn beinahe um, dass die Sorge, Coryn könnte sich von ihm abwenden, stärker war als seine Reue.

»Es tut mir so leid. Es tut mir alles so leid, Coryn. Wäre das alles bloß nicht passiert ... Wären wir bloß wieder dort, am Flugplatz, und du wüsstest nichts von diesem Horror ...«

»Warum?«, erwiderte sie schlicht, ihre Stimme von Schluchzern zerstückelt.

Seine Hand verharrte in ihren Strähnen. »Ich kann es dir nicht sagen, Coryn. Aber wir wählen nicht aus, wer wir sind. Wir tragen nur die Konsequenzen davon.« Er ahnte, dass dies ihr Leid nicht mildern würde. Sollte ihn sein Gewissen dafür plagen, dass er ihr absichtlich verheimlichte, dass in Feja mehr als ein Portal existierte? Dass dem Palast treu ergebene Soldaten davor patrouillierten und sie bei dem ersten Versuch einer Flucht inhaftieren würden? Als Verbrecherin, deren bedauerliches Schicksal besiegelt war? Aber dass die Möglichkeit auf eine Rückkehr bestand, wie unerreichbar sie auch schien?

Ja. Nein. Er wusste es nicht. Ungeschickt hielt er sie fest, bis ihre Tränen einen dunklen Fleck auf ihren Schleier getropft hatten. Erst als das Schaudern vollends ihren Körper verlassen hatte, schob er sie vorsichtig von sich.

Ihr Gesicht war gerötet und auf ihren dunklen Wimpern glänzten noch immer kleine Tränenperlen. »Und was schlägst du jetzt bitte vor?« Sie schniefte.

»Als Allererstes sollten wir zusehen, dass wir etwas zu essen bekommen, denkst du nicht?« Eduard zog sie an der Hand, woraufhin sie nur ungläubig den Kopf schüttelte. Ihr blondes Haar war vollkommen verfilzt, aber die Wut und Entschlossenheit hatten sich in ihrem Schleier aufgelöst. Sie sah nicht aus wie jemand, der sofort aufbrechen und ihn verlassen würde. Eduard hatte Mühe, seine Erleichterung darum nicht allzu deutlich zu zeigen.

»Wie kannst du jetzt an Essen denken? Nach allem, was in den letzten Stunden –«

»Genau deshalb, weil uns in den letzten Stunden so vieles widerfahren ist, sollten wir uns schnellstmöglich nach

Nahrung umsehen. Lass mich mal überlegen ...« Er zählte an den Fingern ab. »Am sechsundzwanzigsten Dezember sind wir geflohen. Die Dryaden sagten, dass du nach drei Monden wieder auskuriert sein würdest. Das heißt also, dass du seit geraumer Zeit keinen Happen zu dir genommen hast.«

»Drei Monde?« An ihrer Unterlippe kauend blieb sie stehen. Er genoss es, wie normal sie wieder wirkte. Vielleicht würden sie hier ihren Frieden finden. Gemeinsam. Wenn er alles umging, was seine Lüge aufdecken könnte, würden sie eine glückliche Freundschaft führen.

Glückliche Freunde betrügen sich nicht, Ed.

Er lief weiter und bedeutete ihr mit einem Nicken, sich ihm anzuschließen. »Ja. Hier in Feja verläuft die Zeit anders als zu Hause. Man zählt Monde, keine Tage, weil es diese als solche hier nicht gibt. Ein Tag kann vierundzwanzig Stunden dauern oder zehn; er kann sich bis zu dreißig ausdehnen oder sich schon mit zwei zufriedengeben. Deswegen ist es viel einfacher, den Mondkalender zu benutzen.«

Während sie sprachen, führte er Coryn an der Hügelflanke entlang durch das seichte Wasser des Sees hin zu einem beinahe unmerkbaren Pfad, der sich zwischen den Kämmen schlängelte. Ihre Stiefel und Wintermäntel hatten sie an ihrem Rastplatz ausgezogen. Eine kluge Entscheidung: Die milde Nachmittagssonne des Sommerreiches wärmte ihre Rücken und rief sie förmlich dazu auf, den Reiseballast abzustreifen. Also spazierten sie in Jeans und T-Shirts an den Hügeln entlang – menschliche Wesen in einem ganz und gar unmenschlichen Reich.

Das schöne Wetter beruhigte Eduards Nerven. Dennoch

wusste er, dass ihn diese Nacht Albträume quälen würden. Streite gingen ihm schon immer zu nah.

Ein laues Plätschern begleitete ihre Schritte. Kleine Lichthäschen hüpften zwinkernd von einem Wasserkreisel zum nächsten, sie zu einem Fangspiel auffordernd. Eduard schmeckte Frische und Sonne, vervollkommnet durch ein süßliches Aroma der Blumenwiese, über die eine zarte Brise raschelte. Von der Waldgrenze aus winkten ihnen die bläulichen Blütenkelche zu. Die Idylle erregte in ihm eine unerklärliche Begeisterung. Sein ganzes Leben lang hatte sie geschlafen, nur, um hier und jetzt mit voller Kraft durch ihn zu strömen. Er war in Feja. Er war ... zu Hause. Das Zuhause, gegen das er sich jahrelang gestemmt hatte und das nun seine letzte Zuflucht war. Sollte er sich dafür schämen, dass er hier verweilen wollte?

»Weißt du, Eduard.« Sie stöhnte. »Du musst mir keine komischen Geschichten erzählen, um mich aufzuheitern. Ich bin alt genug –«

»Du solltest mir glauben.« Er riss sie zu sich herum, als hinter ihnen dumpfe Aufschläge hörbar wurden. Wiehernd schoss ein silberbeflecktes Pferd an ihnen vorbei. Seine Hufen drückten Halbmonde in das Gras.

Coryn keuchte auf. Eng zusammengedrängt sahen sie dem Geschöpf nach, wie es an der Kuppe eines Hügels mehrere Reihen gefiederter Flügel auseinanderfaltete und mit lichttröpfelnder Mähne emporschwang. Wolken überlagerten sein Haupt. Nachdem ihre zerfaserten Luftarme einander losließen, war der Himmel leer.

»Das war nicht wirklich ein ... ein ...«

»Ein Pegasus, ja«, flüsterte Eduard, ohne sich von der

Stelle abzuwenden, an der sich das Wesen vom Boden gelöst hatte. Es war so schön gewesen ... so atemberaubend schön. Ob Coryn es auch so empfand? Er schielte zu ihr hinüber.

Faszination hatte ihren Ernst aufgeweicht, Verwunderung ihre hellen Lippen geteilt. *Wenigstens wird sie jetzt nicht mehr denken, dass ich sie anlüge,* stellte Eduard zufrieden fest.

»Also wegen der Zeitrechnung«, begann er erneut, einen Fuß vor den anderen setzend. »Es wäre sehr umständlich, wenn man alles nur in Monden angeben würde. Vor allem das Alter müsste man mit einer sehr hohen Zahl kennzeichnen. Deshalb benutzt man Sovas. Eine entspricht fünfhundert Monden.«

»Ich verstehe das nicht.« Zerstreut trottete Coryn ihm hinterher, in Gedanken offenbar noch immer bei dem Pegasus. Ihr rotes Shirt schlackerte locker um ihre Taille.

Er konnte ihr den Schock nicht verübeln. Wie hätte er wohl reagiert, wenn seine Großmutter ihn nicht von den Kreaturen erzählt hätte, die Feja bevölkerten? Die Erkenntnis, dass er Coryn mit dieser Welt vollkommen überwältigte, hatte sich unangenehm an seinen Geist geklebt. Es war allein seine Entscheidung gewesen.

Du hättest nichts anderes tun können.

»Nach Feenmaßstäben wärst du vierzehn Sovas alt. Mit einer Einschränkung.« Er hob den Zeigefinger. »Das ist mathematisch berechnet und muss nicht der Wahrheit entsprechen. Du könntest genauso gut siebzehn Sovas alt sein oder dreizehn. Zusätzlich zu den unterschiedlichen Zeitdimensionen kommt nämlich noch, dass die Zeit grundsätzlich verzerrt wird, wenn man zwischen Feja und der Menschenwelt wechselt.«

Bei seinen letzten Worten weiteten sich Coryns blaue Augen. Innerlich ohrfeigte er sich dafür, so unsensibel zu sein. »Also zu Hause, meine ich«, korrigierte er sich schnell. »Das heißt also, dass wir durch die Nutzung des Portals in einer Zeit gelandet sein könnten, die der unseren nicht entspricht. Wenn du es einfacher haben willst: Dass wir dort zwar das Jahr 2020 schreiben, aber hier gerade die Sova 1870 angebrochen ist. Oder 4150. Na ja, du verstehst wahrscheinlich, was ich meine.«

Coryn erblasste. Panik franste den Saum ihres Schleiers aus, als sie plötzlich an seinem weißen T-Shirt zog und ihn zum Stehen veranlasste. »Das bedeutet ... Das bedeutet, dass auch wenn wir wieder zurückfänden ... Wir womöglich eine Zeit erwischen würden, in der meine Familie schon längst verstorben ist?«

Eduard seufzte. Er war ein entsetzlicher Mensch. Ihm blieb nur darauf zu hoffen, dass Coryn seine Lüge niemals entlarven würde. »Es tut mir leid, das ist möglich. Das Portal bringt die Reisenden unabhängig voneinander an ihr Ziel. Vielleicht würde ich in der Zeit ankommen, in der wir gelebt haben, du aber erst hundert Jahre später. Oder andersherum.« Besser er sagte es ihr jetzt als später. Coryn sollte die vollen Konsequenzen ihrer Rückkehr kennen. *Sie wären nicht eingetreten, wenn du sie nicht nach Feja entführt hättest. Du bist nicht besser als die Soldaten des Königs.*

Hätte es eine andere Wahl für sie gegeben? Einen sicheren Unterschlupf, so wie das Haus seiner Großmutter es für ihn gewesen war? *Dich haben sie nicht gejagt.*

»Und wie sind wir dann beide zur gleichen Zeit hier angekommen?«

Er blinzelte zu ihr hoch. Entgegen seiner Erwartungen brach Coryn nicht erneut in Tränen aus. Sie wimmerte und fluchte nicht. Diese Ruhe, die nur eintrat, wenn der Kummer zu groß war, um ihn in Emotionen auszudrücken ... Diese Ruhe setzte ihm mehr zu als ihr Gefühlsausbruch vor wenigen Minuten.

»Ich vermute zufällig«, krächzte er.

Coryn erwiderte nichts. Stattdessen wandte sie sich von ihm ab und folgte dem schmalen Weg. Und die Stärke, mit der sie die Wahrheit empfing, ließ sich Eduard selbst wie ein Feigling fühlen.

Einige Zeit lang liefen sie schweigend nebeneinanderher. Der Weg führte sie auf ein weites Tal hinaus, dessen satter Wiesenduft seine Nase liebkoste. Rings um die Ebene fügten sich Bäume zu kleinen Grüppchen zusammen – junge Triebe, die sich aneinander stützten und in großen Schlucken das Sonnenlicht tranken. Leuchtende Tropfen Pflanzensaft rannen vor Gier an ihrer Rinde hinunter. Vom westlichen Ende schmiegte sich ein Wald an das Tal.

»Wo gehen wir eigentlich hin? Kennst du dich hier etwa aus?«

Eduard zuckte zusammen, so sehr war er mit der Stille verschmolzen. »Ja, so in der Art. Ich habe dir ja schon erzählt, dass meine Eltern eine Verbindung zu Feja besaßen. Mein Vater war ein Reinblut. Nach dem Tod der beiden hat mich meine Großmutter väterlicherseits aufgezogen. Japra ist mit meinem Vater aus dem Winterreich geflohen, als der Palast wieder einmal den Druck auf die Mischblute verstärkte. Die beiden hatten eine Stellung am Hof des Königs und lehnten sein Handeln ab. Dafür haben sie Kontakt mit den Sommerfeen gepflegt.«

Coryn hob eine Augenbraue.

»Nach unseren Maßstäben sind sie vor vierzig Jahren geflohen. Ich weiß allerdings nicht, wie viele Sovas hier verflossen sind. Hoffentlich nicht allzu viele, damit sich noch jemand an sie erinnert.«

»Du willst uns also zu ihren früheren Freunden bringen? Und sie ... sollen hier sein?« Coryn schaute sich um, als könnte sie die Hügelketten über die Feensiedlung befragen, die hier so passend und zugleich so fehl am Platz gewesen wäre. Die Ruhe dieses Ortes war so ungestört, so entrückt. Er konnte sich nicht vorstellen, dass sich hier eine magische Kreatur zu Hause fühlte. Selbst der Pegasus, der ihren Weg gekreuzt hatte, schien sich zu beeilen, dieses Tal zu verlassen.

Hatte er den falschen Weg genommen? Oder war es einfach die Zeit, die ihm Streiche spielte? Waren die Feen aus der Siedlung in den Erzählungen seiner Großmutter längst ausgewandert, hatten einen besseren Winkel des Sommerreiches für sich entdeckt? »Eigentlich ... ja. Aber ehrlich gesagt weiß ich auch nicht mehr weiter.«

»Das ist natürlich sehr praktisch.« Eine Reihe an Bäumen begutachtend drückte Coryn ihre Hände beschämt auf den Bauch, als ihr Magen laut knurrte. »Was ist mit den Früchten? Sind sie essbar?«

»Früchte?«, wiederholte er. Erst als er sich ihr näherte, wurde ihm gewahr, dass das, was er ursprünglich für heraussickernden Pflanzensaft gehalten hatte, in Wahrheit üppige Beeren waren. An manchen Stellen öffnete sich die Rinde und rollte sich zu den Seiten auseinander. Bräunliche Beeren kamen darunter zum Vorschein.

Eduard zögerte. Seine Großmutter hatte ihn darauf hingewiesen, dass viele Früchte im Sommerreich bei falschem Verzehr gefährlich waren. Ihr selbst hatte eine Beere, die sie mit einer anderen verwechselt hatte, bis zum nächsten Sonnenuntergang Stummheit auferlegt. Leider berief der König zu genau dieser Zeit eine Besprechung ein, zu der sie als Händlerin zwischen den Feendörfern eingeladen war. So musste sie mit Händen und Füßen erklären, warum das Bralem-Gewächs aus Improsia noch immer ausblieb. Beides zu großer Missgunst des Königs.

Alarmiert streckte er die Hand nach Coryn aus und verharrte mitten in der Bewegung. Plötzlich fuhren kurze, kräftige Stöße durch die Erde unter ihm. *Etwas nähert sich uns. Diesmal ist es eindeutig kein Pegasus.* Er drehte sich um. Außer ihnen war niemand im Tal erkennbar. Der Boden selbst erzeugte den Lärm. *Das kann nichts Gutes heißen.* Er packte Coryn am Arm und sputete mit ihr zusammen von der Quelle des Geräuschs fort.

»Was ist das?«, rief sie ihm durch das Gebrüll des Tals hindurch zu.

»Ich habe keine Ahnung. Schnell, weg hier!«

Sie beschleunigten ihr Tempo. Kaum hatten sie wenige Meter überwunden, klaffte das Grün unter ihnen auf und große, mit einem kochend blauen Gel gefüllte Blasen quollen heraus.

»Fass sie bloß nicht an! Beeil dich, los!« Seine Warnung kam für ihn selbst zu spät. Eine der etwas kleineren Blasen hatte seinen Fuß gestreift und zerplatzte in der Luft. Die Flüssigkeit spritzte auf seine Knöchel, züngelte in elektrisierend weißen Flammen an ihm hoch, fraß den Jeansstoff auf und gefror seinen Unterschenkel zu Eis. In seinem Inneren entzündete sich heller Schmerz.

»Coryn!« Er fiel beinahe hin.

Coryn warf seinen Arm um sich und hastete mit ihm zusammen weiter. Das erlahmte Bein streifte er gefühllos hinter sich her.

»Der Winter verfolgt uns!«

Tatsächlich stürmten erst jetzt mehrere Männer hinter den Hügeln hervor. Ihre weißen Capes blähten sich im Wind auf. Laut grölend überschütteten sie die Flüchtlinge mit einem Hagel von Pfeilen und trieben sie durch die Blasen in die Enge.

»Scheiße, scheiße! Wohin jetzt?!«, fluchte er.

»In den Wald, dort sind wir wenigstens vor den Pfeilen geschützt! Komm, reiß dich zusammen, versuche zu rennen!«

»Achtung, links!«

Gerade noch rechtzeitig wich Coryn zur Seite aus, da löste sich eine weitere Blase aus der Erdspalte und verpuffte in einer Explosion aus blauen Tüpfeln.

Genau dieses Manöver hatte zu viel Zeit gekostet. Einer der Männer war nun direkt neben ihnen und versetzte Coryn einen heftigen Stoß gegen die Schulter. Sie stürzte, Eduard auf sie. Staub schoss ihm in die Nase, aber er rappelte sich auf, schob das schmerzende Bein hoch. *Wenn du dich nach unten bringen lässt, hast du verloren.*

Er griff nach einem Stock, den er neben sich ertastete, und rammte ihn seinem Feind in den Bauch. Keuchend wankte der Mann ein paar Schritte zurück.

»Hilfe! Wenn hier jemand ist, helft uns!«

»Für euch gibt es keine Hilfe!«, jaulte die Fee und rückte mit blutunterlaufenen Augen wieder auf sie zu. Der Fremde hob den Arm zu einem Schlag über Coryn an.

Eduard warf sich vor sie und fing ihn mit seinem Stock ab. Krachend brach das Holz in der Mitte entzwei.

»Rechts von dir!«

Eduard duckte sich. Eine Sekunde später und er wäre von einem Pfeil durchbohrt worden, der sirrend an ihm vorbeischoss und eine Blase in die Luft jagte. Blauer klebriger Film besprenkelte Gesicht und Hände ihres Angreifers. Er ließ sich davon nicht beirren. Es war seine eigene Magie, die wirkungslos an ihm abprallte.

Mittlerweile waren auch die Begleiter des Feenmannes neben ihrer Beute angelangt. Wohin sich die beiden auch wandten – aus allen Richtungen näherten sich ihnen die milchigen Silhouetten ihrer Gegner.

Eduard schnappte erschrocken nach Luft. Sie waren umzingelt. Und der Kreis um sie schloss sich immer enger.

»Hilfe!«, rief Coryn erneut aus. Der Wald schenkte ihr keine Antwort.

Diesmal werdet ihr verlieren. Diesmal hast du keinen Retter, der im letzten Moment den Kampf für euch entscheidet.

Höhnend und grinsend tappten die Feenmänner auf sie zu und langten nach ihnen. An ihren Kleidern klebten Dreck und Blut, ihre Haare hingen in fettigen Strähnen herunter. Weinrote Schleier tanzten um ihre Körper. Grob, gefährlich, voller dunkler Erwartung.

»Oh, sieh mal einer an! Wir haben euch erwischt!«

»Zwei unschuldige kleine Feechen: Wie süß!«

»Anscheinend haben wir einen kleinen Fehler beim Ansturm auf die Feensiedlung zugelassen, wenn ihr beide noch quicklebendig seid. Holen wir mal nach, was wir verpasst haben!«

Eduard und Coryn drängten sich Rücken an Rücken zusammen. Angstüberschwemmt klammerten sie sich aneinander. Würde es so enden? War es hier vorbei? Die Flucht, seine Lüge – würde das alles umsonst sein?

Wenn es ihm nur gelingen würde, diese lebendige Mauer zu zerbrechen, die sie von dem Wald trennte ... Im Dickicht des Hains würden sie nach Schutz suchen können. »Wir rennen auf drei«, raunte er Coryn zu. »Eins ... Zwei ...«

»Drei!« Eine fremde Stimme vollendete seinen Satz. Ehe er überhaupt darüber nachdenken konnte, was vor sich ging, knickten drei Feen plötzlich ein. Ihre ohnehin blasse Haut blich noch mehr aus und sie fielen um, ihre Nackenknochen von jeweils einem präzisen Dolchstich zertrümmert. Blutige Rosen entfalteten sich auf ihrem Rücken und tunkten ihre Umhänge in ein tiefes Rot.

Die übrigen vier Angreifer brüllten und kehrten sich dem unvorhergesehenen Gegner zu. Das war ihre Chance zur Flucht.

»Los, in den Wald!«

Coryn setzte zum Lauf an. Aber noch bevor sie Eduard mit sich ziehen konnte, schwebte eine Blase auf sie zu und berührte ihren nackten Arm.

Und dann passierte etwas Sonderbares.

Coryn leuchtete auf. Die Magie knospte in ihrer Brust, sie gedieh und breitete sich in Adern bis zu ihren Fingerspitzen aus, die ihren gesamten Leib zum Strahlen brachten. Das Licht drang in die Blasen ein und verdampfte ihre

Füllung. Es pflanzte grüne Triebe in die Ränder des Erdspalts, die sich ineinanderschlangen und diesen verschlossen. Pulsierende Wärme kehrte wieder in sein Bein ein. Die Strahlen hatten das Eis geschmolzen.

Mit jedem Wunder, das das Licht vollbrachte, wuchs es, wurde gleißender und wickelte sich schließlich seidig um die Schleier der Feenmänner. Das Glosen dieser beiden Lichter kämpfte erbittert gegeneinander. Coryns Magie war stärker. Sie erleuchtete jede dunkle Ecke in den Schleiern, offenbarte jede noch so kleine hässliche Emotion, die sich darin eingebrannt hatte. Machtgier, Vergeltung, Mordsucht. Sie alle verbannte das Licht, radierte sie aus, sodass von den Schleiern nur farbleere Hülsen übrig blieben. Blumen, die an der Sonne verdurstet waren.

Einer nach dem anderen kippten die Männer nach vorn. Rußflecken breiteten sich um ihre Füße aus. Und sie verabschiedeten sich ins Nichts.

Eduard wusste nicht, wie lange es dauerte, bis die Magie in Coryns Brust versiegte. Als es geschah, sank auch sie erschöpft herab. Feine goldene Glitzerpartikel glitten mit ihr auf den Boden. Er konnte sich nicht rühren. *Was ist hier gerade passiert?*

»Bei allen magieschaffenden Wesen Fejas!«

Eduard drehte sich um. Erst jetzt erkannte er, wer seine unverhofften Retter waren: Der Hyale aus der Zwischenwelt und noch zwei männliche Sommerfeen, die er nicht kannte. Der Hyale war von ihrer Begegnung nicht geringer überrascht als er selbst. »Das seid ja schon wieder ihr!«

Der Hyale und seine Begleiter hatten sich ihrer angenommen und sie zu ihrem heimlichen Versteck im Wald geführt. Die Dämmerung hatte schon ihre dunklen Schwingen über Feja aufgespannt. So war Eduard unendlich dankbar für die Speisen und die Unterkunft, die ihnen die kleine Gruppe an Feen anbot.

Obwohl er selbst eine Fee war, kam es ihm eigenartig vor, wie menschlich alle Bewohner Fejas bis auf den Hyalen wirkten. Bloß ihr barfüßiger Gang und der Lianenschmuck um den Oberkörper der Feenmänner verwiesen auf den magischen Teil ihrer Abstammung.

Eduard konnte nicht von sich behaupten, schnell Vertrauen zu diesen eigenartigen Geschöpfen gefasst zu haben. Im Vergleich zu ihm wirkte Coryn jedoch beinahe verängstigt. Dicht an ihn gedrängt beobachtete sie die Bewegungen der Feen aus dem Schatten eines hohen Gewächses heraus, während die anderen einen Kreis um sie gebildet hatten.

Nur einer von Lerenials Begleitern war direkt nach ihrer Ankunft in einen Baumwipfel geklettert. Die langen Glieder auf einem Ast herrisch ausgestreckt sandte er immer wieder düstere Blicke aus verschiedenfarbigen Augen in ihre Richtung, die Coryn blass werden ließen.

»Also ... wie genau seid ihr hierhin gekommen? Nachdem Lerenial euch geholfen hat, meine ich«, wollte der zweite Feenmann wissen. Er hatte sich ihnen als Haltor vorgestellt.

Eduard fand, dass dieser Name wie kein anderer zur Bedächtigkeit passte, die seine dichten Augenbrauen und sein hartes Kinn ausstrahlten. »Eigentlich haben wir nach den Freunden meiner Großmutter und meines Vaters gesucht, die in dieser Siedlung leben. Sie selbst sind in die Menschenwelt geflohen. Offensichtlich schon vor sehr vielen Sovas, wenn ... es das Dorf gar nicht mehr gibt.« Verunsichert riss er einige Grashalme um ihn aus und verrieb sie zwischen den Fingern. *Was ist, wenn diese Freunde auch nicht mehr leben? Was ist, wenn das Portal mich und Coryn weit in die Zukunft versetzt hat? Hat Großmutter nicht etwas darüber gesagt? Wohin gehen Coryn und ich dann?*

Haltor linste zu Kelda hinüber. Die Feenfrau, gerade noch damit beschäftigt, ein Blatt aus ihrem roten Zopf zu lösen, schaute auf, bewegte kaum merkbar den Kopf. Der Sonnenuntergang malte Feuer in ihr Haar, das am Veilchenkleid entlangfloss, und ließ ihr Antlitz leuchten. Vor Unrast? Angesammelter Wut? Eduard konnte es nicht einordnen.

»Das Dorf, an dessen Grenze wir uns gerade befinden, haben Reinblute erst vor drei Monden ausgelöscht. Übrigens waren es dieselben Männer, die ihr gerade noch getötet habt«, setzte Haltor an, Keldas Widerspruch ignorierend. »Vielleicht seid ihr also gar nicht so spät angekommen wie ihr denkt. Heißen deine Verwandten Japra und Tamon?«

Eduard durchfuhr ein freudiger Schauer. Auch Coryn seufzte leise auf, erschrak sich jedoch über die Aufmerksamkeit der Feen und zog noch mehr die Schultern ein.

»Ja, ja, so heißen sie! Habt ihr sie gekannt? Könnt ihr uns sagen, wo sich ihre Freunde befinden?«

»So wie mein Bruderherz das Gesicht verzieht, ist er ein Freund deiner entzückenden Verwandtschaft! Was für ein Unglück, dass ich nicht Teil dieser Gemeinschaft sein konnte! Nun ja, ich hatte einfach Besseres zu tun, als die

Tiere in Zurits Wäldern zu belästigen und alle Feen mit Märchen über den Frieden in den Schlaf zu wiegen.«

»Sei still, Adiz«, brummte Haltor und rollte mit den breiten Schultern, »wenn du nicht willst, dass bald sogar die Troubadoure dich und deine Selbstliebe in ihren Liedern lächerlich stellen.«

Lerenial räusperte sich, offensichtlich peinlich berührt von der Fehde der Brüder. Kelda hingegen konnte ein Lachen kaum unterdrücken. »Japra und Tamon gehörten zu unseren engsten Verbündeten«, begann sie. »Es sind einige der außergewöhnlichsten Feen, die Feja je gesehen hat. Ich hoffe, sie sind bei bester Gesundheit?«

Betrübt drehte sich Eduard zum See hinter ihnen. Still badete die Sonne dort zum letzten Mal an diesem Tag. Schon bald würde sie, lichttropfend, über die nachtvernebelte Wiese trotten, um zu ihrem Schlafplatz hinter dem Horizont zu gelangen.

Auch die anderen Feen kehrten sich dem friedlichen Wasserplätschern zu, sobald er ihnen den Mord an seinem Vater und den Alterstod seiner Großmutter offenbart hatte. Haltor war es, der als Erster wieder das Wort erhob. Seine Mundwinkel hatten sich herabgezogen und bildeten eine Falte, die sich so natürlich in sein Gesicht einfügte, dass er sich wohl häufig um etwas sorgen musste. »Wir ... bedauern deinen Verlust sehr, Eduard. Auch wir haben die beiden sehr gemocht. Dass sie dich zu uns geschickt haben, zeigt, wie vorausschauend sie immer gehandelt haben.«

»Also ... eigentlich wussten sie nicht, dass ich hier lande.«

»Nicht?« Kelda sah verwundert zwischen Coryn und ihm hin und her. Zwischen den Wurzeln eines Baumes hatte sie sechs Früchte geklaubt – orangefarbene Kugeln, die von einer ledrigen Schale mit Schlangenmuster ummantelt waren. Ihre Überraschung hatte sie davon abgehalten, diese an die Versammelten zu reichen.

Eduard drückte Coryns Hand. *Sie wollen uns nichts Böses. Erzähl ihnen deine Geschichte.*

Nervös leckte sich Coryn über die Lippen. Ihr Johannisbeerduft hatte sich intensiviert, war spitz und dornig geworden. Wenigstens ihre Haltung hatte sich etwas entkrampft. Die Zuneigung der Feen zeigte ihre Wirkung. »Das Ganze war ein schrecklicher Zufall. Die Palastfeen hatten mich auf irgendeine Art und Weise gefunden und wollten mich entführen. Ed hat mich gerettet und nach Feja gebracht. Ich ... Wir wollten niemals hierhin.«

»Du hast einen denkbar schlechten Zeitpunkt für die Flucht nach Feja gewählt, mein Junge.« Lerenial schüttelte den Kopf. Goldener Staub segelte von seinem Geweih hinab. »Es wäre besser gewesen, wenn ich euch beide nicht tiefer in dieses Land gelassen hätte, als ich noch die Möglichkeit dazu besaß.«

»Aber warum?«

»Ihr wisst wirklich nichts, oder?«

»Warte, Lerenial.« Den Hyalen aufhaltend gab Kelda Eduard und Coryn jeweils eine Frucht. Tränen blitzten dabei in ihren braunen Augen auf. »Hier, nehmt diese Dabgahs. Sie werden euch stärken.«

»Danke.« Ratlos drehte Eduard die Dabgah hin und her. Sie fühlte sich rau und fest an wie eine Nuss. Egal, wie er sich bemühte, er erkannte keinen Riss, von dem ausgehend er die Frucht hätte von ihrer Kruste entblößen können.

»Du darfst die Schale nicht gewaltsam zerstören. Dabgahs sind sehr feinfühlig. Sie mögen es nicht, wenn man ruppig mit ihnen umgeht. Bitte sie darum, dass sie dir ihr Fleisch schenkt und sie wird sich von selbst öffnen.«

Frustriert beäugte Eduard die Frucht, die allem Anschein nach ein Eigenleben besaß. Er sollte eine Frucht um etwas bitten ... Eine Frucht sollte darüber entscheiden, ob er sie aß, oder nicht. So etwas Lächerliches hatte er noch nie gehört.

Unerwartet knackte es: Die Schale von Coryns Dabgah bröckelte. Seine Freundin grinste ihn an. »Na, Ed, bist du etwa nicht höflich genug?«

Haltor und Lerenial lachten, was eine scheue Röte auf Coryns Wangen trieb. Eduard hingegen starrte missmutig die Frucht an. *Na los.* Bildete er es sich nur ein oder hatte sich das Schlangenmuster auf der Haut der Dabgah gerührt wie ein Augenrollen? *Lass die Streiche, jetzt öffne dich einfach. Ich bin wirklich hungrig. Komm schon ... bitte.*

Als hätte die Frucht nur auf seine letzten Worte gewartet, furchte sie sich und enthüllte eine glasige, geleeartige Kugel, deren Inneres von orangefarbenen Narben durchkreuzt war. Sie mündeten in einem braunen Kern, der ihn an eine Kastanie erinnerte.

»Sehr gut.« Kelda zwinkerte ihm zu. »Jetzt könnt ihr das Gelee essen. Aber passt auf, der Samen ist ungenießbar.«

Sobald Eduard seine Zähne in der Dabgah vergraben hatte, kribbelte seine Zunge angenehm. Er kostete die Säure einer sonnengenährten Zitrone, die Süße von reifen Datteln, Oliven und dort, wo sich das Fleisch ganz nah an den Kern herantastete, den feinen Hauch von Bitterschokolade.

Die gesamten Geheimnisse der Welt schwirrten im Saft der Dabgah; sie schmeckte nach allem und doch nach nichts.

»Als du sagtest, dass wir nicht wissen, was hier gerade passiert – was meintest du da, Lerenial?« Coryns zaghafte Frage holte Eduard in das Hier und Jetzt zurück.

Der Hyale zögerte, das lange Fell an seinen Beinen immer wieder um seine Finger wickelnd. »Die Situation zwischen den Reichen ... Sie ist gerade sehr angespannt.«

»Was das Einverständnis angeht?«

»Was den Krieg angeht.« Von der Schärfe dieser Stimme zuckte Eduard zusammen. Er hatte Adiz beinahe vergessen. Nun sprang der Mann geschmeidig vom Ast hinunter und schloss zu ihnen auf.

»Hör auf, den beiden unnötige Angst einzujagen, Adiz«, mahnte ihn Haltor. Er war aufgestanden, um seinem Bruder entgegenzutreten.

»Genauso unnötig, wie es gewesen war, Kelda von Nuepán in Kenntnis zu setzen, hm?«, giftete er Haltor an. An Eduard gewandt fuhr er fort: »Du hast deine Freundin in einem sehr unpassenden Moment an einen sehr unpassenden Ort *gerettet*. Feja ist jetzt viel unsicherer, als die Menschenwelt es jemals sein könnte. Die Sommerfeen haben ihre Geduld verloren und es gibt zu viele, die sich einen Vorteil vom Krieg erhoffen.« Bei diesem Satz überschüttete schilfgrüne Gier Adiz' Schleier. Sofort hatte der Feenmann die Kontrolle über seine Gefühle wiedererlangt.

»Gehäufte Aufstände. Improsia, Kiroia, Laproz, Palia: Sie alle verlangen nach Entlohnung für die harte Arbeit, die sie seit Tausenden von Sovas für den Palast verrichten. Mischblute, die dem Palast die regelmäßige Auslieferung von Elixieren verneinen. Ein Sommerdorf, das von Winterfeen ohne Grund zertrampelt wird. Auflehnungen im östlichen Teil des Sommerreiches. Um uns herum sterben Feen. Bei Kelda war es ihr Verlobter Nuepán.«

Die Feenfrau senkte ihr Gesicht. War es dafür, damit keiner die Trauer darin lesen konnte? Oder die unerklärliche Entschlossenheit, die anscheinend nur Eduard aufgefallen war?

Sein Herz trommelte wie wild. So kalt fühlte sich Coryns Körper neben dem seinen an. *Krieg. Es wird Krieg geben.*

Hast du den Hauch einer Ahnung, was das für euch bedeutet? Wirst du Coryn hierbehalten wollen, während euch jeden Mond ein gottverdammter Soldatentrupp aus dem Winterreich den Kopf abschlagen könnte? Bist du auch jetzt noch zu feige, um ihr deine Lüge zu gestehen?

Es war zu spät. Er hatte sich doch bereits entschieden, fühlte sich sicher mit seinem Plan. Warum musste das alles so kompliziert werden?

Händeringend suchte Haltor, seinen Bruder zu beschwichtigen. »Die Aufstände bedeuten noch nichts! Wie lange hält diese Situation schon an? Mehrere Sovas, dutzende davon! Keine Fee ist so übermütig, alles aufzugeben und sich auf einen Gegner zu stürzen, der so viel stärker ist. Hier in Zurit haben wir so lange kaum etwas von der Unterdrückung gespürt, von der du sprichst!«

»Ja, bis man die Siedlung überrannt und dem Erdboden gleichgemacht hat! Du hast doch einfach nur Angst, Bruder. Aber der Krieg wird kommen und es wird schon sehr bald sein. Viele, die früher neutral gesinnt waren, schlagen sich auf unsere Seite. Lerenial zum Beispiel.«

Gewitter schwelte in Eduards Schleier. Hitze und Schwüle würgten ihn und hinderten ihn am Atmen. Gleich würde es sich entladen. Nur ein Satz trennte ihn davor, vom Blitz der eigenen Panik getroffen zu werden.

»Kämpft ihr mit uns?«

In den Kampf ziehen. An der Seite der Mischblute. Für Feja. Das Land, das er nicht liebte. Das Land, in dem seine Familie ihren Ursprung nahm. Das Land, in das er Coryn verschleppt hatte. Das Land, das sie jetzt nicht mehr verlassen konnten. In kürzester Zeit würde der Palast überall hin Wachen schicken, die sie an der Flucht hindern und schlimmstenfalls direkt an den König ausliefern würden.

Sein Hals wurde trocken. Seine Lüge gegenüber Coryn hatte sich zur Wahrheit gewandelt. Sie konnten nicht mehr zurück.

Nicht nur, bis er sich sicher wäre, dass die Suche nach Coryn aufgehört hatte. Womöglich nie mehr.

Was hatte er da nur verursacht?

Coryn

Feja, Sommerreich
49. Mond der 3600. Sova

In dieser Nacht flog ich. Felsgestein bohrte sich in meine Fußsohlen und die aufgehende Sonne erklomm die Anhöhen, zerrann in meinen Fingern, an denen die Leinen des Gleitschirms rieben. Ich nahm Anlauf. Der Schirm hinter mir füllte sich mit Böen, bremste mich. Ganz leicht nur. Ich war an diesen Widerstand gewöhnt. Noch ein Schritt und meine Füße lösten sich vom rissigen Untergrund. Da waren keine spitzen Steine mehr zwischen meinen Zehen, sondern Wind, keine Gravitation mehr, sondern Freiheit. Es fiel mir leicht, schwerelos zu sein. Dafür waren keine Lernstunden notwendig gewesen.

Vorsichtig zog ich an der rechten Steuerleine, um den Gleitschirm von einem hervorstehenden Felsenbauch zu lenken, doch ich ertastete keine Seile und Gurte. Statt ihnen ragten Knorpel aus meinem Rücken, über die sich ein zartes Gewebe spannte. Ein Schauer durchlief mich, als ich seine Oberfläche berührte. Flügel. Ich schnappte nach Luft. Als hätte er meine unausgesprochene Absicht erhört,

schlug der rechte Flügel langsamer und drehte mich vom Felsen fort. Ein weiterer Gedanke und ich schoss mit atemberaubender Geschwindigkeit vor. Stürzte zu einem grünen See, so nah, dass Wassernebel meine Haut befeuchtete, und jagte wieder hoch, ehe meine Nase das Nass berührte.
Sie gehorchen mir.

Ich atmete Jubel. Freude staute sich in meinen Lungen an und wartete darauf, durch meinen Körper zu strömen. Und als ich endlich lachte, lachte die Welt mit mir.

Beim Aufwachen schmerzte mein Rücken an der Stelle, wo vorher die Flügel gesprossen waren. Ich musste mir dreimal darüber reiben, um mich zu vergewissern, dass die Verspannung nur der ungewöhnlichen Schlafposition auf der kahlen Erde geschuldet war.

Ich massierte meine Schläfen. Ich war noch immer hier. Es war schon der zweite Morgen, an dem ich mich völlig desorientiert und benommen in Feja wiederfand. Im Gegensatz zum ersten packte mich diesmal keine Panik bei dem Gedanken. Vielleicht kostete es mich einfach zu viel Energie, die Existenz von Feja anzuzweifeln, um im nächsten Moment von einer Truppe Wächter aus dem Palast angegriffen und beinahe getötet zu werden.

Palastwächter. Ich verkrampfte mich. Was war gestern mit ihnen geschehen? Was war mit mir geschehen? Ich fand keine Erklärung für das Licht, das ihre Schleierfarben ausgelöscht hatte, und für die Reinblute, die mich zum Ziel ihrer irrsinnigen Verfolgungsjagd gemacht hatten.

Du hast Leben beendet, Coryn.

Hatte ich das? Aber wie?

Diese Mörder, über die du im Seminar über psychische Störungen

gelesen hast ... Selbst nach all den Theorien, die ihr Verhalten begründen, hast du sie verabscheut. Jetzt bist du eine von ihnen. Du gehörst eingesperrt.

Schweiß brach an meinen Handflächen aus. Ich wischte ihn an meiner Jeans ab, die schon längst mit Flecken übersät war. Das konnte nicht stimmen. Ich hatte niemanden getötet. Wie könnte ich auch? Ich berührte Schleier. Im Altenheim hatte ich Elisabeths Hand gehalten und beobachtet, wie sich ihre Farben mit Licht füllten. Noch nie hatte ich sie ausradiert, und schon gar nicht ohne Körperkontakt.

Ich bin es nicht gewesen. Haltor und Adiz haben die Soldaten umgebracht, ich habe doch die Wunden auf deren Rücken gesehen ... Ich bin es nicht gewesen!

Die Angst implodierte in meinem Kopf. Stöhnend zog ich die Knie an und vergrub mein Gesicht darin.

Dieser Krieg, von dem die Feen gesprochen hatten ... War das alles real? Wohin war Eduard mit mir geflohen? Warum hatten meine Eltern mich niemals etwas von ihrer Herkunft wissen lassen, obwohl in ihr solche Gefahr schlief? Wie konnte ich zwanzig Jahre lang so menschlich gelebt haben, wenn ich es niemals war? Wie konnte alles Bekannte an einem einzigen Tag zerbersten?

Ich hatte alle diese Fragen in mir vergraben, in der Hoffnung, dass der ungestüme Wind in der Nacht kleine Steinchen darüber rollen würde. Vielleicht würde ich am Morgen nur den Friedhof meiner Gedanken vorfinden: zu elend, um mich damit auseinanderzusetzen.

Doch jetzt hatte das schummrige Licht des Morgens die Nacht verjagt. Und der Friedhof lag nackt und bloß vor mir, mich mit hohlen Augen durchbohrend.

»Guten Morgen, Dornröschen. Du musst dir angewöhnen, ein bisschen früher aufzustehen, wenn du noch etwas vom Tag haben möchtest. Die Monde sind launisch. Hast du Pech, ist die Folge deines achtstündigen Schönheitsschlafs, dass du mitten in der Nacht munter wirst.«

Abrupt fuhr ich hoch. Ich kannte diesen Sopran, der jede Note sang. Es war...

»Valentina!« Ich stemmte mich an den Ellenbogen hoch und wäre dabei beinahe gegen ihren Fuß gestoßen, der von einem Baumarm herabbaumelte. »Was tust du hier?«

»Dasselbe wie du. Ich versuche zu überleben. Bisher ist mir das ganz gut gelungen.« Flink sprang sie vom Ast. In der Geschwindigkeit ihrer Bewegung ähnelten ihre Züge dem Mann des gestrigen Abends, der mich so unheimlich aus der Baumkrone heraus ergründet hatte ...

Himmel! Es erschien mir so unwirklich, Valentina leibhaftig vor mir stehen zu sehen. In ihrem türkisfarbenen Kleid, dessen Stoff hinter ihr rauschte wie ein Bach, und den Perlensträngen an der Stirn wirkte sie nicht mehr wie der Mensch, den ich einst kannte. Auch ihr Gesicht war spitzer, markanter geworden und von schwarzen Wellen eingerahmt. Auf dem Flugplatz trug sie fast immer einen Zopf.

»Was tust du hier?«, krächzte ich.

Sie seufzte. »Das ist natürlich ein schöner Gruß, wenn man seine Freundin wiedersieht, von der man dachte, sie sei tot. Tja, ich werde es wohl verkraften müssen.« Valentina drehte sich um, die Schleppe ihres Kleides graziös hinter sich herziehend.

»Warte, wo willst du denn hin?« Ich sprang auf. Etwas Kleines, Silbriges fiel klimpernd auf die Wurzeln des Baumes nieder, zwischen denen ich geschlafen hatte. Meine Schlüssel. Ratlos sammelte ich sie auf und musterte den rot glitzernden Herzanhänger. »Beste Schwester«, stand darauf. Etwas in mir ziepte schmerzhaft. Zwei Verfolgungen, ein Kampf ... und ich hatte den Bund nicht verloren. Eilig ließ ich ihn wieder in die Hosentasche gleiten.

»Tiefer in den Wald.« Valentina lockte mich mit der Hand. »Komm mit, wir müssen deinen Unterricht beginnen. Ich werde dir unterwegs alles erzählen.«

»Was ist mit Eduard? Und mit den anderen ... Feen?« Ich verschluckte mich am letzten Wort; fügte es so schnell an, dass ihr bitterlich ungläubiger Geschmack nur kurz auf meiner Zunge weilte. *Feen.* Ich schob den Gedanken beiseite. Dem würde ich mich später widmen.

»Adiz bewacht die Waldgrenze und Lerenial kümmert sich um Nuepán. Der Arme hat schlimme Verletzungen von der Revolte davongetragen. Ein Glück, dass ich ihn gefunden habe«, verkündete sie, ohne ihren Schritt zu verlangsamen.

Ich musste hechten, um sie nicht aus der Sicht zu verlieren. Die Aussage über die Revolte überhörte ich bewusst.

»Und Ed bekommt gerade von Haltor eine Unterweisung in Kampfkunst, damit euch beiden nicht noch einmal so ein Malheur passiert wie gestern. Es ist peinlich, wenn sich eine Fee nicht verteidigen kann. Und in jetzigen Zeiten dazu noch unglaublich gefährlich. Genau deshalb werde ich dich dem schleunigst lehren müssen.«

Meine Gedanken überschlugen sich. Woher kannte sie alle Namen? Wer war Nuepán noch einmal? Wann hatte sie die Information über den gestrigen Angriff auf Ed und mich erhalten? Und, was noch viel wichtiger war, wieso war Valentina überhaupt in Feja? »Wo ist Kelda?«, fragte ich stattdessen, weil es die einzige Frage war, die ich in diesem Moment in Worte fassen konnte.

Auf einmal hielt Valentina an. Ungelenk stolperte ich über ihr Kleid und hatte meine Mühe, das Gleichgewicht zu wahren. Nachdenklichkeit überschattete ihre scharfen Züge. Es lag keine Rührung darin. »Kelda ist in der Nacht geflohen«, sagte sie ernst. »Haltor vermutet, dass sie sich nach Palia begeben hat, wo sich der Aufstand mit den Elixieren ereignet hatte. Wahrscheinlich hat sie die Ungewissheit nicht mehr ausgehalten und wollte sich selbst davon überzeugen, dass ihr Verlobter nicht mehr am Leben ist. Ich habe gehört, Adiz sei nicht besonders feinfühlig vorgegangen, als er diese Nachricht an sie vermittelt hat. Nun denn«, sie hob die Schultern, »das würde nicht seinem Charakter entsprechen. Auf jeden Fall haben sich Kelda und Nuepán um nur wenige Stunden verpasst. Ich bin mit ihm genau von dort gekommen.«

Meine Seele verknotete sich, schnürte sich so eng zusammen, dass meine Kraft aus ihren bunten Fasern rieselte. Kelda ... von all den Feen hatte sie Eduard und mich am wärmsten aufgenommen. Obwohl er sichtlich um Freundlichkeit bemüht gewesen war, hatte mich der Hyale mit seinem mächtigen Geweih und den Hufen eingeschüchtert. Die Feindschaft zwischen Haltor und Adiz hatte die Anspannung nur noch mehr verstärkt. Sie jedoch ...

Obgleich ich Kelda nicht lange kannte, verschlug mir die Dramatik ihres Schicksals die Sprache. Wie konnte jemand, der noch einen Abend vorher so besonnen, so unbekümmert erschienen war, zu einer solch impulsiven Tat bereit sein? Oder hatte ich ihr Bestreben bloß nicht bemerkt, weil meine eigenen Sorgen mich zu sehr beschäftigt hatten? Würde sie jemals heimfinden? Ich mochte nicht darüber nachdenken, dass sie unter der Gewalt der Winterfeen verenden würde. Sinnlos; in der Überzeugung, dass ihr Verlobter tot sei. Während er in Wahrheit in dem Wald auf sie wartete, den sie auf der Suche nach ihm verlassen hatte. »Wieso ist ihr keiner nachgelaufen? Wieso geht niemand los, um sie zurückzuholen?«

Der Morgen, der zwischen den dichten Blätterkronen rieselte, befleckte Valentinas Haut mit Licht und Schatten. »Dieser Versuch wäre von vornherein zum Scheitern verurteilt. Wir wissen nicht, welchen Pfad sie nach Palia gewählt hat. Und dazu können wir es uns gerade nicht leisten, durch Feja zu irren, wenn sich die anderen im Wald verstecken und Angriffen von Reinbluten ausgesetzt sind. Der Einzige, der zu dieser kopflosen Tat bereit wäre, wäre Nuepán selbst. Gerade ist er für eine Reise zu geschwächt.«

Erst jetzt fiel mir auf, dass Valentina in ihren Ausführungen sich selbst mit in die Gruppe der Entscheidungsträger einbezog. Dabei war sie doch mit den Feen noch weniger vertraut als ich. Hatten sie sich bereits vor mir gekannt? Das würde zumindest erklären, warum Valentina ausgerechnet in diese Siedlung gewandert war.

»Wir?«

»Adiz und Haltor sind meine Brüder.«

Was? Verdutzt fixierte ich Valentinas Schleier. Er schimmerte in einem satten Grün, wie immer. Ich dachte an Haltor, der sich mit solcher Inbrunst an Ruhe klammerte, an Adiz, der, Zerstörung im Geist, seinen Bruder aufwühlte. Sie sollte eine von ihnen sein? War ich überhaupt jemals mit ihr befreundet gewesen? Oder hatte ich es mir nur vorgegaukelt, getäuscht von ihrem unveränderlichen Schleier, der mein Vertrauen gewonnen hatte? Welche Geheimnisse hatte sie noch vor mir? »D-Du bist also ... hier geboren?«, stammelte ich. *Und warum hast du dann mit mir gearbeitet? Was hat dich nach Zürich geführt?*

»Ja. Aber ich dachte, Eduard hätte das längst ausgeplaudert.«

Ich biss mir auf die Unterlippe. *Eduard hat nichts ausgeplaudert. Ich musste ihm jedes Wort aus der Nase ziehen.*

Valentina hatte meine verdrießliche Miene anscheinend richtig gedeutet, denn sie fuhr fort: »Genauso wie Ed bin ich ein Mischblut. Allerdings ist meine Abstammung eine andere. Im Gegensatz zu ihm bin ich in Feja aufgewachsen. Prinzipiell gehören Haltor, Adiz und ich deswegen zum Sommerreich, weil unser Ahne vor geraumer Zeit einen Menschen geliebt hat.« Sie rollte mit den Augen.

Einen Herzschlag lang meinte ich, einen säuerlichen Ausdruck zu erkennen, der in ihren nussbraunen Iriden vorbeihuschte und ihren Schleierzipfel in ein tiefes Schwarz tunkte. War es Verbitterung? Darüber, dass ein kleines Vergehen in der Vergangenheit dazu geführt hatte, dass ihre Familie die Anerkennung als Reinblute für immer einbüßen musste? Aber nach dem, was ich bisher über die Scheußlichkeiten der Winterfeen gehört hatte, war es doch wünschenswert, alle Verwandtschaftsstricke zu ihnen zu reißen!

»Jedenfalls hat mich eines Tages die Neugier gepackt. Nachdem unsere Eltern gestorben sind, hat mich nicht besonders viel an meine Familie gebunden. Du brauchst mich nicht so mitleidig anzuschauen. Ich fühlte mich frei. Haltor und ich hatten sowieso eher ein distanziertes Verhältnis zueinander, ich stand Adiz schon immer näher. Nachdem er dann für seine Elixierbrauerei nach Improsia gezogen ist, hat sich diese Sache auch erledigt.« Sie machte eine wegwerfende Handbewegung.

Wie konnte jemand Adiz' ironische Gesellschaft der Haltors bevorzugen?

»Und deshalb machte es mir nichts aus, sie zu verlassen«, ergänzte Valentina, ehe ich meine Verwunderung kundtun konnte. »Ich wollte unbedingt erfahren, was hinter dem Portal steckte und ob die sagenumwobenen Menschen, die leider ganz und gar nicht mit Magie begnadet waren, es wert waren, dass man für sie sein Feendasein opferte. Ich muss aber zugeben, dass ich enttäuscht wurde. Sie haben nicht ansatzweise den Charme, den man ihnen im Sommerreich zuspricht. Die meisten sind hölzern, etwas engstirnig und haben eine unbegreifliche Vorliebe für den Fleischkonsum. Den sie mit unaufhaltsamen Diskussionen über den Umweltschutz paaren.« Sie rümpfte die Nase. »Die Menschenwelt wäre eine totale Enttäuschung geworden, wenn ich bei meiner Entdeckungstour nicht auf dich und Eduard gestoßen wäre. Da wurde die Sache nämlich schlagartig wieder interessant. Feen, die ihre Herkunft entweder nicht kennen oder gezielt leugnen. Eure Charaktere boten mir den Reiz, den ich mir von den Menschen erhofft hatte.«

»Du hast uns beobachtet? Wie in einem Experiment?« Mein Mageninhalt schlingerte bedrohlich hin und her.

»Natürlich nicht. Ihr seid zu meinen Freunden geworden. Sonst hätte ich euch doch nicht bei der Flucht geholfen.«

Mit gespitzten Lippen schob Valentina die Ranken eines hohen Buschwerks beiseite. Ich schlüpfte hindurch und blinzelte. Ein offener Himmel wallte mir entgegen, über den Wolkenpuffer trudelten und sich für eine kurze Rast auf die fernen Bergspitzen niedersetzten. Die gesamte Fläche der Waldlichtung füllte ein See aus, der meine Haut mit Feuchtigkeit benetzte. Das Einzige, das ihn von den Bäumen abgrenzte, war ein gräuliches Geröll. Beinahe sah ich den Skulpteur dieser Landschaft, der die Steinchen aus seinem Geheimnisbeutel streute, sie mögen das Ufer sein.

»Wo sind wir hier?« Ich hatte den Eindruck, dass mein Gespräch mit Valentina mich weit, weit weg von dem Lager der Feen geführt hatte, so anders nahmen sich die Felsen und der Wald hier aus. Das Aroma von Kirschblüten schwängerte die Luft. Ich machte die Pflanze nirgendwo aus.

»An einem geheimen Ort. Nicht einmal meine Brüder kennen ihn. Ich fand ihn, weil ich als Kind durch die Wälder von Zurit gestreift bin, wo Kelda, Nuepán, Haltor und ich wohnten. Wie du weißt, existiert das Dorf heute nicht mehr. Der Wald allerdings schon. Hier kannst du deine magischen Fähigkeiten üben, ohne dass uns jemand sieht oder stört.«

Ich folgte ihrem Fingerzeig. Im Wasser lud ein dünner Steinsteg zu einer Insel ein: Aufeinandergeschichtetes Gestein, zum Teil geborsten und die Wunden von feuchtem Moos geleckt, stieg aus dem Wasser auf.

»Meine magischen Fähigkeiten?«, wiederholte ich verständnislos.

»O ja.« Sie nahm mich bei der Hand und führte mich über die Steine zur Insel. Unter meinen nackten Füßen fühlten sie sich kühl und glatt an. Von einem zum anderen hüpfend verscheuchte ich einen Strudel an rot leuchtenden Wesen. Sie hatten die Gesteinsritzen unter Wasser beheimatet und schossen nun, erschrocken gurgelnd und mit den kleinen Ärmchen wedelnd, von mir weg.

Als ich den Blick wieder hob, nahm ich ein seltsames Flimmern wahr. Es war, als wäre die Luft um die Insel von einem prasselnden Feuer eingefangen, das die Atmosphäre verzerrte.

»Ich hoffe doch, dass dir deine Gabe bewusst ist, Coryn.« Valentina stützte mich, während ich auf den Felsen kletterte, und schwang sich nach mir mit einer einzigen katzenhaften Bewegung herauf. Nun war das Flimmern deutlicher. Regenbogenstrahlen wanden sich vor mir und erschufen ein ungeordnetes Gitter, das das Dahinterliegende zersiebte. Unwillkürlich griff ich danach. Dünnes Garn umwand meine Fingerspitzen: nass, klebrig, ähnlich wie Seifenblasen. Ich taumelte zurück.

»Du kannst sie auseinander spannen«, riet mir Valentina.

Eher ungläubig als neugierig versenkte ich meine Hände im Gitter und entwirrte die dünnen Fäden, bis sich eine Lücke in der Größe eines Menschen herausgeformt hatte. An ihren Rändern verdichteten sich die Schnüre zu Verflechtungen. Hinter der Öffnung jedoch zeichneten sich die verschwommenen Konturen der anderen Inselseite aus. Als ich wieder losließ, glitt der Garn langsam, bedauernd von meinen Fingern und hinterließ feuchte Schlieren, die die Sonne trocknete.

»Jetzt geh hindurch.«

Gefesselt von der Zauberei schritt ich mit angehaltener Luft hindurch ... und hatte mich nur einen Schritt von der Stelle entfernt, an der ich mich vor einer Sekunde befunden hatte. »Und ... was war das jetzt genau?«

Valentina, die ebenfalls das Gitter passiert hatte, verschloss die Lücke. »Die Zeit. Wie ich bereits sagte, kann keiner dich oder mich dabei beobachten, wie wir hier Magie praktizieren. Und zwar nicht, weil wir unsichtbar sind, sondern weil an diesem Ort keine Zeit existiert. Du hast einen Durchschlupf in ihr entdeckt. Er materialisiert sich in der tanzenden Luft, die du wahrscheinlich bemerkt hast. Das beruht darauf, dass an dieser Stelle die Magie, aus der alles in Feja besteht, brüchig ist. Damit existiert auch ein Zeitleck, das wir beliebig nutzen und anpassen können.

Das ist praktisch, wenn man ungestört sein will. Oder, in unserem Fall, nicht riskieren möchte, dass jemand beim Magietraining etwas sprengt oder sonst noch welchen Unfug veranstaltet. Hier hat das Ganze nämlich keine Auswirkungen. Die Folgen können sich nicht ereignen, wenn keine Zeit vergeht, in der sie sich zeigen könnten.«

Ich konnte mich nicht von der Stelle losreißen, wo nur einen Wimpernschlag zuvor die Adern der Zeit pulsiert hatten. Ich hatte ihren Fluss manipuliert. Das Verständnis davon faszinierte und ängstigte mich gleichermaßen.

Das kann doch nicht sein. Nach all den Erklärungen Eduards, nach Gesprächen mit einem Mann, dessen Kopf ein goldenes Geweih zierte, nach selbstständigen Feenfrüchten, die darum gebeten werden wollten, sie zu essen ... fühlte ich mich nicht weniger menschlich als zuvor. Und der Schlüssel, der gegen den Innenstoff meiner Jeans rieb, bestätigte es. Ich würde zurückkehren. Ich musste es. Wer war ich, dass mir eine solche Macht innewohnte?

»Aber nun zum Wesentlichen. Wir haben schon lange genug getrödelt. Du bist eine Fee und eine Fee kann zaubern. Das hast du gestern schon erfolgreich bewiesen. Was kannst du noch?«

»Ähm ... wie bitte?«

»Du hast gestern die Männer des Palastes mithilfe von Magie aus dem Weg geschafft. Bitte leugne es nicht, das hat mir Ed anschaulich beschrieben. Niemand, der nicht vorher trainiert hat, geht mit seiner Gabe so gut um. Was kannst du noch?«

Mit einem Mal kehrten all das Entsetzen und die Reue zu mir zurück, die Valentinas Ankunft verdrängt hatte. *Du bist eine Mörderin, Coryn. Du hast die Soldaten umgebracht. Sogar Valentina weiß es. Du leugnest nur deswegen die Magie, weil ihre Existenz bedeuten würde, dass du tatsächlich die Schuld am Tod zweier Wesen trägst ... Flucht in die Fantasie zur Traumabewältigung, von wegen! Du fliehst in Realismus, um dir deine Grausamkeit nicht eingestehen zu müssen.* Meine Zähne klapperten aufeinander. »Ich kann Schleier sehen«, hauchte ich.

Valentina bemerkte meinen Zustand anscheinend nicht. Schnaubend wischte sie meine Behauptung zur Seite, während ich kläglich versuchte, meine Nervenstränge zusammenzuhalten. »Das tun wir alle, deswegen sind wir ja überhaupt Feen. Die Farben der Schleier erlauben es uns, in die Gefühle aller Wesen hineinzuschauen. Auch, wenn diese sie lieber verbergen möchten und manchmal noch bevor sie sich die Emotionen selbst zugestehen. Aber erst die Veränderung der Schleier ist Magie in ihrer puren, ursächlichen Form. Und offensichtlich beherrschst du sie. Jedenfalls Teile davon. Erinnerst du dich noch an Simon?«

Denk nicht an die Wintersoldaten. Ich kramte in meinen Erinnerungen, durchwühlte Bilder und Wortfetzen, denen die Zeit ihre kraftvolle Farbe ausgewaschen hatte. Simon, der Sohn von Nicolas, den ich an diesem einen verhängnisvollen Abend bei seinem Flug betreut hatte ... Es war sein erster ohne die Begleitung seines Vaters gewesen. So vieles war mir in den letzten Tagen widerfahren, dass das Gestern vom Heute erschlagen wurde. Mein Leben vor der Flucht verschwamm zu einem Geist, der mich im Wachsein besuchte.

»Du hast ihm seine Angst genommen, indem du seinen Schleier berührt hast. Danach hattest du goldenen Staub auf den Händen.«

Jetzt stand die Szene wieder lebendig vor mir: die Furcht und die unbegründete Besorgnis, als ich die Glitzerpartikel in meiner Faust umschlossen hatte. Heute schmeckte ich die Säure dieser Vorahnung. Und dennoch verstand ich Valentinas Andeutungen nicht. »Was meinst du damit, dass ich ihn berührt habe?«

»Du hast seine Hand gehalten und dir gewünscht, seine Gefühle verändern, verbessern zu können. Dein Wunsch war die Quelle deiner Magie. Das ist deine besondere Gabe. Und genau daran werden wir anknüpfen. Siehst du meinen Schleier?«

»Ja«, bestätigte ich, überfordert mit all den Gefühlen und Informationen, die ich nicht einordnen konnte. »Er ist grün.«

»Weil ich ruhig bin. Aber nicht mehr lange. Und jetzt wiederhole das, was du mit Simon gemacht hast.« Valentina holte aus und rammte ihr Bein mit ungeheurer Wucht gegen den Felsvorsprung. Eine Wunde durchzog ihren Unterschenkel. Das Blut daraus bemalte die Steine hellrot. Keuchend fiel sie hinunter.

»O mein Gott, was tust du da?!« Vor Schock setzte mein Herz für einen Moment aus. Ich kniete mich neben Valentina und presste den Einriss zusammen. Griff nach dem Saum meines T-Shirts und zerriss ihn, um mit einem Streifen davon die Blutung zu stillen.

»Der Schleier ... arbeite mit dem Schleier. Ich ... heile«, hauchte Valentina. Ihre Lippen bebten, doch ihr Ton war klar und bestimmend. Sie wusste, was sie tat.

Und ich gehorchte – unfähig, mich ihrem Befehl zu widersetzen. Ich ließ ihr Bein los und umfasste stattdessen ihre Hand. Ein Inferno der Gefühle wallte über mich. Flutender Schmerz, Vertrauen, arges Leid. Ihr Schleier bauschte sich auf und schwenkte ergraut über ihr. Gleich würde er ihren Leib verschlingen. Und dann war es auf einmal vorbei.

Das Grau verrauchte ebenso schnell, wie es gekommen war. Meine Fingerkuppen brannten und sandten einen hellen Strahl aus, der in die Tiefe ihres Schwadens fuhr und ein Netz hineinzeichnete. Entlang der Kanten brandete das Licht gegen die grauen Schatten und trieb sie, winselnd und zischend, in die Flucht. Das anfängliche Grün kehrte in ihren Schleier zurück. Trotzdem riss ich mich nicht von ihm fort. Immer heißer und heißer umspülte die Magie meine Seele und entzündete das Verlangen, mich der Hitze hinzugeben. Niemals aufzuhören. Goldener Staub entstieg meinen Händen. Er war genau wie auf dem Flugplatz. Nur, dass der Glitzer nicht auf meinen Handflächen kleben blieb, sondern in die Höhe wirbelte. Ich atmete ihn mit dem Sauerstoff aus der Luft.

Beinahe gewaltsam löste ich mich von Valentina, als das Grün an den Konturen verkohlte und in ein schmutziges Braun überging. Da lag sie vor mir, ihr Mund vor Entsetzen leicht geöffnet. Ihre Wunde war verschlossen, ihr Schleier geheilt. Nur ein winziges Detail kündete noch von der Zauberei, die sich hier zugetragen hatte: In ihrem Haar hatten sich einige goldene Flocken verfangen.

»Wie hast du das getan?«, flüsterte sie.

Nach diesem Vorfall setzten Valentina und ich die Übungen fort. Doch obgleich sich weder die Morgen änderten, in denen der schleppende Nachtrückzug meinen Weg begleitete, noch unser geheimer Übungsort, war Valentina nicht mehr dieselbe zu mir. Sie wurde vorsichtiger und distanzierter. Das Lachen löste sich seltener von ihrem Mund.

Widerspenstig, als würde sie sich vor der Macht in mir fürchten, die ihre Worte entbinden könnten, gestand sie mir den Grund für ihren Schock ein. Sie hatte nicht mit so einer Reaktion auf ihre Wunde gerechnet. Viel heftiger, viel ungestümer war sie ausgefallen. In dem Versuch, sie zu heilen, hatte ich sie beinahe getötet. *Fast mein drittes Opfer.*

Und wenn ihre Anleitungen anfangs von Zuneigung durchsetzt waren, so sprachen ihre zuckenden Finger nun von Angst. Noch enger wickelte sie ihren grünen Schleier um sich und verschloss ihre wahren Gefühle vor mir. Nur in seltenen Momenten, wenn ich ihre Aufgabe besonders gut erfüllte, glomm etwas darin auf und verflüchtigte sich kurz darauf wieder. War es Eifersucht? Neid? Deshalb, weil die Lernende die Lehrerin überstieg?

So ein Unfug, Coryn. Wofür denn? Was besitzt du, das ein anderer begehren könnte? Bloß ein Seelengewirr, das zerwühlt ist von seiner Unfähigkeit, sich selbst zu verstehen.

In einer durchwachten Nacht hatte ich gehört, wie Valentina mit Adiz über mich geflüstert hatte. Seitdem bemerkte ich immer häufiger Adiz' forschenden Blick auf mir. Er war nicht mehr so garstig wie an jenem ersten Mond, an dem er und Haltor mich und Eduard gerettet hatten. Vielmehr prüfend und grüblerisch.

Vielleicht, wenn ich mehr Mut gehabt hätte und mich seine zynische Art nicht so treffen würde, hätte ich ihn nach dem Grund dieses Starrens gefragt. So jedoch gab ich mein Bestes, Haltors Rat zu befolgen. »*Achte nicht auf Adiz' Hirngespinste*«, hatte er mir seufzend nahegelegt. »*Außer Valentina hat vermutlich niemand jemals begreifen können, was tatsächlich in ihm vorgeht. Vielleicht habt Eduard und du einfach so sehr sein Interesse geweckt, dass er darüber nachdenkt, seine Elixierbrauerei in Improsia zu schließen und hierzubleiben. Mir fällt kein anderer Grund ein, warum er uns so lange mit seiner Anwesenheit beehrt.*«

»*Warum sprecht ihr nicht miteinander?*«

»*Lange Geschichte.*« Haltor strich sich eine hinuntergefallene Wimper von seiner Wange. Sie war so ausgeblichen, dass sie seine grauen Augen fast schon erhellte. »*Wir hatten einige ... Interessenunterschiede, schon seit der Kindheit. Und unsere Eltern haben nicht wirklich dazu beigetragen, dass sich*

das besserte. Ich weiß, das klingt jetzt scheußlich, aber ich war wirklich froh darüber, als er nach Improsia gegangen ist und mich hier in Frieden gelassen hat.« Mit diesen Worten hatte er sich umgedreht und sich entschuldigt, weil Eduard seine Hilfe brauchte.

Ich konnte nur rätseln, was sich zwischen Adiz und Haltor zugetragen hatte. Selbst wenn ich seine Unfreundlichkeit nach einer Zeit als Teil seines Charakters empfand, sann ich darüber, ob er früher einmal anders gewesen war. Ob Haltor anders gewesen war. Würde ich es jemals erfahren?

Valentina leitete mich dabei an, Schleier zu kontrollieren. Die Augen dunkel vor etwas, das ich nicht verstand, suchte sie Abstand zu mir und zitierte Anweisungen aus einem alten Feenbuch.

Vor vielen Sovas hatte es Eduards Großmutter zusammen mit Wälzern über magische Tierzähmung aus dem Palast gestohlen und Haltor geschenkt. Ein Diener hatte es in die falsche Abteilung eingeordnet. Beim Raub hatte sie nicht genügend Zeit gehabt, um die Aufschriften auf den Buchdeckeln zu studieren. Haltor hatte es nicht gebrauchen können. Valentina schon. Wie es schien, hatte sie sich dessen Passagen immer und immer wieder durchgelesen.

Und dennoch führte sie niemals etwas daraus für mich vor.

Kein Widerwille blies durch ihre Seele. Nicht aus Verachtung gegenüber diesem reinblutigen Buch blieb ihre Lehre theoretisch. Darum war ich darauf angewiesen, ihre Instruktionen allein umzusetzen. Ich bestimmte, ob die Schleier ein Leck erhielten, aus dem heraus ein Scharlachrot in sie sickerte, oder ob sie ihre Besitzer indigoblau umschlossen. Und mit ihnen wühlte ich in der Psyche aller Wesen. Ihre Schleier waren ihre Leben. Wenn ich ihre Farben auslöschte, verglühte ihr Sein, gequält von einer inneren Leere.

So, wie es sich bei den Feenmännern aus dem Palast begeben hatte. Die Bilder davon kreisten in meinen Albträumen, Nacht für Nacht. Obwohl ich nur Ed und mich selbst verteidigt hatte, hatte ich ihre Leben beendet.

»*Extremsituationen setzen dein gesamtes Potenzial auf einmal frei. Früher hast du die Schleier unbewusst beeinflusst. Da du allerdings noch nie zuvor in einer ernsthaften Gefahr geschwebt hast, war deine Magie immer ruhig. Du musst lernen, diese Ruhe zum Grundpfahl deiner Magie zu machen. Egal, wie schwer es für dich sein mag*«, vermittelte Valentina mir.

Und ich verstand.

Ja, ich verstand. Erst jetzt fügte sich zusammen, was ich für solch eine lange Zeit gespürt, aber nie erklärt hatte. Nicht aus dem Gefühl reinster Herzlichkeit hatte ich Elisabeth im Altenheim besucht, sondern aus dem Verlangen heraus, einen Schleier zu berühren. Ich hatte es genossen, ihre trüben Farben zu wischen und Gold in sie zu schütten. Es wühlte mich auf, ihren Schleier lange nicht streicheln zu können. Bei all den anderen Menschen hatte ich mich nicht getraut, ihre Emotionen anzufassen, aber Elisabeths Schleier hatte mich dazu angefleht, ihr wieder Glück zu schenken.

Valentinas Eile ließ mir keine Zeit für Kümmernisse. Ich konnte nicht um Raphael trauern – den Mann, der sein Leben in Flügen geträumt hatte und nun wahrscheinlich für seine letzte Reise in den Himmel entflogen war. Nur weil Eduard, Valentina und ich zu schwach und zu selbstsüchtig gewesen waren, um einen Menschen aus einem brennenden Haus zu retten. Mit tränennassen Wimpern beschrieb mir Valentina, wie das Feuer ihn in eine lebendige Fackel verwandelt hatte. Auch sie hatte ihn allein lassen müssen.

Ich konnte nicht um meine Eltern trauern, die ihre Tochter wohl nie wiedersehen würden. Und auch nicht um mich. Darum, was ich früher gewesen war. Die Last der Verdammnis, eine Fee zu sein, erdrückte mich und knetete aus der zerstampften Masse etwas Neues. Ich erkannte mich darin nicht wieder.

Von irgendwoher hatte Valentina Kleider für Ed und mich besorgt, die uns wie die anderen Feen aussehen ließen: fließender Stoff und Blumenschmuck. Mehrere Monde lang wehrte ich mich dagegen, sie zu tragen. Allein schon sie zu berühren kam mir wie ein Verrat an mir selbst vor. Es hatte etwas Endgültiges an sich, sie mir überzustreifen. Etwas Bindendes. Als hätte ich es akzeptiert, in Feja zu bleiben. Doch meine Jeans war zu warm für die Mittagshitze des Sommerreiches, mein rotes T-Shirt ein Eindringling zwischen den knorrigen Bäumen und flimmernden Gewässern. Und so ergab ich mich dem Unaufhaltsamen und versteckte die Erinnerung an meine Heimat in einem hohlen Stamm. Nachts jedoch, wenn sich die Sehnsucht im Astgewölbe über mir verhängte, tastete ich nach dem Schlüsselbund mit dem Herzchenanhänger.

Ich würde zurückkehren, ich musste es. Aber jeder Morgen verwischte meine Hoffnung zu Lichtschlieren, die das Leben an den Horizont malte.

Valentina bildete mich darin aus, die Schwaden nur anzuzapfen und nicht ihre volle Energie auszusaugen. Es war genau das, was ich zu Hause so natürlich und so unwillkürlich angewendet hatte, wenn ich Elisabeths Hand nahm. Jetzt lernte ich auch, meine Wünsche ohne Körperkontakt, durch den bloßen Gedankenwillen Wirklichkeit werden zu lassen.

Ich bemerkte, dass alles in Feja einen eigenen Schleier besaß. Die ganze Natur fühlte. Ich musste nur genau hinsehen, um hinter einem gluckernden Bächlein sein munteres Gelb zu entdecken und unter einem Kieselstein das matte Blau. Nach einigen Monden konnte ich ihre Magie bündeln und sie dazu verwenden, die Emotionen eines ausgewählten Geschöpfes von Entspannung in Überschwall, von Verdruss in Ausgeglichenheit zu verwandeln. Und schließlich unterwies Valentina mich darin, meinen eigenen Schleier vor den anderen zu verheimlichen, damit jede Gemütsregung vor Feinden versteckt blieb. Denn die Feinde, sagte sie abends, wenn wir uns alle wieder im Kreis am See versammelten, die Feinde würden bald kommen.

Kelda kehrte nicht mehr zurück. Mehrere Monde vergingen, ehe der fiebrige Schlaf Nuepán aus seinen Fängen entließ. Selbst dann war er so geschwächt, dass er kaum auf den Beinen stehen, geschweige denn die Suche nach seiner Verlobten beginnen konnte.

Ich lernte ihn als aschfahlen Mann kennen. Einst musste er kräftig gebaut gewesen sein. Jetzt hatte der Überlebenskampf seinen Körper ausgezehrt. Das erste Mal, als ich ihm begegnet war, war er zwischen den Bäumen hervor getaumelt. Den Kopf melancholisch in den Nacken gelegt ließ er sich an der Rinde hinabsinken.

An diesem Tag war ich in einiger Entfernung zu ihm stehen geblieben und hatte ihn beobachtet. Seine mutig geschwungenen Augenbrauen, die trotzige Nasenspitze, seinen graublauen Schleier. Er hatte mich bemerkt und ein stummes, ahnendes Lächeln war auf seinen Mund getreten. *Ich weiß, was du von mir denkst.* Mich störte es nicht. So starrten wir uns an: der eine zu bestürzt, der andere zu erschöpft, um sich mit dem Unverständnis auseinanderzusetzen, das wir einander entgegenbrachten.

Was veranlasste ein Geschöpf dazu, sich in einen Aufstand zu stürzen? Gläserne Blasen einer Ideologie, die, zerschossen, uns einsam mit Blut an den Lippen zurückließen. Erst als sich Nuepáns Zustand so weit gebessert hatte, dass er abends unsere Gesellschaft teilte, fragte ich ihn danach.

Er lachte bloß. »*Es ist der Glaube, Coryn*«, hatte er gesagt. »*Der Glaube an die Gerechtigkeit, für die es sich zu kämpfen lohnt. Selbst wenn er mich töten wird, ich werde ihn nie verlieren.*«

Mir blieb wohl nichts anderes übrig, als genau das zu akzeptieren.

Nach und nach lernte ich meine neuen Freunde besser kennen. Ich lauschte Haltors tiefem, vibrierendem Gesang am Abend und erfuhr, dass Lerenial, wenn man ihn nicht als Portalwächter einberufen hätte, gern ein Gelehrter geworden wäre. Er hatte seinen Portalposten verlassen und verbrachte nun die meiste Zeit mit Nuepáns Versorgung oder überwachte mit Haltor zusammen die Waldgrenze. Bei der Selbstverständlichkeit, mit der die Feen ihm vertrauten, vergaß ich, dass er aus dem Winterreich stammte. Aber genauso wie meine Heimat kannte auch diese Welt mehr als Schwarz und Weiß. Eduards Großmutter und Vater waren ein Beispiel dafür.

Bald fügte ich mich in die Feengemeinschaft ein und die anderen erzählten mir Geschichten von Feja. Sie sprachen darüber, wie schnell sich die Feenkinder entwickelten, wenn sie hier ihre Kindheit verbrachten, und wie sie schon mit zehn Sovas durch das Reich wanderten, um sich einen Beruf für die Zukunft auszusuchen. Wenn sie heimkamen, schmückten ihre Familien die Bäume um ihr Haus mit Blumengirlanden und luden all ihre Freunde zum Tanzen ein.

Das Kind, das bei dieser Zeremonie in den Erwachsenenkreis aufgenommen wurde, durfte zum ersten Mal Kirso trinken. Die Bauernfeen kochten dieses weinartige Getränk aus den Blüten der Schattenpflanze. Über sein Leben sammelte der Spross die Schatten der Feenschleier, die ihn beim Vorbeigehen gestreift hatten, und speicherte die Emotionen als zarte Süße ab.

In einer Kette aus gemeinsamen Abenden wurde das Sommerreich zu meinem neuen Zuhause und die Reinblute zu meinen persönlichen Feinden. Ich hasste sie wegen der Mitleidlosigkeit, mit der sie Lerenial in die einsame Zwischenwelt verbannt hatten, und wegen der Grausamkeit, mit der sie die Aufstände der Sommerfeen niederschlugen. Ich hasste sie wegen der Rohheit, mit der sie Eduards Kindheit zertrümmert hatten und deshalb, weil sie mir meine Familie gestohlen hatten. Und mit ihr meine Welt, meine so unbekümmerte Unwissenheit.

Wie wären meine Jahre dort verlaufen, wenn die Feenmänner nicht an jenem Abend am Flugplatz erschienen wären? Hätte ich mir nach der Arbeit die Aufnahme von Orells Tennisturnier angeschaut? Er hätte sich neben mir auf unser durchgesessenes Sofa plumpsen lassen und in seinem karierten Pyjama die Fehlschläge seiner Gegner kommentiert. Wäre ich mit meiner Mutter am Wochenende zu dieser einen Bäckerei gegangen, die sie so liebte? Voller Vorfreude auf die Heimkehr meines Vaters hätten wir uns darüber gestritten, ob ihm Rosinen- oder Käsebrötchen mehr schmeckten.

Sie hatten mir das alles genommen.

Nein, nicht einmal mir. Sie hatten es einem Geschöpf genommen, dessen Namen sie wahrscheinlich nicht kannten. Einem Geschöpf, über dessen Leben sie sich zu entscheiden anmaßten, weil es von einem anderen Blut war.

Ich hasse sie; oh, ich hätte nicht gedacht, dass ich sie so sehr hassen könnte. Und von ihnen allen hasste ich den König und den Prinzen am meisten. Noch nie zuvor hatte ich etwas Vergleichbares empfunden. Meine Eltern hatten meine Kindheit in rosafarbige Zuckerwatte und Plüschlöwen eingepackt und in den anderthalb Jahren Studium war das Schwärzeste, das ich gefühlt hatte, der Ärger über eine nicht bestandene Statistikklausur gewesen. Ich hatte angenommen, dass manche Menschen nicht in der Lage dazu waren zu hassen.

Mein Irrtum versank in der Hässlichkeit dieser Emotion.

Ed bekam ich nur selten zu Gesicht. Er und Haltor enteilten im Morgengrauen und stapften erst müde zu uns, wenn der Tag erstarb und die Mondsichel die Sträucher versilberte. Wir redeten kaum über unsere Leben zuvor. Womöglich traute sich keiner von uns, dieses Thema anzusprechen. In seiner dunklen Leinenhose mit den Blumen als Gürtel und den aufgeschürften Händen erinnerte kaum etwas an den Jungen, den ich in Zürich kennengelernt hatte.

Er scherzte nicht mehr über Basketball, zog mich nicht für meinen Kaffeekonsum auf. Mit der Flucht aus unserem Zuhause verschwand etwas, das unsere Freundschaft zusammengehalten hatte. Und während ich der Vergangenheit nachtrauerte und auf Krücken meiner Erinnerungen lief, hatte er sich längst an unsere neue Heimat angepasst. Jedes Gespräch über Zürich fügte mir Schmerzen und ihm Gewissensbisse zu.

Untermalt vom sachten Wispern des Sees erzählte Eduard mir stattdessen von den Bogenschießübungen und den Schwertkämpfen, die er mit Haltor zusammen ausführte. Seine Worte brachten die Geräusche von Revolte und Wagemut zu mir. Ed hatte mir einmal erzählt, dass er gern fechten gelernt hätte. Damals hatte ich nur darüber gelacht und über ihn in einer weißen Fechtjacke ironisiert, wofür er sich mit einer Karikatur von mir beim Basketball revanchierte. Heute fragte ich mich, ob es wohl seine Herkunft gewesen sein mochte, die ihn zum Kämpfen trieb. Das unausweichliche Schicksal der Sommerfeen.

Haltor hatte lange protestiert, Eduard den Umgang mit dem Schwert zu lehren. Vielleicht wollte er sich die Notwendigkeit davon nicht eingestehen. Der Krieg fraß an seinem Willen, für immer in Frieden zu leben. Aber als Tierzähmer war er mit Waffen besser vertraut als seine Geschwister und dazu war er zu weich, um sich Adiz' Druck lange widersetzen zu können.

Im Stillen wunderte ich mich darüber, dass Eduard nicht in Magie unterrichtet wurde. Warum nutzten unsere Freunde sein Potenzial nicht? Wieso hatte ich Eduard noch nie mit Schleiern zaubern sehen? Er war genauso eine

Sommerfee wie ich. Ich konnte mir nicht vorstellen, dass meine Fähigkeiten die seinen überstiegen.

Doch all diese Fragen überlagerte meine Furcht, die selbst an den hellsten Tagen graue Schattenflecke in die Gewässer tröpfelte. Es war die Furcht vor dem, was uns erwartete; die Furcht vor einem nahenden Krieg. Die Leichtigkeit, mit der sich Eduard dazu entschlossen hatte, für die Mischblute zu kämpfen, schrieb ich der Tragödie seiner Kindheit zu. Aber ich wusste nicht, ob es das Streben nach Gerechtigkeit war oder Rachsucht, die in ihm loderte.

Und du, Coryn?, flüsterte mir eine aufdringliche Stimme zu, *was wirst du machen? Wirst du dich mit derselben Sicherheit auf die Seite der Sommerfeen schlagen, wenn es so weit ist? Wirst du sie beschützen?*

Ich hatte keine Antwort darauf.

Zeit verstrich, und weil Lerenial und Adiz von ihrem Wachposten aus keine Reinblute mehr gesichtet hatten, verließen wir den Wald und bauten zwei Kugeln aus elastischen Ranken als Hütten auf. In einer davon umsorgte Lerenial Nuepán. Adiz kümmerte sich um das Sammeln von Nahrungsmitteln. Manchmal, wenn Valentina einen freien Tag von den Übungen zuließ, ging ich mit ihm gemeinsam auf Reisen. Er hatte es mir zuerst vorgeschlagen. Überrumpelt von seinem Angebot hatte ich etwas Unverständliches gemurmelt, das sich wohl nach einer Zusage angehört hatte.

Ich hatte es nicht bereut. Die meiste Zeit über schwieg Adiz und wies mich an, welche Kräuter ich pflücken konnte. Ich meinerseits nutzte diese Spaziergänge aus, um das Sommerreich zu erkunden.

Mit Goldlicht gefüllte Wolken glitten an mir vorbei, so groß, dass ich mir winzig vorkam, wenn ich ihrem Weg folgte. Riesige Drachen mit blauen Schwänzen – Lurixe – durchschnitten deren Schaum und trugen auf ihren Schwingen den Geruch von Schnee aus dem Winterreich. Die Erde lebte unter meinen Füßen. Wenn ich still stehen blieb, hörte ich die Magie, die in ihr brodelte und die wundersamsten Blumen und Bäume kreierte.

Ich verliebte mich in die Schönheit Fejas wie ein kleines Kind: bedingungslos, leichtsinnig, unerschöpflich. In solchen Momenten vergaß ich, dass ich nicht hierhingehörte und niemals eine Fee sein wollte. Verwöhnt von der Freundlichkeit der Feen und besessen von dem Gedanken, Magie zu beherrschen, schlug ich meine Wurzeln im Sommerreich aus.

Bis sie mich auch daraus gewaltsam herauszerrten.

Asten

Feja, Winterreich
67. Mond der 3600. Sova

So wie dieser Tag unmerklich von der Nacht ersetzt worden war, verhielt es sich mit allen weiteren Tagen, die Asten mit nimmer endenden Aufgaben im Palast zubrachte. Die fruchtlose Suche nach dem verschwundenen Portalwächter und nach dem Aggressor, der die Siedlung der toten Sommerfee ausgelöscht hatte, hielten ihn beschäftigt. Gleichsam sorgten sie dafür, dass sich seine Lider vor Erschöpfung rot entzündeten.

Vor dem stählernen Willen des Prinzen, die Schuldigen zu finden, verrauchten alle körperlichen Beschwerden. Seine Heilkräfte behoben den Rest. Er nährte sich von seinem Hass auf die Täter. Wie hatten sie ihn so eine lange Zeit überlisten können! Seit dem Aufstand hatte er schon zweiundzwanzig Monde zur Himmelskuppel aufsteigen sehen.

Asten erwachte stets im Morgengrauen, wenn die Nordböen tobend seine Gemächer heimsuchten, die dünnen Gardinen aufblähten und einen Schauer an Schnee und Eis auf sein Kissen bliesen. Abends geisterte er durch den Palast wie ein lebendig gewordener Schatten, der sich von den Wänden abgetrennt hatte. Häufig, wenn die Diener morgens in seine Räumlichkeiten kamen, um die Laken zu wechseln, glänzte auf seinem Bett eine dicke, ebenmäßige Schneedecke – ein Hinweis darauf, dass der Prinz die Nacht woanders verbracht hatte.

Es waren jedoch nicht nur die von Meliodas verordneten Aufgaben, die Asten den Schlaf kosteten, und auch nicht der Fluch der Sommerfee. An Letzteren hatte er seit ihrem Tod keinen langwierigen Gedanken verschwendet. Er war überzeugt davon, dass der Zauberbann beim letzten Atemzug seiner Erzeugerin versiegt war. Das, was den Prinzen dazu trieb, in den späten Abendstunden die deckenhohen Regale in der Palastbibliothek zu durchwühlen und über einem staubigen Lederband über Mordmagie einzudösen, war etwas anderes. Es war das stechende Bedürfnis, den Grund für den ungewöhnlichen Tod seiner Verwandten herauszufinden.

Feen, insbesondere Reinblute, starben nicht an Krankheiten. Keine Kälte und keine Hitze, keine Grippe und keine Infektion konnten ihnen tödlich schaden. Der einzige Grund, warum sie ins Nichts dahinschieden, war die Zeit. Sie durchwirkte die Hügel des Sommerreiches und setzte sich als Tang am Grund der Seen ab. Sie hallte von den Felsen des Winterreiches wider und schlich durch die Gesteinsritzen in den Palast, wo sie sich wie ein glitzerndes Spinnennetz über den Boden ausbreitete und jede Fee darin einfing.

Wenn die Zeit es so wollte, entschlief eine Fee. Dann, und nur dann, wurde die Zeit sichtbar. Die Fasern des Ko-

kons, den sie im Laufe des Lebens um jedes Wesen gewoben hatte, leuchteten golden auf und fielen von der Fee ab, bis sie sich auf diese Weise auflöste.

Allerdings gab es noch eine zweite Art, wie Feen ablebten: durch Magie. Die Zeit selbst bestand daraus. Feenwaffen, verzauberte Elixiere oder die bösartigen Kreaturen, die Feja bevölkerten, konnten sie auf diese Weise manipulieren und dazu benutzen, den Geist einer Fee vorzeitig auszulöschen.

Im Gegensatz zu den Mischbluten, die sich dafür zumeist nur an Waffen und Tränken bedienten, reichte die Kraft der Reinblute dafür aus, einen Zauberspruch zu wirken oder durch die bloße Willenskraft eine Ausrottung zerstörerischer Ausmaße zu bewerkstelligen.

Das war die Möglichkeit, die Zeit zu hintergehen. Als Preis dafür verlangte die Zeit ein Zeichen; etwas, womit sie, verschämt durch den Missbrauch ihres Seins, beweisen konnte, dass der Mord nicht ihr eigenes Werk war. Seither hinterließen die getöteten Feen für wenige Momente schwarze Rußspuren an dem Ort, wo man sie überwältigt hatte.

An dem Abend kurz vor dem Mondwechsel, an dem das Leben von Astens Familie ausgeglüht war, hatte ihn eine unruhige Befürchtung vor die Gemächer seiner Eltern und Großeltern getrieben. Jedes Mal, wenn er an der breiten Eingangstür aus Holz vorbeiging, sah er sich dort stehen, wie er atemlos innegehalten und gelauscht hatte. Damals war er noch ein kleiner, ungefestigter Junge von zehn Sovas gewesen. Nicht einmal in seinen Träumen hatte er daran gedacht, König zu werden.

Es war eine Nacht gewesen, wie er sie danach nie mehr erlebt hatte. Draußen war ein Sturm geboren. Die weiße Naturgewalt brachte das Glas der Fenster zum Klirren und rüttelte mit einem immer steigenden Drängen und Brausen an den Toren, um sich gewaltsam Eintritt zu verschaffen. Selbst der Himmel flüchtete schutzsuchend unter die Decke der Dunkelheit, um dem Toben des Sturmes zu entgehen.

Unaufhaltsam riss er die silbernen Bäume aus und schleuderte sie auf den Boden. Von oben in den Bergen brandete, lärmte, wallte er bis in die tiefsten Schluchten und fand Gefallen daran, oben und unten zu vertauschen. Alles vermischte sich zu einer einzigen weißen Schneemasse. Auch in Astens Ohren stand das Blasen und das Poltern des Orkans. Er war zu seiner Familie gerannt.

Warum eigentlich? Fünf Sovas waren seitdem verstrichen und Asten konnte sich noch immer nicht erklären, was genau ihn damals geleitet hatte. Er hatte keine Angst vor dem Sturm. Eis und Schnee waren seine Spielgefährten, seitdem er in der Wiege unbewusst tanzende Schneeflocken gezaubert hatte.

In dieser Nacht hatte er sich darin geübt, Eisranken aus dem Boden sprießen zu lassen, als sich plötzlich ein flaues Gefühl in seiner Magengegend regte und ihn unkonzentriert werden ließ. Ihn quälte Hunger. Mittags hatte er das Mahl seiner Familie verpasst, so sehr hatten ihn die Übungen eingenommen, aber irgendetwas sagte ihm, dass dieses Reiben in ihm nicht seinen körperlichen Belangen entstammte.

Das Gerüst aus seltsam verbogenen Ästen brach zusammen, weil er sich eilig erhob und zu seiner Familie spurtete.

Kein Laut und kein Licht drangen durch dessen Tür nach außen. Ganz still wartete Asten davor. Er fühlte sich wie ein Feigling: Plötzlich traute er sich nicht einmal mehr, seine Hand auf die mit Blattgold veredelte Klinke zu legen.

Sein Herz pochte verräterisch laut. Er wollte bereits umkehren, doch dann bemerkte er eine dunkle Spur auf dem Marmorboden direkt an der Türschwelle. Asten erstarrte, als er deren Herkunft bestimmte. Es war Ruß.

Was danach passierte, hatte sich für immer heiß in sein Gedächtnis gebrannt. Er wusste noch, dass er – ein Ebenbild des Sturms vor dem Fenster – in den Raum wütete und ihm dort der Tod feucht und modrig ins Gesicht atmete. Er wusste noch, dass sich die Gemächer mit Dunkelheit vollgesogen hatten, als würde der Ruß in ihr aufgehen und unsichtbar werden.

Vor wenigen Sekunden hatte noch eine Kerze auf dem Tisch gebrannt, der mit unterschiedlichen Dokumenten bedeckt war. Ihr zitternder Lichtstein musste erloschen sein, als Asten die Tür geöffnet und einen Windstoß in den Raum gebeten hatte. Der Docht hatte sich trauervoll gekrümmt und im Sterben dünne Rauchfahnen gespien.

Wenn er die Augen schloss und sich wieder in diesen Moment versetzte, wusste er auch noch, wie er unbeteiligt und seltsam entfremdet die Stuhllehnen zählte, in denen sich der Ruß festgesetzt hatte. Vier. Sein Großvater. Seine Großmutter. Vater und Mutter. Die Erkenntnis klappte die Beine unter ihm zusammen, sodass er zu Boden sackte wie eine Marionette, der man die Fäden durchgeschnitten hatte.

Mit aufgeschlitzter Seele hatte er den Schneesturm hineinbeschworen. Wispernd lud er ihn dazu ein, sich alles zu nehmen, was er begehrte. Sich *ihn* zu nehmen.

Und der Sturm kam. Polternd und pfeifend zerschellte er die Fenster und begann sein wildes Spiel. Nachdem er fertig war, lagen die Vorhänge ausgeweidet auf dem Boden, der Tisch und das Bett waren zu spitzen Holzspänen zerschlagen und ein Himmel von Schnee lastete auf allem.

Inmitten der gesamten Verwüstung stand Asten. Der Orkan hatte seine Bitte nicht ganz erfüllt. Aber er hatte den Jungen in ihm entführt und nur noch den Mann hinterlassen, den sich der Prinz in dem Moment zu sein ersehnte. Kalt, beherrscht und empfindungslos.

Asten hatte seine Familie nicht geliebt. Er hatte keine Liebe von ihnen erfahren und konnte keine zurückgeben. Dennoch berührte ihr Tod ihn mehr, als er sich gewünscht hatte. Mit ihnen verlor er zwar keine Zuneigung oder Geborgenheit, aber dafür die Ordnung, die in seinem Leben stets geherrscht hatte. Das sichere Wissen darum, am nächsten Morgen aufzuwachen. Diese eine Nacht hatte ihn die eigene nackte Verletzlichkeit begreifen lassen. Und er war keine Fee, die sich Schwäche zugestand.

Also leitete Asten alles nur Erdenkliche in die Wege, um diese auszuschalten. Er hüllte sich in den ehrfurchtsvollen Mantel des Kronprinzen, zu dem König Meliodas ihn nach dem Tod seines Bruders und Neffen ernannte, und setzte sich für eine möglichst rasche Suche nach dem Täter ein.

Meliodas befürwortete die Geschwindigkeit, mit der sein Großneffe die Angelegenheit vorantrieb. Ihn selbst kümmerte der tragische Vorfall recht wenig. Er hatte zu seinem Bruder und seiner Familie nur sparsamen Kontakt gepflegt und verließ sich auf seine genaue Arbeit, bei der er so selten wie möglich mit ihm konversieren musste. Die mühselige, nervenzehrende Aufklärung der Tode war für ihn eine Zeitverschwendung und so überließ er Asten mit Freude die Kontrolle.

Als sein Großneffe den ersten zweifelnden Verdacht äußerte, packte Meliodas die Gelegenheit beim Schopfe. Man hatte den persönlichen, reinblutigen Berater seines Bruders ganz ohne Motiv in Haft genommen und nach wenigen Stunden hingerichtet. Und ein paar Monde später stellte Meliodas die alte Ruhe wieder her, die der Mord an Astens Familie ins Wanken gebracht hatte.

Obwohl das Verbrechen gelöst war, erlangte Asten dadurch nicht das Gefühl der eigenen Unverwundbarkeit wieder. Er schöpfte Stärke aus den endlosen Trainingsstunden, die seinen Körper stählten und seine Schläge schliffen, bis sie ebenso schnell wie exakt erfolgten. Er vergrub sich nachts in Büchern, die ihn lehrten, wie er Eisdornen wachsen lassen und auf Schneewolken fliegen konnte.

Asten besaß keine Ängste. Er fürchtete nur die Angst selbst. Wenn er sich gezwungen vor Meliodas auf dem Thron verbeugte, träumte er sich innerlich den Mond herbei, an dem er diesen selbst besteigen würde. Als rauer weißhaariger König, der die Feigheit verabscheute und ganz Feja mit eiserner Faust regierte. Er wollte seinem Volk zeigen, dass jeder Widerstand, jeder Versuch, ihn als zukünftigen Herrscher zu beugen, missglücken würde. Und das sollte dabei anfangen, den tatsächlichen Mörder seiner Verwandtschaft zu überführen.

Asten ahnte, dass sich der Bruder seines Großvaters nur so sehr an den ersten Verdächtigten geklammert hatte, weil ihn die gesamte Frage zutiefst langweilte. Deshalb protestierte Asten nicht, als der Verurteilte die Strafe für die ihm vorgeworfene Tat erfuhr. Ein Bediensteter mehr oder weniger war es nicht wert, dass Asten die Gunst seines Großonkels riskierte. Aber noch bevor Meliodas' Schwert auf die Schultern des Mannes zu sauste, wusste der Prinz, dass dieser nicht für sein eigenes Verbrechen die Schuld tilgte. Benommen vom Tod seiner Familie war Astens einziges Kriterium bei der Suche die Nähe, in der der Verdächtigte zu seinen Eltern und Großeltern stand. Der Berater hatte ständigen Zugang zu ihren Gemächern besessen.

Bei seinen Nachforschungen hatte Asten ein winziges und doch ausschlaggebendes Detail übersehen. Der Mörder müsste von seiner Tat profitieren, denn zu groß war die Furcht davor, gegen die königliche Familie aufzubegehren. Niemand würde so ein Vorhaben riskieren, ohne sich dadurch einen enormen Machtzuwachs oder einen höheren Status verschaffen zu wollen. Der Berater jedoch verlor nach dem Tod seines Herrn die Anstellung und irrte jämmerlich und nutzlos im Palast umher, bis der König sein müßiges Dasein beendete.

Asten teilte nicht die Gleichgültigkeit, in der Meliodas nach der Hinrichtung versank. Es war ihm ein Rätsel, warum der Tod sich in seine Familienmitglieder festgebissen, ihn jedoch als Einzigen übergangen hatte. Ein Rätsel, das ihn, solange es ungelöst war, in seinen Träumen quälte und eine Wut auf ganz Feja zwischen seinen zusammengezogenen Augenbrauen erweckte.

Asten hasste den Schuldigen nicht deshalb, weil dieser ihn ebenfalls umbringen könnte. Er hasste ihn, weil er ihn nicht kannte. Schlimmer als das Gefühl der Bedrohung war für ihn das Unwissen. Wie hatte der Täter vier so mächtige Feen auslöschen können? Asten wollte der Einzige sein, der solch starke Magie beherrsche.

Tausende von Monden lang hatte Asten seine geheime Ermittlung fortgesetzt und Misserfolge aufeinandergetürmt. Jede Sova brannte sich wie Säure in seine Seele und vergiftete die Überreste der Güte darin. Manchmal intensivierte sich sein Wunsch, den Täter endlich in seine Finger zu bekommen. Stundenlang verschwand er in der Bibliothek und hievte mit gleichmäßigen Bewegungen Wälzer aus dem Regal, blätterte sie durch und stellte sie wieder zurück, mürrisch vor sich hin murmelnd. Besonders an den Monden, an denen ihn Pflichten und Versagen überschütteten, drängte es ihn, sich wieder der Suche zu widmen. Er hatte das seltsame Gefühl, dass ein Erfolg ihn von allen anderen Problemen befreien würde. Denn der Tod seiner Eltern und Großeltern war der Punkt, an dem sie angefangen hatten.

Auch heute war er wieder dort. Im flatterhaften Schein der Kronleuchter durchwühlte er zum tausendsten Mal dasselbe Bücherbrett. Seine Hoffnung, den Zauberspruch zu finden, der seine Familie verenden ließ, schwand mit jedem aufgeschlagenen Band, mit jedem funkenden Staubregen, der sich löste, sobald er den Buchrücken berührte.

Die Palastbibliothek besaß gigantische Ausmaße. Nirgendwo in Feja gab es eine vergleichbare Sammlung. Während die Winterfeen nur wenige Bücher als Familienerbstücke aufbewahrten, besaßen die Mischblute gar keine. Hier jedoch stießen prall gefüllte Regale mit goldenen Zahlen in die Decke, die mit detaillierten Kampfszenen bemalt war. Nachtschwarze Ungeheuer aalten sich zwischen den Beinen von Feen, Lurixe mit gespreizten, dornenbesetzten Flügeln stürzten sich auf die feindliche Armee. Es war die blutige Geschichte Fejas, die dem Prinzen mit gebleckten Zähnen begegnete; eine Erinnerung an die Zeit, in der sich die Reiche aufgespalten und um die Vormacht gerungen hatten.

Hier in der Palastbibliothek war die Magie im Käfig eines Lederumschlags gefangen. Sie schlummerte und träumte, aber sobald sie Astens Präsenz spürte, krallte sie sich in die Möglichkeit freizukommen. Die Bücher flüsterten ihm zu. Sie verführten ihn mit unendlicher Verehrung und Autorität, sobald er von ihren Sprüchen Gebrauch machen würde. Und doch versprach ihm keines das, was er sich wünschte: den Mörder zu entlarven.

Gerade als Asten nach einem weiteren Werk griff, streifte seine Hand unerwartet etwas Weiches und Dünnes, was am ehesten einem Notizblock glich. Er kramte es heraus. Tatsächlich war er auf eine kleine Kladde gestoßen, die zwischen die anderen massiven Werke geklemmt und ihm auf diese Weise bisher verborgen geblieben war. *Was macht das denn hier?* Weder die Vorder- noch die Rückseite trug einen Titel. Zu Astens größter Verblüffung blieb das Heft stumm, als würde es durch seine Stimmlosigkeit darauf vertrauen, dass der Prinz es für nutzlos halten und wieder an seinen Platz befördern würde.

Genau das hatte allerdings Astens Interesse erregt. Er öffnete die Kladde in der Mitte und fand eine Reihe von Zaubersprüchen vor, die er noch nie gelesen hatte. Unschlüssig blätterte er durch die Seiten und wurde nicht schlau aus den zittrigen Buchstaben, die sich ihm in geschwollenen Tintenflecken entgegendrängten. Konnte es sein, dass er Dryadenmagie vor sich hatte? Die Sprache der Beschwörungen wirkte fremd. Noch nie zuvor hatte er eine Fee solch seltsame Wörter sprechen hören.

Plötzlich fiel sein Blick auf den Spruch in der rechten Ecke: Deleria mavos für Todesbann in der Nacht; wirksam auch bei Reinbluten. Ausführender: Mischblut. Schleierfarbe: rot für Hass. Kerze beim Zauberspruch als Hilfsgegenstand verwenden.

Asten stockte. Die Kladde entglitt seiner Hand und fiel schleppend zu Boden. Der Aufprall dröhnte ohrenbetäubend laut. Sein Blut pochte gegen die Schläfe.

Kerzen ... Brennende Kerzen, Mischblut ... Erst jetzt verstand Asten, wie sehr er sich geirrt hatte. Es war nicht der Wind, der den Kerzenschein ausgelöscht hatte, sondern die Zeit. Der Fluch war längst gesprochen worden, als er in die Gemächer seiner Eltern eingebrochen war. Das hatte ihn gerettet. Wäre er gekommen, während die Kerze noch brannte, wäre auch Asten der Magie des unsichtbaren Mörders zum Opfer gefallen.

Kalter Schweiß tränkte die Kleider des Prinzen. Der Feind war hier gewesen, hier im Palast. Er hatte die Bibliothek besucht und dieses Buch studiert; den einzigen Beweis für seine Tat. Und nur durch dessen Fahrlässigkeit, es nicht vernichtet zu haben, hatte Asten davon erfahren.

Warum hatte das Mischblut es nicht mitgenommen, nachdem es seine Tat so perfekt ausgeführt und verschleiert hatte? Viel wichtiger aber: Wer war es? Es musste sich im Palast auskennen, hatte die Bibliothek vermutlich mehrfach besucht ... Vielleicht hatte Asten es noch heute aus seinem Weg gescheucht oder für seine Langsamkeit getadelt – ein unscheinbarer mischblutiger Diener, dessen Hirn Zerstörung und Rachsucht verseuchten. Er war ihm ganz nah. Womöglich sogar jetzt.

Entsetzt starrte Asten auf das Heft zu seinen Füßen, dessen Seiten beim Aufschlag eingeknickt waren. Und als der lähmende Schrecken langsam aus seinen Gliedern wich, erhoben sich in ihm wogend Freude und Vergeltungswille und rangen um die Oberhand.

Diese Kladde war mehr als die Auflösung des Mordes an seinen Eltern und Großeltern. Es war seine Kriegserklärung an das Sommerreich.

Das heiße Rot ihrer Schleier konturierte ihre Silhouetten. Andernfalls wären sie eins mit dem Zwielicht geworden, das um diese Uhrzeit gewöhnlich an den Fenstern des Thronsaals klebte.

Wie schon in den sieben Nächten nach seinem Fund hatte Asten auch in dieser kein Auge zugetan. Zu düster und zu schwer waren seine Gedanken, als dass er sie im seidenen Kissen hätte verstauen können. Nun starrte er, neben dem König stehend, in die Schwadenglut der Feenmänner. Allesamt waren es breitschultrige, muskelbeladene Soldaten, an deren Oberarmen und Taillen sich Gurte mit Messern spannten. Ihn befriedigte die Erkenntnis, dass seine unermüdlichen Anstrengungen nicht umsonst gewesen waren. Diese hier waren sich in ihren Einstellungen sicher genug, um für ihn zu töten. Bis sich der Tod selbst sie holen würde.

»Das sind also die Männer, die du als Generäle ausgewählt hast?« Meliodas erhob sich vom Thron und schritt langsam die Reihe der Feen entlang, die sich in respektvoller Entfernung zu ihm und seinem Großneffen aufgebaut hatten. Edelsteine und Schnörkel aus Eis und Gold zierten den Königsstuhl, dessen Sitz mit dunkelblauem Samt überzogen war. Auf dem Plateau döste mit halb verschlossenen Augen der königliche Rias. Ab und zu gähnte das Geschöpf und offenbarte seine sechsundfünfzig gezackten, spitzen Zähne.

Einen berauschenden Moment lang sah sich Asten selbst auf dem Thron: wie er, eine Krone im weißen Haar, den Feenmännern befahl, das Sommerreich zu stürmen. Das Schicksal ganz Fejas war in seinem gelassenen Nicken eingeschlossen.

Dies würde nur eintreten, wenn der jetzige König sterben würde. Wie alt war Meliodas überhaupt? Seine Bewegungen zeugten von Schwerfälligkeit und Erschöpfung. Aber es mochte auch nur daran liegen, dass die Kriegsvorbereitungen seinen Schlaf in Arbeit ertränkten. Trotzdem hatte sein Großonkel keinen Einspruch erhoben, als Asten ihm von dem Vergehen der Mischblute in Kenntnis gesetzt hatte. Er hatte das Buch und den Mord an der Königsfamilie für einen triftigen Grund gehalten, um einen Krieg gegen das gesamte Sommerreich auszutragen.

Mit seiner Zustimmung klopfte Asten den Staub von den Büchern, die von Kampfkunst und magischen Waffen, von Angriff und Verderben sprachen. Hinter seinem weißen Schleier brütete die Hoffnung darauf, dass es, wenn nicht das Alter, dann die Brutalität des Gefechts wäre, die den Thron für einen neuen Herrscher befreite.

»Ja, Eure Majestät. Das sind die besten Männer, die das Winterreich zu bieten hat. Ich habe sie alle persönlich geprüft.«

»Sind sie verlässlich?«

»Tausende Feindespfeile sollen uns durchbohren und weder unser Kampfgeist noch unsere Loyalität Euch gegenüber wird schwanken«, beteuerte einer der Männer, legte die Hand auf die Brust und sank auf ein Knie. Der perfekt geputzte Stahl seiner Kampfmontur glänzte bei jeder Bewegung. »Eure Majestät, gebt uns nur ein Wort. Wir werden eine Armee anführen, die das Sommerreich vor Angst erzittern lässt. Nach diesem Krieg wird sich kein Mischblut je mehr trauen, gegen Euch aufzubegehren. Verflucht, die Dryaden sollen ihre Stimmen verlieren, wenn es nicht so kommen wird!«

Die Hitzigkeit dieses Versprechens erfüllte Asten mit Zuversicht. Wenn alles nach Plan lief, würden die Mischblute schon nach der ersten Schlacht kapitulieren. Dieser Krieg sollte Einschüchterung und Machtdemonstration bewerkstelligen, statt reale Verluste zu verursachen. Jede Sommerfee, die starb – selbst die minderwertigste und abscheulichste von allen – bedeutete schlussendlich einen Diener weniger.

Meliodas berührte den General an der Schulter, woraufhin sich dieser ehrfürchtig aufrichtete. »Ich freue mich über Eure Willenskraft, mein Junge. Ihr verdient den Titel des Generals. Geht alle und stellt eine Armee zusammen. Die

Zähmer sollen sich um Pegasi, Lurixe und Rias kümmern. Alle anderen Reinblute sollen Proviant und Waffen einpacken, um schnellstmöglich den Feldzug zu beginnen. Ich will es nicht lange hinauszögern.«

»Jawohl, Eure Majestät.« Der Feenmann verneigte sich und bedeutete seinen Gefährten, ihm aus der Halle zu folgen. Ihre Rüstungen rasselten todverheißend. Der Morgendunst, der sie geboren hatte, nahm ihre Figuren wieder in sich auf.

Als sie wieder allein waren, drehte sich Meliodas zum Prinzen um. Auf seinen Wangen spielte eine fiebrige Röte, die mit der bleichen Stirn kontrastierte. Der Geist eines Raubtiers, das sein Fell in einem Jagdimpuls aufstellte, hauste in ihm. »Nun denn, du hast gute Arbeit geleistet. In welchen elenden Ecken Fejas hast du sie aufgetrieben? Es gehört schon einiges dazu, so inbrünstig nach einer Mordorder für Tausende Sommerfeen zu verlangen.«

Astens Kopf zuckte hoch. »Für Euch waren diese Männer bisher nur unsichtbar, weil Ihr sie nicht mit Eurer Aufmerksamkeit begnadet habt. Ich aber kannte sie von meinen Reisen durch Feja. Sie waren es, die mich auf die Rebellengruppen in den angrenzenden Sommersiedlungen hingewiesen haben. Und es ist auch ihr Verdienst, dass wir die Verräter in unserem eigenen Reich aufspüren konnten.«

»Du meinst ...?«

»Reinblute, die es zur Dreistigkeit gebracht hatten, die Fehler unserer Feinde vor uns zu verstecken.«

»Solche wie den Portalwächter zum Beispiel?« Meliodas' Blick brannte Löcher in Astens Schleier, zersetzte fast seinen weißen Schutzmantel.

Der Prinz schluckte seinen Zorn hinunter und verkrampfte sich. Nicht einmal der König selbst würde es schaffen, seine wahren Gefühle hindurchscheinen zu lassen. Dieser verruchte Portalwächter! *Bei allen magieschaffenden Wesen Fejas, ich kriege dich. Ich bin überall. Es gibt kein Fleckchen Erde, keinen Waldhang, an dem du vor mir sicher wärst. Und wenn ich dich erst einmal in den Händen halte ...*

»Damit beschäftige ich mich persönlich, Eure Majestät«, erwiderte er knapp.

»Wie könnte ich das nur anzweifeln.« Die weißen Stoppeln an Meliodas' Kinn zitterten bei seinem Lachen. »Also fahren wir fort. Du hast das Sommerreich häufiger besucht als ich und bist mit der Stimmung der Mischblute besser vertraut. Welche Siedlung empfiehlst du mir, als Erstes in Angriff zu nehmen?«

»Erlaubt Ihr mir, Euch meinen Plan zu präsentieren, Eure Majestät?«

Meliodas nickte ihm zu. Mit einer Geste lud Asten ihn zum Tisch ein, wo die Karten von Feja ausgebreitet lagen. Berge und Flüsse hatte der Zeichner darauf geritzt und die Reiche mit rohen Linien zerschnitten, wo sich die Feendörfer hilflos aneinanderklammerten.

Auf gegenüberliegenden Seiten beugten sich König und Prinz über die Pergamente. Ihre rissigen, eisgetrockneten Finger krallten sich so fest in die Tischkanten, dass die Knöchel hervortraten.

»Laproz liegt direkt auf der Grenze zum Winterreich. Wenn Ihr eine direkte Attacke wünscht, würden wir dort anfangen und von dort aus weiter in das Herz des Sommerreiches eindringen müssen. Allerdings sind bei dieser

Möglichkeit die Wege lang und die Verluste hoch. Die Mischblute in den entlegensten Siedlungen würden eine Armee aufstellen, sobald wir die ersten angrenzenden Gebiete befallen haben.«

»Was also schlägst du vor?«

»Ein unsichtbares Manöver, einen Angriff aus allen Himmelsrichtungen. Ein Teil des Heeres soll sich unauffällig in die Zwischenwelt schleichen und sich dort in zwei Korps aufspalten. Das erste wandert weiter nach Westen und stattet unseren Freunden aus den entferntesten Siedlungen des Sommerreiches einen Besuch ab. Das zweite Korps erschüttert die Gegend vor der Zwischenwelt: Zurit, Nabdemus und Palia, wo das Feuer des Aufstands lodert. Wenn wir ihren Willen bezwingen, haben wir fast –«

»Die Zwischenwelt ist ein verderbter Ort!«, unterbrach Meliodas ihn energisch. »Selbst die erfahrensten Männer können dort untergehen. Keiner ist darauf vorbereitet, was aus dem Flussschlund kriechen kann. Ich werde meine Truppen nicht in den Abgrund schicken.«

Nein, nicht bevor sie dem Palast den erwarteten Sieg gebracht haben, dachte der Prinz verbittert.

»Asten, die Flusshusel sind das eine. Schattenweber das andere!«

Beim Gedanken an die Biester, die die Zwischenwelt bevölkerten, brach Asten kalter Schweiß aus. Wo Licht und Dunkel einander seit Ewigkeiten befehdeten und der Trauernde Fluss im Nebel die Ufer zerbiss, wohnten Wesen, die viel gefährlicher waren als jede Magie der Reinblute.

Denn diese Kreaturen waren die Ausgeburt der finstersten Ideen, der zwielichtigsten Absichten, die das Hirn einer

Fee jemals entzündet hatten. Die Schattenweber besaßen keinen Körper und trieben nur als Schatten zwischen den Büschen und Bäumen ihr Unwesen. Für friedfertige Feen waren sie harmlos. Deshalb wussten auch nicht alle Bewohner Fejas von ihnen. Doch sobald sie den Geruch einer Seele witterten, die der Gewalt und Todeslust verfallen war, ergriffen sie von ihr Besitz. Und quälten sie so lange, bis sie selbst, erkrankt durch das eigene Wesen, zu einem Schattenweber wurde.

Die Zeit selbst hatte sie in die Welt gesetzt, als sich Feja entzweite und sich Hass und Missgunst mehrten. Seitdem hing dieses dunkle Verhängnis über dem Reich. Es war eine stetige Erinnerung daran, dass die Rechnungen ihrer Vergangenheit niemals beglichen sein würden.

Asten schob das Kinn vor. »Genau deswegen ist diese Strategie so vielversprechend, Eure Majestät. Niemand wird erwarten, dass sich jemand bei Verstand freiwillig in die Zwischenwelt wagt. Auf keinen Fall eine so große Armee. Wir können die Überraschung der Feen ausnutzen. Entrüstung ist der Gespiele der Schutzlosigkeit. Und außerdem geben wir den Soldaten Lurixe und Pegasi, mit denen sie sich rasch fortbewegen und im schlimmsten Fall fliehen können. Jetzt, da die Reiche noch in Frieden sind, können wir das Getier hinüberschaffen, ohne damit Verdacht zu erregen. Die Mischblute werden den Konvoi den gewöhnlichen Aufträgen des Palastes zuschreiben.«

Meliodas zögerte. Eine Ader pochte an seiner Schläfe. »Erzähl mir den Rest deines Plans«, forderte er Asten auf.

Der Prinz tippte wieder auf die obere Ecke der Karte. »Dieser Angriff von zwei Seiten wird für die Mischblute unerwartet sein. Folglich werden sie ihre Kräfte im Norden und Westen ballen, um unserem Ansturm widerstehen zu können. Und das ist der Punkt, an dem wir die letzten beiden Truppen einführen. Diesmal aber offen, ohne eine jegliche Tarnung.

Mit den Operationen aus der Zwischenwelt bringen wir sie in Bestürzung. Diese Handlung hingegen zielt auf blankes Entsetzen. Bestürzung flaut schnell ab und die Sommerfeen werden vorbereitet sein, wenn wir in ihr Reich hineinspazieren. Hoffentlich empfangen sie uns, wie es sich für die Männer des Königs gebührt.« Ein Lächeln trat in Astens Gesicht. Mit Honig beschmiert und mit Blutdurst bespritzt.

Meliodas spitzte die Lippen, schien aber keinen geeigneten Einwand gegen den Vorschlag seines Großneffen zu finden. *O nein, diesmal wirst du dich nicht gegen meine Worte verwahren können, Onkel. Diesmal wirst du mich nicht demütigen können, wirst vor der Perfektion dieses Konzepts zurückschrecken. Dein verwaister Neffe, stumpfsinnig und ungeschickt – ist es nicht genau deine Vorstellung von mir? Doch sieh nur! Genau dieser Neffe arbeitet Kriegszüge aus und überschwemmt die Erde mit Blut. Währenddessen taugt der wahre König offenkundig nur dazu, sich auf seinen Thron zu flüchten und die Regierung seines Landes einem anderen zu überlassen. Ironisch, nicht wahr? Erspare dir die Mühe, mir dein Interesse an der Sicherheit deiner Armee einzuflüstern. Alles, was du willst, ist es, die Krone auf deinem dünnen, vergreisten Schädel zu behalten.*

Als hätte Meliodas seine Gedanken gehört, zuckte sein Kopf hoch. Blitze zitterten in seinen blauen Augen. Der Geruch von Eis und Stahl intensivierte sich. »Fahre fort«, drängte er ihn.

»Dem Heer, das sich vom Palast aus nach Süden und Osten verteilt, sollten wir bei der Ausrüstung besondere Aufmerksamkeit schenken. Der Großteil unserer brutalsten Tiere, dazu alle Elixiere, die wir auftreiben können. Wir stellen erlesene Magier des Königreiches auf und bewaffnen sie bis an die Zähne. Wenn Ihr möchtet, kümmere ich mich eigenständig darum.«

Meliodas willigte ein.

»In der Mitte des Sommerreiches bei Janred, Giferia und Towaress werden sich unsere Soldaten vereinigen. Wobei ich eher davon ausgehe, dass sich die Mischblute schon vorher ergeben. Es wird ein Siegeszug sein, Eure Majestät.«

Für einige Minuten hing gespenstische Stille in dem großen Saal; viel lauter, als das Klirren von aufeinanderschlagendem Metall im Gefecht es jemals sein könnte. Es war die Ruhe eines Meeres, das sein bauschendes Wellenkleid zurückzog. Nur einen Herzschlag später würde es den Unwissenden mit einer krachenden Wand aus Wasser und Stein betäuben. In genau solchen Momenten entschied sich das Leben eines Königreiches. *Sag ja!*, schrie das Meer in Asten.

»Ich denke, dass diese Idee –«

»Eure Majestät, eine Feenfrau wünscht, Euch zu sehen.«

Asten fuhr zusammen, als ein männlicher Palastdiener in weißer Uniform auf der Türschwelle erschien.

Nervosität kippte Grau in seinen Schleier, als er erkannte, dass er die Herrschaften von einer wichtigen Besprechung abgelenkt hatte. Er taumelte zurück und räusperte sich: »Eure Majestät, bitte verzeiht mir die Störung. Ich kann später wiederkommen.«

»Nein, Kander, schon gut. Wir waren gerade fertig.«

Meliodas löste sich vom Tisch und stolzierte zu seinem Thron.

Innerlich verfluchte Asten den Dienstjungen für die Unterbrechung. Dabei war es gerade so brisant geworden! Jetzt musste er seine Ungeduld zähmen, bis der König die dämliche Fee angehört hatte. Er musterte seinen Großonkel unter halb verschlossenen Lidern. *Du willst verleugnen, wie ähnlich wir uns sind, alter Mann. Darum ging es dir doch all die Sovas: mir zu beweisen, wie minderwertig ich bin. Wie ein dreckiger Käfer, der sich in den Schlamm gräbt. Du willst nicht eingestehen, dass wir beide demselben Prinzip folgen. Macht. Beschmutzt mit Blut, durchfeuchtet von Tränen, aber Macht.*

»Wer ist die Frau?«, fragte Meliodas unterdessen den Diener aus. Es war unübersehbar, wie sehr dessen Knie in der zu weiten Hose schlotterten.

»Ein Mischblut, Eure Majestät. Sie sagt, sie habe eine dringende Botschaft für Euch.«

»Lasst sie herein«, gebot der König.

Der Diener verschwand und tauchte einen Wimpernschlag später mit einer jungen Frau an seiner Seite auf, deren Silhouette unter einem langen schwarzen Umhang verschwamm. Unter der spitzenbesetzten Kapuze erahnte Asten ein Gesicht, das Härte und kaltes Kalkül ausstrahlte, und als das Cape beim Gehen zur Seite rutschte, blitzte darunter das helle Kleid einer Sommerfee auf.

Obwohl der Diener sie als Mischblut vorgestellt hatte, wellten sich Haare von ungewöhnlich nächtlichem Schwarz auf ihre Brust. Ihr Gang und Knicks waren erhoben und stolz, als wäre sie die Königin im Raum.

Vor Astens innerem Auge flammte kurz das Bild einer

anderen Frau auf. Die gleichen seidigen Haare, nur rot und mit Blumenschmuck, ebenfalls ein Sommerkleid, zum Schluss ein aufmüpfiger Blick ... Die Erinnerung verglomm, ehe er ihr einen Namen zuweisen konnte. »Womit kann ich Euch behilflich sein, meine Liebe?«, erkundigte sich Meliodas.

Was für eine lügnerische Fassade. Der König spart nicht an Freundlichkeit gegenüber unseren Feinden, bevor ich sie im Krieg zerstampfe.

Die Feenfrau schüttelte eifrig den Kopf. »Es bin wohl ich, die Euch helfen kann, Eure Majestät.«

»Ach wirklich?«

»Ja. Bitte verzeiht mir die Frechheit, Euch zu beichten, dass ich von Eurem Vorhaben weiß ...«

Meliodas sprang beinahe von seinem Prunkstuhl auf, so sehr hatte ihn das Bekenntnis der Fee erschüttert. Asten hingegen beäugte interessiert die Fremde. Welches Geheimnis war ihr vertraut? Es war schier unmöglich, dass sie ihr Gespräch belauscht hatte. Und außer ihnen kannte niemand die Absichten des Palastes.

»Seid beruhigt: In Feja findet sich keine Fee, bei der Euer Geheimnis besser aufgehoben wäre als bei mir. Dennoch gibt es eine Sache, die Ihr wissen müsst, wenn Eure Pläne nicht durchkreuzt werden sollen.«

»Und die wäre?«

»Ein Mischblut, das über die Fähigkeiten eines Reinblutes verfügt.«

Asten verschlug es die Sprache. Jetzt erst verstand er, an wen sie ihn erinnerte. Es war Kelda. Diese Sommerfee, die die Aufsässigkeit besessen hatte, sich ihm entgegenzustellen und ihm zu drohen. Ihr rebellischer Charakter und ihr Fluch hatten ihm auf eine unerklärliche Art Angst eingeflößt; ihm, der keine Ängste kannte. Denn sie zeigte ihm, dass Mischblute durchaus bedrohlich werden konnten. Sie mussten sich nur mit Zauberbüchern ausrüsten und Flüche ausspeien, die besser zwischen den Buchdeckeln vergilbt wären.

Die Worte dieser Frau verstärkten diese Einsicht. Am liebsten würde er sie ebenfalls in ein Dornengebüsch verwandeln, damit sie solche unmöglichen Wahrheiten nicht verbreiten konnte.

Auch Meliodas behagte diese Aussage nicht. Er stützte sich an den Armlehnen ab, an die sich zwei goldene Schlangen schmiegten, und schaute die Fremde unter zusammengezogenen buschigen Augenbrauen an. »Was wollt Ihr damit ausdrücken?«

»Eure Majestät, diese Macht wird der Fee namens Coryn zuteil. Sie muss wohl verflucht sein. Ihre Gabe beschränkt sich nicht darauf, Schleier zu sehen. Sie wirkt Wintermagie, indem sie durch ihren Willen und ohne jegliche Berührung die Farbe der Schleier umschwenken lässt. Eure Hoheiten«, sie legte eine bedächtige Pause ein, »auf diese Weise ist es ihr bereits gelungen, Reinblute umzubringen.«

Wintermagie, gezaubert von einem Mischblut. Alles in Asten sträubte sich gegen diese Vorstellung. Die Sommerfeen hatten ihre Gabe schon seit Generationen verloren. Die Zeit hatte sie dafür bestraft, dass sie ihre Herkunft durch Eheschließungen mit Menschen verraten hatten. Niemand, und sei es ein noch so übungsstrebsames Mischblut, konnte eine Winterfee durch Magie töten!

»Ihr lügt mich an!«, brüllte Meliodas, ein Echo von Astens Gedanken. Sein silberbesticktes Gewand bauschte sich durch einen Windzug auf, den er durch den Raum schickte.

Die Fremde jedoch blieb ungerührt durch den Ärger des Königs. »Eure Majestät, gestattet mir, dass ich zu Ende spreche. Diese Fee dürfte Euch, Eure Hoheit Prinz Asten, ebenfalls bekannt sein. Eure Diener wollten sie aus der Menschenwelt in den Palast bringen, doch sie ist Euch zuvorgekommen und mit einem Freund ins Sommerreich geflohen. Wenn es Euch gefällt, könnt Ihr meine Mitteilung überprüfen. Diese Frau befindet sich gerade in Zurit, einer Siedlung in direkter Nähe zur Zwischenwelt. Da das Dorf vor einigen Monden in Trümmer gelegt wurde, wohnen dort nur einige Überlebende. Darunter keine andere weibliche Fee. Ihr werdet sie schnell finden können.«

»Ihr seid wohl ziemlich gut informiert, was?«

»Ich bin meinem König treu ergeben, Eure Majestät.« Die Feenfrau knickste erneut. Ihr Umhang schwappte über den Marmorboden wie eine schwarze Blutlache.

Asten wunderte sich darüber, mit welcher Gefasstheit sie ihresgleichen hinterging. Aber was konnte er auch sonst von den Mischbluten erwarten? Betrug und Feigheit waren der Stoff, aus dem ihre Seelen gewebt waren.

»Ihr verdeckt Euren Körper. Warum? Damit wir uns nicht das Aussehen des Feindes einprägen? Nicht wissen, wer genau uns mit falschen Fakten ausgestattet hat? Was machen wir mit Euch, wenn Euer Kommen nur dazu dienen sollte, uns in eine Falle zu locken?«

Den Kopf hochwerfend brachte sie ihre Kapuze dazu, nach oben zu gleiten und eine flache Nasenspitze zu entblößen. »Ich bin verschleiert, das stimmt. Mein eigenes schamloses Volk würde mich nämlich umbringen, wenn es von meinen Auskünften erführe. Und ich befürchte, dass es auch im Palast genügend Feen gibt, die Gefallen daran finden würden, diese Nachricht an die Sommerfeen zu bringen. Statt meines Gesichtes gebe ich Euch meinen Namen, damit ich mich nicht vor Euch verstecken kann. Ich heiße Valentina Salamer.«

»Und welchen Gewinn erhofft Ihr Euch von Eurem Besuch? Warum begebt Ihr Euch bewusst in so eine riskante Lage?«, gab Asten nicht nach.

»Ich bin eine Untertanin des Königs. Alles, was ich mache, ist geleitet von dem Wunsch, ihm zu dienen und Anerkennung von ihm zu erhalten. Auch, wenn ich zu den Sommerfeen gehöre.«

Stille ergriff wieder von dem Thronsaal Besitz. Dann durchbrach sie Meliodas mit einer Stimme, die keinen Widerspruch duldete. »Das reicht. Das Mischblut hat uns genug erzählt, wir werden uns mit seiner Nachricht auseinandersetzen. Asten, geleite es aus dem Palast.«

Die Gesten des Königs waren gleichmütig. Allerdings kannte der Prinz seinen Großonkel lange genug, um den unterschwelligen Befehl aus seinen Bewegungen herauszulesen. Sein Arm, den er Valentina anbot, war einladend und sein Lächeln frostig. Sie würde niemals wieder nach Hause kommen.

Am kältesten Ort des Palastes, wo sich Furcht und Leid auf ewig in die Mauern hineingefressen hatten und in gräulichen Tropfen schmolzen, überließ Asten Valentina den Wachmännern.

Als sie erkannte, welche Belohnung sie für den Betrug ihres Reiches verdient hatte, warf sie ihre Kapuze zurück und schob das Kinn vor. Selbstsicherheit und Arroganz funkelten in ihren Augen. »Wir wissen beide, dass ich hier keine lange Zeit verbringen werde. Ihr werdet Euch schnell davon überzeugen, dass meine Information richtig ist. Ich vertraue darauf, dass all diese Unbequemlichkeiten aufgewogen werden.«

»Das werden wir sehen«, blaffte Asten und schob sie am Rücken hinein in das dunkle Verlies.

Er glaubte nicht daran, dass Valentinas Worte auch nur eine Prise Wahrheit enthielten. Dennoch war es der Wunsch des Königs, sie zu inspizieren. »*Ich will, dass du die Sache klärst, ehe wir mit kriegerischen Übergriffen beginnen*«, hatte Meliodas ihm angeordnet. »*Es wäre schließlich sehr tragisch, wenn wir unseren Gegner unterschätzen würden. Nicht wahr, mein Neffe?*«

Den Krieg hinauszögern! Zähneknirschend begab sich Asten in den Dornensaal und rief sein Gefolge zu sich. Noch heute Nacht würden sie das Mischblut in den Palast schaffen. Welch anderen Grund konnte Meliodas' Aufschub haben als Wankelmütigkeit und Angst! Oh, an seiner Stelle hätte er nicht gezaudert! Der Gehorsam des Sommerreiches war aus den Fugen geraten. Die Mischblute hatten ihren Platz in Feja vergessen. Und Meliodas wartete!

Mehr und mehr überzeugte sich Asten davon, dass die Zeit die Königsmacht an den Falschen vergeben hatte. Wahnsinnig vor Unrast und Wut auf die Mischblute weihte er die Männer in seinen Plan ein. Zwei von ihnen sollten ihn bei seiner Reise begleiten. Seine Wahl fiel auf Alastair, dessen Bewegungen so leise und schwerelos wie eine fallende Feder waren, und Bethesh, dessen Kraft ausreichte, um jeden Widerstand bei der Entführung im Keim zu ersticken.

Die Nacht meinte es gut mit ihnen. Der Mond, ein milchgesättigtes Kind, schlief unschuldig in seinem Wolkenbett, und die Flügel ihrer Lurixe zertrennten lautlos die Schwärze.

Coryn

Feja, Sommerreich
75. Mond der 3600. Sova

Der Spaziergang hatte länger gedauert als erwartet. Valentina hatte die Übungen für die letzten drei Monde ausfallen lassen und Haltor hatte Eduard ebenfalls eine Pause erlaubt. So waren Ed und ich gemeinsam losgezogen, damit auch er die Landschaften Fejas endlich erkunden konnte.

Lerenial hatte darauf bestanden, uns zu begleiten. »*In solch unsicheren Zeiten weiß man nie, auf wen oder was man hinter der nächsten Pfadwindung stößt*«, brummte er. Wir hatten nicht protestiert.

Am dritten Mond unserer Reise wurde ich Zeuge davon, wie launisch die Zeit in Feja war, wie plötzlich die Mondumschwünge. Die Nacht überraschte uns mitten auf der Hügelkette, die uns zurück nach Zurit führen sollte. Wo gerade noch die Sonne unsere Rücken gestreichelt hatte, sank auf einmal ein schwerer teerschwarzer Umhang auf uns herab und die Natur, unzufrieden mit dem frühen Tagestod, gärte vergrämt.

Wir hatten unser Nachtlager direkt auf dem Hügelpass

aufgeschlagen, weich gebettet in Gras. Morgen würden wir nach Zurit zurückkehren. Und dann würde unser Leben wieder seinen Lauf nehmen: die Trainingseinheiten, die freundschaftlichen Gespräche, die Vorahnung des Krieges, der bisher in einer anderen Welt geisterte.

Der Schlaf fand Lerenial und Eduard rasch, beschwerte ihre Lider und ließ ihre Brust langsam auf und ab wogen. Auch ich bat ihn zu mir. Doch heute schien er nicht gewillt, zu mir zu kommen. Ein merkwürdiges Gefühl beschlich mich, das mir sagte, dass diese Nacht die Vorstellung von Morgen zerreißen würde. Ohne dass ich es erklären konnte, bedeckten sich meine Handflächen mit kaltem Schweiß. Die Nacht starrte mich aus Millionen schwarzen Augen an. Unruhig setzte ich mich auf und starrte zurück.

Ich hatte sie nicht kommen hören, als sie über mich hereinbrachen. Ein schwerer Wollvorhang aus Dunkelheit hatte sich um ihre Leiber geschlungen und wurde erst zur Seite gerafft, als sich eine Hand auf meinen Mund legte. Ich wollte schreien, aber die Hand presste sich fester an meine Lippen.

»Du bist besser leise und kommst freiwillig mit uns, wenn du nicht verletzt werden willst«, befahl mir jemand.

Ich strampelte und wand mich in seinen Armen. Suchte hilflos nach einem Ausweg aus dieser Falle. Er war zu stark. Mit einem Ruck drehte er mich zu sich um. Ich schaute in ein von Blutdurst entstelltes Gesicht, um das ein gelber Schleier züngelte. *Winterfee,* schoss es mir durch den Kopf, da wirbelte er mich grunzend herum.

»Sie ist die Richtige, Eure Hoheit! Wir brauchen nicht weiter zu suchen.«

Hinter mir erklangen die Geräusche von Fäusten, die wütend aufeinanderprallten, Schimpfen und Eduards gedämpftes Schmerzensstöhnen. Lauter als sie alle war das Blut, das gegen meine Schläfe trommelte. Wie viele hatten uns überfallen? Fünf, zehn? Meine Gedanken überschlugen sich. Wo zum Teufel steckte Lerenial?

Ein Arm des Fremden wechselte die Position und packte mich an der Seite, mich mit sich fortreißend. Ich ergriff die Gelegenheit und biss in ihn. Vor Überraschung schrie er auf. Sein Griff um meinen Mund lockerte sich.

»Du Biest!«

»Hilfe!«, rief ich verzweifelt in die Nacht hinein.

»Coryn, halte durch, ich bin bei dir!«

»Bringt sie zum Schweigen! Mit diesem Gebrüll weckt sie das gesamte Sommerreich auf!« Entnervt schaute sich Asten um, doch die Schreie der Mischblute schienen keine Aufmerksamkeit erregt zu haben. Auf einmal raschelte das Laub des Baums neben ihm; er zückte seinen Degen und sprang darauf zu. Stille. Vielleicht hatte er sich nur getäuscht. Er biss sich auf die Lippe. Zwischen den nächtlichen Schatten sah er kaum etwas. Sie mussten die Sache möglichst schnell hinter sich bringen, wenn sie nicht enthüllt werden wollten. Er hatte nicht mit Widerstand gerechnet.

Auf seinen Befehl hin stopfte Alastair dem Mädchen ein Stück Stoff in den Mund, das es würgen ließ. Erneut waren Kampflaute zu hören, Widersetzung und Überwältigung.

Asten musste nicht hinsehen, um zu wissen, dass seine Diener die Oberhand hatten. Irgendwo weiter oben rang Bethesh, unverkennbar durch seinen riesigen Wuchs, mit einer Figur, die einem Mann gehören musste. Die Bewegungen des Fremden wurden schwächer, unkontrollierter. Er hätte sich nicht in einen Kampf einmischen sollen, der nicht seiner war.

Als Alastair das Mädchen den Hügel hinunterschleifte, wusste Asten, dass er bekommen würde, wofür er hierhergereist war. Bethesh sollte den Mann endlich erledigen, damit sie wieder verschwinden konnten. *Los, na mach schon,* trieb ihn der Prinz in Gedanken an, *wieso dauert das so lange?* Endlich trennten sich die Figuren der Kämpfenden voneinander. Ehe er sie einer Fee zuordnen konnte, raste eine von ihnen den Abhang hinunter und auf Alastair zu.

Coryn

»Coryn!«

Da! Eduards Stimme, ganz nah bei mir. Er musste den Rücken meines Gegners getroffen haben, denn dieser heulte auf wie ein gehetztes Tier und schlug zurück, mich für einen Moment aus seinem Griff entlassend. Der Triumph dauerte nicht lange. Im nächsten Augenblick ächzte Eduard auf. Etwas Schweres krachte zu Boden und rollte den Hügel hinab, bis es gegen einen Baumstamm donnerte und seufzend zum Erliegen kam. Die Arme des Feindes schlossen sich erneut um mich. Diesmal mit einer heftigeren Wucht als vorher.

»Wolltest du etwa schon gehen? Leiste mir doch noch ein bisschen Gesellschaft. Ich bin mir sicher, wir beide werden uns noch prächtig amüsieren.« Die Finsternis verhüllte ihn vor mir. Alles, was ich wahrnahm, war diese knarzende Stimme und der stechende Geruch von Schnee und Schweiß.

Lereniall, schrie alles in mir. Der Stoff in meinem Mund ließ meinen Ruf verstummen. Er konnte doch nicht einfach so weg sein! Er musste uns retten, so wie er es schon einmal getan hatte! Aber je weiter ich den Hügel hinuntergeschleppt wurde, je mehr die Kampfgeräusche von oben verklangen, desto klarer wurde mir, dass er diesmal nicht kommen würde. Keiner würde kommen. Nein, diesmal musste ich uns selbst aus dieser verdammten Lage helfen.

Asten

Asten lenkte ein, als die Situation zu kippen drohte. Der Widerstand dieser Feen war unerhört intensiv. Und doch waren es drei gegen zwei. Die Gunst stand stets auf der Seite des Winters, des Palastes, des Prinzen. Das war seine Überzeugung gewesen. Bis die Magie der Feenfrau seine Meinung zerriss.

In Coryns Körper gingen plötzlich Strahlen auf, die in einer Explosion aus Licht die Nacht in den Tag verwandelten und die Luft flirren ließen. Er musste sich abwenden, um nicht geblendet zu werden. Die Erde unter ihm summte und hob sich in Wehen der entgegen, die sie gerufen hatte. Im gleißenden Leuchten waren die Körper seiner Männer nur schwarze Umrisse von Formen, nur ihre Schleier wimmerten neben ihnen, immer blasser und blasser werdend.

Und genau da verstand Asten, dass es in einer Katastrophe enden würde, wenn er sie nicht aufhielte.

Blinzelnd wankte er auf die Quelle des Lichts zu und ließ seine Faust darauf niedersausen. Der Schein versiegte mit demselben Schmerz, mit dem er aufgetreten war. Dunkelheit entfaltete wieder ihre Blüte und als er sich hinkniete, um Ruhe in seinen schwirrenden Kopf zu bringen, ertastete er zwei Körper neben sich. Der eine – weiblich, warm und mit pochendem Herzen. Der andere mit flacher Brust und borstigem Bart – der seines toten Dieners Alastair, der unter seinen Fingern zu Ruß zerrieselte.

Coryn

Beim Aufwachen fühlte ich mich benommen. Schwäche und beißender Schmerz bohrten sich in meine Glieder und kribbelten unangenehm. So hielt ich es am Anfang für eine Illusion, hervorgerufen durch meine Verletzungen, dass ich mich in einem riesigen Saal befand. Dieser war gänzlich von Kälte und Unnahbarkeit durchsetzt. Durch die bodenhohen Fenster spendete die Sonne zwar ein diffuses Licht, aber keine Wärme. Ich selbst saß in einem purpurroten Sessel. Es war der einzige Farbtupfer zwischen den Weiß- und Silbertönen, die, in Dornenäste geschwungen, die Wände und die Decke beherrschten. Wo war ich? Was war passiert?

»Was fällt dir ein, meine kostbare Zeit durch deinen Schlaf zu vergeuden?«

Ich erschauerte und drückte mich instinktiv tiefer in den Sessel, als ich die Stimme der vergangenen Nacht wiedererkannte. Dominant und scharf war sie; eine Stimme, die nach absolutem Gehorsam heischte. Wut stieg in mir auf und verbrannte meine Kehle. »Sag du mir es doch. Immerhin warst du es, der mich hierhin verfrachtet hat. Was willst du von mir?«

»Du sollst mich mit *Eure Hoheit* ansprechen und den Kopf unterwürfig senken, wenn ich mit dir rede! Ich bin Kronprinz Asten, der zukünftige König von Feja!«

Schritte hämmerten auf den Marmorboden ein. Auf einmal beugte sich ein Mann über mich, dessen blasses Gesicht von Strähnen weißen Haars umrahmt wurde. Blass waren auch seine Lippen; sie hatten die Farbe eines Menschen angenommen, der im Schnee erfroren war. Zorn schwelte in seinen Augenbrauen und seine Iriden waren von einem solch stechenden Blau, dass sie fast farblos wirkten. Sein Antlitz allein verkrustete meine Wangen mit Frost.

»Hast du mich verstanden?« Er umfasste die Armstützen des Sessels und lehnte sich noch weiter zu mir, als wollte er mein Innerstes ergründen.

Zitternd vor Empörung und Furcht versuchte ich krampfhaft, die wahre Farbe meiner Seele vor ihm zu verstecken, wie Valentina es mir beigebracht hatte. Ich war zu erschöpft. Und doch! Wenn mein Körper versagte, blieb mir mein Geist. »Ein scheußlicher Verbrecher ist weder der Stellung des Prinzen würdig noch der Anrede als solcher!«

Einen Wimpernschlag lang bewegte er sich nicht. Die Verblüffung über diese Dreistigkeit fror seine Züge ein, sodass es mir vorkam, als würde ich ins Gesicht einer Eisskulptur schauen. Er entfernte sich von mir und lehnte sich mit verschränkten Armen an die Kante eines Tisches. »Machen wir es auf deine Weise, dreckiges Mischblut«, giftete er. Auf seinen stummen Befehl hin wanden sich Dornen aus Eis um mich, die mich am Sessel festnagelten und bis zu meinem Hals krochen. Ich starrte sie an, voller ungeheurer Erwartung, wozu Asten sie einsetzen würde. »Und jetzt sag mir, wie du das gestern getan hast«, verlangte er ohne jegliche Überleitung.

Angst grub sich in ihren Schleier. Er flatterte um sie wie ein abgewetztes Stück Stoff, das sich an Felsengestein klammerte und den Sturm reizte, der es jeden Moment zu seinem Spielzeug erklären könnte. Asten fixierte sie: die erbosten Augen, zu groß für ihr Gesicht, und die Finger mit heruntergekauten Nägeln, die die Überreste eines rosafarbenen Sommerkleides kneteten.

Sie war nicht das, was er erwartet hatte. Abgesehen von ihrem störrischen Gemüt sah sie so aus, als könnte er sie durch einen einzigen Lufthauch hinfort pusten – nicht einmal ein Mischblut, sondern ein jämmerlicher Mensch. Eine Lächerlichkeit, für die er seine Zeit geopfert und Meliodas die Kriegshandlungen aufhalten lassen hatte. Und doch waren die Fähigkeiten, die sie in der letzten Nacht gezeigt hatte, außerordentlich stark gewesen. Gefahr schlummerte unter der hilflosen Hülle dieses Mädchens. Gefahr, die er im Krieg nicht unterschätzen durfte.

Lass dich nicht von dem Schein trügen, Asten. Offensichtlich will sie dich damit in die Irre leiten. Du wirst die Wahrheit auf einem anderen Weg herausfinden müssen, und wenn es durch Lügen und Schmeichelei ist.

»Du hast gestern meinen Freund ermordet, Coryn.« Bei der Nennung ihres Namens zuckte sie merklich zusammen. »Einen treuen Freund, der mir noch viele Sovas gute Dienste erwiesen hätte, wenn du die Emotionen in seinem Schleier nicht ausradiert und ihn getötet hättest. Dafür würde ich jemanden wie dich für gewöhnlich mit seinem Leben bezahlen lassen. Als ein hübsches Dornengestrüpp an der Wand zum Beispiel. Aber heute bin ich gnädig gestimmt. Ich verschone dich, wenn du mir dein Geheimnis verrätst.«

Misstrauen und Abschätzung taumelten in Coryns Blick und zehrten an seinen Nerven. Gerade noch rechtzeitig hielt er sich zurück, um sich nicht auf sie zu stürzen und ihre Seele auf ewig erkalten zu lassen. Wenn es noch mehr von ihrer Art gab, würde es das Problem nicht langfristig lösen.

»Ich habe keine Ahnung, wovon du sprichst«, fauchte sie, da stach ein dicker Dorn in ihren Hals und wenige Blutstropfen kullerten heraus. Der Schmerz musste sie erschreckt haben. Sie presste die Lippen zusammen und hob den Kopf höher.

Na warte. Ich werde deinen Widerstand noch brechen. »O doch, das weißt du ganz genau. Ihr Mischblute könnt Emotionsschleier durch Berührungen nur leicht verändern. Keinesfalls frei manipulieren und erst recht nicht auslöschen, um den Tod des Wesens herbeizuführen. Wer hat dir das beigebracht?«

Sie schwieg. Falten beschwerten ihre kleine Stirn und sie rieb ihre nackten Füße aneinander.

Langsam verlor er die Geduld mit dieser Närrin. Das hier war sein Gemach! Seine Krone! Sein Ansehen! Er würde nicht zulassen, dass ein Abschaum aus dem Sommerreich sie missachtete! »Was ist es, das dich so besonders macht? Was erhebt dich über alle anderen Mischblute?«

»Ich kann es dir nicht sagen.« Noch mehr Eissplitter ritzten ihre zarte Haut, aber noch immer weigerte sie sich, seinen Titel zu verwenden.

»Ach wirklich? Wie schade. Wärst du denn so freundlich und würdest mich über den Grund dafür unterrichten, warum du deinem Herrn dieses heikle Detail verschweigst?«

»Ich weiß nicht, warum ich mit dieser Gabe verflucht bin. Ich wusste bis vor Kurzem nicht einmal, *dass* ich es bin.«

»Genug!« Sein Furor war ausgeufert. Mit zwei Sprüngen durchquerte er den Saal, packte sie, schleifte sie durch das Eisgewächs und ignorierte dabei die Schreie, die sie vor Schmerz ausstieß.

Vor entsetzt wegspringenden Dienern riss er sie mit sich durch das Labyrinth der Gänge. Unzählige Wendeltreppen ging es hinab in einen engen Flur, wo Zwielicht waltete. Dort zerrte er sie vor ein Fenster. Der Lichtfleck einer einzigen Kerze wanderte dahinter und entblößte eine schlanke Gestalt im hinteren Teil des Raums.

»Sieh sie dir an«, knurrte der Prinz. »Erinnert sie dich vielleicht an jemanden? An jemanden, der deine Nähe suchte, dem du vertraut hast? Erinnert sie dich daran? Sie kennt dein kleines Geheimnis! Du bist hier, weil sie es mir verraten hat! Wie ein Händler, der mit Waren feilscht, nicht wahr?«

Die Wände lauschten seinem Lachen, das hier, im Grab von Hoffnung und Gewissen, fremd erschallte. Coryn rührte sich nicht. Sie sog den Anblick der Frau auf, die sich ihr hinter den Gittern näherte wie ein Schatten, der zum Leben erwacht war.

»Wie ein Händler!«, säuselte Asten, die Worte in einem sanften Singsang ausdehnend. »Sie hat deine Sicherheit an den Palast verkauft. Und wofür? Für den Traum von Ansehen! Nun ist sie im Kerker und du meine persönliche Waffe für den Feenkrieg. Ich weiß, was du wert bist, Mädchen. Also glaube ja nicht, dass du mich wegen deiner Gabe betrügen könntest.«

Meine Glieder gehorchten mir nicht mehr. Ich wollte toben und weinen, um mich schlagen und mich in die dunkelste Ecke des Korridors verkriechen. Ich wollte den Schmerz des Verrates an die Mauern verlieren, die die Laster und das Elend der Gefangenen geschwollen hatten. Doch ich konnte nicht.

Alles, was ich konnte, war, in ihr Gesicht zu starren. Und in ihm erkannte ich Valentina nicht wieder.

Sie war gealtert. Um Jahre, um Dutzende davon. Ihre papierdünne Haut schlackerte an den Wangen und um ihre Augen herum zeichneten sich blaue Schatten ab. Sie war eine Fee. Ich fragte mich, ob es nur eine Täuschung war, dass sie mir früher so jung vorgekommen war. War es genauso eine Manipulation gewesen wie ihr konstant grüner Schleier, der das Dahinterliegende verbarg? Nun fielen alle Masken. Um ihren Körper toste ein kirschroter Orkan, der mich röhrend umfing, und ihr Lächeln war das eines Menschen, dessen eigener Stolz ihn in unerreichbare Höhen katapultiert hatte.

»Warum?«, flüsterte ich.

»Oh, du hättest das verstanden, wenn du hier aufgewachsen wärst. Was denkst du, wie es sich anfühlt, immer die Rangniedere zu sein, immer der Knecht von jemandem, der du auch sein könntest? Nur weil du in der falschen Familie geboren wurdest? Die Macht, Coryn, die Macht! Es geht doch immer darum! Du ... Dir wurde sie schon in die verdammte Wiege gelegt, du hast nicht einmal etwas dafür getan! Ich hasse dich dafür, dass du stärker bist als ich! *›Komm, Coryn, lass uns deine Fähigkeiten trainieren gehen!‹* O nein! Nie wieder!« Valentina war bis zum äußersten Rand ihres Gefängnisses gelaufen. Jetzt krallte sie sich in die Gitterstäbe, presste ihr Gesicht daran, um jeden Abstand zwischen uns zu überwinden. Die Worte ergossen sich in einem solchen Strom aus ihr, dass sie ihr den Atem stahlen. Laut und hektisch pumpte sie die Luft in ihre Lungen.

Ich wich von ihr zurück. Ich kannte diese Frau nicht. Ich konnte nicht glauben, dass es Valentina sein sollte; meine Freundin, die mir das Gleitschirmfliegen und die Magie beigebracht und für mich gekämpft hatte, als die Männer des Palastes den Flugplatz überfallen hatten. Wann hatte sie sich diesen Männern angeschlossen? Ich hatte sie doch noch vor drei Monden bei den Übungen gesehen! War sie etwa zum Palast gereist, während Lerenial, Eduard und ich das Sommerreich erkundet hatten? Hatte sie dafür die Trainingseinheiten pausiert? Wie konnte sie nicht sehen, wie eigensüchtig und mitleidlos die Absichten der Winterfeen waren, wie falsch ihre Versprechungen?

»Ja, du hättest an meiner Stelle genauso gehandelt«, raunte sie. Ihre Stimme war nur noch ein belegtes Wispern, das sich in meinem Kopf festsetzte und ein dunkles Netz aus Verbitterung und Zweifeln wob.

»Du glaubst mir nicht, oder? Du glaubst, du hättest genug Ehre und Anstand, um deine Freunde nicht zu verraten. Aber vertraue mir, Coryn: Deine hohen Gefühle werden nichtig, wenn du sie für Macht und Anerkennung eintauschen kannst. Und wenn du die Wahl bekommst, wirst du dasselbe tun wie ich.«

Es war ihre Vorhersage, die mich aufweckte. »Nein, werde ich nicht! Ich werde niemals so sein wie du! Niemals!« Ich schrie und schlug auf das Gitter ein, doch sie trat nur einen Schritt zurück und beobachtete mich hungrig aus der Entfernung. »Niemals!«, wiederholte ich. »Niemals werde ich mich dazu herabbegeben, was du getan hast! Ich weiß, wie es sich anfühlt, verraten zu werden!«

Jemand zog an meiner Schulter und drängte mich zum

Gehen. Ich wehrte mich. Ich wollte bei ihr bleiben, wollte ihr das widerliche Lächeln von den Lippen wischen, das sich voller Mitleid und Genugtuung um ihre Mundwinkel kräuselte. Trotzdem brachte er mich fort. Als ich die Treppenstufen herauf holperte, stand das Bild von ihrem Gesicht noch immer vor mir. Valentina wartete auf mich. Sie war sich sicher, dass wir uns schon bald wiedersehen würden, dort unten im Kerker.

Asten

Das Mischblut erwies sich als nutzlos. Mit wachsendem Missvergnügen stellte Asten fest, dass sich ihr Eigensinn weder durch Drohungen spalten noch durch Versprechen von Ruhm und Ansehen schmelzen ließ. In gewisser Weise passte sie ins Winterreich wie keine andere Sommerfee, die unter den Bergen von Schnee schutzlos verkümmern würde. Sie jedoch machte die Rohheit und Formlosigkeit des Winters nur noch stärker.

Sie schwieg, er wütete. Noch immer verstand er nicht, wie sie es wagen konnte, ihm, dem Kronprinzen, mit einer solch offensichtlichen Verachtung gegenüberzutreten. Genauso wie er nicht nachvollziehen konnte, wie er es ertrug – wenn auch mit einem Sturm im Herzen. Vielleicht hütete er sich nur davor, sie umzubringen, weil das seinen Kriegsvorteil durch ihre Fähigkeiten vollends ausschlösse. Und Asten war niemand, der den eigenen Gewinn jemals vernachlässigen würde.

Er legte Coryn in Ketten und platzierte sie im Dornensaal, direkt bei sich. Abends, wenn die Sonne rote Tränen über den verschwundenen Tag vergoss, saßen sie sich gegenüber und studierten einander, Auge in Auge. Die Strahlen der letzten Tagesminuten zeichneten ihre Waffen: Starrsinn, Auflehnung und Feindseligkeit.

Meliodas hatte seine Haltung aufgeben müssen, als Asten ihn von der Entführung des Mädchens unterrichtete. Zwar wollte er den Beginn des Krieges mit schwammigen Argumenten hinausschieben, aber Asten erfüllte alle seine Forderungen und stellte die Armeen mithilfe der Generäle eigenständig zusammen. Schlussendlich hielt der König dem Druck seines Großneffen nicht mehr stand. Er billigte seinen Kampfplan und schickte die Armee für den ersten Angriff ins Maul der Zwischenwelt.

Ich zählte die Monde mit, die seit meiner Entführung die Himmelskuppel hinter dem Fenster hinaufgeklettert waren und verschwiegenes Licht auf den Marmor streuten. In den ersten zehn plagte mich der Prinz mit seiner Aufmerksamkeit. Er hoffte wohl darauf, dass ich durch Valentinas Verrat brechen und meine Kräfte in seine Dienste stellen würde. Schon bald sah er ein, dass ich mindestens genauso hartnäckig war wie er selbst.

In dem Leid, das das Unwissen über die Schicksale meiner Freunde mir bereitete, fand ich bestialisches Vergnügen darin, den Prinzen Fejas zu behelligen. Vielleicht hätte ich Mitleid mit ihm empfinden sollen. Die Vorlesung zur Entwicklungspsychologie lehrte mich, dass abweichendes Verhalten oft in Traumata der Kindheit wurzelte, in der Abweisung der Bezugspersonen. Vielleicht hatte der Verlust eines Familienmitglieds Asten so verroht und erbost.

Es war mir egal. Folterer und Tyrannen verdienten keine Entschuldigung. Den Prinzen mit meinen Worten zu lynchen füllte die Leere aus, die sich nach Valentinas Offenbarung gebildet hatte. Denn egal, wie sehr ich sie auch aus meinem Herzen verbannen und jede Erinnerung an sie verbrennen wollte – sie verfolgten mich noch immer.

Ich hatte über Verrat gelesen. Ich hatte ihn in Filmen gesehen und bei Fremden beobachtet. Immer mit dem trockenen, fast schon beleidigten Interesse eines Menschen, der sich einbildete, nicht so naiv wie die Betrogenen zu denken. Wie ich mich doch getäuscht hatte.

Doch ich fand keine Erklärung, die mich beruhigen könnte. Valentinas Verhalten folgte keiner Logik. Warum hatte sie mich so lange trainiert, mir so vieles beigebracht, wenn sie mit dem Gedanken spielte, mich an die Reinblute auszuliefern? Oder war dieser Schritt für sie selbst unerwartet gewesen? Ein Impuls, entzündet vom Neid auf diese verfluchte Gabe, die sie nicht besaß? Die Art, wie sie mich bei unseren Übungen gemustert hatte, ihr verschlossener Grimm, diese schlecht unterdrückte Freude über meine Fehler… Ich hatte es ihrer Angst vor mir zugeschrieben. Dabei hatte sie mich bloß dafür verabscheut, sie überstiegen zu haben. Konnte ich es ihr verübeln? Wie wäre ich geworden, wäre ich in einer Welt aufgewachsen, in der Macht und Magie über Leben und Tod entschieden?

In den nächsten drei Monden verschwand der Prinz für eine längere Zeit aus dem Dornensaal. Obwohl es mich erleichterte, ahnte ich, dass es weniger der Ärger über meine Unnachgiebigkeit war, der mich von seiner Gesellschaft erlöste, als wichtige Pflichten. Selbst die Wände des Palastes vibrierten von der allgemeinen Spannung. Wenn ihre Herren nicht in der Nähe waren, tuschelten die Knechte darüber, dass König Meliodas eine Armee in die Zwischenwelt entsandt hatte. Meine Freunde lebten an der Grenze daran! Sie würden überrannt und keiner konnte sie auf die Gefahr hinweisen, in der sie schwebten! Keiner, außer mir. Und ich war gefangen im Palast!

Beim Gedanken daran zog sich mein Herz zusammen. Die Zeit hatte mir beigebracht, sie zu lieben. Lerenial für seine Träume und Haltor für den Sanftmut. Nuepán für seine Entschlossenheit, dieses splitternde Reich in Gerechtigkeit zu führen, und selbst Adiz – ja, Adiz! – dafür, dass er niemanden mit künstlicher Freundlichkeit belog. Hoffentlich würde sie jemand warnen… Hoffentlich würden die Soldaten nicht mit Zurit beginnen… Doch ich konnte nicht vergessen, dass dieser Glaube auf Treibsand gebaut war.

In diesem wankelmütigen Zustand schweiften meine Gedanken oft um Kelda. Ich fühlte mich dieser Frau sehr nah. Wir teilten denselben Hass und denselben niederschmetternden Schmerz. War es ihr gelungen, nach Zurit zurückzukehren? War sie mit ihrem Liebsten wiedervereint? Oder war sie ebenso wie ich in die Hände der Reinblute geraten? Hatte man sie gefoltert, in den Kerker gebracht? Ich wünschte, ich hätte sie fragen können.

In einer Nacht, die genauso plötzlich von der Welt Besitz ergriffen hatte wie am Tag meiner Entführung, bemerkte ich im Dornengestrüpp an der gegenüberliegenden Wand einen schwachen Schimmer. Zuerst hielt ich es nur für den Abglanz des Mondes, doch dann fiel mir auf, dass der Schein nicht stetig, sondern schwankend, zittrig war. Er wirkte seltsam lebendig, wie er honiggelb gegen die Eisadern pochte. Fast wie der Schleier eines Wesens, nur viel kleiner. Instinktiv spürte ich, dass er mir Trost spenden wollte. Also streckte ich ihm meine Hände in Ketten entgegen und wärmte mich an seinem Licht.

Wenn wir klein sind, decken wir uns nachts mit dem knitternden Traum zu, Zauberer zu sein. Ein naher Himmel lockt uns mit Heldentaten in fantastischen Reichen, mit Kräften, die uns, gestern noch Mensch, heute über das Irdische erheben.

Ich wollte all das nicht. Noch nie in meinem Leben hatte ich mir so sehnlich gewünscht, die Realität – diese kratzige Decke, der man die Rüschen ausgerissen hatte – hochschieben und meinen Kopf in den Schoß meiner Mutter betten zu können. Noch nie hatte ich mir so sehnlich gewünscht, meine Tränen in einem rauen Taschentuch zu verstecken und ihrer Stimme zu lauschen, die mir sagte, dass es nur ein Albtraum sei.

Lerenial

Feja, Sommerreich
76. Mond der 3600. Sova

Seit Lerenial denken konnte, hatten Freundschaft und Treue seine Handlungen angeleitet. Seine Eltern hatten ihn gelehrt, nur solche Entscheidungen zu treffen, auf die er noch nach Dutzenden Sovas stolz sein könnte. Das Leben machte ihn dankbar für diesen Rat. Nur weniges gab es, was er mit Scham zwischen die Bilder seiner Erinnerung steckte, auf dass es nie wieder sein Bewusstsein betrüben könnte.

Das Erste war, dass er keinen seiner Hufe mehr in die Zwischenwelt gesetzt hatte, nachdem er so lange von seinem Dienst als Portalwächter ferngeblieben war. Er gestand sich selbst ein, dass es nicht etwa aus Rebellion geschehen war. Das wäre noch ein ehrbarerer Grund gewesen. Doch er war dem Portal allein aus der Angst heraus ferngeblieben. Zu sehr fürchtete er sich davor, dass man seine Abwesenheit bemerkt hätte und nur auf seine Rückkehr wartete, um ihn zu bestrafen.

Das Zweite war, geflohen zu sein, als Eduard und Coryn seine Hilfe am nötigsten hatten.

Denn genau das hatte er getan. Er hatte die beiden zurückgelassen, als die Winterfeen sie im Schutz der Nacht überfielen. Als Feigling, als Verräter hastete er davon, sobald die Stimmen der Fremden ihm die Gefahr eröffneten.

Von einem Baum zum nächsten springend erreichte er die kleine Höhle im Hügel, die er bei ihrer Wanderung durch das Sommerreich erspäht hatte. Dort harrte er, zitternd trotz der Sommermilde, die qualvollen Stunden bis zum Sonnenaufgang aus. Er wusste nicht, was mit Eduard und Coryn passiert war. Aber er hatte genug gehört, um zu verstehen, dass die Reinblute nicht ohne seine Freundin fortgehen würden.

Die Nacht über hatte er kein Auge zugetan. Schuld und Angst peitschten ihn, sodass sein Leib gegen die Höhlenwände geschleudert wurde. Selbst als der Kampf längst vorbei war, glaubte er noch die Geräusche brechender Knochen und Coryns herzzerreißende Hilfeschreie zu vernehmen.

Er hatte sie im Stich gelassen. Was nützte es, sie damals, bei ihrer Ankunft in Feja, beschützt zu haben, wenn er sie diesmal bereitwillig an ihre Feinde übergab? Feinde, die sich nicht damit begnügen würden, sie zu töten? Sie würden sie zum Werkzeug ihrer scheußlichen Taten degradieren. Und er war dafür verantwortlich.

Dieselbe Angst, aus der er nie wieder seinen Posten einnehmen würde, hatte ihn erneut besiegt. Nicht als verschwundener Portalwächter enttarnt zu werden war ihm wichtiger, als das Leben von Coryn und Eduard zu bewahren. Und auch bei seinen älteren Freunden hätte er sich genauso verhalten. Ja. So war er. Es war sein Kern, der mutlos und verschreckt war. Lerenial würde weinen, wenn Hyalen diese Fähigkeit vergönnt gewesen wäre.

Er trug die Schuld dafür, dass seine Freunde gestorben oder entführt worden waren. Hätte er die Tapferkeit besessen, sich auf ihre Seite zu stellen, wären sie jetzt vielleicht noch bei ihm.

Als die Nachtseite seines eigenen Seins im Morgenlicht ihre Schwärze verlor, traute sich Lerenial, aus seinem Versteck hervorzulugen. Der Weg den Hügel hinauf erschien ihm nun steiler, holperiger. Den Hals nach oben reckend, um die Kuppe erblicken zu können, wusste er selbst nicht, was zu sehen er sich dort am meisten erhoffte. Beklommen setzte er einen Huf vor den anderen. Nach einer Ewigkeit hatte er den Hügelrücken erreicht. In einigen Schritten Entfernung lag auf dem Moos ein Körper, dessen Arme und Beine in seltsamen Winkeln verrenkt waren. Eduard.

Lerenial flog eher, als dass er zu ihm galoppierte. Unzählige Blutergüsse prangten auf Gesicht und Brust seines Freundes. Schrammen und offene Wunden zerfransten seine Haut. Seine Glieder wirkten so, als wären sie ihm ausgerissen und achtlos wieder zusammengefügt worden.

Der Hyale stieß einen Schrei des Entsetzens aus. *All das hättest du verhindern können, Lerenial. Es ist dein Vergehen, dass sich der Junge in einem solchen Zustand befindet.*

Zerfressen von Reue krümmte er sich über Eduard und prüfte seinen Atem. Die Zeit hatte ihn nicht in Ruß aufgelöst. Also weilte noch ein Hauch von Leben in ihm, der ihn an die Erde band. Und tatsächlich! Von seinen Lippen stieg ein schwacher Luftzug auf, der für seine Angreifer wohl unhörbar gewesen sein musste. Freude spritzte durch Lerenials Schleier. Wenigstens ihn würde er retten können!

Er spürte die Schwere von Eduards Körper auf seinen Armen, als er ihn nach Zurit trug. Bei jedem seiner Atemzüge hätte er beinahe einen Freudensprung vollzogen, so sehr bangte er darum, dass dieser genau jetzt in seinen Armen entschlafen würde.

Als er die Siedlung erreichte, warteten seine Freunde schon seit Stunden auf ihre Rückkehr. Und genauso wie er hatten sie eine bittere Nachricht für ihn. Valentina war fort. Sie war am selben Mond fortgegangen, als Coryn, Eduard und er zu ihrer Wanderung durch das Sommerreich aufgebrochen waren.

Selbst wenn Lerenial Adiz keine Empfindlichkeit zuschrieb, hätte er von dessen Bruder Schwermut erwartet. Er hätte unterdrückte Seufzer befürchtet und abgewandte tränennasse Wangen. Erst recht, da Kelda vor kurzer Zeit genauso verschwunden war. Er hatte falsch gelegen.

Denkbar schroff und distanziert hatte Haltors Stimme geklungen, als er ihm von dem Geschehen berichtet hatte. Beinahe wirkte es, als würde ihn an all dem nur die Tatsache berühren, dass sein geliebter innerer Frieden gestört wurde.

Lerenial traute seinen Ohren nicht. Wieso war ihm dieser Wesenszug Haltors entgangen? Wie konnte ein sonst so empathisches Wesen die Harmonie der eigenen Gedanken, die eigene Ungestörtheit über ein Familienmitglied stellen? *Selbst die Hyalen des Winterreiches zeigen mehr Interesse für ihre Geschwister als Haltor,* dachte er betrübt. Hatte er seinen Freund idealisiert? Vielleicht. Er hatte Haltor immer mit seinem Bruder verglichen. Und im Kontrast zum überheblichen, ignoranten Charakter von Adiz erschien ihm Haltor makellos.

Wenn Adiz von Unruhe geplagt wurde, ließ er sich nichts davon anmerken. Stattdessen versteckte er sich hinter seinem üblichen Spott, mauerte sich so sehr damit zu, dass sich Lerenial unwillkürlich fragte, ob es ihm als persönlicher Schutzschild diente.

»Vielleicht«, höhnte Adiz, »wird unsere verrückte Schwester heimkommen. Erwartet sie aber nicht zu schnell. Sie wird lange durch Feja tollen – so lange, dass sie fast von einem Reinblut ermordet wird. Erst dann werden wir sie wieder zu Gesicht bekommen. Die Dame braucht Adrenalin.«

Lerenial blieb keine Zeit, darüber zu grübeln. Eduards Zustand überschattete seine Sorgen um Valentinas Schicksal und sein Staunen über die seltsamen Verhältnisse zwischen seinen Freunden.

Die Dryaden waren die einzigen Wesen, die den Jungen noch aus den Fängen des Todes befreien konnten. Doch die weite Reise zu ihnen würde er nicht überstehen. Noch nie hatte jemand die Dryaden aus ihrem Wald gebeten, um einen Verletzten an einem anderen Ort zu heilen. Die Feen wussten um die Erhabenheit dieser Kreaturen und um ihre Beharrlichkeit, Magie nur in ihrer Heimat zu vollbringen. Aber es war ihre letzte Chance. Und so dauerte es nicht lange, bis Lerenial den Entschluss fasste.

Fahrig stürmte er über Hügel und Täler. Er ritt zwischen riesigen Pflanzen, deren Blütenspiralen ihre Haare im Wind verstreuten, und durch den Wald, wo sich die Baumstämme wie Liebende umfingen und von eifersüchtigem Farn und heuchlerischem Dondorojeblumen gewürgt wurden.

Dort erst beendete er sein Rasen. Er wollte die Bewohner dieses Waldes nicht verärgern. Der Dryadenwald gehörte zwar zu Feja, seine Gesetze allerdings waren anders als die des Königs. Diese Geschöpfe wahrten Neutralität in den Angelegenheiten der Reiche und halfen Feenwesen beider Parteien. Genau deshalb saugten die Hyalen ihre Verehrung mit der Muttermilch auf. Jetzt, da Lerenial ihr Reich betrat, durchfloss ihn die Bewunderung dafür, dass sie selbst den Reinbluten Einhalt geboten. Plötzlich war er voller Vertrauen in die Zukunft. Es würde sich alles zum Guten wenden.

»Du brauchst also unsere Hilfe, Portalwächter?«

Lerenial drehte sich um. Auf einem Ast über ihm saß eine Frau, deren Alter er nicht bestimmen konnte. Sie war nackt; Blätter und Lianen kleideten sie von der Brust bis zum rechten Bein. Das Linke aber war frei. Wo es sich aus den Blättern gewunden hatte, zogen sich feine Linien und Risse in der Farbe von trockenem Holz darüber, die ihre Herkunft verrieten. Lerenial erkannte nicht, wo ihr Fuß endete. Besaß sie überhaupt einen oder waren ihre Schenkel in die Baumrinde eingebettet?

»Mein Freund ist schwer verletzt«, sagte er schlicht, ohne darüber zu staunen, dass die Fremde sein Amt kannte. Dryaden besaßen die Fähigkeit hellzusehen. Sie allein verstanden die Stimmen der Natur, die in Feja niemals schweigen. Alles, was die Feen im Geheimen planten, erzählten ihnen ihre Bäume.

»Ich weiß, ich weiß. Das Gefolge des Prinzen hat ihn stark verwundert. Er hat versucht, seine Freundin vor ihnen zu beschützen. Während du, wenn ich mich nicht irre, vor Angst zitternd in einer Höhle gesessen hast.«

Lerenial senkte den Kopf, seiner Scham erliegend. Wie sehr er sich doch für seine Feigheit verabscheute! »Du hast recht, Dryade. Ich habe einen großen Fehler gemacht. Aber wie groß er auch war, meine Liebe zum Jungen wiegt ihn auf. Ich werde alles tun, damit er wieder gesund wird.«

»Alles?« Die Rinde an ihrer Stirn furchte sich knisternd. »Wähle deine Worte klug, Wächter. Bedenke, dass wir dir schon einen Gefallen gewährt haben, als wir in deinem Namen deine Freunde aus der Menschenwelt geheilt haben. Du kennst die Regeln.«

Ja, Lerenial kannte sie allzu gut. Nur einmal schenkten die Dryaden jedem Bewohner Fejas ihre Kräfte. Jedes weitere Mal musste ihnen der Suchende einen Tausch anbieten. Und die Dryaden waren wählerisch.

Auf ihren Wanderungen durch Feja sangen die Troubadoure die Geschichten beider Reiche. Unter ihnen war die Erzählung von der Sommerfee, von der die Dryaden die Treue ihres Gemahls verlangten. Ein anderes Lied war dem reinblutigen Kampfausbilder gewidmet: Für die Heilung seines zersäbelten Arms musste er mit dem Daumen seines Freundes bezahlen.

Wenn die Feen die Bedingungen nicht erfüllten, forderten die Dryaden fünf Sovas ihres Lebens ein. In diesem Fall wickelte die Zeit im Schlaf fünf neue goldene Ringe um das Haupt des Schuldigen. Eine ungekannte Last drückte den Aufwachenden am Morgen nieder. Die Dryade hingegen pflanzte die Zeitringe in ihren Baum und schützte ihn so vor Alter und Krankheit. Ein gerechter und zugleich grausamer Vertrag mit der Zeit. Kein anderer Bewohner Fejas war ihn jemals eingegangen.

»Ja«, murmelte Lerenial. »Ja, ich bin bereit, alles zu geben. Ich will, dass du mit mir gehst und seine Wunden versorgst. Nenne mir deinen Preis.«

»Nun denn, deine Loyalität ist lobenswert.« Die Dryade neigte den Kopf. Ihr Blätterhaar raschelte sanft. »Die Kosten für diesen Dienst werden hoch sein. Leben für Leben, Wächter. Ich erfülle dir deinen Wunsch. Aber nur, wenn du mir dafür versprichst, dass du dein Leben in dem Augenblick aufgibst, wenn es an einem seidenen Faden hängt. Denk darüber nach, Hyale. Du weißt nicht, wann dieser Moment eintreten wird. Ich beanspruche nicht weniger als die Sicherheit deines Daseins.«

Lerenial stockte der Atem. Die Worte klebten in seiner Kehle, ein dickes Gebräu aus Gefährdung und Pflicht. Er öffnete den Mund und schloss ihn wieder, ohne dass ein winziger Ton seine Lippen gestreift hatte.

Besaß er das Recht, diesen Vorschlag abzulehnen? Leben für Leben. Hatte er nicht Eduards Leben aufs Spiel gesetzt, um das seine zu schützen? Würde er es ertragen, jetzt einfach so zu gehen und ihn zum zweiten Mal dem Tod zu überlassen? Würde diese Erinnerung ihn nicht in seinen Träumen heimsuchen? Andererseits... Was würde der Junge selbst sagen, wenn Lerenial wegen ihm sterben würde?

»Wähle«, drängte ihn die Dryadenfrau und der Wald blieb still. Noch immer hingen die Noten ihrer Stimme in der Luft. Erwartend, bedrohlich, dominant.

»Ich nehme dein Angebot an«, wisperte Lerenial. Auf einmal fielen die vibrierenden Töne auf die Erde herab, erhoben Staubwölkchen und rollten wie Tautropfen bis zum Saum des Baums, auf dessen Zweig die Dryade gerade noch gesessen hatte. Nun stand sie vor ihm, aufbruchbereit. Ihr knotiges Antlitz war so ausdruckslos, dass er zum ersten Mal begriff, warum so viele Feen die Dryaden mieden.

Auch sie waren vor Tausenden Sovas einen fatalen Tausch eingegangen. Als Preis für die Gabe, sich die Lebenszeit von anderen Wesen einzuverleiben, hatten sie ihre Seelen eingebüßt. Und da verwandelten sie sich von machtgierigen Feen in Dryaden.

Aber ihre Wünsche waren zu hoch gewesen. Ihre Lust, die Zeit zu überlisten, zu illusorisch. Nur so lange sollten sie leben, wie ihr Baum nicht von Dondorojeblumen erstickt wurde.

Die Dryade erfüllte ihren Teil der Abmachung. Sie folgte Lerenial nach Zurit und umsorgte Eduard mit Pflanzensäften, sodass dessen Lider schon bald wieder aufflogen. Mit einem Seufzen löste er die Fesseln, die die Bewusstlosigkeit um ihn geschlagen hatte. Seine Wunden waren verheilt, seine Glieder wieder bewegungsfähig.

Lerenial hatte nicht geahnt, dass ein Gespräch mit seinem Freund viel schlimmer würde als die stumme Beobachtung seiner Qualen.

Der Hyale hatte allen erzählt, dass er in dieser verfluchten Nacht von unheimlichen Geräuschen geweckt worden sei. Deswegen habe er Coryn und Eduard verlassen. Es sei das Knurren von Rias gewesen: schwarzen Biestern mit dürren Körpermaßen, deren Reißzähne giftiger Speichel umspülte. Allein konnten sie gefährlich werden. In Rudeln umzingelten sie ihren Feind und schlossen ihn in einen Kokon aus Flügeln. Und dann ... dann zerfetzten sie ihn, jeder Biss eine Feuersäule im Leib des Unglücklichen.

Jeder seiner Freunde sah ein, dass er sofort losgetrabt war, um Coryn und Eduard zu beschützen. Jeder zog den Schluss, dass es sich bei dem Riasgebrüll um eine gekonnte Ablenkung der Reinblute gehandelt hatte. Ungewollte Zeugen behinderten Coryns Entführung. Jeder glaubte ihm, dass er erst zurückgekehrt war, als die Tat vollbracht gewesen war. Niemand zweifelte seine Lüge an. Und niemand fragte nach dem Preis, den er dafür gezahlt hatte.

Es war beinahe zu einfach gewesen. Nur in Eduards trauervollen Augen begegnete er dem Schmerz, dem Warum.

Lerenial ertrug seinen stummen Vorwurf nicht. Er wich dem Jungen aus, sooft er nur konnte. Sollten er und Nuepán doch ins Winterreich marschieren und Coryn zurückholen. Er, der dort aufgewachsen war, wusste, wie sinnlos dieses Unterfangen war.

Und wenn Lerenial Eduard damals seinen Verrat nicht gestehen konnte, so überrollten ihn die Ereignisse des Heute, dreizehn Monde nach Coryns Entführung. Und die Gelegenheit, die Wahrheit zu erklären, schied endgültig hinfort.

»Was denkst du, was es ist?«

Nuepán zuckte die Schultern und musterte die Nebelschwaden, die um ihre Füße schwappten. Immer dünner und unklarer werdend stiegen sie in die Luft auf. Es waren genau sie, die sie als Erstes bemerkt hatten. Wogende, kriechende Schleier, die vom Norden her in das Dorf fluteten und die Gräser zausten. Wo sie die Erde berührten, verloren die Stimmen plötzlich ihren Widerhall, die Schritte ihr

Aufkommen. Als wäre der Dunst ein magischer Schild, das alles Leben, was sich in ihm aufhielt, unsichtbar und unhörbar machte.

Lerenial trieb diese Szenerie Schweiß auf die Flanken. Die Zwischenwelt gewann im Sommerreich immer weiter an Boden. Aber warum? »Mich interessiert nicht, was es ist, sondern eher, wer dahintersteckt. So etwas ist nicht natürlich. Riechst du das?« Lerenial hielt inne und atmete den Duft ein, den die seltsame Erscheinung versprühen sollte. Wie sehr er sich auch anstrengte, er stellte keinen spezifischen Geruch fest. Der Nebel betäubte den Brodem der wilden Blumen, die im Sommerreich überall wucherten. Dieser Dunst aber ... besaß keinen eigenen Duft. Er roch einfach nach nichts. Das widersprach dem Charakter des Sommerreiches. Und auch der Zwischenwelt.

»Weißt du ... es ist feige, das zuzugeben, aber ich habe Angst, Lerenial.«

Der Hyale sah seinen Gefährten sanft an. Vor Anspannung traten Nuepáns Kieferknochen stark hervor und ließen sein Gesicht noch ausgemergelter wirken als ohnehin schon. Selbst nachdem der gescheiterte Elixieraufstand ihn mit seinem eigenen Versagen konfrontiert hatte, fiel es ihm noch immer schwer, seine Schwäche zu akzeptieren. Dabei staute sie sich am Grund jeder Seele, auch einer solch idealistischen wie die von Nuepán.

»Das verstehe ich. Aber du bist nicht allein. Und ich verspreche dir, uns wird nichts passieren.«

»Nein, du verstehst nicht.« Nuepán schüttelte den Kopf. Seine blonden Locken verstreuten sich über die Schultern. Ganz wie damals, als er ihn kennengelernt hatte. »Mir geht es nicht darum, dass wir auf starke Gegner stoßen. Es ist so schwierig, das in Worte zu fassen ... Hier ist Großes im Gange, Lerenial. Der allgemeine Aufruhr, von der die Troubadoure singen, die Entführungen ... Das kann alles kein Zufall sein. Ich glaube, dass der Krieg längst begonnen hat. Dass die erste militärische Aktion des Winterreiches genau hinter diesem Nebel liegt und wir einfach nicht daran glauben wollen. Zu verzweifelt hoffen wir darauf, es könnte doch noch alles irgendwie gut gehen.«

Eine Weile schwiegen sie. Der Hyale fand keine Worte, die die finsteren Vorahnungen seines Freundes entwölken könnten. Kelda war noch immer nicht zurückgekommen. Mit ihrem Verschwinden war jegliche Ruhe von Nuepán gewichen, die seine Freunde geschätzt hatten. Anfangs dachten sie noch, dass sie etwas am Heimweg behindert hatte, aber nun drang langsam die Erkenntnis zu ihnen durch, dass nur der Tod sie so lange von ihnen fernhalten könnte.

Trotzdem konnten sie nur rätseln. Die Ungewissheit, was mit seiner Verlobten geschehen war, ließ Nuepán fahrig werden. Gerechtigkeit! Wenn jede Seele aus Tintengefühlen zusammengegossen wäre, von denen nur das Streben nach Gerechtigkeit bläulich rauschte, dann wäre Nuepáns Geist ein Ozean.

Die Reinblute hatten gegen sein höchstes Prinzip verstoßen. Sie hatten ihm die Hochzeit geraubt. Sein Recht auf Familienglück. Sie hatten ihm die vielen Monde mit seinen Freunden gestohlen. Statt Zeit mit ihnen zu verbringen, hatte er sich, bewacht nur von Lerenial, schmerzerfüllt auf dem Waldboden gewälzt und in fiebrigen Rufen den

Prinzen verflucht. Er hatte gesehen, wie sehr ihm das zugesetzt hatte.

Der Hyale konnte sich vorstellen, wie sehr Nuepáns Innerstes nach einem Ausgleich schrie. In seinem Jähzorn war er mehrfach in Auseinandersetzungen mit Haltor geraten. Es waren Streite gewesen, in denen Nuepán ihm vorwarf, zu sehr an der Idee des Friedens festzuhalten. Und das, nachdem er selbst erst vor wenigen Monden geheilt war!

Haltor mochte es nicht, wenn jemand Mitleid mit ihm zeigte, und deshalb bedauerte Lerenial ihn nur im Stillen. Es war völlig rücksichtslos von Nuepán, ihn mit den Argumenten seines Bruders anzugreifen.

Der Krieg ... Nuepán spürte ihn, weil er ihn wollte.

»Sieh nur«, raunte sein Freund ihm plötzlich zu.

Lerenial blieb stehen und blinzelte angestrengt in den Nebel, der sich vor ihm bis ins Unendliche erstreckte und feucht an seinen Hörnern klebte. Wie weit waren sie gelaufen? Befanden sie sich vielleicht schon an der Grenze der Zwischenwelt? Er wusste es nicht. Auf einmal sichtete er eine Bewegung in einiger Entfernung. Etwas Dunkles durchschnitt den Dunst, ganz wie eine unbestimmte Gebärde. Ihr folgten fünf andere. Alle ungefähr am selben Ort.

»Das sind Feen.«

»Ja. Offenbar eine größere Gruppe von ihnen. Ich werde herausfinden, wofür sie sich dort versammeln.«

»Nuepán, warte! Was hast du vor?«

»Sei leise! Wir dürfen ihre Aufmerksamkeit nicht auf uns ziehen!«

Lerenial streckte den Arm nach seinem Freund aus, da legte dieser den Finger auf die Lippen und tauchte in den

Nebel ein. In seinem Kopf hämmerte es. *Nicht ... nein. Bitte. Lass dich von deiner Erbitterung nicht dazu verleiten, etwas ganz Dummes zu machen ...*

Sekunden begannen und verstrichen. Mit ihnen wuchs Lerenials Unbehagen. Was machte er bloß so lange? Gerade als er ihm, allen Bitten zum Trotz, durch den Nebel folgen wollte, trennte sich der Schleier und spuckte Nuepán aus. Seine grünen Augen waren stark geweitet. Horror stand darin geschrieben.

»Bei meinen Hörnern! Was ist mit dir? Du schaust mich so an, als hättest du gerade einen geköpften Riesen gesehen!«

»Schlimmer. Oder besser. Je nachdem, wie man es betrachtet.« Ohne jegliche Erklärung drehte sich Nuepán um und preschte nach vorn.

Der Hyale holte ihn nur mit Mühen ein. »Was heißt das?! Was hast du gesehen, Nuepán?«

»Später«, gab er zurück. Mit zusammengebissenen Zähnen raste er vorwärts. Der Nebel, der sich zu seinen Füßen teilte, schloss sich wieder, kaum dass er einen Fuß vor den anderen gesetzt hatte.

Ob es der Wahnsinn war, der seinem Freund die Orientierung an dieser Masse an Weiß ermöglichte? Sicher strebte dieser einem Ziel entgegen. Der Hyale hingegen musste dicht bei ihm bleiben, um ihn im Spiel der Dunstschwaden nicht zu verlieren. Vom wilden Galopp rieselte ein Schauer über seinen Rücken. So schnell war er das letzte Mal gewesen, als er durch die Zwischenwelt gehastet und beinahe im Trauernden Fluss ertrunken wäre. »Nuepán, wohin rennst du?«, presste er zwischen mehreren Atemstößen hervor.

Er antwortete nicht.

Plötzlich nahm Lerenial wahr, wie sich der Dunst um ihn lichtete. Nach nur wenigen Fuß standen sie vor ihrem Haus in Zurit. Kleine weiße Wolken schwebten dort über der Erde. Prompt erklomm Nuepán das Astgeflecht, das ihn zu einer geräumigen Zweigenkuppel mit Öffnungen für Fenster und eine Tür führte. Lerenial rutschte zweimal auf dem regennassen Astwerk aus, schaffte den Aufstieg dann aber doch.

»Alle mal herhören!« Nuepáns ungewöhnlich hohe Stimme und Lerenial hinter ihm, der kraftlos zu Boden sank, verblüfften die Anwesenden so stark, dass Haltor beim Gehen innehielt und seine Dabgah fallen ließ. Sie platzte auf und bespritzte seine Hose mit orangefarbenem Saft. Eduard und Adiz hielten sich die Hände vor den Mund, ohne einen Bissen von ihren Früchten zu sich genommen zu haben. Verdutzt starrten ihre Freunde sie an.

Haltor war der Erste, der die Sprache wiedererlangte. »Was geht hier vor sich?«

»Dsss Wintrreh...« Gehetzt schnappte Nuepán nach Luft. »Das Winterreich hat Soldaten in die Zwischenwelt geschickt ... Dutzende davon ... bewaffnet und auf magischen Tieren ... Lurixe und Pegasi ... Ich habe sie selbst gesehen! Ich habe doch gesagt, dass mehr hinter diesem Nebel steckt ... Der Winter platt ... plant etwas gegen uns, meine ich ... Wir müssen weg. Worauf wartet ihr?! Los, los, schnell!«

»Was redest du da bloß?« Haltor erhob sich und schwankte auf Nuepán zu. Die Ruhe in seinem Schleier war abgeflaut, das Blut aus seinem gebräunten Gesicht gewichen. »Lerenial, sag mir bitte, dass das nur ein Scherz sein soll. Das ist doch nicht wirklich ... Das habt ihr nicht wirklich ...«

»Ich weiß es nicht«, stammelte der Hyale.

»Ich bin auf einen Baum geklettert und habe es von dort oben beobachtet. Sie bereiten sich auf eine Schlacht vor. Wir haben keine Zeit mehr.«

Nach Nuepáns Erklärung kehrte Stille in den Raum ein. Gelähmt vor Panik und Ratlosigkeit starrten sich Nuepán, Lerenial und Haltor gegenseitig an. Haltors kräftige Schultern sanken herab und in Nuepáns hohlen Wangen wohnte die Angst. Aber noch mehr als die Soldaten des Winterreiches erschrak es den Hyalen, dass er unfähig war, das Vernünftigste in dieser Situation zu tun – zu fliehen. Nein, sie alle waren zu Statuen erstarrt, um die das Wirrsal ihrer Gedanken in grellem Gelb und Grau tobte. Furcht und Zweifel, Entsetzen und Unentschlossenheit. Und genau dieses Schicksal drohte ihnen, wenn sie nicht schleunigst zu Taten erwachen würden.

»Nuepán, geh in die Schmiede und nimm so viele Waffen daraus mit, wie du nur tragen kannst. Lerenial, du kümmerst dich um den Proviant. Du, Haltor, rennst sofort in den Wald und fängst zwei, bestenfalls drei Pegasi für uns. Es muss schnell gehen. Eduard und ich werden die Siedlung niederbrennen. Die Reinblute sollen nichts von hier für ihre eigenen Zwecke verwenden können. Wir ziehen sofort nach Improsia los«, ließ Adiz verlauten.

Niemand hinterfragte, warum ausgerechnet er die Aufgaben verteilte. In der Entsetzlichkeit der Situation war Lerenial dankbar für die Kälte des Feenmannes, die er nur wenige Minuten vorher als Zeichen von Hochmut herabgewertet hätte. Ohne ihn hätte der Schrecken sie zu lange vom Aufbruch abgehalten. Womöglich so lange, dass der Feind ... *Nein.* Er durfte nicht daran denken.

Blass und zitternd stolperten sie aus der Hütte, die einst ihr Zuhause gewesen war, und machten sich an die Arbeit.

Obwohl Lerenials Glieder ihm gehorchten, war es nicht sein Verstand, der ihnen Befehle aussandte. Dieser war betäubt, ertränkt in Unglauben und Bestürzung. Selbst als Haltor mit Schweißflecken auf der beigen Tunika aus dem Wald hechtete und sie zu sich rief, fühlte es sich so an, als würde er nur einen kleinen Spaziergang mit seinen Freunden unternehmen. Zur Dämmerung würden sie wieder zurückkehren. Oder? Oder ...

Dann erkannte Lerenial die zwei Pegasi an einer Schnur seines Freundes. Störrisch blähten die Wesen ihre Nüstern. Auch auf ihren weißen Fellen glänzte frischer Schweiß. Haltor selbst stützte seine Arme erschöpft an den Oberschenkeln ab. »Nur ... zwei«, stieß dieser zwischen Atemzügen hervor.

Adiz nickte. »Eduard und Nuepán reiten den ersten, Haltor und ich den zweiten.« Er strich über den Widerrist seines Pegasus.

»Ich trabe euch hinterher«, ergänzte der Hyale.

»Dann mal los. Haltor und ich galoppieren voran. Ich kenne den Weg. Auf, los!« Ohne auf die anderen zu warten, riss er die Schnur aus Haltors Händen, schwang sich auf das Tier, das sich unzufrieden schüttelte, zog seinen Bruder zu sich hoch und stürmte nach vorn.

»Na dann wollen wir mal«, murmelte Nuepán.

Lerenial schluckte. *Dann wollen wir mal.*

Wenige Minuten nach ihrem Aufbruch war ein lautes Prasseln zu hören, ein Knattern und Knistern, und sie wirbelten herum. Durch die blütenschweren Äste ihrer Häuser reckten sich Flammenzungen gen Himmel und weideten sich daran, die Knospen zu verspeisen. Das Holz fing Feuer. Verkohlte. Und mit ihm auch ihre Schleier.

Adiz verdoppelte die Geschwindigkeit. Seine Freunde taten es ihm nach. Aber aus dem Augenwinkel heraus bemerkte der Hyale, wie eine Träne Nuepáns Wange hinunter silberte, die er verstohlen fortwischte.

Auf ihrer Reise erlaubten sie sich keine Rast. Adiz und Haltor legten ein schnelles Tempo vor, und so nagte schon nach kurzer Zeit Schwäche an Lerenial. Er hatte seine Mühe damit, dicht an Nuepán und Eduard zu bleiben. Nur ein einziges Mal hatten sie in einen Trab gewechselt.

Nicht dem wilden Galopp schuldete Lerenial seine Wortlosigkeit. Vielmehr traute er sich nicht, Aufmunterungen auszusprechen. Mit ihm schwiegen auch all die anderen: Adiz nachdenklich, die übrigen bedrückt. *Statt uns zu vereinen, hat uns die Trauer zu Fremden gemacht,* seufzte Lerenial innerlich. Jeder Fuß, den sie Zurit hinter sich ließen, höhlte ihn ein Stück weiter aus. Wie schwer musste es erst seinen Freunden fallen! Sie waren dort aufgewachsen.

Sie erreichten Improsia, als die Halbmondsichel den Himmel hinaufstieg und die Sonne von ihrem Podest verdrängte. In der Schläfrigkeit des Tages, der sich in langen Schatten hinter dem Horizont versteckte, wirkte das gesamte Dorf beschaulich friedlich. Kindergelächter perlte über die Wiesen. Feenmütter riefen ihre Sprösslinge nach

Hause, wo ein weiches Bett aus ineinander verschlungenen Blumenstängeln auf sie wartete.

Lerenial wusste nicht viel von diesem Ort. Das Einzige, was er darüber je gelernt hatte, war, dass er sich mit den endlosen Weiten der Felder schmückte. Dort pflanzten die Sommerfeen Hiskaerblumen und Bralem-Gewächs an. Ihre Boten tauschten sie in anderen Siedlungen gegen Heilknollen, Kleidung und gegossene Instrumente für den Anbau ein.

Er konnte sich vorstellen, wie fehl ihre tristen Figuren in dieser harmonischen Stimmung am Platze waren. Und es zerriss ihm das Herz, der Grund dafür zu sein, warum diese Eintracht zerbersten würde.

In seiner üblichen Selbstverständlichkeit geleitete Adiz die Gruppe zu seinen Freunden. Parse war ein sehniger Mann mit einem roten Bart und großen Händen. Fidero, sein jüngerer Bruder, war in Wuchs und Statur das genau Gegenteil von ihm. Nur die Sommersprossen teilten sie miteinander, die Parse auf den Schultern und Fidero um die Mundwinkel herum trug. Lerenial musste sich eingestehen, dass es nicht die Art von Feen war, mit denen sich Adiz in seiner Vorstellung umgab. Zu wenig erinnerten sie an jene düstere Elixierbrauer, die dem Sonnenlicht entsagten und deren Nasen krumm geworden waren, weil sie diese viele Stunden lang in die Buchseiten drückten.

Die Freude über das Wiedersehen währte nicht lange. Kummer verscheuchte sie, erweckt von den Plänen der Reinblute. Parses Kiefer mahlten und Fidero rieb sich nachdenklich über das bartlose Kinn.

»Hier vertraute keiner darauf, dass es bei den Aufständen bleiben wird«, räumte Parse schließlich ein. »Nichtsdestotrotz waren wir nicht darauf vorbereitet, dass der Krieg uns so früh einholt. Wenn ihr nicht gewesen wärt, würden wir wohl noch immer gemütlich unserem Tagewerk nachgehen und von der Armee des Palastes überrascht werden.«

»Wie lautet unser Plan?«, erkundigte sich Adiz harsch. Ein rigoroser Ausdruck hatte seine Züge versteift. Stürmische Schatten hingen um seine Nase und seine Unterlippe war wund gebissen. Ob sein Geist dasselbe Unheil austrug, das auch die anderen bedrückte?

Fidero und Parse warfen sich einen schnellen Blick zu. »Wir müssen uns mit den anderen Siedlungen zusammenschließen, so viel steht fest. Palia und Nabdemus grenzen ebenfalls an die Zwischenwelt. Wir haben von ihnen noch keine Botschaft bekommen. Möglicherweise ist auch ihnen der baldige Angriff der Truppen nicht bekannt. Jemand muss sie darüber in Kenntnis setzen.«

»Ich erledige das.« Alle Feen drehten ihre Köpfe zu Eduard, als er vortrat und mit einem tiefen Atemzug die Schultern straffte. Sein braunes Haar hing ihm strähnig vom Wind in der Stirn. »Was ist? Ihr erwartet doch nicht von mir, dass ich tatenlos sitzen und zuschauen werde, wie ihr alle in den Kampf zieht! Feja ist genauso meine Heimat wie eure.«

»Er hat recht«, sprach Fidero langsam. »Ihr alle werdet hier gebraucht. Wir benötigen so viele Helfer wie möglich, um unsere Armee zusammenzustellen und Barrikaden um das Dorf herum zu errichten. Wir dürfen unsere gebrechlichen Freunde nicht am Krieg teilnehmen lassen. Sie werden hierbleiben müssen, unser Vorhaben ist zu gefährlich für sie. Finde einen Pegasus und reite dorthin. Du solltest noch heute Nacht fortgehen. Wir haben keine Zeit zu verlieren.«

»Ich begleite ihn«, entschied Lerenial.

»Nein, mein Freund. Ich mache das für dich.« Nuepán tätschelte vorsichtig seine Schulter. Die Zuneigung zu seinem Gefährten flatterte in Lerenials Brust, eingesperrt in einen kalten Trauerkäfig.

»Du solltest losreiten und allen Hyalen in Feja von den boshaften Absichten des Königs erzählen. Überzeuge sie, uns zu helfen. Weine, um ihre Herzen aufzuweichen und schreie, wenn ihre Ohren nur dafür empfänglich sein sollten.«

»Aber –«

Haltor schob seinen Einwand mit einer Geste beiseite. Wie unerbittlich seine blassen Augen auf einmal geworden waren! Wie seltsam bar aller Zweifel, die verschwommene Netze in seine blauen Iriden gespannt hatten! Hatte er sie auf dem Weg von Zurit bis hierhin verloren?

»Das ist eine kluge Idee, Lerenial. Die meisten Hyalen leben im Winterreich. Kein Mischblut wird ihre Seelen jemals so erreichen wie du. Stelle eine Armee für uns zusammen, treuer Freund. Wir haben dir unsere Liebe und Bruderschaft geschenkt, solange wir konnten. Nun bist du an der Reihe, dasselbe für unser untergehendes Reich zu tun. Wir werden uns voneinander verabschieden müssen. Aber der Kampf wird uns wieder zusammenführen, daran glaube ich.«

Lerenial ließ den Kopf hängen. Wenn selbst Haltor die Unausweichlichkeit dieses Krieges eingesehen hatte ... Nuepáns Überlegung war durchaus sinnvoll, das konnte er nicht bestreiten.

Ein mulmiges Gefühl zerrte an seinem Schleier, wenn er daran dachte, ins Winterreich zurückzukehren. Und es missfiel ihm, für eine ungewisse Zeit von seinen Freunden getrennt zu werden. Bei diesem infernalen Krieg könnte alles passieren.

Doch seine Empfindungen waren nicht von Interesse.

»Nun bist du an der Reihe, dasselbe für unser untergehendes Reich zu tun.« Haltor hatte es richtig ausgedrückt. Selbst wenn die Zeit ihn bei dieser Mission einholen würde, gab es kein nobleres Ende, als sich für die Rettung des Sommerreiches zu opfern. Für die Rettung seiner zweiten Familie, die ihn so viele Sovas zuvor ungeachtet seiner Abstammung und seines Amtes aufgenommen hatte.

Abwechselnd sah er seine Freunde an und brannte sich ihre Gesichter in sein Gedächtnis, damit sie ihn in kalten Nächten wärmen würden. Nuepáns hellen Augenbrauenbogen. Haltors Lachfalten um die Mundwinkel. Adiz' verschiedenfarbige Augen.

Irgendetwas sagte ihm, dass er sie nie wiedersehen würde.

Eduard

Feja, Sommerreich
90. Mond der 3600. Sova

In den letzten zwei Nächten hatte sich der Schlaf geweigert, Eduard zu besuchen. Die erste hatten Nuepán und er dafür genutzt, zwei Pegasi zu zähmen und mit ihnen nach Nabdemus zu reisen. Mehrere Stunden waren sie durch die Dunkelheit geflogen, die Schweife ihrer Tiere Kometen in der Finsternis. Als sie abstiegen, war die Haut der Pegasi immer noch genauso seidig warm und trocken wie vorher. Eduards Kleider hingegen hingen ihm nass und klebrig am Leib. Er hatte sich nicht vorstellen können, dass die Distanz zwischen den Feensiedlungen so groß war.

Bei ihrer Ankunft döste das Dorf noch die letzten Stunden vor dem Morgengrauen. Gejagt vom Tatendrang bestand Nuepán dennoch darauf, die Bewohner des ersten Feenhauses aufzuwecken, an dem ihr Weg sie vorbeiführen würde. Im Sommerreich vertrauten sich die Nachbarn so sehr, dass sie ihre Türen niemals verschlossen. So war die Botschafterfamilie, die sie empfing, durch ihre nächtliche Visite bloß erstaunt, aber nicht erschrocken.

Rasch waren die Blashorne von der Wand genommen und die Trommeln und Glocken aus einem Himmel aus schwerem Samt enthüllt. In Lärm und Schreien begann das Chaos. Der wilde Rhythmus des Todesliedes vibrierte unter Eduards Haut und brodelte in ihm, selbst als der Tumult von der stillen Sorge übertönt wurde, die die Feen um sie versammelt hatte. Umschwirrt von winzigen Leuchtkäfern nestelten sie an ihren Kleidern und schauten verängstigt auf die Reisenden, die diese Nacht ihnen statt Träumen geschickt hatte.

Die Dämmerung, die die Nacht rot bis an den Rand dieser Welt verfolgte, riss ihre Furcht wegen der nahenden Armee mit sich fort und vergaß sie hinter dem Horizont. *Sie bringt sie in die Berge, ins Winterreich, wo sie im ewigen Schnee und Eis besser aufgehoben sind,* dachte Eduard. Er fand, dass diese Vorstellung eine schöne war. Das Sommerreich war kein Ort für Schwäche. Die Feen würden nicht zulassen, dass die eigene Angst sie lähmte.

Er hatte recht. Kaum war die Furcht niedergerungen, schmiedeten die Feen Pläne für eine Gegenattacke. Auch Nabdemus wollte ihre Alten und Kinder durch Barrikaden vor dem Krieg schützen, und ebenso wie in Improsia war es den Frauen freigestellt, an der Seite der Männer zu kämpfen. Botschafter wurden ausgewählt, die in die weitesten Ecken des Sommerreiches fliegen und deren Bewohner in ihre Strategie einweihen sollten. Schmieden ordnete man Gehilfen zu, die die Siedlung mit Waffen ausstatten mussten. Als der Morgen die Finsternis von den grünen Hügeln fortpustete, war Nabdemus in Angriffslaune.

Die Botschafterfamilie bestand darauf, dass Eduard und

Nuepán bei ihr blieben, um den verlorenen Schlaf nachzuholen und den Pegasi eine wohlverdiente Pause zu gönnen. Doch Nuepán war beharrlich gewesen und Eduards Hirn zündete Gedanken, einer scheußlicher als der andere, sodass er an einen Schlaf nicht zu denken vermochte.

Dem Rat der Feen folgend ließen sie ihre Pegasi jedoch frei und tauschten sie gegen die, die ein anderer Tierzähmer für sie gefangen hatte. Auch die Fladen aus zerstampften Bralem-Ähren nahmen sie an – vielmehr aus Höflichkeit als aus wahrem Hunger. Nur mühevoll bekam Eduard die seine herunter. Die Vorahnung des Krieges hatte ihm den Appetit verdorben. Und dazu schmerzte noch immer jeder Schluck nach seinem Kampf mit den Reinbluten. Sie hatten die Lappen, die sie ihm in den Mund gesteckt hatten, mit Säure getränkt, die seine Schleimhaut verätzt hatten.

Der Mittag holte sie auf der Reise nach Palia ein. Unbemerkt von aufgeregten Mischbluten hatten sie Nabdemus verlassen, ohne dort länger zu verweilen, als ihre Aufgabe es vorsah. Laute Rufe und wuselnde Feen begleiteten ihren Abgang. Manche mit quengelnden Kindern in den Armen, die anderen mit großen Bündeln von Ästen und Säcken voller Lehm.

Eduard spürte, dass seine und Nuepáns Anwesenheit etwas bewirkt hatte; dass sie diesen Fremden durch ihre Warnung einen guten Dienst erwiesen hatten. Doch der Stolz, den dieses Gefühl der Nützlichkeit in ihn säte, füllte nicht die Leere nach Coryns Entführung aus. Denn in dieser einen Nacht war er nicht mutig, nicht stark, nicht ungestüm genug gewesen, um seine Freundin vor den Palastwächtern zu schützen. All die Male, in denen das Schicksal sie einer gefährlichen Lage ausgesetzt hatte, war immer jemand da gewesen, der sie rettete. Diesmal war er auf sich selbst gestellt. Und er hatte versagt. Er hatte verdammt noch einmal auf ganzer Linie versagt. Und es gab keine Entschuldigung für ihn.

Bevor er Coryn nach Feja gebracht hatte, waren all seine Fehler in ihrer Freundschaft nur Kleinigkeiten gewesen. Er hatte ihre Lieblingspizza mit Brokkoli und Auberginen bei einem Marvel's-Filmabend angekokelt. Oder er hatte sich selbst für die frühen Stunden auf dem Flugplatz eingetragen, obwohl sie es liebte, beim Sonnenaufgang die Schirme auf dem taubesetzten Gras auszurollen. Seitdem sie hier waren, riss er alles, was sie hatten, Stück für Stück auseinander. Seine Lüge. Das Vermissen, lachlos vernarbt auf ihren Lippen. Der Schlüssel mit dem Herzchenanhänger im Baum, den er sie in der Nacht hatte herausholen sehen. Sie hoffte noch immer, nach Hause zu kommen. Und jetzt das. Er wollte nicht daran denken, wie die Reinblute sie im Palast folterten. Diese Männer ... Sie hatten sie nicht zufällig überfallen. Die Entführung seiner Freundin geschah zielgerichtet und dieses Ziel passte zu gut zum Anbruch des Krieges. Der Palast musste von Coryns Fähigkeiten gehört haben. Und so ruchlos wie die Reinblute handelten, würden sie nicht darauf verzichten, eine starke Sommerfee auf ihre Seite zu zwingen.

Der Schrei an diesem Mond ... *Coryns* Schrei, kurz, bevor sie fortgeschleppt worden war, klingelte unaufhörlich in seinen Ohren. Ihm mischte sich der Gestank nach Blut und gefrosteten Eingeweiden bei.

Er hatte sich für diese Mission freiwillig gemeldet, weil er darauf hoffte, eine Art Vertrag mit seiner zerklüfteten Seele zu schließen und die schwarzen Fehler mit einer Schicht Weiß zu übermalen. Aber jetzt verstand Eduard, dass es nicht genug sein würde. Sein Vergehen würde immer noch hindurchschimmern. Erst dann sollte er über sich selbst siegen, wenn es ihm gelingen würde, den Palast niederzureißen und Coryn zu befreien. Eduard sehnte den Krieg herbei wie nichts anderes auf dieser Welt.

Und er bekam ihn in Palia. Sie waren nicht schnell genug gewesen oder die Soldaten des Palastes hatten von der Aufrüstung des Sommerreiches erfahren. Als Nuepán und er über dem Hügelrücken flogen, der in Palia abflachte und, befreit vom Ballast der Bäume, wieder dem Himmel entgegen schwang, drängte sich ihnen ein unheilvolles Bild auf.

Eine schneeweiße Gischt schäumte in einer Linie über die Ebene. Wo sie mit den kleinen Gruppen bunter Figuren – den Verteidigern Palias – aneinandergeriet, vermengten sich die Massen zu einem Gemisch, das hässlicher war als der Tod. Piken und Schwerter blitzten für kurze Momente im Licht der unbarmherzigen Sonne auf, um im nächsten wieder verloren zu gehen. Genauso wie ein weiteres Leben.

Lichtblasen schossen Löcher durch die Reihen der Mischblute, während dünne Eisstränge nach ihnen peitschten. Immer wieder griffen sie sich ein beliebiges Opfer heraus und pressten in einer engen Drehung die Luft aus seinen Lungen. Dann ließen sie es frei. Doch nein! Der Schein trog. In ihrer Explosion schnitten die Blasen die Feen in Stücke, ehe sie den Boden berührten.

Schreie und Waffenklirren. Blutspritzer, die in Rußpulver verpufften. Die Erschütterung einer gesamten Welt, eingefasst in den Rahmen eines duftenden Sommers.

Eduard hielt inne, unfähig, dem Bann dieser grausamen Betrachtung zu widerstehen. Der Angriff hatte die Feen Palias mit der gesamten Wucht eines vernichtenden Orkans getroffen. Und bis sie ihre Sinne darin wiedererlangten, würden sie verlieren. »Wir sind zu spät«, murmelte er.

Ungerührt sah Nuepán ihn an. Vor der Härte, die seine Lippen zu einer Schnur zusammenzog, schreckte Eduard zurück. »Ja. Aber es ist nicht dein Kampf, Ed. Geh, schnell, fliehe zurück zu unseren Freunden. Sie werden dich in Sicherheit bringen.«

»Und du?« Eduards Atem rasselte. Angsterfüllt blickte er zwischen dem Gemetzel und Nuepán hin und her.

»Ich werde kämpfen. Das ist mein Land. Das sind meine Leute. Ich werde nicht noch einmal gegen die Reinblute verlieren. Hier nicht und auch sonst nirgendwo.« Er spuckte verächtlich. »Ich habe ohnehin viel zu lange in der Tatenlosigkeit ausgeharrt. Von wegen Heilung! Haltor und Lerenial haben mich verhätschelt. Verdammter Körper, wofür habe ich ihn, wenn nicht zum Kämpfen?«

»Aber es sind zu wenige Sommersoldaten, Nuepán, viel zu wenige gegen einen solchen Feind! Was bringt es, wenn wir mit ihnen sterben?! Sieh nur, wie groß die Armee der Winterfeen ist! Und sie haben Drachen!«

Eduard zuckte zusammen, als sich plötzlich fünf riesige schuppenbesetzte Körper über den Winterfeen erhoben und geradeaus auf das kleine Grüppchen der Mischblute niedersanken. Es waren angsteinflößende Geschöpfe mit Hörnerkronen auf den Köpfen und den muskulösen Beinen eines Löwen. Statt eines Schwanzes besaßen sie ein hochgeschlossenes Schild aus Knorpeln und Dornen. Ihre Krallen versackten in der Haut der Unglücklichen, Schmerzensschreie rollten über das Tal und sofort schnellten die Wesen wieder in die Höhe. Lasche, leblose Körper schwenkten in ihren Fängen. Mit einem Grollen stürmte die kleine Truppe der Sommerfeen nach vorn.

Was um alles in der Welt konnte Nuepán dazu treiben, sich freiwillig von diesen Monstern zerfetzen zu lassen? Was nützte Ehre einem Toten?

»Keine Drachen, sondern Lurixe. Sie sind nur so lange bedrohlich, wie sie einen bedrohlichen Reiter haben. Ich meine es ernst, Eduard. Du hast deinen Teil unseres Auftrags erfüllt. Um mein Leben kümmere ich mich schon selbst.« Mit diesen Worten klopfte Nuepán seinem Pegasus auf die Schulter. Das Tier warf die Mähne nach hinten, schlug mit den Hufen in die Luft und breitete die Flügel zu beiden Seiten aus. Sein Abgang war so schnell, dass Eduard ihm nicht einmal hatte Lebewohl sagen können. *Nein*, schrie alles in ihm, *nein!*

Zerrissen beobachtete er, wie Nuepáns Pegasus nach vorn hetzte. Der Wind trug das Wiehern des aufgeschreckten Tiers zu ihm. Ein Wimpernschlag und Nuepán schlug auf einen Lurix ein, woraufhin sich alle Reinblute umdrehten und nach ihm haschten. Nuepán entwischte ihnen nur knapp. Mordlustig heulten die Reittiere der Winterfeen auf und schnappten erneut nach ihm. Ihre Attacke zielte nur auf eins: die Flügel des Pegasus.

Was machst du nur, Nuepán? Als würde es ihm Spaß bereiten, mit dem sicheren Tod zu spielen, lenkte Nuepán das

Wesen direkt auf die Lurixe. Der Pegasus sträubte sich, aber sein Reiter drängte und kratzte an seinem Widerrist, bis er schließlich aufgeben musste. Nur mit den Beinen den Bauch des Wesens umschließend warf Nuepán den Arm hinter den Rücken und spannte seinen Bogen. Ließ den Pfeil los.

Und löste damit eine Flut von Ereignissen aus, die zu kontrollieren er nicht mehr imstande war.

Die Reiter der Lurixe, die endlich verstanden hatten, was ihrem Gegner im Sinne schwebte, ließen vom Kriegsgeschehen auf dem Boden ab. Alle auf einmal stürzten sich auf Nuepán. Der Pegasus stieß wieder ein verstörtes Wiehern aus und ließ sich nach hinten fallen. Doch die Lurixe waren in der Überzahl. Fauchend umkreisten sie ihn und trieben ihn in die Enge, tändelten mit ihrem Feind und dehnten so den Genuss des Mordes aus.

Nuepán verteidigte sich so gut er konnte. Die Geschwindigkeit, mit der er ihre Schläge parierte, verriet in ihm mehr einen exzellent ausgebildeten Soldaten als einen Schmied. Aber solange sie ihn mit ihren Angriffen beschäftigt hielten, würde er sie nicht selbst attackieren können. *Er wird nicht gewinnen können ...*

Es war genau dieser Gedanke, der Eduard mitsamt seinem Reittier von der Stelle riss. Er wusste nicht, was er tat. Seine Bewegungen waren mechanisch, eine stumpfe Wiederholung dessen, was er gelernt und verinnerlicht hatte. Sein Arm suchte wie selbstverständlich das Schwert, das an seiner Hüfte baumelte, zog es aus seiner Scheide und donnerte es auf die nächstbeste Figur herab, die mit dem Rücken zu ihm auf einem Lurix saß.

Der Mann – widerliche Fettfalten am Kinn, wässrige Augen – hob seinen Dolch. Zu spät. Oberkörper und Hüfte glitten auseinander, als wären sie mit nichts anderem als dünnen Fäden zusammengehalten worden. In Schwallen sprudelte Blut aus dem Schnitt und übergoss die papierweiße Uniform wie rote Tinte. Tod und Hitze stiegen Eduard in die Nase. Da entlud sich ein jäher Blitz und der Unbekannte löste sich in schwarze Flocken auf, die auf das Schlachtfeld niederregneten.

Eduard war nicht darauf vorbereitet gewesen, was ihn danach erwartete. Die Mischblute, die ihre unverhoffte Unterstützung in der Luft erspäht hatten, johlten begeistert und warfen sich mit neuer Kraft auf die feindliche Armee. Ihre Reihen füllten sich nun mit weiteren Soldaten. Hinter den Bäumen und aus der Richtung des Waldes, von überall flossen schnelle Feenströme zu ihnen, um die Gefallenen zu ersetzen und die Lebenden zu stärken. Für wenige Momente herrschte Aufruhr in der Winterarmee und die Sekunden reichten aus, um ihre straffe Formierung zu verwirren. Im Nu erlangten die Reinblute auf den Lurixen ihre Fassung zurück. Zwei von ihnen rasten auf Eduard zu. Ihre Schleier brannten in der Blutfarbe ihres toten Komplizen.

»Du musst den Lurix besteigen!«, rief Nuepán ihm zu. Er selbst wich einem Schneesturm aus, der von einem der Reiter auf ihn geblasen wurde.

»Was?«

»Fang den besitzerlosen Lurix!«

»Und der Pegasus?!«

»Um sein Leben kümmert er sich schon selbst!«

Eduards Pegasus brach zur Seite aus, als einer der Feenmänner mit einem glühenden Eissplitter nach ihm langte.

»Du willst also den Lurix, Junge? Komm zu mir, ich werde dir beibringen, wie man ihn reitet!«

Obwohl sich Eduard unter dem Schlag geduckt hatte, traf dieser doch die Schwingen seines Tiers. Knorpel brachen. Vor Schmerz kreischte der Pegasus ohrenbetäubend laut und wandte den Kopf, um den Fremdkörper herauszuziehen, dessen Eindringen dunkle Kreise in sein helles Gefieder getröpfelt hatte. Eduard musste sich fest an das Wesen drücken. *Alles gut, das wird schon, alles wird gut ...*

»Eduard, links von dir! Und denk an den Lurix!«

Zu spät riss Eduard den Pegasus herum. Etwas Helles, Blaues glühte neben ihm auf und versickerte in der Luft. Von dem Ort, an dem das Glimmen begonnen hatte, breiteten sich schwarz schwelende Adern in der Atmosphäre aus. Ein Geruch von Metall begleitete sie, und Dunkelheit, die man einem Nachthimmel entwendet hatte. Bevor er sein Schwert heben konnte, wickelten sich die Rauchschnüre um den Hals des Pegasus und ihre klamme Kälte bedeckte Eduards Wimpern mit Schnee. Das Knacken von Knochen. Ein Zerren. Ein knurrendes Lachen. Ein letztes Beben durchfuhr den Körper des Tiers, etwas Warmes spritzte ihm ins Gesicht. Und er fiel. Er wusste nicht, wie und wohin. Windwirbel spielten um seine Glieder, als er gen Boden raste und die Figuren der Soldaten auf dem Schlachtfeld an Größe zunahmen. Die Meter, die ihn vom Erdboden trennten, schwanden dahin.

»Nuepán!«, schrie er. In diesen Schrei eingespannt war all seine Lungenkraft, all seine Angst und Verzweiflung.

Etwas Breites, Lebendiges schob sich unter ihn und schwang mit ihm wieder nach oben. Eduards blutige Fingerkuppen schlitterten über Schuppen. Es war der Lurix.

Erleichterung durchspülte ihn, bald überrannt von der bitteren Furcht, dass er mit dem Wesen nicht umzugehen wusste. Vielleicht würde es ihn sogleich wieder hinunterwerfen. Vielleicht hatte es ihm nur deshalb Halt geboten, damit seine Herrscher ihn eigenständig in Stücke hacken konnten. Vielleicht ...

Er hatte keine Zeit, den Gedanken zu Ende zu führen. Der Lurix warf den Kopf hoch, als würde er ihn dazu auffordern, eine andere Position einzunehmen. Sofort rappelte sich Eduard auf und griff in das Geflecht aus abstehender silbriger Kruste, die wie ein Deckel den Kopf des Tiers von seinem Rumpf trennte. Röhrend ließ der Lurix seine Flügel zittern. Es war kein feindlicher Ruf. In das Gestöber seiner Gefühle stahl sich eine einzige, klare Erkenntnis. Diese Kreatur wollte ihm helfen.

Bevor er wieder zur Besinnung kam, gellte ein Reinblut und jagte mit vorgehaltenem Degen in seine Richtung. Gerade noch rechtzeitig parierte Eduard den Schlag mit seinem Schwert, doch sein Gegner ließ nicht nach. Ihre Lurixe drehten sich in der Luft. Als sie sich erneut gegenüberstanden, stieß das Reinblut zu. Der Treffer landete knapp über Eduards Hüfte.

»Du wirst verrecken, du elendes Mischblut«, grunzte der Soldat und bleckte seine gelblichen Zähne.

»Nein, du.« Mit dem salzigen Geschmack von Tränen auf der Zunge ballte Eduard seine gesamte Kraft zu einem einzigen Bündel, das er explodieren ließ. Er stach auf den

Soldaten ein. Dessen Lurix tänzelte bloß zur Seite, dem Angriff geschickt ausweichend. Die Bewegungen des Mannes auf dem Tier waren geschmeidig und eingeübt, als hätte er die Taktik schon tausendmal angewandt.

»Und du denkst wirklich, dass du es mit mir aufnehmen könntest? Du, ein lächerlicher Wurm? Ich wurde im Palast ausgebildet!« Mit einem triumphierenden Lächeln schmetterte der Krieger eine schimmernde, qualmende Kugel auf Eduard, die sich in Frostfeuer auflöste und seine nackte Haut auf der Brust bis auf das Fleisch aussengte. Hüstelnd, röchelnd, mit den Händen die Kehle umklammernd kippte Eduard nach hinten. *Ein Reinblut, ein Magier. Du wirst ihn niemals besiegen können. Niemals. Er wird dich abschlachten wie ein wimmerndes Tier. Und sich an deinem ausblutenden Anblick weiden.*

»Na, kommst du langsam auf den Geschmack des Winters, kleines Feechen? Wie fühlt es sich an? Möchtest du noch eine Portion?«

Nicht. Eduards Muskeln verkrampften sich, als eine weitere Kugel zwischen den Fingern seines Angreifers kreiste. Mit jeder Umdrehung setzte sich ein neuer schwärzerer Schatten in ihrem Inneren fest. Noch eine solche Attacke würde von seinem Körper verbrühen, was von der ersten verschont geblieben war. Der Lurix unter ihm knurrte leise – als würde er seinem Reiter raten, sich und nicht ihn in Gefahr zu bringen. *Wenn ich nur wüsste, wie ich ihn überlisten kann!* Ein Seitenblick verriet ihm, dass Nuepán noch gegen zwei Winterfeen kämpfte. Diese zeichneten ein glitzerndes Netz in die Luft. Eine Falle für ihre wehrlose Beute.

Komm schon, mein Freund. Wir müssen das gemeinsam

durchstehen. Beherzt gab Eduard seinem Lurix den stummen Befehl, direkt auf den Gegner zuzufliegen.

Der Feenmann, offenbar von einem solch dreisten Angriff überrascht, wich aus und zerrte am Hals seines Reittiers, damit sich dieses zur Seite neigte. Genau diese Bewegung sollte fatal sein. Störrisch bäumte sich das Wesen auf, kreischte und schlug mit den Flügeln um sich. Wo sie die Luft durchtrennten, zogen sie flackernde Spuren mit sich. Lichtstaub und Asche regneten von den Schwingen herab und bissen sich wie Säure in Eduards Lidern fest.

»*Nutze die Gunst des Moments*«, hatte Haltor Eduard eingeflößt. »*Wenn du dich gegen eine mächtige Winterfee behaupten willst, musst du ihre Schwäche zu deiner Stärke wandeln.*«

Und genau das tat er. Blind vom Tränenschleier, nur auf die Orientierung des Lurix vertrauend schickte er die Kreatur vorwärts. Dieser Ruck konnte nur eines bedeuten: entweder seine Rettung oder sein Verderben. Etwas Heißes streifte seinen Oberarm. Er brüllte in die Aschewolke hinein und hob das Schwert zu einem letzten Angriff. Der Lurix des Winterkriegers tobte noch immer. Für den Bruchteil einer Sekunde sah das Reinblut ihm in die Augen. Entsetzen prallte auf Wut. Und dann rutschte er vom Lurix hinunter.

Ein Schrei. Ein Keuchen. Eduard drehte sich um. Der letzte der fünf Lurixreiter starrte ihn an, eine leuchtende Klinge im Nacken. Es musste Nuepán gewesen sein, der ihn getötet hatte. Aus seinem Mund quollen Schleim und Blut, als er mit einem Stöhnen dahinschied. Erst in diesem Moment überrollte Eduard der Schmerz seiner Wunden. *Denken, nicht ohnmächtig werden. Denken.*

»Wir müssen dort hinunter, Eduard.« Eine vertraute Stimme. Nuepán?

Nicht ohnmächtig werden.

»Eduard, hörst du mich? Wir müssen hinunter aufs Schlachtfeld. Dass wir die Lurixe in der Hand haben, wird den Reinbluten Angst einjagen. Wir müssen sie zurück nach Norden verdrängen, in die Zwischenwelt.«

Denken. »Ja...«

»Reiß dich zusammen, Junge! Ich habe dich nicht hierhin gezwungen!«

Tränen rannen Eduard über das Kinn, als er die Zähne zusammenbiss und seinem Körper noch mehr Härte abverlangte. Drei Herzschläge lang erlaubte er sich eine Pause.

Drei. Sein Puls pochte wie wild in seiner Schläfe, seiner Kehle, seinen Schenkeln.

Zwei. Es tat so weh! Gott, es tat so weh. Er biss sich auf die Zunge, um nicht lauthals zu brüllen. *Eins.* Er holte tief Luft und lenkte seinen Lurix in einen steilen Flug nach unten. Dorthin, wo Nuepán ihm den Weg gewiesen hatte. Dieser jedoch tauchte nur kurz in das Meer der Soldaten ein und schoss sogleich wieder empor. Ein schlammverkrusteter Soldat Palias hielt sich von hinten an ihm fest.

»Mach du nur weiter! Ich hole uns Verstärkung!«, rief Nuepán ihm verschwindend zu.

Mach du nur weiter... Was blieb ihm auch anderes übrig? In diesem Massaker gab es weder Ordnung noch Befehle. Ein jeder dürstete nach dem Tod des anderen. Darauf, zu morden, bevor er selbst ermordet würde. Und die Schreie, diese unaufhörlichen Schreie...

Saurer Schweiß rann Eduard in die Mundwinkel, während er sich selbst immer wieder in die Luft hievte und mit einer noch mächtigeren Bewegung auf die Reinblute fiel, auf und ab, um sie zum Rückzug zu zwingen. Um ihn herum krümmten sich die Körper der Feen, im Todeskampf an die Grenzen ihres Verstandes gescheucht. Leid und Blut, Blut und Leid. So viele von Palias Soldaten waren bereits ermüdet oder gefallen. Und doch hatte sich die Zahl der Winterfeen kaum verringert.

Klingen streiften Eduards Lurix und ihn selbst. Ihr Blut vermengte sich zu einem einzigen Fluss, der die schwüle Luft verdickte. Atemklumpen hingen in seinem Hals. Er hatte aufgehört, die Wunden zu zählen. Oder die Hiebe, zu denen er bereits ausgeholt hatte. Allein die Dauer des Kampfes ließ seinen Arm erschlaffen, verzerrte das Klopfen in seinen Ohren zu einem allübertönenden Geräusch. Irgendwann verließ er sich vollends auf den Lurix, der sich mit geöffnetem Maul und ausgefahrenen Krallen auf die Reinblute stürzte.

Eduard fühlte sich allein in diesem Kampf. Er war umzingelt von krächzenden, grölenden Männern und Frauen, und doch ganz allein. Er wankte nach hinten; eine Klinge leuchtete auf, doch traf ihn nicht. Bei dieser kurzen Bewegung schossen Flügel und Arme an ihm vorbei. Drei weitere Feenmänner saßen auf den Rücken der Lurixe und vollführten dieselben Manöver wie er selbst. Nuepán hatte sein Versprechen erfüllt. Noch eine Umdrehung, ein Hieb – ins Leere. Und im Hochschnellen wurde ihm klar, dass sie der Zwischenwelt viel näher gekommen waren.

Die Tritte Hunderter Feen hatten den weißen Nebel unter ihren Füßen zerstreut und mit Blut und Schweiß gemischt, doch hinter ihnen ragte die weiße Mauer auf. Sie war genauso undurchdringbar und heimtückisch, wie sie Eduard in Zurit erschienen war. Dieses wallende Ungetüm ließ Eduards Zähne klappern. Niemals wollte er an den Ort zurückkehren, wo er und Coryn beinahe ihre Leben verloren hatten. Aber er hatte keine andere Wahl. *Es werden Reinblute sein, die die Zwischenwelt foltert*, redete er sich ein, *es werden Reinblute sein.*

Jemand schrie. Ein widernatürlicher, langer Schrei, der von etwas Schlimmerem gezeugt wurde als dem Tod im Krieg. Die Armeen erstarrten. Die Kämpfenden ließen ihre Waffen sinken und horchten auf. In der Ruhe, die plötzlich einsetzte, nahm Eduard jeden seiner Atemzüge seltsam intensiviert wahr. Es war, als wäre er taub geboren und könnte zum ersten Mal hören. Der Himmel über ihnen verdüsterte sich. Schluckte Licht und Farben des Sommerreiches. *Flieh, Eduard. Flieh, wenn du am Leben bleiben willst.* Er konnte es nicht. Irgendetwas hatte ihn gefangen genommen, eingekesselt, sodass er außerstande war, seinem Lurix den Befehl zum Fortfliegen zu geben. Dieser knurrte leise. Wölkchen stiegen aus seinem Maul, pelzige Formen in der plötzlich eisigen Luft. *Flieh doch, du Narr!*, schallte, jammerte, schrillte seine innere Stimme. Noch immer bewegte er sich nicht. Und mit ihm auch kein anderer Soldat der beiden Heere. Wie vom Tode versessen blickten sie ununterbrochen in den Nebel, ebenso entsetzt wie fasziniert von dem Etwas, was dort auf sie lauerte.

Es griff sie an. Eduard kannte ihren Namen nicht. Er konnte auch nicht ihr Aussehen beschreiben. Sie besaßen weder einen Körper noch eine Stimme. Nichts, was er als eine Besonderheit an ihnen erkannte und sie in eine bestimmte Kategorie einordnete. Aber er spürte ihre Präsenz an der Kälte und den Schatten, die sie webten. Wenn eine Fee von ihnen berührt wurde, riss sie ihren Mund auf und Dunkelheit quoll zwischen ihren Lippen und aus ihren Ohren hervor. Sie nistete sich in ihrem gesamten Körper ein, ihr samtiges Schwarz glänzte durch alle Kleidungsschichten hindurch und erlangte Stück für Stück von ihrem gesamten Sein Besitz. Bis ihre Haut aufplatzte und offenbarte, was darunter lag.

Kein Blut. Kein Fleisch. Nichts als bodenlose, eiserne, barbarische Dunkelheit.

Fassungslos beobachtete Eduard, wie die einst so mächtigen Armeen sekundenschnell schrumpften. Genauso wie die anderen Soldaten war er paralysiert von dieser Erscheinung. Ob Winter- oder Sommerfeen – vor niemandem machten die gestaltlosen Wesen halt. Niemand konnte sie fangen. Niemand konnte sie bekämpfen.

Und als ein kalter Atem unter Eduards Lurix hinwegfegte, brüllte das Tier auf, wirbelte herum und preschte in die entgegengesetzte Richtung. Eduard spürte, wie sie verfolgt wurden. Wie *es* sie verfolgte, wild geworden wegen ihres Versuchs zu entkommen. Etwas Kaltes, Feuchtes sog an seinen Füßen und erklomm seine Beine. Er flehte den Lurix an, höher und schneller zu fliegen. An den langsam werdenden Flügelschlägen merkte er, dass die Wesen auch seinen Gefährten geschwächt hatten. Seine letzte Hoffnung lag in dem Reittier. Wenn es erlahmen würde, waren sie beide so gut wie tot.

»Du schaffst das, na los, noch ein Stück!« Er rüttelte an

dem Schuppengeflecht des Lurix. Als Eduard die Spitze seines Schwerts in dessen ledrige Haut bohrte, auf dass der Schmerz die letzten Energiereserven aus ihm locken würde, fühlte er sich wie ein Verräter. Der Lurix hatte ihm bereitwillig geholfen.

Es führte zu nichts.

Mit einem trauervollen Heulen reckte der Lurix den Kopf in die Höhe. Der Schatten, der seine violetten Augen trübte, kündete von unerschöpflicher Marter ... Und im selben Moment bog sich sein Rücken durch und katapultierte Eduard meterweit in eine Senke zwischen zwei Hügeln. Das Letzte, was er sah, war, wie sich schwarze Schatten an dem Lurix labten. Dann entglitt ihm das Bewusstsein.

Asten

Feja, Winterreich
99. Mond der 3600. Sova

Erinnerungen. Sie überschwemmten seinen Verstand, sickerten aus den Rissen der zersplitterten Täuschung, die seine Sinne seit so vielen Sovas ummantelt hatte. So viel Schmach hatte die Flucht seiner Tante aus Feja auf den Palast geladen, dass Meliodas die Erinnerung an sie aus dem Kopf eines jeden verbannen wollte, der mit ihr jemals ein Wort gewechselt hatte.

Doch die Magie des Königs war nicht weitläufig genug gewesen. Stattdessen hatte er bloß die Buchstaben ihres Namens in den Gedächtnissen aller Feen und Feenwesen verwischt. Über ihr Verschwinden sprach man nur noch, um einen Zeitpunkt zu markieren: »Ich weiß nicht, wann ich im Palast angestellt wurde. Das muss noch vor der Flucht der Königstochter gewesen sein.« Oder: »Seit sie gegangen ist, haben die Mädchen beim Fest der fliegende Owe nicht mehr so ausgelassen getanzt.« Asten wusste nicht einmal mehr, wann genau das gewesen war.

Doch nun erinnerte er sich. Ein Wirbel aus ihren Schleierfarben, aus Dankbarkeit, Zuneigung und geteilten Geheimnissen. Aus Momenten, gestohlen aus jener Zeit, in der er sein Herz noch nicht hinter Eis und Blut verschanzt hatte. Sie waren noch Kinder gewesen, als sie miteinander gespielt hatten; leichtsinnige, windige Unterfangen. Er hatte Tierstatuen aus Schnee errichtet. Sie verzierte diese mit Farben, die sie aus den Bilderbüchern über die Geschichte Fejas schöpfte. Kirschrot und Brombeerblau, Buttergelb und Moosgrün.

Sie besaß eine heißblütige Leidenschaft für Licht und Farben, die er niemals verstand. Jeden Mond schmückte sie ihren Schleier mit einer anderen, um jeder von ihnen gerecht zu werden. Genau dafür liebte er seine Tante so sehr. Für ihr Leuchten inmitten der kalten Weiß- und Silbertöne, die das Winterreich regieren.

Ein Rascheln, wie beim Umblättern einer Buchseite, und die nächste Erinnerung durchzuckte den Prinzen. *Nacht, und er kniet tränenüberströmt am Fuß seines Bettes. Blutergüsse blühen auf seinen dünnen Gliedern. Trotz seiner Heilungsfähigkeit wollen sie nicht verblassen. Sein Vater hat ihn geschlagen, weil er sich geweigert hatte, das Kämpfen mit dem Schwert zu erlernen. Er hat es nicht gewollt, anderen Leid zuzufügen.*

Nacht, und sie klopft leise an seine Tür und schleicht sich auf Zehenspitzen hinein, eine Schale mit kühlem Wasser und Verband in ihren Händen. Sie hat sich immer um ihn gekümmert, selbst als die anderen ihn vergaßen.

Ein Kaleidoskop aus Monden, dessen Farben ihr gewiss gefallen hätten. Morgengrauen, und er liegt mit weit aufgerissenen Augen in seinem Schlafgemach. Wenn er sie schließen würde, würde die Dunkelheit, die seine Familie überrollt hat, auch seine Seele einfordern.

Morgengrauen, und sie sitzt neben ihm und deckt ihn zu. Ihr blondes Haar kitzelt seine Wangen. Er hat nicht gespürt, wie sich der Nachtsturm pfeifend durch die Fenster gezwängt und Schnee auf seinen Leib gehäuft hat.

Sie war nicht viel älter als er gewesen, damals, als er sie zum letzten Mal gesehen hatte. Die Sovas vergingen zu dieser Zeit sehr langsam und so war der Altersunterschied zwischen ihnen kaum merkbar.

Sie hatte sich nicht verabschiedet. Hatte ihm nur einen Gutenachtkuss auf die Stirn gehaucht. Er hatte erwartet, dass sie am Morgen wieder in sein Gemach spazieren würde, gekleidet in Männerhosen und Tunika, um mit ihm im Kampfsaal zu üben. Seit dem Tod seiner Eltern tötete er dort jeden hellen Tag.

Sie kam nicht. Nie wieder.

Und würde er nicht glauben, ihr Gesicht in einem seiner Soldaten wiedererkannt zu haben, die er nach Improsia beorderte, hätte er wahrscheinlich nicht an sie gedacht. Denn so wäre sie für ihn immer noch das, was Meliodas ihr zu sein befohlen hatte. Eine Namenlose. Eine Verräterin. Eine Schande.

Doch die Grübchen, die selbst die entschlossene Mimik des Soldaten schelmisch wirken ließen, hatten die Erinnerung wachgerüttelt. Jetzt wusste er wieder ihren wahren Namen. Nemiliara. Und dieser wehte wie eine sanfte Sommerbrise die Geborgenheit herbei, die nur sie ihm in diesem kalten Reich jemals geschenkt hatte.

Coryn

Ich schweig noch immer. Meine kargen Mahlzeiten – Fruchtschalen und verbrannte Fladenränder – bestraften mich dafür. Denn sie reichten nur dazu aus, meinen Verstand nicht vollkommen zu trüben. In meinem Magen rumorte es. Vor Schwäche holte mich immer wieder ein unruhiger Schlaf ein, in dem ich auf dem Boden kroch und um Gnade für den gefangenen, blutenden Eduard winselte.

Selbst wenn ich wüsste, warum ich die Fähigkeiten eines Reinbluts besaß, würde ich es niemals preisgeben. Niemals sollten sie dem Palast dabei helfen, meine Freunde umzubringen.

Aus den spottenden Worten der Diener wusste ich, dass der Krieg Zurit bereits verschlungen hatte. Ich schwieg nicht aus der Hoffnung heraus, dass es meine Gefährten retten würde. Für Rettung war es wahrscheinlich schon zu spät. Wahrscheinlich ... war es schon für alles zu spät. Nur nicht für Treue.

Die Kräfte eines Reinbluts. Dieselben Worte immer wieder. Mal giftig und doch auf eine schaurige Art ehrfurchtsvoll geflüstert, mal gefaucht, mal ausgespien. Und doch wohnte allen dieselbe Bedeutung inne. Macht. Macht, um die man mich beneidete, die man für sich beanspruchen wollte. Macht, die Schleierfarben alles Lebenden plünderte und sie leidvoll in nichts auflöste. Ich hatte nicht vergessen, was ich den Palastwächtern angetan hatte. Noch immer standen mir die Gesichter der Männer vor Augen, die Ed und mich auf der Suche nach unseren jetzigen Freunden überfallen hatten. So viele Monde über hatte ich mein wahres Wesen verdrängt.

Doch je anspruchsvoller die Übungen mit Valentina geworden waren, desto besser verstand ich, dass ich mit einem Fingerschnipsen die Schleier eines beliebigen Lebewesens verfärben, verformen, *vernichten* konnte. Und da traf mich die Erkenntnis, dass ich diese Männer wahrhaftig umgebracht hatte. Ich hatte Eduards und mein Leben beschützt und wusste nicht mit meinen Fähigkeiten umzugehen. In der Menschenwelt hätte diese Begründung ausgereicht, um mich vor Gericht freizusprechen.

Doch ich war in Feja. Das einzige Gericht, dem sich die Feen beugten, war ihr eigenes Gewissen. Und meins verabscheute mich dafür, getötet zu haben. Vielleicht wären diese Opfer nicht nötig gewesen. Vielleicht hätten Lerenial und Adiz uns geholfen und die Reinblute vertrieben.

Stattdessen hatte ich sie ermordet. Kaltblütig, ohne mit der Wimper zu zucken, hatte ich das Monster in mir entfesselt und zugeschaut, wie es sie mit golden glitzernden Pranken zugrunde richtete.

Wo für mich ein Feind gestanden hatte, konnte für einen anderen ein Ehemann, ein liebevoller Vater gewesen sein. Womöglich hofften ihre Familien noch immer darauf, dass sie eines Tages zurückkommen würden: mit abgewetzter Kleidung und wirrem Haar, aber lebendig. Und auf mir allein lastete die Schuld dafür, dass jeder aufsteigende

Mond, der zögerliche Strahlen in die Nachtschwärze schickte, diese Hoffnung niemals erleuchtete.

Der Tod dieser Männer hatte sich für ewig in mein Gedächtnis gebrannt. Ich hasste Feja für die Goldsprenkel, in die sich ein Mord kleidete, und mich selbst für die Blendung, mit der ich mich so lange getröstet hatte. Ich war eine Mörderin. Und man bestaunte mich dafür.

Asten war nicht der Einzige, dem ich im Palast aus diesem Grund ausgeliefert war. Neben den Dienern, deren Verhöhnung und dunkle Vorhersagen mich wünschen ließen, mich in eine dieser unbemerkten Dornenverzierungen an den Wänden zu verwandeln, fand auch der König selbst die Zeit für mich. Besser gesagt, für meine Qualen.

Ohne Ketten führte man mich in den Thronsaal. Mittlerweile war ich so ausgemergelt, dass es vermutlich an Selbstmord grenzen würde, einen Fluchtversuch zu unternehmen. Vor dem hohen, aus Eis und Gold gebauten Königsstuhl schleuderten mich die Wachen auf den Boden. Und als Meliodas' Augen mich fixierten, verstand ich, was wahre Kälte bedeutete.

Im Dornensaal beraubten mich die verschneiten Windzüge des Schlafes. Nachts huschten sie über den Marmorboden und bissen sich in meine Knochen fest. Hier erkaltete der Winter auf seinem Podest meine Lungen, gefror meine rasselnden Atemzüge zu eisverkrusteten Schneeklumpen.

Meliodas gierte nach demselben wie sein Großneffe. Ich hatte gelernt, den Prinzen mit abschätzigen Bemerkungen über seine Familie und seine rechtlose Thronfolge so weit zur Weißglut zu treiben, dass er aus der Halle stürmte, um nicht seinen möglichen Kriegstrumpf zu vernichten. Seine einzige Waffe gegen mich waren Aussetzungen meiner Nahrung und leere Drohungen, die seinen stählernen Körper erschütterten.

Meliodas aber ... Meliodas beschränkte sich nicht darauf. Er drang in meinen Schleier ein und riss ihn in Fetzen, langsam und genüsslich. Er beobachtete, wie ich vor ihm niedersank und gurgelnd Blut spuckte. Ein einziges Nicken von ihm reichte aus, um mich innerlich auszuhöhlen. Er nahm etwas von mir, das mir niemals jemand zurückgeben könnte.

Ich flehte. Ich bettelte. Ich würgte Hass, Scham und Tränen. Er lachte nur. Und wenn ich in mein Gefängnis zurückgebracht wurde, konnte ich mich kaum auf den Beinen halten.

Damals im Psychologiestudium hätte ich Meliodas als Sadisten eingeordnet, der seine Kraft aus dem Leid seiner Opfer schöpfte. Ich hätte mich für einige Stunden über die Seite mit dem Fallbeispiel gebeugt und das Buch dann wieder zugeschlagen, um mir mit Orell zusammen eine Doku über den Flugzeugbau anzuschauen. Froh, mich nie wieder diesem Thema widmen zu müssen. Ich wünschte, ich könnte meine Folter zwischen die engen Zeilen stecken und sie nie wieder erleben.

Ich wusste nicht, welchen Teil meines Schleiers Meliodas mir geraubt hatte, diesmal oder die Male zuvor. In der Nacht, während ich gleichgültig und nicht sehend durch die Fenster starrte, schüttelte der Mondgreis seinen Kopf und ließ sich seufzend auf die Wolken nieder. Auch er war zu erschöpft, um mir sein Mitleid zu schenken.

Wenn ich auf dem Boden des riesigen Dornensaals kauerte, mit zerschundenem Geist und Schneeflocken, die sich in meinem Schoß tummelten, war das Lächeln meiner Eltern das Einzige, was mich noch ans Leben fesselte. Ich dachte an sie und Orell, wie sie mit dem Auto am Flugplatz wendeten und winkend davonfuhren. An meinen Vater mit diesem blöden, vertrauten Dutt im Nacken, wie er mir vor seiner Abreise nach Indien einen Kuss auf die Stirn drückte. »*Pass gut auf dich auf, mein Kind*«, hatte er mir damals gesagt. Vielleicht hatte er geahnt, dass ich diese Warnung gebrauchen würde.

Ich konnte nicht zulassen, dass es die letzten Worte waren, die wir miteinander gewechselt hatten. Ich musste einen Weg aus diesem Schrecken finden. Verdammt, ich musste heimkehren und sicherstellen, dass die Reinblute uns nie wieder bedrohen würden.

Heute. Morgen. Sobald ich wieder zu Kräften gefunden hatte. Doch ich fürchtete, dass Meliodas und Asten das nicht zulassen würden.

Und bis dahin blieb mir nur die rege Hoffnung, dass niemand aus meiner Familie als Fee enttarnt würde.

»Ihr habt mich zu Euch gebeten.« An den Türrahmen gelehnt stand Asten vor ihm. Sein bleiches Gesicht war nur ein trauriger Widerhall von dem, was einst in seinen Zügen gelodert hatte. Seit die Armee seiner besten Magier von den Schattenwebern ausgelöscht worden war, verfolgte er das Kriegsgeschehen mit wachsender Sorge.

Seine Überraschungsstrategie mithilfe der Zwischenwelt hatte sich behauptet. Es war allerdings die Überzahl der Mischblute, die unaufhörlich an seiner Siegesüberzeugung sog. Wenn es diesem Abschaum gelungen war, sein bestes Heer auszurotten – nicht eigenständig zwar und mit dem Preis des eigenen Lebens, aber dennoch auszurotten – wie gut war es um die anderen Armeen bestellt? Schlaflos, wuttrunken nährte er sich mit Furcht und Verbitterung. Die dieses dreiste Miststück im Dornensaal nur noch mehr schürte.

Tag und Nacht brachte er damit zu, Botschafter für Reisen in alle Winkel Fejas auszustatten, damit sie andere für sich gewinnen würden. Den Mischbluten, die ihrer Loyalität dem Sommerreich gegenüber entsagten, versprachen sie eine angesehene Stellung im Palast und den ewigen Schutz Seiner Majestät. Es war eine Zusicherung, die ihren Tod in Luxus und Bequemlichkeit aufwöge. Und, wenn Astens Pläne aufgingen, niemals erfüllt würde.

»Das habe ich.« Meliodas, der bisweilen damit beschäftigt war, die Ringe an seinen Fingern zu mustern, lächelte dunkel. »Weißt du, mein Lieber, ich langweile mich hier zu Tode. Mein bezaubernder Großneffe hat leider dabei versagt, mich durch Erfolge in der Kriegstaktik oder den Umgang mit Frauen zu zerstreuen. Daher musste ich mir meine Unterhaltung selbst überlegen.«

Asten ballte die Hände zu Fäusten, sodass seine Nägel weiße Halbmonde in die Haut bohrten. Niemand hatte ihn je einen Versager genannt. Nicht einmal sein Vater, als er ihm die Seele aus dem Leib geprügelt hatte. *Reiß dich zusammen. Lass dich nicht von diesem alten Mann provozieren.* »Was wollt Ihr?«

»Na, na, na, nicht so unhöflich. Sei ein braver Junge, nähere dich mir ein bisschen und verbeuge dich, wie es sich für einen Prinzen gehört.«

Alles in Asten spannte sich vor Widerwillen, als er den Rücken durchbog, um seinem König die Ehre zu erweisen. *Irgendwann,* schwor er sich, *irgendwann werde ich mich vor niemandem mehr verneigen müssen.*

Meliodas hingegen nickte vergnügt. Die Krone saß wie festgenagelt auf seinem verflucht dichten Haar. »Siehst du, schon ist alles wieder in alter Ordnung.«

»Was wollt Ihr von mir?«

»Nun, ich dachte mir, wenn du nicht in der Lage dazu bist, diesen kleinen Krieg für uns zu gewinnen ...« Meliodas pausierte. Seine Worte kratzten an Astens Stolz, glitten mit ihren Krallen quietschend seinen Schleier hinab und suchten nach einem Riss, durch den sie in seinen Geist einbrechen könnten. »Wenn du nicht in der Lage dazu bist, würde dir jemand anderes gewiss dabei helfen.«

Asten wankte zurück. »Ihr stellt meine Fähigkeiten infrage!«

»Wie könnte ich nur!« Meliodas schlug sich in gespieltem Entsetzen die Hand vor den Mund. Als er sie wieder auf die Armlehne des Königsstuhls ablegte, hatte sich sein Lächeln zu einem ausgekühlten Grinsen vertieft. Seine stets starre Mimik hatte seine Gesichtsmuskeln so verhärtet, dass es ihn vermutlich schmerzen würde, sie wieder zu benutzen. »Ich finde sie bloß ... verbesserungswürdig. Und ausgerechnet die reizende Frau aus dem Sommerreich, die du wegen ihres Berichts über das Mischblutbalg so despotisch weggesperrt hast, könnte dir dabei zur Seite stehen.«

»Ich bitte Euch darum, Euch klarer auszudrücken.«

Meliodas studierte nochmals ausgiebig die Edelsteine auf seinen Ringen. Die Lichtsammler funkelten in der wiedergeborenen Sonne. Sobald Asten zu einem König aufstiege, trüge er jeden Tag andere. Einfach, weil er es konnte. »Ich habe mir erlaubt, mich ein bisschen mit deiner Gefangenen zu unterhalten. Wusstest du, dass sie Kontakte zum Volk der Hyalen besitzt? Es würde unsere Armeen entscheidend stärken, wenn wir sie auf unsere Seite locken würden.«

Asten zauderte. Der unausgesprochene Vorschlag des Königs war brillant und listig; ein Vorschlag dazu, zu einem Verräter zu werden. Aber hatte Valentina nicht diese Rolle akzeptiert, als sie durch die Tore des Palastes eingetreten war? Und würde nicht er, Asten, Leichen, Verrat und Blut unter seinen Füßen erdulden, wenn sie ihn letztendlich zu seinem Ziel leiten würden? »Und wenn sie flieht?«

»Du glaubst doch nicht wirklich daran, dass ich mir die Köstlichkeit entgehen lassen würde, sie aufgespießt vom Dolch ihrer eigenen Freunde zu sehen? Sie *sollen* sie entlarven. Das befreit uns von der unangenehmen Rolle des Richters. Du wirst sie mit einem Bann belegen, bevor du sie ins Winterreich hinausschickst.«

»Ich?«

Ihre Blicke trafen sich: Skrupel und Gewissensbisse krachten gegen Spott. Noch bevor der Prinz das Kinn senkte, wusste er, dass er bereits verloren hatte. Seine Seele schlitterte den Abgrund hinunter, den Meliodas so meisterhaft vor ihm verhüllt hatte.

Er schaute auf seine Hände. Auf der rauen Haut glaubte er noch immer die Blutflecke von seinem letzten Kampf zu sehen. Wenige Spritzer würden nichts ändern. Trotzdem übermannte ihn eine plötzliche Scham, als müsste er sein Gehorsam rechtfertigen. Nemiliara hätte das nicht gutgeheißen.

»Ich werde Eurem Befehl Folge leisten«, erwiderte Asten rau und wandte sich zum Gehen ab.

Sein Großonkel hielt ihn auf. »Nicht so eilig. Ich habe noch eine liebliche Überraschung für dich vorbereitet.«

Coryn

Die zwei Wachmänner, die lautlos in den Saal eintraten, trugen ein Grinsen zur Schau, von dem die Welt kein hässlicheres gesehen hatte. Und sie rochen nach Blut.

Wieder ein Verhör. Verstohlen wischte ich mir die Tränen von den Wangen und schob die spitzen Schultern zurück, obwohl alles in mir vor Schmerz aufstöhnte. Ich würde stark sein, jetzt und für immer. Meliodas sollte nicht erfahren, wie sehr mir seine Angriffe wirklich zusetzten.

Eine Mauer aus Eis, Coryn. Umgebe dich mit einer Mauer

aus Eis, baue sie aus den Gletschern, die dort draußen glitzernd die Bergspitzen krönen. Verstecke dich dahinter, verbirg deinen Schleier. Sie werden dir nicht schaden können, wenn du ihnen deine Schwäche nicht zugestehst.

Ich pumpte Luft in meine Lungen. Ein und aus. Gewappnet gegen die Häme der Wächter schaute ich ihnen herausfordernd in die Gesichter. Beide waren muskulöse Männer in weißen Hosen und langen, silbrig bestickten Mänteln, die mit Gürteln verbunden waren. Die Eleganz ihrer Bewegungen täuschte darüber hinweg, wer sie tatsächlich waren: Mordmaschinen, die ihre Freunde um den Spaß des Krieges beneideten und sich als Ausgleich für ihre Unzufriedenheit mit den Häftlingen des Königs amüsierten.

Diesmal kam keine abschätzige Bemerkung, kein Spott über ihre Lippen. Etwas Dunkles ließ den unablässigen Strom an Beleidigungen versiegen. Und ihre Stille säte in mir eine tiefere Beunruhigung, als ihre Boshaftigkeit es vermocht hätte.

Unwirsch zogen sie mich hoch, schoben mich aus dem Dornensaal über einen Gang. Nach der warmen, krümeligen Erde des Sommerreiches fühlte sich der Boden unangenehm an; nur die Hornhaut auf meinen Füßen dämpfte diese Empfindung.

»Hier entlang«, herrschte mich einer von ihnen an.

Er quetschte mich durch eine Seitentür in einen engen, unbeleuchteten Korridor hinein. Am Staubgeruch, der hier die Wände emporkletterte, erkannte ich, dass es sich um einen selten benutzten Geheimgang handeln musste. Führte dieser Weg zum Thronsaal?

Für gewöhnlich ließ mich der König durch den Haupteingang eintreten. Indem er mir vorgaukelte, ein ehrenwerter Gast zu sein, wollte er mich wohl zusätzlich erniedrigen. Diesen Flur hatte ich noch nie betreten.

Auf einmal fiel die Tür hinter mir zu. Ehe ich mich entsinnen konnte, tastete schwarze Dunkelheit nach mir, streichelte mich mit ihren langen Fingern. »Hey, was soll das? Öffnet mir wieder, sofort!«, forderte ich. Doch die Wachmänner mussten bereits fortgegangen sein. Ich hörte ihr dumpfes Gekicher, gepaart mit raschen Schritten. *Bewahre Ruhe.* Ich knirschte mit den Zähnen. Sie hatten mich nicht umsonst in diesen Tunnel gesteckt. So weit ich sie kannte, verfolgten sie stets die Absicht, mich zu demütigen. Ich sollte Panik bekommen, damit sie auf der anderen Seite des Ganges über mich lachen konnten. Die Genugtuung würde ich ihnen nicht geben.

Mit ausgestreckten Armen taumelte ich nach vorn, erfühlte die Mauern, die das Schweigen und die Kälte von Tausenden Sovas in sich trugen und Wasser ausbluteten. Irgendwann löste das Licht hinter einer geöffneten Tür die Finsternis ab. Noch wenige Meter und ich stand in einer großen Halle. Säulen aus cremefarbenem Stein flankierten sie, in die brutale Kampfszenen eingemeißelt waren. Zu meiner Linken erkannte ich Meliodas auf seinem Prunkstuhl und vor ihm die weißgewandete Gestalt des Prinzen. Als er sich zu mir drehte, furchten sich seine bleichen Augenbrauen.

Alles in mir sackte herab. Also doch der Thronsaal. Und wie es aussah, würde Meliodas Asten heute in seine Folterkünste einweihen.

»Ach, Coryn, mein Liebes!« Der König klatschte in die

Hände. Ein Lächeln berührte seine Mundwinkel, nicht aber seine Augen. Es verriet mir, dass ich das Opfer seiner Unterhaltung werden sollte. »Wie schön, dass du zu uns gefunden hast. Dann kann die Vorstellung ja beginnen!«

In derselben Sekunde schimmerte etwas auf der gegenüberliegenden Seite zwischen zwei Säulen. Zwei Diener stießen einen Soldaten nach vorn, dessen knabenhafter Körper von Panzerplatten kaschiert wurde. Seine Haare waren streng nach hinten gekämmt. Eine silberne Maske bedeckte die obere Hälfte seines Gesichts. Es war eine von solchen, die die reinblutigen Kämpfer benutzten, um schreckliche Narben zu bedecken.

Warum ließ Meliodas noch ein anderes Opfer in den Saal? Oder reichte ich ihm nicht mehr als Spielzeug? Dürstete er nach mehr Leid? Mehr Schreien?

Die Ketten an den Armen des Soldaten rasselten, als die Wächter ihn nach vorn drängten, immer weiter, bis er vor dem königlichen Thron innehielt. Der Nachhall eines Nelkendufts begleitete ihn wie eine Blume, die kurz vor dem Verwelken ihre letzte Spur in der Welt hinterließ. Stumpf verfolgte ich seine Bewegungen. Er tat mir nicht leid; ich tat mir nicht leid. Wie schwer sein Verbrechen wohl wiegen musste, dass der König ihn persönlich bestrafen wollte? Ein trauriger Geselle in dieser finsteren Welt, in der so viel Leid spross, dass ihr Unrat längst nicht mehr mit Händen und Messern auszureißen war.

Wir würden davon erwürgt. Beide.

Vor dem Königsstuhl warfen die Wächter den Soldaten auf die Knie. Sie rissen die Maske fort und lösten seine Haare, die in ungestümen Wellen goldenen Hafers auf seine

Brust flossen und sein schmales Gesicht rahmten. Er wandte den Kopf zu mir. Formte mit den Lippen ein Wort, eine einzige herzzerreißende Bitte. *Flieh.*

Taubheit schwappte durch meine Glieder und knickte die Beine unter mir weg. Wo gerade noch Leere und Unempfindlichkeit gewesen waren, erwachten meine Sinne mit schwindelerregender Heftigkeit. Und brüllten.

Der Soldat – das war eine junge Frau.

Der Soldat – das war meine Mutter.

Asten

Feja, Winterreich
99. Mond der 3600. Sova

Er wollte ersticken. Er wollte im Krieg der hassberauschten Feen von einem Feind zersägt werden, wollte sich der Dunkelheit hingeben, die die Schattenweber auf ihn niederdrückten. Alles, um nicht ihrem Blick standhalten zu müssen. Genauso bestimmend, genauso sicher und klar, wie seine Erinnerung ihn gezeichnet hatte. Er hatte sich nicht getäuscht, als er dachte, sie in einem seiner Soldaten wiedererkannt zu haben. Nemiliara war zurückgekehrt. Aus der Verbannten war eine Gefangene des Königs geworden.

»Was für ein wunderbares familiäres Zusammentreffen, nicht wahr, meine Kinder? Lasst uns den verworrenen Wegen der Zeit für diese entzückende Gelegenheit danken, uns alle in die Arme zu schließen.« Meliodas lehnte sich auf seinem Thron zurück. Mit einer sichtbaren Belustigung kostete er die Bestürzung aus, die sich ihrer Gesichter bemächtigt hatte.

Asten konnte sich nicht von Nemiliara abwenden. Obwohl sie vor dem Thron kniete, war ihr Haupt würdevoll erhoben. Eine unmenschliche Kraft brannte unter der weißen Uniform, schmerzend vom Verlangen, sich zu befreien und den Palast mit all seinen Bewohnern dem Erdboden gleichzumachen. Doch trotz dieser übernatürlichen Energie wirkte sie so ... zerbrechlich. Er wusste nicht, ob es an diesen menschlichen Steckern in ihren Ohren lag oder ihrem dünnen, nicht aber trainierten Körper. Die Sovas in der Menschenwelt hatten ihre rauen Kanten geschliffen, um die die Winde des Winterreiches pfeifend sausten. Welche verhängnisvollen Umstände hatten sie hierhin gelockt, zu ihrem Vater, der den Tod für eine zu milde Strafe für ihr Vergehen hielt?

Erst jetzt bemerkte Asten, wie heftig er zitterte. Unkontrollierte Stöße fuhren durch seine Muskeln; zum ersten Mal seit diesem beschämenden Tag, an dem er sich nach dem Tod seiner Eltern auf dem Boden seines Schlafgemachs zusammengerollt und unaufhaltsam geweint hatte. Seitdem hatte er die Furcht von sich abgestreift wie die kindliche Kleidung, die er in der Nacht dem Schneesturm zum Zerrupfen überlassen hatte. Kein Krieg, kein Mord und keine Folter hatten je den Weg in seine Seele gefunden. Und dennoch bebte Asten jetzt. Nach all den Sovas hatte die Angst – sein ständiger Schatten, der immer nur einen Schritt hinter ihm lief – ihn endlich ereilt. Hatte die kurze Pause ausgenutzt, in der der Schock ihn verlangsamt hatte. Und es würde lange dauern, bis er seinen Schutz wieder hochgezogen hätte.

»Ich bin nicht hier, um mit dir zu plaudern, Meliodas. Gib mir, wozu ich gekommen bin, und ich werde dich nicht weiter daran hindern, dein Reich in Schutt und Asche zu legen.«

Ja, es war ihre Stimme. Etwas heiser und nicht mehr so hart, aber es war unverkennbar sie. Noch immer starrte Asten sie an, aber ihre Aufmerksamkeit galt einer anderen. Coryn. Das Mischblut war nach vorn gestolpert und streckte die Hände nach Nemiliara aus. Was meinte seine Tante damit, Meliodas solle ihr geben, wozu sie gekommen sei? Etwa das Mädchen erlösen? Aber warum?

Meliodas streckte sich lustvoll auf seinem Thron. »Du bist immer noch genauso eigensinnig und dumm wie zuvor, Nemiliara. Marschierst ungebeten in mein Reich, aus dem ich dich verstoßen habe, und bringst dazu noch die Unverschämtheit auf, nach etwas zu verlangen. Ich hatte gehofft, dass dir die Sovas in der Menschenwelt besser bekommen würden. Denkst du nicht auch, mein lieber Neffe? Oder besitzt du ausnahmsweise einmal den Mut, dich mir entgegenzustellen?«

Asten wollte gerade zu einer Antwort ansetzen, da zischte Nemiliara: »Emilia. Nemiliara existiert nicht mehr. Seit demselben Tag, an dem du beschlossen hast, nicht mehr mein Vater zu sein. Ich sage es noch einmal: Gib. Mir. Meine. Tochter. Zurück.«

Coryn

»*Gib mir meine Tochter zurück.*« Dieser Satz schallte in meinen Ohren wie ein Echo, das vom groben Felsgestein zurückgeworfen und über das gesamte Land verweht wurde.

Gib mir meine Tochter zurück. Es war meine Mutter, die gerade leibhaftig vor mir stand, meine Mutter, die Zürich verlassen, die Kleidung eines reinblutigen Soldaten gestohlen und sich in den Palast geschlichen hatte, um mich wieder nach Hause zu bringen. Meine Mutter, deren Bild ich mir während der schrecklichen Stunden meiner Pein so häufig heraufbeschworen hatte. Nun war sie hier und forderte den grausamsten Tyrannen Fejas heraus. Ihren Vater.

Keuchend presste ich mich mit dem Rücken an eine Steinsäule. *Meine Mutter ist ein Reinblut. Ich bin die Enkelin des Königs. Und in wenigen Momenten wird von uns beiden nicht mehr viel übrig bleiben, als dass sich jemand noch an all das erinnern könnte.* Übelkeit stieg in mir auf. Ich unterdrückte das Bedürfnis, mich hier und jetzt zu übergeben.

»Langsam, langsam.« Meliodas grunzte, erhob sich und umkreiste meine Mutter träge. Sein langer weißer Mantel schwappte über den Marmorboden. »Es würde mich mit Freude erfüllen, dem Wunsch meiner einzigen Tochter nachzukommen. Und dennoch bin ich an die Regeln meines Königreiches gebunden. Coryn ist nicht zufällig meine

Gefangene. Ihre Freilassung würde bedeuten, dass ihre besonderen Fähigkeiten von meinen Feinden missbraucht werden könnten. Und du verstehst doch sicherlich, dass ich das nicht zulassen werde. Aber sei beruhigt, Nemiliara. Deine Anwesenheit hier wird ihre Früchte tragen. Schließlich kann niemand besser als die eigene Mutter den Eifer einer Fee fördern.«

Mit diesen Worten fasste er plötzlich den Schleier meiner Mutter, zog ihn hoch und blies dünne Eiskristalle hinein, die sich irisierend in seine Oberfläche bohrten. Ein gellender Schrei entriss sich ihr. Sie zuckte zusammen und langte nach Meliodas.

Wie in Trance stolperte ich nach vorn. »Nein!«, schrie ich.

»Nein!«, schrie er. Im selben Moment wie Coryn rannte er zu seiner Tante, um sie Meliodas' Griff zu entwinden. Statt sich in den Falten ihres Soldatengewandes zu verfangen, prallten seine Hände an etwas Unsichtbarem, Hartem ab. *Was, bei allen magieschaffenden Wesen Fejas ...*

»Lass sie los! Fass sie nicht an!«, brüllte Coryn, wild in die Luft hämmernd.

Meliodas schürzte die Lippen. »Ich sollte dir wohl höfische

Manieren beibringen, Liebes. Einen König bittet man so nicht um Gnade.«

»Meliodas, bitte!« Astens Flehen kam gepresst, angestrengt. Es spießte ihn innerlich auf. *Wie kannst du so grausam sein? Wie kannst du zu deiner eigenen Tochter so grausam sein? Was hat dich zu diesem Monster gemacht?*

Nemiliara stöhnte auf. Farbe trat aus ihrem Schleier und zerlief ins Nichts wie ein Aquarellgemälde, das ein Vorbeigehender unachtsam gestreift und hinuntergekippt hatte. Noch immer schlug Coryn auf das Schild ein, das Meliodas um ihn und seine Tochter errichtet hatte. Helles Blut floss von ihren Fäusten herab. Er würde nicht wirklich ... Er konnte doch nicht...

Asten strammte seinen Körper, befahl seinem Zorn, sich aufzublähen und in reine Magie zu implodieren. Seine Fingerspitzen kribbelten. *Ein Eisgewitter, das die Mauer in Milliarden glitzernder Scherben zerschlägt und über den Marmor rollt. Silberne Dornenschlangen, die Meliodas' Beine umranken.* Er sah es vor sich. Spürte den Druck, mit dem der gesprengte Schild ihn zurückschleuderte. Hörte Meliodas' überraschten Schrei, als er Nemiliaras Schleier losließ.

Nichts. Nur Kälte und der stählerne Gestank von Verzweiflung und Tod. Die Mauer schluckte seine Magie.

Meliodas' rissiger Mund bewegte sich kaum, aber trotzdem ließ jeder einzelne Ton die Gehörgänge des Prinzen knacken: »Bettle, Asten. Ich will dich auf den Knien sehen. Bettle, wenn du ihr nutzloses Leben bewahren willst.«

»Bitte«, flüsterte er atemlos. Eine Erinnerung blitzte in ihm auf, so hell wie die Schneereflexionen, die morgens im Norden hinter den Bergkuppen erwachten. *Ein Versteckspiel mit*

Nemiliara. Aufgeregtes Keuchen und ihr Hasten über den Marmor, während er zur Wand gedreht von fünfzig hinunterzählt. Stunden taumelt er durch den Palast, ehe er sie an ihrem geheimen Ort findet. Eine kleine Kammer hinter der Bibliothek, wo sie ihre Schätze bergen: gemalte Bilder vom harmonischen, feindlosen Feenreich der Vergangenheit. Deshalb waren ihr diese Szenen so wichtig. Es waren ihre Träume, die sie auf das vergilbte Papier goss.

»Auf die Knie!«, donnerte die Order.

Neben ihm schluchzte Coryn. Langsam, stockend senkte Asten sein Haupt nieder. Ein Leben für eine Demütigung.

»Tiefer!«

Ihm war es, als würde eine kalte Faust ihn noch tiefer auf den Boden nötigen. Vornübergebeugt, beinahe mit der Nase die Marmorplatten berührend flimmerten feine Staubkörner vor seinen Augen. Was trieb diesen Mann an? Wie konnte es ihm solch eine Befriedigung verschaffen, allen Geschöpfen Leid zuzufügen? Er hatte seine Bosheit nie hinterfragt, doch jetzt…

Du bist doch auch so wie er, schrie ihn sein Innerstes an. *Nein, nicht so… nicht so.*

»*Was auch immer passiert, ich werde immer für dich da sein, Asten*«, *sagt sie. Weit, weit weg vom Palast sind sie gemeinsam gewandert, um seiner Düsternis zu entkommen, und der Wind wirft ihre Worte hoch, schlenkert sie spielerisch, bis er sie schließlich in einem großen Schneeberg versteckt.* »*Wohin ich auch gehe, ich werde für dich wiederkommen.*«

Sie hatte ihr Versprechen erfüllt. Aber nicht für ihn. Sondern für eine andere. Für Coryn. Dieses Mischblut hatte ihn ersetzt. Verletzung und Eifersucht pflügten sich durch seinen Schleier und zersplitterten die weiße Hülle.

»Mutter!«, rief Coryn.

Coryn

»Und jetzt, Asten, gib zu, dass du ein Versager bist! Laut, damit wir es alle bezeugen können!«

Der Prinz krümmte sich.

Sag, was er dir befiehlt. Sag es. Jetzt. Bitte.

Er wollte sich wieder erheben, doch die Magie des Königs versklavte ihn.

Na los, Coryn, tue etwas. Deine Mutter ist in Feja. Er bringt sie um, wenn du nichts machst! Na komm schon! Voller Grauen rief ich die Kräfte herbei, die in meinem Inneren schlummerten, weckte sie auf, fachte sie an. *Valentina, diese gottverdammte Verräterin, hat dir so vieles beigebracht! Warum kannst du es nicht anwenden?* Die Magie pulsierte in goldenen Flüssen durch meine Adern, flatterte im Käfig meines Körpers. Ich war zu schwach, um sie auf einen Punkt zu konzentrieren. Zu ausgezehrt.

»Coryn!« Die Stimme meiner Mutter, dünn und ersterbend. Ihr Nelkengeruch wandelte sich in den von Asche.

Mein Kopf dröhnte. Ich stemmte die Hände gegen die verdickte Luft und versuchte, mein Beben zu bändigen. Ich konnte es nicht.

»I-Ich bin ein …«, hauchte er.

Sag es ihm! Sag ihm endlich, was er hören will! Erkennst du nicht, dass sie gleich sterben wird?

»Lauter!«
»Ich bin ... ein Versager.«
»Noch lauter, ganz Feja soll dich hören!«
»Ich bin ein Versager!«

Stille. Lärmende, unheilvolle Stille. Das Geräusch von zu Boden scheppernden Gliedmaßen, ein Seufzen, und die Hand, die ihn geknechtet hatte, glitt von seinem Rücken. Ächzend richtete er sich auf. Nemiliara lag unten, überflutet von den Farben ihres Schleiers, die wie erschlaffte Flügel auf sie niedergefallen waren. Aber sie lebte.

»Ich muss schon eingestehen, ich habe mehr Gegenwehr von dir erwartet, Asten. Und von deiner Freundin hier«, Meliodas zeigte auf Coryn, die sich mit ihrem Gewicht gegen das Nichts lehnte, lächerlich in ihrer Hilflosigkeit, »etwas mehr Kampfwillen und Mordlust. Etwas mehr ... Magie. Aber wie es sich herausgestellt hat, ist sie genauso nutzlos und unfähig wie du.«

Der Prinz hatte keine Zeit, um etwas zu entgegnen.

»Vertraue ihm nicht!« Nemiliara, die krabbelnd einen Abstand zu ihrem Vater gewonnen hatte, kämpfte sich hoch.

Asten drehte sich der Magen um, als er begriff, wie sehr Meliodas ihrem Schleier geschadet hatte. Das lange Leben in der Menschenwelt, ohne die Anwendung von Magie, ohne die Notwendigkeit, sich zu verteidigen, hatte ihre Abwehrkräfte stark ermatten lassen. Und Meliodas wusste es. Er wusste es und hatte es gegen sie verwendet. Hass kochte in Asten hoch.

Der Mund des Königs verzerrte sich zu einer ausgefransten Grimasse. »Was soll das heißen, Nemiliara?«

»Vertraue ihm nicht!«, rief sie noch einmal und kroch nach hinten, als Meliodas mit festen Schritten auf sie zu marschierte. »Er benutzt dich nur! Gerade braucht er dich, weil er diesen Krieg nicht ohne dich gewinnen kann, aber sobald er vorbei ist, wird er dich töten! Genauso heimtückisch und erbarmungslos, wie er deine Familie getötet hat!«

Seine Familie getötet. Seine Großeltern. Seine Mutter. Seinen Vater. Grausame, erbarmungslose Feen, sowohl zu ihren Untertanen als auch zu ihrem einzigen Sohn und Enkel. Das Einzige, wonach sie gestrebt hatten, war es, ihre Macht im Dunkeln und unabhängig vom König Fejas zu vermehren. Und dennoch waren sie seine Verwandtschaft gewesen.

Seine Familie getötet. Blind, taub, gefühllos wankte er nach vorn und presste seinen Körper gegen die kalte Luft, wollte mit ihr verschmelzen. Irgendwo aus der Ferne drang Coryns Schreien und Flehen gedämpft zu ihm, als hätte jemand die Welt in viele dicke Federdecken eingeschlagen.

Coryn

Wie all die Male zuvor erhörte er meine Bitten nicht.

»Nimm dich in Acht, du treulose Menschenhure!«, dröhnte Meliodas. »Es wäre besser für dich gewesen, hättest du deine schmutzigen Menschlein nicht verlassen!«

Was erlaubte er sich, sie so zu nennen! Niemand hatte das Recht, meine Mutter zu beleidigen. Ganz besonders nicht dieser alte, widerliche Despot, der sie niemals wirklich gekannt hatte!

Gerade noch rechtzeitig wich meine Mutter einem Schlag aus, den Meliodas auf sie donnern wollte. »Das Notizheft, Asten! Das kleine Heft in der Bibliothek mit handgeschriebenen Zaubersprüchen, es klemmt zwischen zwei größeren Büchern im Regal siebenundvierzig. Hast du es gefunden?«

Mit einem Mal wurden die Wangen des Prinzen fahl. Ich biss mich am Anblick meiner Mutter fest, an ihren zu großen Augen, deren Wimpern flatterten wie Schmetterlingsflügel. Das Flehen darin riss alles in mir auseinander. Was wollte sie Asten sagen? Warum verstand er nicht? Warum bei allen Heiligen sagte er nichts?

»Meliodas hat es dort versteckt! Der Zauberspruch mit der Kerze ist erfunden, Asten, genauso wie alle anderen in dieser Kladde! Dein Großonkel hat sie absichtlich dort deponiert. Er wollte dich auf die falsche Fährte locken. Du hast den Falschen für den Mord an deinen Eltern verurteilen lassen! Meliodas ist der Täter! Ich habe gesehen, wie er ihre Schleier ausgesogen hat!«

»Sei still!«, grölte der König. »Asten, ich habe dich erzogen, ich habe dir ein Zuhause gegeben, nachdem deine Eltern gestorben sind! Was hat deine dahergelaufene Tante für dich getan, als du nach Unterstützung geheischt hast? Sie hat dich verlassen! Du wirst ihr jetzt keinen Glauben schenken!«

Meine Mutter ließ nicht nach. »Er ...« Sie japste nach Luft, während Meliodas sie am Hals packte und zu sich hochzog. Ihr Gesicht lief rot an. »Er hat deine Familie getötet, weil er ... weil er ...«

Der Prinz neben mir röchelte.

Hör auf! Was immer du ihm sagen willst, was immer die Auswirkungen dieses Geheimnisses sind, lass es sein! Dein Leben ist teurer als das! Schau mich an! Schau mich an, nicht ihn! Du siehst doch, dass sie dir beide nur Leid zufügen! Tief in mir bewegte sich etwas, bäumte sich auf, grollte wie Gesteinsbrocken, die über eine Klippe ins unermessliche Nichts stürzten.

Lass mich los!, tobte es. Mein Innerstes kehrte nach außen, drehte oben und unten um und zerfaserte mein Sichtfeld in dunkle Schlieren. Ich verlor das Gleichgewicht und rutschte an der unsichtbaren Mauer auf den Boden hinunter.

»Ich werde dich zerstören!«, wummerte Meliodas.

»Weil er deine Familie wegen eurer wachsenden Macht fürchtete! Und du ... du ... warst damals noch so klein, er ... hat gehofft, einen Vorteil aus dir ziehen zu können, ehe er dich umbringt!« Die Luft wich fiepend aus den Lungen meiner Mutter. Meliodas' Finger um ihren Schleier würgten sie. Ich krächzte mit ihr. Auf einmal waberten elektrisierend blaue Nebelzungen um ihre Hände. Sie riss ihren Arm herum und stieß sie in Meliodas' langen Mantel. Überrascht wich er zurück. Sie hingegen streckte sich aus und warf die Schwaden erneut auf ihren Vater. Wo sie ihn berührt hatten, brannten sich Löcher in seine Kleider und Dampf wie von verkohltem Fleisch stieg auf.

Knurrend, mit gebleckten Zähnen stolperte Meliodas nach hinten. »Du Miststück!«

Doch dann schrumpfte die Glut in ihren Händen, verspritzte Funken und erlosch. Fluchend schüttelte sie die Arme, aber die Schwäche vom ersten Angriff forderte ihren Tribut.

Nein! Kälte legte sich in einem bleiernen Ring um mich. Ich trommelte abermals gegen die unsichtbare Barriere, die mich von ihr trennte. *Nein, nein, nein!*

Mit einer Wucht fuhr der Donner in mich. Stoß für Stoß jagte er durch meine Arme und rüttelte an der Tür meiner Seele: ein Scheusal, das nach Freiheit dürstete. Verschwunden war das dünne Ziehen in meiner Brust. Das, was in mir anschwoll, war ein polternder Blizzard, der Berge zerfleischte und Feen in Nebel und Angst verschlang. Und ich allein konnte ihm geben, was ihm beliebte.

Lass mich los!

Meliodas, der die schwindenden Kräfte meiner Mutter bemerkt haben musste, lächelte schattig. »Du hast dir wohl zu viel vorgenommen, Nemiliara? In der Menschenwelt gibt es keine Feenkampfstunden!« Kaum hatte er diese Worte gesprochen, überwand er im Bruchteil einer Sekunde die Distanz zwischen ihnen und krallte sich erneut in den Schleier meiner Mutter.

Mein Herz setzte für einen Moment aus.

Sie ruderte mit den Gliedmaßen. Vergeblich. Ein ausgezehrtes, trauervolles Jaulen erklang neben mir; ein Leid, geteilt von zwei. In dessen Horror vergärte die Feindschaft zwischen dem Prinzen und mir zum gemeinsamen Kummer.

Schau mich an, schau mich an!

Lass mich los!

Endlich riss sie ihren Kopf herum. Die Haut an ihren Wangen spannte sich so sehr, dass von ihren Grübchen nichts mehr übrig blieb. Ihre Halssehnen traten in hellen fleischigen Streifen hervor.

Ein Schrei bahnte sich in meinem Bauch an und sprudelte nach oben.

»Ihr müsst ... ihn ... aufhalten«, wisperte sie.

Und gleich darauf zerbarst die Welt in Weiß.

Splitter von Luft und Schreien. Schimmernde Partikel stachen Asten, als Meliodas' Schutzschild bröckelte und sich ein Loch in der Größe eines Mannes auftat. Gehetzte Augen, in denen das Gewitter dämmerte. Ein überschäumendes Weiß, das den Turm des Palastes in der Hälfte zerbrach, die Fenster einwarf und in eisverkrusteten Schneewehen durch die Halle brauste, Nemiliara und Meliodas zu entgegengesetzten Seiten fegend. Eine Schar von Wächtern sauste in den Thronsaal, zog den verschütteten König heraus. Ein geächzter Befehl. Zwei von ihnen packten Nemiliara und führten sie fort.

Ehe sie sich ihm widmen würden, lud Asten die benommene Coryn auf seinen Rücken und floh mit ihr, so weit seine Beine ihn tragen konnten. Er hatte keine Ahnung, was gerade passiert war. Er wusste nicht, ob er es erfahren wollte. Aber Coryn hatte Nemiliaras sicheren Tod verhindert, also besaß sie doch die Kräfte, die sie geleugnet hatte. Nur war Nemiliara jetzt im Palastkerker ... Er würde sie daraus befreien ... Wie? ... Mit Coryns Hilfe vielleicht ... Coryn war seine Cousine ... *Nicht darüber nachdenken. Nicht nachdenken. Renn, Asten.*

Diener humpelten aus seinem Weg. Er achtete nicht auf sie. *Weiter, immer weiter.* Bis sie sich irgendwann in der kleinen Kammer hinter der Bibliothek einfanden und die Tür hinter ihnen ins Schloss fiel. Unwirsch ließ er seine Last hinunterpoltern.

Doch statt sich stöhnend das aufgeschlagene Knie zu reiben, schoss Coryn sofort wieder in die Höhe. »Wo ist meine Mutter?«, zischelte sie.

Coryn

»Vermutlich im Verlies.« Der Prinz stützte sich auf dem staubigen Tisch ab, der die Ecke des kleinen Raums einnahm.

Die Wände hier waren vollständig mit zerknitterten Bildern behängt. Obwohl ich keine Fenster erkannte, quoll aus einer unbestimmten Richtung diffuses Licht und offenbarte ein Regal mit zerfledderten Büchern und ein versessenes Sofa.

Als Asten den Kopf hob, wankte ich zurück und wappnete mich gegen die Flut aus Hass und Abscheu, die mir entgegenbranden würde. Sie kam nicht. Stattdessen las ich in seinen Zügen nur ewige Erschöpfung und Verzweiflung – ein Spiegel meiner Selbst.

Schweigend starrten wir uns an. Feinde. Cousins. Betrogene des Königs. Ich konnte es kaum glauben, aber so laut hallten ihre Schreie in meinen Ohren nach, dass sie die Echtheit dieser Situation in meinen Verstand hämmerten.

Meine Mutter ist die verschwundene Königstochter. Ich bin die Erbin von Fejas Thron, den ich mehr als alles andere verabscheue. Und jetzt, da sie zurückgekehrt ist und Meliodas von meiner Herkunft weiß, wird er alles daransetzen, uns zu töten ...

... Ich bin zur Hälfte eine Winterfee. Und gerade habe ich dem mächtigsten Mann des Feenreiches die Stirn geboten.

Es dauerte lange, bis ich die Veränderung in Astens Haltung deuten konnte. Sein Schleier hatte das gewohnte Weiß eingebüßt. Nun klebte er in grauen Lumpen an seinen Schultern wie eine zu groß gewordene Jacke.

»Du hast sie gerettet«, sagte er mit einem Achselzucken, als hätte er meine Gedanken erraten. »Meliodas wird sie einsperren, aber er wird sie am Leben lassen, solange er hofft, dadurch Druck auf dich ausüben zu können. Du hast ihm gerade bewiesen, wie mächtig du bist. Mit deiner Kraft könnte er das gesamte Sommerreich in die Knie zwingen.«

Ja, und wenn er dich vorher nur wegen deiner Mischblutherkunft verabscheut hat, bist du für ihn jetzt eine ganz persönliche Bedrohung. Und eine lebendige Erinnerung daran, wie tief der Verrat seiner Tochter an seinem Königreich reicht.

»Warum erzählst du mir das? Warum hast du mich hierhin gebracht und verhindert, dass mich die Wachmänner gefangen nehmen?«

Seine Kiefer mahlten. Zum ersten Mal erlebte ich es, dass der Prinz nicht herablassend und brutal auftrat. In diesem winzigen Raum, wo uralte Stille und Anspannung in der Luft hingen, wirkte er beinahe … nervös. Und die Art, wie er sich über die vertrockneten, halb erfrorenen Lippen leckte, zeugte von einer solchen Verletzlichkeit, dass ich den Atem anhielt. »Ich will, dass du mit mir kooperierst.«

Er wusste um die Vergeblichkeit dieser Idee, noch bevor er sie äußerte. Sie würde sich niemals bereit erklären, ihm zu helfen. Er war es, der sie gewaltsam von ihren Freunden getrennt hatte, der sie gefoltert und dem Hohn der Diener überlassen hatte. Wahrscheinlich schrieb sie es ihm zu, dass ihre eigene Mutter nun eingekerkert war, eingeschlossen von schweren Mauern, die nicht einmal Träume durchscheinen ließen.

Coryn würde nicht verstehen können, was ihn nach all dem dazu antrieb, mit ihm zusammenzuarbeiten. Ihm selbst war es erst hier klargeworden, in Nemiliaras und seinem geheimen Winkel des Palastes, den er nach ihrer Flucht Mond für Mond gemieden hatte. Eine Allianz mit Nemiliaras Tochter war das Einzige, das ihn aus den Ruinen seines Lebens noch retten konnte.

Schuldgefühle zermalmten ihn. So viele Sovas hatte er Meliodas' Befehle widerspruchslos befolgt und sein Gewissen mit Machtgier vergiftet. Seinem Großonkel in Grausamkeit und Herrschlust nachgeeifert. Seinem Großonkel, der ihn als Belohnung für seine Mühen erniedrigte, seine Familie tötete und die eigene Tochter quälte. Nur, um eine Demonstration seiner Gewalt zu liefern. Und nach dessen Thron hatte Asten geschmachtet, in seinem Auftrag Hunderte Mischblute niedergemetzelt! Er war nicht besser als Meliodas gewesen. Nur Nemiliaras Rückkehr hatte ihn davon abgehalten, das gesamte Sommerreich für den König zu zerschlagen. »*Weil er deine Familie wegen eurer wachsenden Macht fürchtete.*«

»*Er hat gehofft, einen Vorteil aus dir ziehen zu können, ehe er dich umbringt.*«

Und er, Asten, hatte ihm diesen Vorteil gedankenlos immer und immer wieder verschafft. Seine Missionen in die Menschenwelt. Seine Kriegsstrategie. Er hatte nie darüber nachgedacht, wie ersetzbar er für diesen Mann war, hatte sich selbst davon überzeugt, dass er sich seine Anerkennung schon erarbeiten würde. Mit Blut und Angst.

Nie hatte er in Erwägung gezogen, dass Meliodas' Entwürdigungen kein Zeichen seiner Grobheit waren, sondern dazu dienten, ihn unter Kontrolle zu halten. Aber der König hatte sich verschätzt. Seine Tyrannei hatte Astens Wunsch, endlich seinen Platz einzunehmen, nur angefacht.

Und jetzt war er zu gefährlich für ihn geworden. Genauso wie einst seine Familie.

Die Worte verließen seine Seele, ohne dass er sich dessen bewusst war. »Ich ... habe Fehler gemacht. Meliodas hat mich in die Irre geführt. Aber ich bin mehr als nur sein Schoßrias, für den mich alle halten.« Seine gesplitterten Nägel kratzten über die Tischkante, und als er die Hand wegzog, waren Eismuster in das Holz eingraviert. Asten verkrampfte sich.

»Und du erwartest von mir, dass ich unsere Feindschaft niederwerfe und vergesse, was du mir angetan hast, um dich bei deinen zwielichtigen Angelegenheiten zu unterstützen? Ich pfeife auf deine Fehler und darauf, dass du nicht mehr Meliodas' Schoßrias sein willst! Eher will ich zu einer Eissäule erstarren, als mit dem Gespielen des Königs zusammenzuarbeiten!«

Abrupt wandte er sich um. Coryns Antlitz war wutverzerrt. Haarsträhnen in der Farbe von verblichenem Hafer fielen über die gefurchten Augenbrauen. Dasselbe Haar wie das ihrer Mutter. Seiner Tante.

»Der König«, sagte er betont langsam. »Ist unser beider Feind. Und wenn du nicht so dumm bist, ihn allein herauszufordern, wirst du dich mir anschließen. Es sei denn, du möchtest bestenfalls zur Waffe im Krieg gegen deine Freunde werden und schlimmstenfalls jämmerlich im Kerker dahinsiechen.«

»Es gibt nichts, wobei ich dir helfen könnte oder wollte!«

»Doch. Du wirst den Armeen der Mischblute den Weg in den Palast freiräumen. Niemand kann deinem Volk besser als du beweisen, dass ich auf eurer Seite stehe.«

Sprachlos starrte ich ihn an. Eine feine Schneeschicht hatte seine Wangen bepudert und ein Schneesturm seine Wimpern vereist. Ich hätte Angst vor ihm haben müssen. Nach

Meliodas war er die stärkste Fee in Feja. Eisern, mitleidlos, Furcht einflößend. Ich hatte das Ausmaß seiner Brutalität am eigenen Leib erfahren müssen, immer und immer wieder. Vielleicht hatte genau das mich abgestumpft. Er konnte mir keinen größeren Schmerz zufügen, als er bereits getan hatte. Nur noch meiner Mutter.

Und sie hatte er beschützt.

Asten hatte seine Würde untergraben und vor Meliodas gekniet, um Gnade für sie zu erflehen, während ich nur hilflos zuschauen und wimmern konnte, hineingesogen in die Tiefen des Wahnsinns. Wenn er mir wirklich den Tod gewünscht hätte, hätte er zugelassen, dass die Wächter des Königs mich fortführten. Stattdessen war er zusammen mit mir geflohen. Was auch immer die Beweggründe für seinen Sinneswandel zu sein vermochten: Sollten sie das Leid meiner Freunde verhindern und meine Mutter erlösen können, wäre es vernünftig, mich mit ihm zu verbünden. Aber Hass gehorchte nicht der Vernunft. »Wer garantiert mir, dass das keine Falle ist und meine Mutter nicht tot sein wird, sobald ich einen Schritt über die Schwelle des Palastes trete?«

»Deine Mutter ist meine Tante. Wenn dir mein Verhalten im Thronsaal nicht als Beweis gereicht hat, hast du sie niemals geliebt.«

Ich zuckte zusammen. Unsere Schleier umtanzten einander wie wilde Tiere, die jede kleinste Schwäche ihres Gegners aufspürten, ehe sie zum Angriff ausholten.

Und in diesem Moment verstand ich, dass eine Kooperation unsere Gefühle füreinander nicht ändern würde. Sie verpflichtete uns zu nichts. Die Sommerfeen würden in den

Palast stürmen und den König entthronen. Und wenn an diesem Tag ein zufälliger Dolchstoß den Prinzen töten würde, träfe mich keine Schuld.

»Ich werde dich zu ihnen führen«, willigte ich ein. »Aber vorher brauche ich Essen und Kleidung.«

Asten nickte kaum merkbar. »Du wirst beides bekommen.« Er griff um seinen Hals und zerriss eine dünne Kette, die vom Kragen seiner Tunika verdeckt worden war. Eine Phiole baumelte daran, in der eine sternenbestäubte Dunkelheit träge funkelte. Er hielt sie mir auf seiner geöffneten Handfläche hin. »Das wird deine Kräfte wiederherstellen. Ich werde jetzt mein Gefolge informieren, damit wir noch in dieser Nacht aufbrechen. An deiner Stelle würde ich diesen Raum bis dahin nicht verlassen.«

Ohne ein weiteres Wort kehrte er um und verschwand. Keine Entschuldigung für seine Barschheit. Kein Trost, dass sich meine Mutter nicht lange im flüsternden Dunkel des Kerkers quälen musste, wo schon Valentina ihren Verstand verloren hatte. Nein, unsere Empfindungen füreinander mussten sich wahrhaftig nicht wandeln. Vielmehr sollten sie in einer brüchigen Verbindung aneinander reiben, die uns nur so lange zusammenschließen würde, wie es nötig wäre, um den Feind zu besiegen. Sie verbat es uns nicht, einander in Teile zu zerlegen, sobald wir unser Ziel erreicht hatten.

Denn ich wusste jetzt, dass ich dazu in der Lage war.

Nun lag alles blank. All die Hässlichkeit meiner Herkunft, die mir als Mischblut die Fähigkeiten einer Winterfee verlieh, war mit ihren verkohlten Wurzeln aus der Nacht gerissen.

Vielleicht hatte meine Mutter mir nie etwas über Feja erzählt, weil sie gehofft hatte, es würde anders kommen. Vielleicht hatte sie Vertrauen darin gehabt, dass ihr Kind, gezeugt mit einem Menschen, diese scheußliche Magie nicht erben würde. Nicht in diesem Ausmaß.

Sie hatte sich geirrt. Ich traute mich nicht, daran zu denken, was gewesen wäre, wenn sie es mir gesagt hätte. Die Menschenwelt war mir so fern; mein Vater, mein Bruder waren mir so fern. Nur der Hass dieser Welt war geblieben, vermischt mit dem Geschmack von Blut und Finsternis.

Ein roter Lichtstrahl huschte durch den schmalen Türspalt. Der Tag schmolz im Abendfeuer. Zitternd legte ich das Fläschchen an die Lippen und trank. In nur wenigen Stunden würde ich dankbar sein für jede Verstärkung, die mir dieses Elixier geben konnte.

Lerenial

Feja, Winterreich
100. Mond der 3600. Sova

Sturmumtoste Berge ragten vor ihm auf wie schwarze Riesen, deren Kuppen die harte Erde gesprengt hatten und nun immer höher strebten, die lästige Schneeschleppe zur Seite schiebend. Die Kälte biss sich durch Lerenials Fell, das die milden Temperaturen des Sommerreiches gekürzt hatten. Der Schatten des hohen Felsens, in dem sie warteten, gab ihm das Gefühl, noch mehr von der ohnehin trügerischen Sonne vernachlässigt zu werden. Seine Zähne klapperten aufeinander. Wie lange war es her, dass er diesen Ort sein Zuhause genannt hatte?

Nach fast zwanzig Sovas war er in seine Heimat zurückgekehrt. Jedoch nicht, um seiner Familie einen gutmütigen Besuch abzustatten. Nein, Lerenial hatte andere Absichten, die seinen Bauch vor Unbehagen knurren ließen. Er sollte den Frieden, der selbst in den kritischsten Momenten Fejas das Volk der Hyalen nicht verlassen hatte, endlich umwälzen.

Lerenial blickte über seine Schulter. Hinter ihm schlugen die Hyalen mit ihren Hufen gegen den gefrorenen Boden und stoben Funken in die Luft, um sich an diesem magischen Knistern zu wärmen. Vor elf Monden hatten sie alle noch die Wärme des Sommerreiches genossen. Und dann ... Dann war er auf diesen verirrten Troubadour gestoßen, der von Improsia nach Kiroia eilte, um dort die Nachricht von der Nebelarmee als Erster zu singen.

An diesem Mond hatte Lerenial zum ersten Mal in seinem Leben eine Fee bestochen und dafür gesorgt, dass er jetzt genau hier stand und fror.

Beim Gedanken daran lachte er lautlos auf. Er hatte seinen Ring dafür eingetauscht, dass der Troubadour nicht nach Kiroia, sondern ins Winterreich reiste und einen Brief an seine Eltern übergab. Kein besonders wertvoller Gegenstand für diesen großen Gefallen. Aber der Troubadour hatte den Flitter beinahe angebetet. Vielleicht wäre es Lerenial ähnlich ergangen, wenn auch er sich zumeist mit Moosbetten oder kleinen Beerensäckchen und nur bei viel Glück mit einem dampfenden Wurzeleintopf begnügen müsste.

Lerenial bemerkte erst, dass seine Augen vom ununterbrochenen Starren in einen Felsenspalt tränten, als sich eine Hand auf seine Schulter legte. Vor Schreck rutschte er beinahe auf dem Eis aus.

»He, sei vorsichtig.« Irritiert stützte sich Lerenial an der Schulter einer Hyalenfrau ab, die sie ihm vorsorglich geboten hatte. Von ihrem Hals rannen Wasserperlen hinunter, die grünen Blätter an ihrer Brust befeuchtend. Sie waren das Einzige, was sie vor dem Frost schützte.

Tarzess gehörte zu den sieben Frauen, die mit ihm den harten Weg ins Winterreich angetreten waren, um weitere

Artgenossen anzuwerben. Sie kannten sich noch aus seiner Kindheit im Winterreich. Tarzess war es gewesen, die Eduard und Coryn bei ihrer Ankunft in Feja zu den Dryaden gebracht hatte – gemeinsam mit ihrem Bruder, der im Massaker der Reinblute niedergemetzelt worden war. Nach seinem Tod siedelte Tarzess ins Sommerreich um und schwor Rache. Und als Lerenial sie wieder zu sich gerufen hatte, hatte sie sich seinem Plan sofort angeschlossen. Unnachgiebig. Unerschrocken. Unerschütterlich.

»Die anderen Hyalen werden langsam unmutig, Lerenial«, sagte sie in ihrem leisen Singsang. »Sie zweifeln daran, ob diejenigen, die dir ihre Hilfe versprochen hatten, noch kommen werden.«

Lerenial rieb sich die Stirn. O nein, ihm war die wachsende Unzufriedenheit seiner Gefährten nicht entgangen, nicht das betretene Flüstern und die müßigen Versuche, die versteiften Glieder durch Reiben und Springen zu wärmen. Eigentlich durfte er die Geduld dieser Feengeschöpfe nicht auf die Probe stellen. Erst recht nicht, nachdem es ihn so viele Mühen gekostet hatte, ihre Kräfte um sich zu versammeln. Am meisten in ihrem Leben schätzten die Hyalen ihre Unabhängigkeit. Um nur eine kleine Gruppe an ihnen für die Mischblute zu gewinnen, hatte er viele Monde lang durch das Sommerreich wandern müssen.

»Ich weiß.« Er kehrte seinen Blick wieder den Bergen zu. »Es tut mir leid. Ich hätte euch genauso wie die anderen Hyalen an meinen Freund in Improsia weiterleiten sollen. Ihr seid diese Temperaturen nicht gewohnt.«

»Du auch nicht mehr. Wir alle müssen Opfer bringen«, entgegnete sie sanft, kämmte ihre rotbraunen Strähnen hinter das Ohr und stellte sich neben ihn. Das war ein klares Zeichen für die sechs Hyalenmänner, die in einigen Fuß Entfernung hinter ihnen brummten. Lerenial lächelte innerlich. Wahrhaftig, starke Hyalenfrauen teilten diese Reise mit ihm.

In seinem Volk agierten Frauen häufig als Anführerinnen, die zwischen den Siedlungen vermittelten und für den Kontakt zu den Feen sorgten: klug, selbstbewusst, stolz. Und die Kreatur vor ihm verkörperte all diese Eigenschaften.

»Amanté lügen nicht«, beteuerte er, als müsste er sie und nicht sich selbst von der Wahrheit des Gesagten überzeugen. »Sie werden bestimmt gleich auftauchen. Wir müssen Verständnis für ihre Verzögerung aufbringen. Es wird eine wichtige Angelegenheit sein, die sie so lange beschäftigt hält.«

»Natürlich, Lerenial.« Ihr Seufzer bildete eine traurige Wolke in der Luft.

Lerenial wünschte, er könnte seine Sorgen darin einschließen und sie ziehen lassen, weiter, immer weiter, wo das Weiß der Wolken das der Erde streichelte und flockiger Nebel die Anhöhen umarmte. Wo seine Familie lebte. Als Antwort auf seinen Brief hatten seine Eltern ihm eine Amanté geschickt, einen uralten Feenzauber, der das Gestöber um ihn zum Bild eines abgeschiedenen Felsenzirkels verformt hatte. In seiner Kindheit hatte er ihn häufig mit Freunden aufgesucht und die Illusion deshalb sofort erkannt. Vor Freude waren Wärmestrahlen durch sein Fell geschossen. Seine Eltern hatten die Bitte, möglichst viele Hyalen mitzubringen, ernst genommen. Warum sonst hätten sie einen so geräumigen und zugleich so verborgenen Treffpunkt festgelegt? Doch schon seit vielen Stunden warteten sie hier auf seine Eltern, aber von anderen Hyalen fehlte jede Spur.

»Glaubst du, die Amanté hat sie so lange am Aufbruch gehindert?«, fragte er. »Ich meine, die Beschwörung erfordert zwar viel Energie, aber –«

»Aber man verliert seinen Körpersinn nur für zwei Stunden, ich weiß.« Die blauen Blüten um Tarzess' Hörner raschelten.

»Ja, und außerdem sind meine Eltern nicht allein. Ihre Begleitung müsste doch ihre Schwäche ausgleichen, denkst du nicht?«

Grübelnd ließ Tarzess ihren vorderen Huf immer wieder über den Schnee kreisen. Er war schmaler als die anderen, an der Seite leicht verbeult. In demselben Kampf, der ihrem Bruder das Leben gekostet hatte, hatten die Reinblute einen Teil ihres Hufes zerschossen. Er wollte nicht an den Schmerz denken, den das verursacht haben musste. »Ich vermute –«, setzte sie an, da unterbrach sie ein lautes Keuchen.

Eine vertraute Stimme über ihm gurrte: »Lerenial, was für eine angenehme Überraschung!«

Der Hyale hob seinen Kopf an. Sein Herz pochte schmerzhaft gegen seinen Brustkorb, ehe es für einen viel zu langen Moment aussetzte. Über ihm, auf einem Lurix mit ledrig türkisen Schwingen thronend, winkte ihm Valentina von der Spitze eines niedrigen Berges zu.

Valentina. Lebend. In der papierweißen Uniform eines Reinblutkriegers. Auf einem Lurix. Sie wirkte anders als vor ihrem Verschwinden, deutlich kränklicher mit ihren herabhängenden Lidern und den spitzen Schulterknochen, aber es war eindeutig sie. Lerenial glaubte, erneut zu ertrinken. Erneut diese grausame Sekunde zu durchleben, als die Strömung des Trauernden Flusses ihn in das atemlose Nichts hineinsog: weder lebend noch sterbend, weder hoffend noch verzagend.

Sein Mund war voller Wasser und seine Sicht glasig und verschwommen. Gleich würde er untergehen. Verrat und Hinterlist ertränkten ihn. Immer tiefer und tiefer drückten sie ihn in das schmutzige Nass. Er fühlte schon, wie die Spannung in seinen Gliedern nachließ. Die traurige Ahnung, was Valentinas Tücke für seine Freunde bedeutete, riss mit spitzen Klauen an seinem Fell ...

»Wer ist das?«, stammelte ein Hyalenmann neben ihm. Mit einem Ruck brach die Realität über Lerenial zusammen. Er war noch nicht tot.

»Ich bin eine gute Freundin von Lerenial. Nicht wahr?« Valentina grinste. Warum hatte er bisher nicht von ihren scharfen Zähnen Notiz genommen? Sie wirkte wie ein Raubtier, wie eine Jägerin des Palastes. »Nun komm schon, Lerenial. Schau mich doch nicht so an, als wärst du über unser Wiedersehen überhaupt nicht glücklich. Oder ist es deine Art, wie du Freunde für ihr Wohlwollen tadelst?«

»Sprich nicht von Freundschaft, wenn du selbst nicht dazu fähig bist. Du Verräterin!«

»Ich habe geurteilt, was das Richtige ist, mehr nicht.« Sie zuckte wie beiläufig mit den Achseln, woraufhin ihr Lurix seinen Hals in Lerenials Richtung reckte und die Flügel schüttelte. Irrte er sich oder leuchtete unter seinen violetten Schuppen eine dringende Bitte, eine qualvoll versteckte Aufforderung? *Befreie mich von ihr!*

»Und da wir uns schon begegnet sind, kann ich dich an meinen Überlegungen teilhaben lassen.«

»Das ist deine Mühen nicht wert«, konterte er. »Wir sind beschäftigt. Flieg du nur zu deinem neuen Herrchen zurück. Du wirst ihm die Wunden lecken müssen, die die Mischblute ihm hinzufügen werden.«

Nur kurz rötete Kränkung ihre hohlen Wangen und zupfte an ihrem grünen Schleier. Betont gleichgültig ließ sie ihren Blick über die Gruppe der Hyalen schweifen, die zu Lerenial vorgetreten waren. Als wollten sie ihn vor der Dunkelheit schützen, die diese Frau umwitterte.

»So läuft das hier also.«

»Ganz genau.« Tarzess trat vor und spitzte die Lippen. »Wir sind nicht daran interessiert, Euch in irgendeiner Weise behilflich zu sein. Bitte verlasst unser Territorium.«

»Euer Territorium!«, höhnte Valentina. »Ich wusste gar nicht, dass den Hyalen in Feja überhaupt irgendetwas gehört. Aber es könnte auch anders sein. Ich bin hier, weil ich euer Volk rekrutiere. Und es war ein hübscher Zufall, dass ich meinen Freund Lerenial hier und nicht im Sommerreich wiedergetroffen habe. Ich vermute, dass ihr eine kleine Zusammenkunft von Hyalen organisieren wolltet, um eure Pläne für die Invasion des Winterreiches zu besprechen. Nicht wahr?«

Arge Stille diente ihr als Antwort. Wenn er Füße gehabt hätte, hätte sich Lerenial auf die Zehenspitzen gestellt. Vielleicht hätte er so auf der nördlichen Felsenseite gefunden, was zu sehen er nicht mehr erwarten konnte. Wo steckte seine Familie bloß?

Valentinas Lächeln vertiefte sich. Angeekelt von dessen

Falschheit verzog Lerenial das Gesicht. Wie konnte sie ihn so lange getäuscht haben? Und seine Freunde? Wussten sie von ihren wahren Absichten? Waren sie ihr womöglich schon begegnet, in ihr Netz geraten, deren Fäden sie so kunstvoll unter ihnen ausgebreitet hatte? Nein ... nein, wenigstens ihre Brüder mussten sie durchschaut haben! Schließlich hatten sie ihre Kindheit zusammen verbracht. Wie hätten sie nicht erraten können, wonach Valentina strebte?

Ein Schauer lief ihm den Rücken herab, als er daran dachte, was Adiz über ihr Verschwinden gesagt hatte. »*Vielleicht wird unsere verrückte Schwester heimkommen. Erwartet sie aber nicht zu schnell. Sie wird lange durch das Reich tollen – so lange, dass sie fast von einem Reinblut ermordet wird. Erst dann werden wir sie wieder zu Gesicht bekommen. Die Dame braucht Adrenalin.*« Hatte er nur deshalb so schlecht von ihr gesprochen, weil er etwas geahnt hatte? Etwas, was sie alle in diesem Moment nicht einmal zu denken gewagt hätten? Aber wenn er Verdacht gehegt hatte ... Seine Verdrießlichkeit konnte ihn doch nicht davon abgehalten haben, ihnen davon zu erzählen!

»Wie auch immer, lasst es sein. Ich schlage euch vor, den Armeen der Reinblute beizutreten. Euch werden die besten Waffen gestellt. Die stärksten Magier Fejas werden an eurer Seite kämpfen. Wir wissen alle, wer aus diesem Krieg als Sieger hervorgehen wird. Bekundet dem König eure Treue, und er belohnt euch. Von Anerkennung über Zauberbücher hin zu Ländereien bekommt ihr alles, was ihr begehrt. Können diese dort«, sie machte eine herablassende Geste nach Westen, wo sich das Sommerreich erstreckte, »euch dasselbe bieten?«

Lerenial knirschte mit den Zähnen. Ländereien, Zauberbücher. Valentina hatte die Wünsche und Verhaltensweisen seines Volkes lange studiert. Oder er war es gewesen, der sie ihr in den Nächten in Zurit offenbart hatte. Seine Fesseln kribbelten unangenehm. Sie hatte ihm stets mit großer Aufmerksamkeit zugehört.

»Ihr könnt uns mit Euren Versprechungen nicht bestechen«, wand Tarzess ein.

Ein zustimmendes Raunen ging durch die Menge, das Lerenial vor Erleichterung aufseufzen ließ. Valentina würde sein Volk nicht verführen können, niemanden davon. Als die Magie sie erschaffen hatte, so hatten es ihm seine Großeltern erklärt, hatte sie glitzernde Stränge aus Loyalität und Unbeugsamkeit in ihre Seele gesponnen, die sie vor schlechten Taten bewahren sollten.

Es war töricht von ihm gewesen, die Treue seiner Begleiter anzuzweifeln. Selbst aus der Entfernung, die sie voneinander trennte, sah er, wie Valentinas Augenbrauen in die Höhe schnellten. *Ja, wundere dich nur. So fühlt sich Treue an.*

Langsam, als würde sie jedes Wort genau abwägen, sagte sie: »Überlegt euch gut, auf welcher Seite ihr steht. Seine Majestät gibt euch nur diese eine Chance. Und nach dem Krieg ... Nach dem Krieg werden seine Feinde bitter bereuen, sich ihm widersetzt zu haben.«

»Seine Majestät soll sich zuerst um die Probleme in seinem eigenen Haus kümmern. Anscheinend ist es nicht gut um seine Herrschaft bestellt, wenn er darauf angewiesen ist, Mischblute für ihn die Arbeit erledigen zu lassen.«

Valentinas Schleier flammte auf.

Lerenial hatte es noch nie so sehr genossen, jemanden zu

erzürnen. Vielleicht sollten ihn Gewissensbisse plagen, weil er mit dieser Frau so lange Nahrung und Heim geteilt hatte. Er spürte keine. Valentina hatte sich mit dem Feind verbrüdert. Wegen ihr könnten Haltor, Nuepán und Eduard sterben. Und Coryn ... Bei seinen Hörnern, Coryn! Hatte ihre Entführung etwas mit Valentinas Verrat gemein?

»Wie schade«, bedauerte sie pathetisch. »Aber ihr habt eure Wahl getroffen.« Als wäre ihr Streit damit beendet, rieb sie die empfindliche Stelle des Lurix zwischen Hals und Rumpf, sodass sich das Wesen gellend aufbäumte und mit Schwung in die Höhe schoss. In Windeseile tauchte es hinter einen hohen Felsen, der eine Flanke des Bergrings bildete.

Geschockt schaute Lerenial ihr hinterher. Er erwartete, nein, er war überzeugt davon, dass sie sogleich umkehren würde. Wieder würde sie über sie hineinbrechen, mit Verheißungen, die ihr schwer wie dunkles Karamell von den Lippen troffen.

Er irrte sich. Rabenschwarz schlang sich ihr Haar um ihren Körper, ein gewaltsamer Kontrast zu ihrer hellen Aufmachung. Als er blinzelte, war sie fort. Und einem drückenden Duftschleier gleich hinterließ Valentinas Abgang ein Schweigen im Kreis der Hyalen, das rabiater war als die Liebkosung des Winters.

Aber etwas Verderbtes, Unheilvolles regte sich in ihm und sagte ihm, dass ihr Streit damit nicht geschlichtet war. Diese Frau hatte noch nie den Eindruck einer Fee erweckt, die eine Niederlage akzeptieren würde. Jetzt, da sie im Dienst des Palastes stand, konnte sie sich das Scheitern erst recht nicht erlauben.

Wie konnte das passieren? Wann hat sie die Seiten gewechselt? Haben die Reinblute sie vielleicht dazu gezwungen, für sie zu arbeiten? Aber in diesem Fall müsste doch aus ihren Zügen etwas anderes als Hass auf uns alle sprechen ... Habe ich vielleicht etwas übersehen? Ein Armband, einen Ring? Etwas, mithilfe dessen der König sie beobachten könnte?

Die Hyalen murmelten etwas Unverständliches. Lerenial schluckte. Selbst wenn Valentina nur als eine Marionette in den Händen des Palastes aufgetreten war, hatte sie sein Volk dennoch zur Abtrünnigkeit bewegen wollen. Seine Freunde aber zählten auf die Verstärkung von den Hyalen.

»Und was machen wir jetzt?«, fragte er rau.

»Dasselbe wie vorher«, erwiderte ein Hyale mit freudloser Miene. »Wir warten auf deine Familie.«

Lerenials Familie erschien nicht. Statt ihr fielen Reinblute über sie her.

Nur wenige Minuten, nachdem Valentina entschwunden war, prasselte ein Regen an Pfeilen auf sie herab und schwärzte den Himmel über ihnen, zwang sie jaulend vor Schmerz in die Knie. Als wäre die Welt, wie Lerenial sie kannte, aufgeborsten und giftige Grausamkeit in ihre Risse gegossen worden, füllte sich die Luft mit Schreien und Flüchen. Sie rollten über das Gestein und kullerten an der Steigung des Felsenzirkels hinunter, um in diesem Tal kümmerlich zu ersterben.

Genauso wie sie selbst. Mit einem Mal war vor ihm nur noch Blut; Blut und Wimmern und Panik. Lerenial taumelte zurück, als ein Hyale vor ihm mit zerfetztem Gesicht nach hinten kippte, der Schaft eines Pfeils in seinem Auge versunken, die rauchumwundenen Federn heiß vor Mordlust. *Das geschieht nicht wirklich. Das alles ist bloß eine schreckliche Einbildung, ein scheußlicher Albtraum ...*

»Pass auf!« Seine Flanke schmerzte, als sich ein warmer Körper mit voller Wucht dagegen warf. Ein roter Haarschopf leuchtete neben ihm auf. Tarzess. Im Nu landete ein weiterer Feenpfeil an der Stelle, wo er gerade noch gestanden hatte. Der Aufschlag auf dem vereisten Boden spaltete den Schaft entzwei. Dunkler Qualm zischte daraus. »Was ist das?«, rief er verstört.

»Deine Freundin hat uns an die Reinblute ausgeliefert. Ich glaube, sie konnte ein Nein von uns nicht annehmen. Duck dich!«

Instinktiv zog Lerenial den Kopf ein. Keinen Moment zu spät. Etwas Schattenhaftes, Unförmiges sirrte an ihm vorbei und explodierte in einem Gemisch aus Blut und Eingeweiden. *Die Mutter aller Geschöpfe Fejas stehe uns bei ...*

Ein blasser Hyalenmann rammte Lerenial im Vorbeireiten, ihn und die Hyalenfrau mit sich nach vorn zerrend. »Wir müssen weg von hier! Schnell, dorthin! Da ist eine Lücke zwischen den Felsen. Wir können hindurchrennen!«

»Sinnlos! Auf den Bergen lauern Schützen! Wir haben keine Chance, uns unmerkbar davonzustehlen!«

Der Hyalenmann hörte die Warnung nicht. Galoppierende Hufen, Schreie, Tod. Fahrig ließ sich Lerenial von ihm mitschleifen, unfähig, das Chaos um ihn herum zu begreifen. Schwarze und rote Schlieren beschmutzten das

Weiß. Der Gestank von Erbrochenem stieg ihm in die Nase. *Was ist das, was ist das, was ist das?*

Wie zur Antwort verstärkte der Hyale den Griff um seinen Arm, heulte und beschleunigte seinen Spurt. Sie sputeten auf die gegenüberliegende Gebirgsseite zu, geradewegs zu einem Spalt zwischen den Riffen, der bis zu Lerenials Unterbrust mit Schnee überschüttet war.

»Lerenial!«

Mit einem Mal wurde er herumgerissen. Feurige Schleierglut schoss an ihm vorbei, ein verwelkter Blumenkranz, kurzes braunes Fell. Prompt ächzte ein Hyale neben ihm auf und kippte nach hinten. »Verzeih mir, Gilera. Du und die Kinder ... ich werde euch ... nie mehr beschützen können«, hauchte er nur noch und schlang die Arme um Lerenial.

»Nein!«, schrie er. »Nein!« Es war zu spät. Der Mann, der Lerenial im Todeskampf mit seiner Geliebten verwechselt hatte, der Mann, der seine Familie für Lerenial und die Mischblute verlassen hatte – dieser Mann gurgelte Blut und erschlaffte.

Und Lerenial konnte ihm nicht helfen. Nur Tarzess hatte verhindert, dass der Körper seines Gefährten ihn unter sich begrub, ehe er verrauchte und der Wind ihn über Stein und Eis verwehte.

»Ich kann dich nicht ständig retten, Lerenial!«, brüllte die Hyalenfrau ihn an. »Man hat uns den Fluchtweg abgeschnitten. Die Schützen haben uns eingekesselt!«

»Ich habe nicht vor, in diesem Graben zu sterben!« Lerenial rahmte mit seinen Händen immer noch den Hyalen ein, der nicht mehr war. Jetzt bemerkte auch er die reinblutigen Soldaten, die sich wie mordgierige Geier auf die

Berggipfel niedergesetzt hatten. Wahnsinnig vor Panik rasten die Hyalen auf die Felsen zu. *Ihre Hoffnung ist erbärmlich. Ehe sie zwischen den Bergen hindurchschlüpfen können, verpuffen sie zu Ruß.*

Sein geliebtes Volk! Abgeschlachtet, beiseitegeschafft von einem einzigen Pfeil oder einer dunkel schwelenden Feenkugel! Tarzess hatte recht. Sie waren umzingelt. Das Tal, das sie alle vor wenigen Minuten noch vor Fremden behütet hatte, wandelte sich nun in eine Fallgrube, die sie ihrem Feind auf einem Silbertablett präsentierte. Niemand von ihnen sollte diesen Ort lebendig verlassen. So zahlte Valentina ihm also die Unnachgiebigkeit seines Volkes zurück. *Verrat, Verrat, Verrat!*, dröhnte es in seinem Kopf.

Binnen einer Sekunde fasste er einen Entschluss. »Für Feja!«, donnerte er und warf sich unter Aufbietung all seiner Kraft nach vorn. Die Angst hatte Mut in ihm wachgerüttelt, die Nacht ihre Schnelligkeit geliehen. Direkt dem Feind preschte er entgegen. Direkt in den Tod.

Doch der Hyale dachte nicht daran. Nie wieder würde er zulassen, dass seine Freunde an seiner eigenen Feigheit zugrunde gingen. Er hatte schon einmal dieses entsetzliche Gefühl von Verrat und maßloser Schuld gespürt. Als er sich verzogen hatte, während die Wintersoldaten Ed und Coryn angriffen, hatte er den schlimmsten Fehler seines Lebens begangen.

Und jetzt beglich er seine Sünden.

Tarzess' Schreie mischten sich mit dem Wehklagen seiner Gefährten. Mit Finsternis auf der Zunge und Schnee auf den Hufen trabte er nach vorn. Alles, worauf sich sein gesamtes Sein fokussierte, war sein Gegner. Er würde die

Reinblute nicht besiegen können, denn er war machtlos gegen ihre Waffen. Aber er würde sie schwächen können. Selbst wenn es das Letzte sein sollte, was er in seinem Leben tat.

Denn sie verdienten es. Oh, und wie sie es verdienten. All die Sovas hatte er als Palastwächter einem Volk gehorcht, das seine Freunde niederstach und ihn selbst wie einen dreckigen Auswurf behandelte. Wie oft war jemand vorbeigekommen, um nach ihm zu sehen? Kein einziges Mal! Niemanden hatte es interessiert, ob ihn die Flusshusel auffraßen oder ihn das ewige Zwielicht in den Wahnsinn stürzte.

Also hatte es ihn auch nicht zu interessieren, wenn sie starben. Obwohl es kalt war, nässte Schweiß seine Flanken. Seine Zunge fühlte sich seltsam pelzig an, als er zum Gebirgswall stürzte, auf dessen Spitze er die Silhouette einer Fee erspähte. Das Reinblut achtete nicht auf ihn. Seine Kleider tarnten ihn in der Winterlandschaft. Nur der große, dunkle Bogen materialisierte sich aus dem Schneenebel.

Nah, noch näher. Die Sehne flimmerte metallisch. Lerenial hatte den Soldaten fast erreicht. Behände kletterte er über den vereisten Stein. Rutschte ab. Sein Blut rann in die Ritzen. In diesem Moment hatten die anderen Schützen ihn gesichtet. Jauchzend vor Freude beschossen sie ihn gleichzeitig aus mehreren Richtungen. Pfeile bohrten sich durch die dünne Fellschicht und rissen das zarte Gewebe darunter auf. In seine Kuppe, seinen Bauch, seine Knie ... All überwältigender Schmerz wummerte in seinen Ohren und wischte seine Gedanken fort. Seine Schreie kannten keine Worte. Die Sicht des Hyalen verschwamm ... Er hob seinen

Arm zum letzten Mal an, umfasste etwas Weiches ... und fiel. Auf ihn der Schütze. Schnee spritzte in sein Gesicht, als sie zusammen aufprallten und sich in Blut, Eis und Ruß wälzten.

»Lass mich los, du hässliche Ausgeburt eines Pegasus!«, grölte die Winterfee. Sein Befehl prallte an dem Kokon aus Nichts ab, in dem einst Lerenials Bewusstsein gestrahlt haben musste. Genauso wie das Hufgetrappel von Hyalen, die auf ihn zutrabten, um ihn von dem Soldaten zu befreien.

Wer bin ich? Was passiert hier?, pochte es in Lerenials Kopf, *Reinblute ... die Hyalen beschützen ... Ich muss ihn töten ... Den Soldaten töten!*

Die Klarheit traf ihn mit einer solchen Heftigkeit, dass er seine Umgebung plötzlich gestochen scharf sah. Die Welt drehte sich nicht mehr. Über ihm zappelte der Reinblutsoldat, eingeschlossen in Lerenials Griff, und langte hilflos nach seinem Bogen. Sein Gesicht verdeckte eine Maske, aber unter ihr tropfte Blut auf die dornenverzierte Uniform. *Den Soldaten töten.* Den Soldaten töten. Beflügelt vom Adrenalin schob der Hyale den Feenmann von sich, bäumte sich sogleich über ihm auf. Und rammte ihm seinen Huf in die Kehle.

Die Fee bog den Rücken durch und ruderte mit den Armen. Für wenige Sekunden, die für ihn zu einer Ewigkeit verschmolzen, klammerte er sich an Lerenials Fesselbeugen und stieß zu. Kälte packte ihn. Ihm war, als stachen Tausende Eissplitter in seine Haut. Und auf einmal war es vorbei.

In der nächsten Sekunde durchspießte ein Pfeil Lerenials Hals. Ein Schrei entwich seiner Kehle und in den markerschütternden Noten erkannte er sich selbst nicht wieder.

»Nun denn, deine Loyalität ist lobenswert.«

Gluckernd, ertrinkend sackte der Hyale in sich zusammen und stürzte auf seinen Feind herab. Sein Körper war noch warm.

»*Leben für Leben, Wächter. Ich erfülle dir deinen Wunsch. Aber nur, wenn du mir dafür versprichst, dass du dein Leben in dem Augenblick aufgibst, wenn es an einem seidenen Faden hängt.*«

Eine betäubende Ruhe pumpte durch seine Glieder. Bunte Bilder tanzten vor ihm wie die Feen des vereinigten Fejas, denen das Glück vergönnt war, in einer heilen, sicheren Welt geboren zu sein. *Seine Großeltern mit silbrigen Strähnen in der Mähne, die sich über ihn beugen und ihn kitzeln, sodass er mit seinen kleinen Hufen in die Luft schlägt.* Es war eines der wenigen Male gewesen, in denen seine Familie Emotionen zugelassen hatte.

Die Tränen, die seine Eltern schlucken, als er zum Portalwächter berufen wird, schlecht verborgen hinter ihrem zitternden Mund. Der Ring vom Finger des widerlich lächelnden Königs: »*Ich vertraue darauf, dass du mir gute Dienste erweisen wirst, Hyale.*«

Nuepán und Kelda, wie sie liebevoll ihre Finger ineinander verschränken und ihm verkünden, dass sie seine Familie zu ihrer Hochzeit einladen möchten.

»*Du weißt nicht, wann dieser Moment eintreten wird.*«

Und jäh erschlug ihn die Erkenntnis.

Die Zeit war gnädig mit ihm umgegangen. Sie hatte ihm Erinnerungen geschenkt, die nie verblassen würden; Freunde, deren Zuneigung zu ihm nie verkümmern würde. Er hatte die Möglichkeit erhalten, sich ein Zuhause aufzubauen, hier und im Sommerreich. Er hatte sein Leben in schimmernden, unersättlichen Schlucken getrunken. Genauso wie den Kirso, der seinen Durst an dem Mond stillen sollte, an dem Feja wieder ein friedliches Land würde. Doch alles hatte ein Ende und das hier war das seine.

Der Abschied peinigte Lerenial nicht. Vielleicht war es der Bann der Dryade, der seine Seele endlich freigab. Vielleicht aber auch die Gewissheit, dass sein Tod nicht umsonst wäre. Als er sich in Ruß auflöste, öffnete er den Mund und beschwor zum letzten Mal die Gerüche beider Reiche herauf: ein Himmel aus Schnee, der fürsorglich gelbe Blumen umhegte, und Fichten, in deren Wipfel ein entflohener Sommer tollte.

Er hoffte darauf, dass Eduard, für den er aus dieser Welt fortging, dieses Wunder erleben würde. Die Paarung von Sommer und Winter; einen ewigen, betörenden Frühling.

Lerenial wusste, dass dieser Tag kommen würde. Denn in diesem kleinen Moment, in der zerbrochenen Sekunde, als er nach dem reinblutigen Soldaten gehascht hatte, hatte er über die Bergspitze gelugt. Dort unten, wie Krähen auf der weißen Ebene, hatte er eine Gruppe an Hyalen ausfindig gemacht. Seine Eltern hatten ihr Versprechen erfüllt. Diese Truppe würde seine Gefährten retten.

Und gemeinsam würden sie Feja retten.

Aber ohne ihn.

Eduard

Feja, Sommerreich
91. Mond der 3600. Sova

»Bist du dir sicher? Hatten diese Schattenweber wirklich keinen Körper? Vielleicht ist es dir nur so vorgekommen, nach all dem Horror wäre das vollkommen verständlich...«

Gereizt über Haltors Unglauben zuckte Nuepáns Wangenmuskel. Im kläglichen Versuch, seine Missgunst zu verbergen, drehte sich sein Freund zu den schlafenden Soldaten um. Am Flussufer hatten es sich die Kämpfer gemütlich gemacht.

Weiche Dunstwolken trieben über das Gewässer – schwer gesättigt mit Mondlicht, sehnsüchtig nach etwas, das sie selbst nicht recht verstanden. Ein glatzköpfiger Mann neben ihnen schnarchte leise und wälzte sich auf die andere Seite, den Kopf in Grashalmen vergraben. Ein anderer gähnte und wisperte undeutlich im Schlaf. Sein ruhiger gelber Schleier erzählte Eduard von Heimat und Frieden; von Sternen, die von den Flügeln des Nachtraben gefallen waren, als er den Himmel durchstieß.

Diese Nacht schwärzte den Horizont nur dafür, dass

zerschundene Seelen heller leuchten konnten. Sie sollte keine Wunden verhüllen, die Haltor so vorsichtig aufriss.

»Er hat es dir doch schon dreimal erzählt, Haltor. Wie oft willst du das noch hinterfragen? Nur weil du den Krieg nicht wahrhaben willst, verschwinden die Schattenweber nicht auf einmal. Du bist aus der Zeit herausgewachsen, in der du dich solange ängstlich an den Rockzipfel unserer Mutter gehängt hast. Das Böse aus ihren Geschichten ist echt, Bruder!«

Haltor und Adiz fixierten einander. Der eine anklagend, der andere verwundet.

Irgendwann während des Trainings hatte Haltor Eduard anvertraut, wie sehr er daran gelitten hatte, seine Kindheit mit Valentina und Adiz geteilt zu haben. Seine Eltern, selbst unzufrieden mit ihrer Stellung als Mischblute, hatten stets seine Geschwister bevorzugt. Auf den Feldern ihrer widerspenstigen, Gefahr verlachenden Geister pflanzten sie den Traum, in Feja aufzusteigen. Haltor war zu versöhnlich dafür gewesen. Zu genügsam. Und Adiz tadelte ihn dafür, dass er lieber friedlich seinem Tagewerk in Zurit nachgehe, als in Schlachten zu bluten!

»Tut mir leid, Haltor. Ich habe sie wirklich gesehen.« Nuepáns Stimme wurde weich. Nach Adiz' Vorwurf schämte er sich wohl dafür, so hart mit seinem Gefährten umzugehen. »Frag Eduard. Wenn unsere Lurixe nicht gewesen wären, hätten sie auch uns getötet. Womöglich besitzen die Tiere ein Gespür für diese Biester. Jedenfalls haben sie uns von dem Schlachtfeld fortgebracht.«

Verschwunden war die Illusion einer trauten Nacht. Eduards Blick fing den von Nuepán auf. Beinahe hatte die

Dunkelheit in dem seinen ihn nochmals in die Schrecken der Sekunden eingetaucht, die er zu vergessen suchte.

Ja, er erinnerte sich. Keine Monde, keine Sovas würden ausreichen, um aus seinem Gedächtnis die quellende Schwärze dieser Kreaturen auszuradieren, die schreiende Stille, in der sie sich über beide Armeen hermachten. Heere, die Dutzende, vielleicht Hunderte bemessen hatten, zerstoben zum Bösen. Denn genau das war es, was die Schattenweber, wie Nuepán und Haltor sie bezeichneten, von den Soldaten übrig ließen.

Es saß in jedem von ihnen. Die Schattenweber waren bloß in der Kunst bewandert, genau dann zu erscheinen und die gefallenen Seelen für sich zu beanspruchen, wenn das Böse schon gegen die körperliche Hülle klopfte und als Mord und Hass nach außen drang. Und auch ihn, Eduard, hatte es vergiftet.

Ihn schauderte es. Nur sein Lurix hatte verhindert, dass diese Wesen auch ihn in ihresgleichen verwandelt hatten. Er hätte tot sein sollen. Bei Gott, bei allen Heiligen, an die die Feen nicht glaubten, er hätte tot sein sollen. Und es wäre nur allzu gerecht gewesen. Er hatte so vielen Soldaten das Leben genommen.

»Haben die Schattenweber deinen Magen gefressen oder warum isst du nichts?«

Verwirrt starrte er das Stück Fladenbrot in Adiz' ausgestreckter Hand an. Im Schein der Halbsichel glomm die Soße bläulich. *Du bist nicht mehr dort, Eduard. Du bist hier, in Frine, bei deinen Freunden. Dein sterbender Lurix hat dich hinuntergeworfen. Nuepán und du seid auf dem seinen in Richtung Improsia geflogen.*

Ihr hattet Glück und seid hier auf Haltors und Adiz' Armee getroffen. Du hast dir eine Rippe gebrochen. Noch im Kampf mit den Reinbluten wurdest du stark verwundet. Aber es ist vorbei. Haltors Gefährte, Parse, gab dir ein Heilelixier, das deine Verletzungen gerichtet hat.

Du bist nicht mehr dort, Eduard.

»Nein«, gab er schnell zurück und griff nach dem Brot, »Nein, haben sie nicht ... Was ist das?«

»Ein Quft, eine Spezialität aus Improsia. Wenn du in Zurit angekommen wärst, als die Siedlung noch stand, hättest du ihn wahrscheinlich schon viel früher probiert. Improsias Bauern exportieren ihn in ganz Feja.« Ein ungutes Grinsen kräuselte sich um Adiz' Mundwinkel.

Eduard beäugte das Essen höchst kritisch. Es roch nach Heidelbeeren und gerösteten Erdnüssen. Nachdem er davon gekostet hatte, war es ihm, als wären Körner neuer Kraft in seinem Körper verstreut worden. Verwundert wollte er einen Dank murmeln, doch seine Zunge gehorchte ihm nicht.

Haltor, dessen Hand Adiz zum Zeichen gedrückt hatte, konnte ein Lachen kaum unterdrücken. »Ursprünglich haben die Feen ihn dafür angefertigt, dass sich die Zunge von Feiernden nach einem Schluck Kirso nicht löst. Bei Anfängern zeigt er meistens sehr starke Wirkung. Wundere dich also nicht, wenn du jetzt ein bisschen schweigen musst.«

Eduard murrte und wedelte in gespielter Verärgerung mit den Armen, woraufhin seine Freunde lautlos losprusteten und sich mit den Ellenbogen rammten, wenn einer von ihnen auch nur einen Ton hervorbrachte. Vor Lachen hielten sie sich die Bäuche. Ihre Verschwörung gegen ihn hatte sie ihre Feindschaft vergessen lassen.

Ed selbst hatte der Zauber des Brotes völlig eingenommen. Gelächter kitzelte seine Zunge: Die Magie gab ihm keine Möglichkeit zur Entfaltung. Für einen Moment ließen die nagenden Schatten der Grausamkeit von ihm ab, flohen, verstoßen von ihrer Freude, zwischen die Baumwurzeln und unter die Steine, über die der Fluss murmelnd Wasserschwallen in die Ferne rollte.

So hätte es sein sollen, schoss es ihm durch den Kopf. Er hätte diese Männer genauso sorglos und frei kennenlernen sollen, wie sie bei einem großen Feenfest einander immer mehr und mehr Wein einschenkten und sich gegenseitig für ihre Taumelbewegungen beim Tanz verspotteten. Der geschwisterliche Zusammenhalt, den ihre Familie verschwelt und die Dringlichkeit des Krieges eingeäschert hatte – hätten sie ihn im Frieden wiedererlangen können? In Momenten wie diesen überwanden sie ihre Zwietracht. Wie hätte er seine Beziehung zu ihnen aufgebaut, wenn sie nicht auf Gefahr und Angst fußen würde?

Seine Gedanken mussten sich in seinem Schleier widergespiegelt haben. Prompt wich der Leichtsinn auch aus Nuepáns Zügen und ätzte eine Furche zwischen seine dünnen Augenbrauen. »Diese Geschöpfe, die Schattenweber«, ermahnte er seine Freunde. »Sie sind wirklich gefährlich. Sie haben nicht nur den Feind vernichtet, sondern auch unsere Soldaten. Palia ist ausgelöscht. Ich bezweifle, dass sich dort noch Feen finden werden, die uns im Krieg helfen können.«

»Und Nabdemus wäre die nächste Siedlung, die diese Biester befallen würden«, bemerkte Haltor wehleidig. Kummer füllte seine Lachfalten aus. »Bitte sagt mir, dass ihr sie noch warnen konntet. Wie waren die Bewohner eingestellt, als ihr sie besucht habt? Werden sie sich wehren?«

»Bei unserem Aufbruch war ganz Nabdemus in Kampflaune.« Befriedigt stellte Eduard fest, dass er die Sprache wiedererlangt hatte. *Fieses Brot.*

Adiz pfiff anerkennend, wofür Nuepán ihn mit einem Armruck schalt. *Weck bloß nicht die Soldaten auf.*

Heiser fügte Haltors Bruder an: »Wir lassen uns also nicht gefallen, dass die Reinblute einfach so in ihr Reich einmarschieren und uns alle beiseiteschaffen wollen. Beeindruckend. Wenn das so weitergeht, haben wir ja vielleicht doch noch eine Chance.«

Die übrigen Feen ignorierten seinen Zynismus. Nur Haltor ballte seine großen Hände immer wieder zu Fäusten und entspannte sie.

»Und was ist mit uns? Was tun wir?«

Nuepán schnaubte, als Eduard die Frage in die unendlich dunkle Nacht warf. Plötzlich schien es ihm, als wüsste auch er schon längst die Antwort darauf. Sie war im Schatten seines Herzens gewachsen, eiternd und schmerzend. Seit er den Arm dazu erhoben hatte, das Leben des reinblutigen Lurixreiters zu beenden.

Eine hohle Stimme zerhackte die Stille. Eduard wirbelte herum und wich überrascht von Parse zurück. »Wir, meine Freunde, stürmen den Palast. Bemüht euch darum zu überleben.«

Niemand von Eduards Freunden reagierte auf diese Worte. Bedrückt hielten Nuepán und Haltor die Köpfe gesenkt und stierten auf ihre Hände, und auch Adiz versteckte sich hinter Schweigen. Der Anführer ihrer Armee stapfte derweil näher zu ihnen, setzte sich grunzend in ihren Kreis und bediente sich wie selbstverständlich an dem Fladenbrot.

Eduards Schleier wickelte sich zu einem festen Knoten. Mit einem Mal schrien jeder Kratzer und jeder Stich in ihm auf, die er durch das Elixier schon verschwunden geglaubt hatte.

Wie war Parse so unhörbar zu ihnen geschlichen? Wie blind und taub und gefühllos mussten sie sein, was für eine leichte Beute!

»Keine Sorge, Ed«, beschwichtigte dieser ihn. »Die Reinblute werden uns in der Nacht nicht attackieren, falls du deswegen Bedenken hast. Die wenigen Stunden bis zum Sonnenaufgang brauchen sie, um ihre kläglichen Plänchen zu schmieden.« Die Fee brach in dumpfes Gelächter aus, in das keiner von ihnen einstimmte.

Adiz jedoch, an dessen Seite der Mann Platz genommen hatte, schob den groben braunen Stoff seiner Hose beiseite und rückte von ihm ab.

Was geschah nur mit Parse? Sein Verhalten wirkte so sonderbar, dass Eduard seinen Arm kneifen musste, um sich zu versichern, dass er nicht bereits in einen skurrilen Traum entglitten war. Er hatte gerade den Mund geöffnet, um seine Verwunderung kundzutun, da wehte die nächtliche Brise eine süßliche Duftwolke zu ihm. *So ist das also.*

Parses schiefes Grinsen bestätigte seine Vermutung. »Was denn? Jeder verarbeitet die Schrecken auf seine Art, Ed. Oder guckst du mich so an, weil du auch einen Schluck möchtest?«

Eduard rümpfte die Nase. Der Geruch von Wein hatte sich in Parses Tunika und dem geflochtenen Pflanzengürtel festgesetzt, seiner Haut, seinem krausen rötlichen Haar. Der Rausch musste seinen Verstand völlig zerstreut haben. Wenn der Morgen anbräche, würde ihm nur noch ein Gespenst dieser Nacht erhalten bleiben. Und angesichts seiner Lage wusste Eduard nicht, ob er es sich nicht auch wünschte.

»Jeder verarbeitet die Schrecken auf seine Art, Ed.«

Der nächste Mond streute neues Licht auf diese Behauptung. Parse hatte sein Versprechen erfüllt. Sobald die ersten scheuen Morgenstrahlen die Nacht verflüssigten, sodass sie sich wimmernd hinter den Horizont ergoss, weckte der Feenmann mit seinem Cousin Fidero schon seine Soldaten auf. So schnell wie möglich sollten sie die Reise zum Palast antreten. Eduard sah Feen, deren Augen verquollen und trüb waren. Andere mussten sich auf ihre Gefährten stützen, weil sie sonst nicht aufrecht laufen konnten.

Was für ein bedauernswertes Bild mussten sie wohl komponieren! Ein Häufchen verzweifelter Mischblute, die selbst die eigene Verteidigung nicht überstehen würden, geschweige denn einen Angriff auf einen solch mächtigen Feind. Der Weg zum Palast würde mit Ruß eingekleidet sein; mit Blut und Wehklagen und Leid. So, wie er es in Palia erlebt hatte. Er verstand, dass diese Männer und Frauen ihren Kummer in Wein ertränkten. Aber wie konnten sie nur so nachlässig sein, ihr eigenes Leben, nein, das Leben ihres gesamten Volkes darin zu versenken?

In seine finsteren Gedanken vertieft spürte er die Blicke seiner Freunde im Nacken. Haltor nahm ihn an der Hand und führte ihn zur Seite. Still folgte Eduard ihm zu einem Kirschbaum, der vom Morgentau feuchte Blüten weinte.

»Hör zu, Ed«, setzte Haltor an. »Du ... Du solltest die Soldaten nicht für ihre Gefühle tadeln. Das alles hätte nicht so passieren dürfen. Es hätte generell nicht passieren dürfen ...« Haltor nagte an seiner Unterlippe, die bereits stark gerötet war.

Er spricht nicht mit mir, wunderte Eduard sich, *er hat bloß einen Zuhörer gebraucht. Egal wen. Er wollte sich einfach nur selbst bemitleiden. Dabei weiß er selbst, dass niemand mehr all das hier aufhalten kann. Wer hat unsere Seelen daran gewöhnt, eine Wahl zu haben?*

Mit einem Seufzer richtete sich Haltor wieder an Eduard: »Nuepán und du habt gegen die Reinblute gekämpft, dort drüben in Palia. Du hast gesehen, wie es ist, wenn neben dir Feen sterben. Nur, dass es nicht deine Liebsten waren, die an deiner Seite gefallen sind. Diese Krieger hier haben gestern Verlobte, Freunde und Partner verloren.« Haltor deutete auf die Menge, die einen Steinwurf entfernt an ihnen vorüberzog. Dünner bunter Stoff, keine Rüstungen wie bei den Reinblutsoldaten, dazu einfache Waffen wie Schwerter und Bögen. »So etwas kann man nicht einfach aus seinem Gedächtnis streichen.«

»Aber was ist, wenn wir alle sterben?« Glühende Wut brodelte in Eduards Magen und versengte seinen Rachen. Es mochte selbstsüchtig von ihm sein, an dieser Stelle recht haben zu wollen. Es mochte unempfindlich und brutal sein. Das war ihm egal. Sie durften sich doch nicht von ihrem Gram lähmen lassen, nicht jetzt! »Parse will uns zum Palast bringen! Wie sollen wir in diese Festung eindringen, wenn wir nicht einmal genügend Disziplin haben, um uns nicht vom Alkohol zugrunde richten zu lassen!«

Haltors geschwollene Lider zitterten. Er drehte sich um und riss eine Blüte vom Zweig ab. In der Luft verteilte sich ein Aroma aus Säure und Milde, Tränen und Triumph. »Tadele sie nicht«, wiederholte er. »Wenn wir den Palast erreichen, werden sie ihre Sinne beisammenhaben.« Zerstreut ließ er die Blüte fallen. Noch beim Hinuntersegeln färbten sich ihre zarten Adern bräunlich. »Stell dir einfach für einen winzigen Moment vor, du wärst Zeuge davon gewesen, wie Coryn oder Valentina sterben.«

Ein orangefarbener Lichtfleck entfaltete sich vor Eduard. Seine eigene Kränkung und Zorn wuchsen zu einer einzigen Flammensäule heran. Wie wagte Haltor es nur, Coryn und Valentina in diese Angelegenheit einzubeziehen!

Die Nasenflügel bebend vor Aufregung baute er sich vor seinem Freund auf. »Weißt du, Haltor, gestern, als ich dachte, die Schattenweber würden mich töten, habe ich mir gewünscht, es wäre so. Ich wollte sie neben mir fallen und nie wieder aufstehen sehen. Auf diese Weise hätte ich Gewissheit. So aber liefert mir jede Nacht, in der ich vor Albträumen aufwache, eine andere grausame Art, wie die beiden vom Palast gefoltert werden. Es gibt Dinge, Haltor …«, er schnappte nach Luft, »die sind weitaus schlimmer als der offenkundige Tod. Womöglich kannst du das nicht nachvollziehen, weil du niemanden verloren hast.«

Mit diesen Worten wandte sich Eduard von ihm ab und stapfte auf die Armee zu, die in der Zwischenzeit zügigen Schrittes weiter nach Norden gewandert war. Vor ihm wogten gezackte Felsenmassive auf, umwölkt vom morgendlichen

Nebel. Eduard reihte sich zwischen die Soldaten ein und hielt den Blick starr auf die Berge geheftet.

Sein Herz pochte verräterisch laut. Er würde nicht zu seinen Freunden gehen. Nein. Er brauchte ihre Gesellschaft nicht. Weder die von Adiz, der seine Wut schüren würde, noch die von Nuepán, dessen Gedanken Kelda einnahm. Vor seinem inneren Auge stand noch immer das Bild von Haltor, wie er ihn allein unter dem Kirschbaum zurückgelassen hatte: die Arme schlaff an den Seiten baumelnd, der Mund erschrocken geöffnet. Er hasste ihn für seine Weichheit. Für seine entsetzliche Fähigkeit, für alles Verständnis zu zeigen.

Er selbst würde diese niemals besitzen. Womöglich war es auch besser so.

Wenigstens würden ihn keine Gewissensbisse plagen, wenn er die gesamte Königsfamilie langsam ausbluten lassen würde. Als Strafe dafür, was sie Coryn und Valentina in seinen Albträumen antaten. Und dafür, was sie ihnen tatsächlich angetan hatten.

Besessen von Groll auf seine Freunde verlor Eduard das Zeitgefühl für den Fußmarsch. Sein Körper befand sich nach dem Heilelixier und dem Streit mit Haltor in einer seltsamen Anspannung. Völlig maschinell hetzte er nach vorn. Immer weiter und weiter trieb es ihn, bis die Erde keine sanften Hügel, sondern immer größere Berge hervorbrachte und die üppigen grünen Wälder des Sommerreiches zu Baumgerippen wurden, deren krumme Äste den Himmel zerrissen.

Den eiligen Erklärungen, die die Cousins im Morgengrauen an das Heer gerichtet hatten, hatte Eduard entnommen, dass sie auf Laproz zuhielten. Dort sollten sie sich mit weiteren Armeen vereinen. Sie passierten Täler und Gebirgszüge, die so eigenwillig waren, dass selbst die Wärme der Mischblute sie nicht heimelig machen konnte, und Wasserfälle, deren Magie beinahe gewalttätig auf die verkrustete Erde spritzte.

Wahrscheinlich hatten Parse und Fidero absichtlich eine Route gewählt, die die feindlichen Armeen nicht kreuzte. Nur zweimal waren sie kleinen Reinbluttruppen begegnet – Nachzüglern, wie Eduard vermutete –, die im Angesicht ihrer Größe die Flucht ergriffen hatten.

Sie sollte ihnen nicht gelingen. Ergrimmt von der allmächtigen Präsenz des Todes hungerte er genauso wie alle anderen Feen danach, sich selbst das Leben zu beweisen. Was hätte der Eduard aus Zürich zu ihm gesagt, wenn er ihn getroffen hätte? Hätte er sich selbst dafür verabscheut, nach Mord zu gieren, nach Blut und Rache? Hätte er sich selbst nicht wiedererkannt? Damals, als er seine Eltern durch die Hand von Feen sterben hörte, hatte er sich geschworen, sich niemals selbst in dieses Monster zu verwandeln. Er wollte *gut* sein, ehrlich und gerecht und gütig. Vielleicht hatte er gedacht, dass er das Grauen hätte abwenden können, wenn er sich nur daran hielte. Was für ein kindlicher, dummer Gedanke. Was nützte Ehrlichkeit, wenn er dadurch die letzte Person verlöre, die ihn noch stützte? Was nützte Gerechtigkeit, wenn in diesem Reich nur das Gesetz der Stärke galt? Was nützte Güte, wenn jedes verschonte Reinblut Dutzende mächtigerer, mitleidloserer Feinde anlockte?

Der Mord an den Winterfeen war schnell und hinterließ keine Sicherheit. Umso mehr quälte Eduard die lange Wanderung. Seine Finger juckten vor Ungeduld, den Feind endlich zu fassen zu bekommen. Diese Truppen waren ungefährlich, unwichtig gewesen. Der wahre Gegner harrte im Palast.

Wie lange waren sie schon marschiert? Sechs Monde, vielleicht acht? Der Streit mit Haltor erboste ihn, wenngleich Nuepán ihn geschlichtet hatte. Die Furcht um Coryns und Valentinas Leben verfolgte und die Unrast zerstückelte ihn. Bis sich der Palast dazu entschied, ihm zu schenken, wonach er so sehr gierte.

Indem er Prinz Asten zu ihm schickte.

In einer Nacht, als die Soldaten schon in tiefen Schlaf versunken waren, kehrte seine beste Freundin zurück. Festgehalten von einem jungen Mann mit einer Krone im Haar.

Dem Prinzen.

Für einen Herzschlag vergaß Eduard das Atmen. Und im nächsten schoss er nach vorn. Sein Schleier zerteilte die Dunkelheit wie eine brennende Sternschnuppe. »Lass sie los!«

Coryn und Asten erstarrten mitten in der Bewegung. Der Schatten eines hohen, knorrigen Gewächses, unter dem der Lurix sie geräuschlos abgesetzt hatte, verbarg ihre Gesichter vor ihm. Er war sich sicher, dass Angst Coryns Züge verzerrte.

»Lass sie sofort los!«, schrie er erneut, unbekümmert, ob er dadurch das gesamte Heer aufwecken würde.

»Eduard, warte!« Coryns Stimme. Er hatte sich nicht getäuscht.

»Ich tue ihr nichts!«

»Du Heuchler, nimm deine dreckigen Hände von ihr!«

»Eduard, stopp!« Ihr Befehlston sandte einen scharfen Krampf durch seinen Körper. Warum verstieß sie ihn? Stand sie etwa auf der Seite des Reinbluts? Unmöglich! Asten musste sie dazu drängen, das alles zu sagen. Coryn hatte noch nie so herrisch mit ihm gesprochen... Benommen vor Schock hielt er inne. Noch immer trennte ihn dieselbe Entfernung von ihr wie vor seinem Spurt.

Ein tiefer Frost durchzog die Atmosphäre wie die Fühler einer fremden Macht. Instinktiv wankte Eduard zurück.

»Wir kommen in Frieden, Eduard. Verzeih mir. Ich muss dich durch deinen Schleier auf Abstand halten. Ich kann nicht zulassen, dass du Dinge tust, die du im Nachhinein bereuen würdest.«

In Eduards Kopf ratterte es. Wie kalt es auf einmal geworden war! Als wäre er bereits im Winterreich angelangt. *Ich muss dich auf Abstand halten. Ich kann nicht zulassen...* Der Ursprung der Magie, mit der sich die Erschienen umwoben hatten, lag in Coryn. Nicht im Prinzen. Wintermagie in Coryn... Aber wie?

Der Lurix hinter Asten knurrte leise und schwang die nachtblauen Flügel. Widerspenstig erhob er sich in schwindelerregende Höhen, küsste die Himmelskuppel und vereinigte sich mit dem Schwarz des Unlichts. Die beiden Gestalten vor ihm rührten sich nicht.

Es missfällt ihnen nicht, dass der Lurix fort ist. Sie haben nicht beabsichtigt zurückzureisen. Warum nicht?

Trotz seines Schreis schliefen die Krieger noch immer. Der Wind trug das Schnarchen von Soldaten zu ihm, die von der Tageswanderung so zermartert waren, dass sie sich nicht freiwillig aus dem tröstlichen Gespinst ihrer Träume lösen würden. »Coryn«, krächzte er, einen Schritt nach vorn wagend. »Was hat er mit dir gemacht?«

»Bleib, wo du bist, oder der Zusammenstoß mit meiner Barriere wird dir Schmerzen zufügen!«

Entgeistert starrte er in die Dunkelheit. In den weiß schimmernden Figuren suchte er nach den Umrissen derer, die er kannte. Was war im Palast mit Coryn passiert? Sie mussten sie gefoltert haben, ihr Bewusstsein manipuliert... Warum redete sie so mit ihm? Es konnte unmöglich seine Freundin sein! Oder doch ...

»Ich bin nicht seine Gefangene, Eduard«, fuhr Coryn als Antwort auf seine stumme Frage fort. »Ich bin frei. Asten ist hier, weil er sich eurer Armee anschließen will. Wir beide wollen das. Und da die Mischblute von der Unterstützung des Kronprinzen sehr profitieren würden, sollten wir diese Angelegenheit zu jedermanns Zufriedenheit arrangieren. Am besten, ohne dass irgendjemand angreift.«

»Und deshalb führt er dich im Schutz der Finsternis hierhin? Damit ihr beide unserer Armee beitreten könnt? Hat der Prinz vielleicht eine besondere Form der Sonnenkrankheit, die all die Sovas als ein strenges Geheimnis gehütet wurde?«

Eine heftige Bö rüttelte an den Baumzweigen hinter den Angekommenen, als Asten hinter Coryns Rücken hervortrat. Er wollte schon auf Eduard losbrausen, nur sie hielt ihn zurück.

Eduard hingegen reizte diese Geste nur noch mehr. Unterstützung des Kronprinzen, von wegen! Eine hübsche Beschönigung für Spionage! Zusätzlich zu seiner Dummheit besaß Asten offensichtlich die Dreistigkeit, Coryn als Köder für seine Zwecke zu missbrauchen.

»Oder ist unser Prinz einfach besonders schwer von Begriff? Ihm fällt ja ausgezeichnet pünktlich ein, dass der König kein kluger Herrscher ist!«

Auf einmal passierte alles sehr schnell. »Du schändlicher, bodenkriechender Menschensohn, das war genug!«, rief Asten und hetzte zu Eduard. Millionen glitzernder Partikel aus Schnee und Staub schossen in sein Gesicht – ein Regen aus dem, was Coryns Schutzschild gebildet hatte.

Jedoch hatten der Krieg und das Training mit Haltor ihn darauf vorbereitet. Blitzartig warf er sich auf den Boden, die Arme über dem Kopf zusammengeschlagen. Das Manöver erreichte sein Ziel. Die Scherben aus Nichts trafen nur seinen Rücken.

Ducken, schlagen. Prompt war er wieder auf den Beinen. Seine Faust raste auf den Hals des Prinzen zu. Asten packte sein Handgelenk, rammte es mit ungeheurer Kraft gegen Eduards Brust. Hustend schwankte er zurück und holte sogleich zum neuen Angriff aus.

»Ich hätte dich umbringen sollen, als ich die Möglichkeit dazu hatte«, fauchte Eduard. »Damals, in dieser Nacht, als du Coryn entführt hast. Was nützen mir deine toten Komplizen, wenn ich auch dich hätte tot sehen können!«

»Und du denkst wohl, dass es so leicht ist, hm?« Asten haschte nach ihm, wirbelte ihn herum und zerrte ihn rücklings zu sich. Die Hand hatte er an seine Kehle gepresst, den Stiefelabsatz in seinen nackten Fuß gebohrt. Der Schmerz fuhr mit Tausenden Nadelstichen in seine Muskeln.

Mit dem Kopf schlug Eduard gegen den Prinzen. Etwas

nässte warm seinen Hinterkopf. Asten stöhnte auf. *Ich hätte meine Waffen nicht am Schlafplatz ablegen sollen.*

Plötzlich schlossen sich Astens Finger enger um ihn. Etwas Spitzes, Kaltes schlängelte sich um seinen Nacken ...

»Ihr werdet euch nicht gegenseitig umbringen!«

Abrupt riss eine Druckwelle sie auseinander, schleuderte sie hinunter und ließ sie hart auf der Erde aufprallen. Für den Bruchteil einer Sekunde verließen Eduard seine Sinne. Er erlaubte es sich nicht, in der Bewusstlosigkeit auszuharren. Als sich sein Sichtfeld geklärt hatte, kniete Coryn mit verdrießlicher Miene vor ihm und betastete seinen Hals.

Dankbar für den Moment umgriff er ihre Hand, sie auf diese Weise dazu zwingend, ihn direkt anzuschauen. Ihm blickte ein fremdes Paar Augen entgegen. Eines, in dem Furcht und Grauen gegen ein Kliff aus Skrupellosigkeit gischteten und Unbiegsamkeit zu einem düsteren Felsen aus Nachtfasern anschwoll. Ihre Sommersprossen waren verblichen, ihre Wangenknochen stachen heraus wie nach einer langen Hungerzeit. Und doch züngelte ein scharlachroter Schleier um ihren dürren Körper. Sie so zu sehen, ließ den Atem in seinem Hals verklumpen. *Was haben sie nur mit dir gemacht, Coryn ...*

Das, was sie soeben getan hat ... Diese Magie ... Reinblutmagie ... Wie kann das sein? Was ...

»... bei allen magieschaffenden Wesen Fejas geht hier vor sich?«

Eduard zog sich an den Ellenbogen hoch. Hinter ihm, gerüstet mit Schwertern und Degen, hatte sich die Armee der Sommerfeen formiert. Ein Mann löste sich aus der Gruppe und stolzierte auf sie zu. Die spitze Mondsichel ritzte sich unter seine Haut und glomm in silbrigem Licht in seinen Gesichtsfalten. Parse.

Aufstehend straffte Coryn die knochigen Schultern. »Wir kommen in Frieden«, wiederholte sie.

Coryn

Feja, Sommerreich
101. Mond der 3600. Sova

Unter der bösartigen Feindseligkeit, die der Fremde mir mit seiner gesamten Haltung entgegenschmetterte, zuckte ich zusammen. Ich suchte die Menge der Soldaten nach dem kleinsten Anzeichen von Freundlichkeit ab, nach Vertrauen oder Zweifeln, wie viel von ihnen der Hass auch schluckte. Nichts. Nur abstoßende, in sich gekehrte Rohheit und Aggression, ausgemalt in der Farbe eines blutigen Sonnenuntergangs. Ich biss mir auf die Lippe. Wie konnte ich bloß so töricht gewesen sein, auf etwas anderes zu hoffen! In der Uniform des Palastes, in Begleitung ihres ärgsten Feindes!

Eduard, der sich zuweilen erhoben hatte, stellte sich zwischen mich und Asten, was der Prinz mit einem kehligen Lachen quittierte. *Bitte nicht. Bitte nicht noch einmal.*

»Coryn! Bist du das?« Verunsichert trennte sich eine weitere Gestalt vom Heer. Gefolgt von zwei anderen, deren Silhouetten mir vertraut vorkamen.

Irrte ich mich? Dieser raue, tiefe Tonfall... Es musste ein

anderes Leben gewesen sein, in dem ich ihn zum letzten Mal vernommen hatte. »Haltor?«, rief ich.

Die drei Gestalten traten näher. Ein heller Mondfleck fiel auf ihre Gesichter und offenbarte die tief gesetzten Augenbrauen des Ersten, die trotzige Nasenspitze des Zweiten und die vollen Lippen des Dritten, die die Schwermut zu einer dünnen Linie zusammengepresst hatte. Mein Herz machte einen Satz. *Meine Freunde aus dem Sommerreich ... Ich bin nicht allein. Ich habe sie zurück.* In einer dieser Nächte im Palast, wenn Kälte und Verzweiflung an meinen Sehnen gerissen hatten, hatte ich die Hoffnung aufgegeben, sie jemals wiederzusehen. Ich war überzeugt gewesen, dort sterben zu müssen: nutzlos verhungert oder schreiend zu Tode gefoltert. Weinend um eine Freundschaft, die ich gerade erst zu schätzen gelernt hatte, hatte ich mich von den Feen verabschiedet. Dass ich ihnen jetzt lebendig gegenüberstand, erschien mir noch surrealer als die Umstände, die zu dieser Situation geführt hatten.

»Und Adiz und Nuepán!«, ergänzte ich die Aufzählung.

»Was tust du hier, Coryn?«

»Warum ist der Prinz bei dir?«

»Geht es dir gut? Bist du verletzt?«

Ihre Fragen, ihre Schleier vermengten sich zu einem Wirrsal aus Zuversicht und Furcht, Zorn und Erleichterung. Rot gelöst in Mitternachtsblau. Eine einzige Stimme stahl sich hindurch und zerschnitt die Verwirrung, die für einen Moment die Stimmung der Armee ins Wanken gebracht hatte. »Was hat das alles zu bedeuten?«

Asten

»Das bedeutet, dass ich zu euch gekommen bin, um mich mit euch zu verbünden.« Es erstaunte Asten, wie sicher er klang. Zu sicher dafür, dass er in diesem einzigen Satz den Palast verriet. Er gab die Krone auf, nach der er seit seiner Kindheit gestrebt hatte, und betrog seine Familie, deren Hass auf die Mischblute er weitertragen sollte. Auf dem Flug in das Sommerreich hatte er sich diesen Moment immer und immer wieder vorgestellt. Keine seiner Visionen beinhaltete, dass er mit geradem Rücken und erhobenem Kopf neben dem Mischblut stand und den Sommerfeen seine Hilfe anbot. Warum war es so einfach, das Richtige zu tun? Oder war es das Falsche? Nein, nein, er durfte nicht zweifeln!

Ein Raunen ging durch die Reihen der Soldaten. Es erinnerte ihn an damals, als er auf einem Lurix nach Palia geflogen war und die Aufstände wegen der Elixierübergabe niedergerungen hatte.

Asten durchfuhr ein Beben. *Ein Mann mit energisch grünen Augen und blonden Locken, der ihm den Beutel mit den Fläschchen reicht.* Er hatte solch eine verblüffende Ähnlichkeit mit dem Unbekannten, der sich gerade noch aus der dunklen Menge der Soldaten materialisiert hatte. *Eissplitter, die den Stamm des Kirschbaums krachend zerspalten.* Coryn und er waren ebenfalls unter einem Baum gelandet, ausgedörrt wie dieser andere nach seiner Rache für den Betrug der Feen. So viele Parallelen ...

Die Erinnerungen prasselten auf ihn herab wie kleine schwarze Steinchen aus Wut und Asche und begruben ihn unter ihrer schwelenden Glut. All die Sovas über hatte er einem Feigling gedient, einem Despoten, der ihn zugleich demütigte und ausnutzte. Er hätte Nemiliara folgen sollen, als sie geflohen war.

Heute musste Asten eine andere Richtung einschlagen. Er durfte sich nicht auf Gewalt verlassen, nicht auf die nackte Demonstration seiner Macht. Und das, obwohl er wusste, dass er mit Unterstützung von Coryn auch dieses Heer seines Willens berauben und gefügig machen konnte. Doch nun war es wichtig, das Vertrauen der Sommerfeen zu gewinnen.

Er durfte nicht denselben Fehler wie sein Abschaum von einem Großonkel begehen. Die Überzeugung von der Feentrennung hatte dessen Sinn für Gerechtigkeit abstumpfen lassen. Schon viele Generationen lang saß Hass statt einer Fee auf dem Thron. Wie konnte er so blind gewesen sein, das nicht zu erkennen!

»Erklärt Euch, Prinz«, forderte der Fremde, der seinen Namen noch immer nicht genannt hatte.

Asten widerstrebte dessen befehlende Natur. Dennoch schluckte er seine Missgunst hinunter. Am Nachmittag hatte er sein Amt als Prinz von Feja aufgegeben. Am Abend war er nur noch ein Mann, der seine Tante und das gesamte Königreich vor einem grausamen Tyrannen bewahren wollte. Und an der Anspannung der Atmosphäre, unter der sich Coryn nervös versteifte, schätzte er ab, was für ein herausragendes Gewicht seine nächste Aussage besitzen würde. »Ein entscheidender Vorfall hat mir den Anlass dazu gegeben, meine Position im Palast zu überdenken«, sagte er langsam, »und zum Schluss zu gelangen, dass die Regierung des Königs brutal und falsch ist. Ich möchte mein Vergehen wiedergutmachen. Deshalb möchten ich und mein Gefolge euch dabei helfen, Meliodas zu stürzen.«

Obgleich Groll und Verbitterung die Seelen der Sommerfeen bereits völlig ausgesengt hatten, entzündete der Vorschlag des Prinzen sie erneut. Das nervöse Geflüster der Menge nahm zu, vibrierte, lärmte, elektrisierte. Wie ein Vulkan, der Lava spie, warfen die Soldaten dem Prinzen brennende Phrasen und Gesten entgegen, die auf ihn jedoch keine Wirkung zeigten.

Statt ihm fing Eduard Feuer und verkohlte in der schwarzen Raserei seines eigenen Volkes, die ihn überwältigte. *Mord, Mord, Mord.* Das war das Einzige, woran sie dachten. Und sie würden in ihrer Erregung keine Gnade für die Frau in der Kleidung des Palastes kennen, die an seiner Seite stand.

Fassungslos wich er zurück und schnappte nach Coryn. Ihre Hand war entsetzlich kalt. So kalt in dieser lodernden Nacht. War es noch sie? Hielt er das Mädchen fest, mit dem er mit einem Gleitschirm in die Höhe gestiegen war und das die Kaffeeflecken von ihren Vorlesungsmitschriften gewischt hatte? Durfte er ihre Freundschaft hier überhaupt mit der aus Zürich vergleichen? Sie war am Leben. Sie war bei ihm. Warum war er nicht glücklich darüber? *Sie ist eine andere geworden. Du kennst sie nicht mehr.*

Was hatten die Reinblute ihr angetan? Was hatte *der Prinz* ihr angetan?

»Seid still!« Eduard verstand nicht, dass er geschrien hatte, bevor unerwartet Ruhe in die Reihen der Soldaten einkehrte. Parses Atem rasselte. Nuepáns Gesicht neben ihm war totenbleich. »Der Prinz ist unsere Geisel. Dass er sich hierhin begeben hat, bietet uns eine ausgezeichnete Chance dazu, den Palast zu manipulieren. Wir wären genauso einfältig, wie sich die Reinblute uns vorstellen, wenn wir ihn jetzt umbringen würden.« Zur Bestätigung umgriff er den Arm des Prinzen so, dass er nicht unbemerkt verschwinden konnte. *Dieselbe Kälte wie bei Coryn. Was hat das zu bedeuten?*

Wieder murmelte die Menge. Diesmal zustimmend.

Der Prinz lachte nur. »Wenn es euch Vergnügen bereitet, mich als nutzlose Geisel festzuhalten – immerzu. Aber setzt nicht darauf, dass meine Gefangenschaft den König bedrücken würde.«

»Diese Frau hier«, fuhr Eduard fort, Astens Argument ignorierend, »ist meine Freundin und genauso ein Mischblut wie wir alle. Ich bürge für alles, was sie euch sagt. Aber vorher will ich eine Kleinigkeit aus dem Mund unseres

Prinzen erfahren. Vor sechsundzwanzig Monden hat er sie nämlich eigenständig entführt. Nun bringt er sie zurück und will uns helfen. Wollen wir vielleicht den Anflug sanftmütiger Stimmung bei unserem Herrscher ausnutzen und ihn fragen, welche geheimen Motive ihn dazu getrieben haben?«

»Bevor du dir die Mühe machst, mich zu erniedrigen, Freund von Coryn«, setzte Asten an, und jedes seiner Worte klang scharf und klar, »solltest du wissen, dass deine Freundin die Cousine ebendieses grässlichen Prinzen ist, den du für seine Fehler in Ketten legen willst. Und dass Nemiliara, die dir vermutlich als Emilia bekannt sein dürfte, im Verlies des Palastes verkümmert.

Schließlich solltest du dich fragen, ob du bei deiner selbstverliebten Rachsucht nicht versehentlich so weit gehst, einem armen Prinzen seine Tante und deiner Freundin die Mutter zu rauben. Nur weil du zu beschäftigt damit warst, mich als Geisel zu nehmen. Nur weil du zu beschäftigt damit warst, den Krieg zu verlieren.«

Coryn

Für eine Sekunde verstummte die Welt. Ein schüchterner Sonnenstrahl, für lange Zeit verloren, verirrt in der Wolkenbrühe, fiel auf die Erde nieder und weichte die Konturen der Armee auf, bis sie vor dem Gebirgsmassiv im Hintergrund verschwamm.

Ein weiterer Mond ist vorüber, registrierte ich verspätet und völlig gefühllos. Der Schein taute die frostklirrende Präsenz des Prinzen auf. In diesem waren nur noch Eduard und ich, Auge in Auge, und seine Hand, die plötzlich erschlaffte und von meiner abfiel.

Seine Lippen bewegten sich nicht. Aber er musste nicht sprechen, damit ich um seine Gefühle wusste. Sein Schleier zeigte sie mir. Es war Befangenheit, eingekapselt in ein verregnetes Lila.

»Es ist wahr.« Ich staunte darüber, wie steif diese Bestätigung klang, wie hart und grob. Wann hatte ich mich so gewandelt? *Seitdem dein bester Freund zugelassen hat, dass Asten dich entführt hat. Er war zu schwach, du zu stark. Du bist stärker als sie alle.*

»Coryn!« Es war Nuepán, der mit seinem Ausruf die Realität zu mir zurückbrachte.

Ich schaute ihn an. Die Ruhelosigkeit hatte seine Silhouette dürrer werden lassen, seine Schultern nach innen gekrümmt. Sechsundzwanzig Monde ... wie sechsundzwanzig Leben. Der Krieg billigte nur diese Bezahlung. Und nur Asten und ich konnten ihn aufhalten.

Ich trat nach vorn und wandte mich an den Mann, der mit seiner aufrechten Haltung den Anschein eines Anführers erweckte: »Prinz Asten hat recht. Wir beide sind mit der Frau verwandt, die Meliodas im Palast festhält. Die Ausgesandten des Königs haben mich in der Menschenwelt aufgespürt, sodass meine einzige Rettung in Feja lag. Meine Mutter, die entflohene Tochter des Königs, ist nach Feja gereist, um mich zurückzuholen. Statt ihr zu geben, wonach sie verlangte, sperrte Meliodas sie ein. Womöglich foltert er sie.« Ich biss fest auf die Innenseite meiner Wange, um Tränen zurückzudrängen. *Sie lebt, sie lebt, sie lebt,* wiederholte ich mein Mantra. *Meine Mutter lebt. Ich werde sie befreien.*

Ich wartete darauf, dass Asten das Wort ergriff. Er jedoch stand nur da, die Gestalt verdunkelt von den fliehenden Schatten der Dämmerung, und hüllte sich in Schweigen. Ob er wohl an dasselbe dachte wie ich? Ob er es bereute, vor Meliodas gekniet zu haben, schwach und erbärmlich, in dem Wissen, dass sein Großonkel mit der Seele seiner Tante spielte?

»Der Prinz hat in seinem Auftrag genug Übel angerichtet. Allerdings hat er auch geliebt. Bevor die Wächter meine Mutter fortgeführt haben, hat sie ihm etwas verraten ... das Meliodas für immer geheim halten wollte. Der König hat seine Familie getötet, aus Angst und Neid auf ihre Macht. Zur Vertuschung seiner Tat hat er eine unschuldige Fee geopfert. Nach einer solchen Erkenntnis hätte ein jeder seine Einstellung geändert. Selbst wenn Blut und Krone einen an den Großonkel binden: Asten ist seinem Gewissen verpflichtet.«

Stille war die Nachwehe meiner Erklärung. In ihr keimte die Hoffnung, dass meine Geschichte tatsächlich Anklang in den Herzen der Soldaten gefunden hatte.

Neben mir seufzte Eduard. Auch er war vorgetreten, um mich schweigend zu stärken. Sein vertrauter Kieferduft wallte zu mir auf, hüllte mich ein. Erleichterung prickelte in meinen Fingerkuppen und bahnte sich langsam den Weg in meinen Bauch. Er verabscheute mich nicht, weil ich Meliodas' Enkelin war und damit verwandt mit den Reinbluten, die seine Familie getötet hatten. Und verurteilte mich nicht dafür, dass ich mit dem Prinzen kooperierte. Während Asten und ich auf dem Lurix hierhergereist waren, hatte mich die Angst vor Eduards Reaktion zerfressen. Doch ich hatte ihn unterschätzt. Seine Loyalität hatte auch dann nicht gewankt, als meine Kraft aus mir ausgebrochen und ich vor seinen Augen zu einer Mörderin mutiert war. Selbst wenn der Krieg unsere schwärzesten Abgründe entblößte, würde mein bester Freund nicht von mir weichen.

Der Fremde grinste säuerlich und stemmte die Arme in die Hüften. »Wer versichert uns«, widersprach er, »dass der Prinz überhaupt ein Gewissen hat?«

»Es erfüllt mich mit Trauer, dass euch Coryns ergreifendes Bekenntnis nicht von unseren reinen Absichten überzeugt hat. Selbst die Feen, die sie persönlich kennen, verteidigen sie nicht besonders. Das Eine bin ich – Königsneffe, Feind – aber sie?«

Mit tödlicher Eleganz spazierte Asten zur Mischblutarmee, bis der Unbekannte und er nur noch einen Fuß voneinander entfernt waren. Er ahnte von Eduards Hass, der heiß seinen Rücken streichelte, und auch von Coryns Missgunst. Dennoch konnte er nicht über sich selbst bestimmen. Alte Fehde, Abfälligkeit, Spott. Dies hatte er von Meliodas geerbt und nicht die lang ersehnte Krone, allein schon derer Vorstellung ihn anwiderte.

Du stehst auf ihrer Seite, Asten. Natürlich sind sie misstrauisch. Hättest du nach der Herrschaft deines Großonkels auf etwas anderes gezählt? Du musst ihnen beweisen, dass du dir ebenso wie sie den Untergang des Königs wünschst. Das ist es, was du wirklich willst! Du stehst auf ihrer Seite ...

Das Gesicht des Armeeanführers zeigte keine Regung, als Asten an ihm vorbeilief und vor Coryns Freunden innehielt. Die Sonne des Sommerreiches bekam ihrer Haut gut. Die bronzene Bräune, so fremd für das Winterreich, wirkte wie ein natürlicher Schild auf ihren Körpern, der die Schutzlosigkeit ihrer Emotionen ausglich. *Sie schweigen, um ihre Freundin nicht in Schwierigkeiten zu bringen,* stellte er verblüfft fest.

»Der Prinz möchte euch sagen, dass –«, begann Coryn.

Er unterbrach sie: »Ich möchte einen Weald abgelegen.«

Eduard

Einen Weald. Eduard fuhr zusammen. Seine Großmutter hatte ihm davon erzählt. Es war ein magischer Eid, erfunden von den Dryaden, um die Feengeschöpfe dazu zu verpflichten, ihre Tauschbedingungen zu erfüllen. Damals, als in den Ruinen des vereinten Fejas auch das gegenseitige Vertrauen verfiel, hatten sich die Feen diesen Schwur angeeignet. Doch in ihrer Ausführung war er noch gewaltsamer als bei den Dryaden. Denjenigen, der nicht leistete, was er versprach, bestrafte die Zeit nicht mit fünf neuen Zeitringen um sein Haupt. Er starb sofort. Es war also kein Wunder, dass, nachdem sich die hinterlistige Regierung der Reinblute gefestigt hatte, der Palast den Eid vollständig verbot. Selbst die Dryaden durften ihn nicht mehr direkt einfordern. Nur ein mündliches Gelübde durften sie von der Fee verlangen, die ihre Hilfe gesucht hatte.

Nuepáns lang gezogenes Gesicht verriet ihm, dass auch er verstanden hatte, was Astens Plan bedeutete. Entweder verfügte der Prinz über so viel Macht, dass er den Bann brechen konnte. Soweit Lerenials Erzählungen der Wahrheit entsprachen war das aber noch nie in der Geschichte Fejas vorgekommen. Oder der Prinz hatte wirklich die Fronten gewechselt. Eduards Augenbrauen kletterten in die Höhe. Dieser Gedanke war ebenso wahrscheinlich wie absurd.

Ungläubig beobachtete Eduard, wie sich Asten vor Parse niederkniete und sein Cape zur Seite schlug. Der frühe Wind blies ihn auf wie einen Schneewall, ein Eindringling inmitten von perlendem Morgentau und grüner Wiese. Der Spruch des Wealds floss sanft, als er zu sprechen begann...

... und dennoch eroberte er mit seiner Festigkeit die Gipfel ferner Berge, sie mit den Fasern goldener Morgenröte umspinnend, als wäre Astens Sein von nun an untrennbar mit dem Sommerreich verbunden. Die Bücher, in denen er über den Weald gelesen hatte, beschrieben eine ähnliche Wirkung. Alles lief nach Plan. Bisher.

»Ich gelobe, im Krieg zwischen den Reichen den Sommerfeen zu dienen.« Ein mildes Prickeln stieg in ihm auf. Nicht seinem Körper entstammte es, nein, es setzte an einer viel empfindlicheren, viel intimeren Stelle an. Seinem Schleier. *Bist du dir sicher, dass du dich an dieses Reich und diese Feen fesseln willst? Der Weald wird dich zum Sklaven deiner Versprechen machen. Du wirst einem Volk dienen müssen, das du dein Leben lang verabscheut hast...*

Mit einem Mal überwältigte ihn eine Symphonie aus

Geräuschen. Noch nie zuvor hatte er so viele Laute zur selben Zeit vernommen: gluckernde Bäche und krächzende Raben, flüsternde Grashalme, klatschender Regen auf Holz und Tatzen, die frische Blüten niederdrückten. Er hielt sich die Ohren zu. Trotzdem erreichten ihn die Töne und zwängten sich durch die Tore seiner Seele.

Bist du dir sicher, dass du dich an diese Feen fesseln willst?

»Meine Verwandtschaft mit dem König soll mich nicht lähmen«, sagte er laut, um seine Zweifel zu übertönen. Nach allem, was er über Meliodas erfahren hatte, verdienten sie keinen Platz in seinen Gedanken. »Die Herrschaft, die mir durch meine Geburt zusteht, nicht blenden.«

Obwohl er das Kinn gesenkt hielt, glaubte er zu sehen, wie die Soldaten von ihm abrückten. Zuerst unschlüssig, dann schneller. Der Boden unter ihm leuchtete auf. Immer drängender und fordernder wurde das Prickeln in Astens Schleier. Schon erfüllte es ihn mit Hitze und Eis und streichelte, zupfte, raufte ihn. *Beende den Spruch! Beende ihn!*

»Ich gelobe, Nemiliara zu retten – die Tochter des Königs, die er eingekerkert hat. Diesen Schwur bekunde ich mit meinem Namen: Prinz Asten Redoir, Großneffe des Königs und Enkel seines verstorbenen Bruders. Meine Entschlossenheit wird nicht wanken. Verstoße ich auch nur gegen eines meiner Versprechen, so soll der Tod mir eine gerechte Strafe sein.«

Sobald er den Zauber besiegelt hatte, senkte sich Stille flügelschlagend über die Berge. Der Schein um ihn verschwand, das Etwas, das sich in seinen Schleier gekrallt hatte, floh, und die Komposition aus unterschiedlichsten Geräuschen erstarb. Es überraschte ihn, dass er nicht zitterte, als er aufstand.

Jetzt mussten sie ihm Glauben schenken. Und obwohl der Weald ihn knebelte ... Nun, er würde nur bis zum Ende des Krieges währen. Bis dahin konnten viele Dinge passieren. Erstaunlich viele Dinge.

»Prinz Asten.« Die Anrede des Fremden schallte nervös, beinahe ratlos.

Asten lächelte.

»Ihr und Eure Cousine sollen uns in diesem Krieg unterstützen. Wir zählen auf Euch.«

Coryn

Und, eingereiht in eine lange Soldatentruppe, betete ich zu allen menschlichen Göttern, dass sie es nicht umsonst taten.

Die Nacht hatte die Größe der Armee vor mir verheimlicht. Erst jetzt gewahrte ich, welch Ausmaßen die Feenmenge besaß, die sich zwischen den Hügeln schlängelte. Raue Gerölle standen um uns herum auf, vernebelte Geister, die so lange vor ihrer eigenen Unbestimmtheit geflohen waren, dass die Magie die Geduld mit ihnen verloren und sie in ungemütlichen Formen verfestigt hatte. Dutzende Augenpaare blieben an ihnen hängen und kehrten dann wieder zu mir zurück.

Zu mir, die, versteift in ihrer Palastuniform, schon mehrere Stunden Seite an Seite mit dem Prinzen lief. Meinem Feind. Ihrem Symbol für die Unterdrückung. Meinem Verbündeten auf Zeit.

Als Asten den Weald abgelegt hatte und in die Armee der Sommerfeen aufgenommen wurde ... Da hatte ich zu hoffen gewagt, dass es ein Zeichen wäre. Ich hatte daran geglaubt, dass dieser Krieg enden und Feja vereint daraus auferstehen würde.

Die Blicke der Feen bewiesen das Gegenteil. Selbst wenn wir gewinnen würden, würde diese Welt viele Sovas lang in den Ruinen alter Zwietracht liegen. Denn am Ende hätte jeder einen Freund oder ein Familienmitglied verloren, deren Tode nach Rache riefen. Und die Angst davor, dass der Feind sein Versprechen brach und zuerst angriff, würde die Feen zur Aufrüstung zwingen.

Solange es jemanden gab, der sich an ihre Opfer erinnerte, würden Feinde nie zu Freunden werden.

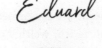

Astens Weald verschaffte ihm kein Vertrauen der Mischblute. Dafür saßen ihre Wut und die Erinnerungen an seine Massaker zu tief. Trotzdem erhielt der Prinz genügend Respekt, dass sie seinen Vorschlägen gelauscht hatten. Seine Worte hatten herb nach Berechnung und Übel geschmeckt.

Im Licht des Tages, das von einem unbarmherzigen Himmel auf sie niedergefallen war, wirkten die Gesichter der Zuhörenden geisterhaft fahl. Rötliche Augenringe kündeten von Nächten, in denen sie ihre Gedanken wie elendsschwangere Gewitterwolken über den Horizont ihres Verstandes schoben.

Und Eduard verstand sie. Sie teilten dieselben Schrecken. Dieselbe Sorge, morgen zu sterben, dieselben Bilder des Kampfes, denselben Grund, warum sie all das ertrugen und noch immer nicht untergegangen waren. Weil der Mord an dem König und Prinzen noch nicht vollbracht war.

Astens Anwesenheit hatte die Hälfte ihres Vorhabens ruiniert. Umso mehr wunderte es ihn, wie wenig sein Volk gegen seine Strategie protestiert hatte. Bis auf einige wenige, die Parse ruhigstellen musste, nahmen die Feen seinen Plan bereitwillig auf.

Dieser beinhaltete, einen Teil der Armee nach Laproz zu schicken, damit er von dort aus gemeinsam mit den Heeren anderer Dörfer in das Winterreich einmarschieren konnte. Der andere aber sollte sich in den Wald begeben und dort auf das Gefolge des Prinzen treffen. Dessen Männer waren im Winterreich geblieben, um Lurixe und Pegasi für das Heer zu fangen. Am Portal zwischen den Feenreichen warteten sie auf die Sommerarmee. Und ausgerüstet mit den Reittieren würden sie das Weltentor passieren, während es unter Astens Magie stand.

Am Portal zwischen den Feenreichen. Eduards Kopf dröhnte. Er bedeckte die Ohren mit den Händen, weil er nicht den stummen Schrei aushielt, den Coryn bei Astens Worten ausstieß.

»*Das einzige Portal liegt in der Zwischenwelt.*«

»Wie meinst du das, dass es nur in eine Richtung funktioniert?«

Weil es dir wichtiger ist, dass sie dir erhalten bleibt als ihren Eltern.

Seine Gedanken kollidierten. Erinnerungen. Lügen. Bilder. Tränennasse Wangen und verhärtete Schleier.

»*Das einzige Portal liegt in der Zwischenwelt.*«

»Das bedeutet, dass auch wenn wir wieder zurückfänden ... Wir womöglich eine Zeit erwischen würden, in der meine Familie schon längst verstorben ist?«

Du bist besitzergreifend, Ed. Du bist ängstlich und egoistisch.

Eduard vergrub das Gesicht in den Händen. Traute sich nicht aufzusehen. Hatte nicht genug Mut, ihr ins Gesicht zu schauen; heute noch weniger als damals. Und doch brannte ihr Blick auf seiner Haut. Sie war schon immer stärker als er gewesen.

Das einzige Portal liegt in der Zwischenwelt. Das einzige Portal liegt in der Zwischenwelt. Das einzige Portal.

»Meine Magie lenkt das Portal um. Sie wird bewirken, dass wir nicht in die Menschenwelt reisen, sondern direkt zum

Palast, wo sich das dritte Portal Fejas befindet«, führte der Prinz aus, woraufhin Parse nur den Kopf schief legte.

»Nicht in die Menschenwelt reisen.«

»Das dritte Portal Fejas.«

War ich geschockt, als ich es erfuhr? Verstand ich es nicht? Glaubte ich, mich verhört zu haben? Tat es weh, zu wissen, dass Eduard mich verraten hatte, indem er diese Möglichkeit zur Heimkehr vor mir verheimlicht hatte? So sehr wie damals, als ich Valentina im Kerker des Palastes begegnet war?

Ich wusste es nicht mehr. Alles, woran ich mich noch erinnern konnte, war Eduards Schleier, während die Menge der Feen nach Astens Erklärung zufrieden gesummt hatte. Er hatte mir Angst, Entblößung und Scham gezeigt. Seelentinte, ausgeweint in Grau und Schwarz. Ja, vermutlich hatte ich in diesem Moment so etwas wie Schmerz empfunden.

Selbst wenn der Krieg unsere schwärzesten Abgründe entblößte, würde mein bester Freund nicht von mir weichen. Wie konnte ich mich so in ihm getäuscht haben? Eduard hatte mich belogen, all die Zeit lang. Es war viel schlimmer, als wenn er sich von mir abgewendet hätte, nachdem ich die Wintersoldaten umgebracht hatte. Denn dann hätte es einen Grund für seinen Freundschaftsbruch gegeben. Jetzt aber ... Jetzt baute sein Verrat bloß auf Egoismus und Feigheit.

Unser damaliger Schwur auf dem Flugplatz – auf ewig füreinander da zu sein – wie perfide hatte er ihn interpretiert! Bedeutete Zusammenhalt für ihn, dass er mich gegen meinen Willen an sich fesseln konnte wie ein verdammtes Haustier? Sah er in mir ein billiges Mittel, seine Eltern zu ersetzen? Oder glaubte er wirklich, seine Lüge hätte mir geholfen? Die Schrecken dieses Reiches erträglicher gemacht, weil ich dachte, dass ich ohnehin nicht nach Hause kommen konnte?

Hasserfüllt starrte ich nach vorn zum Himmel. Soldatenrücken stahlen seine letzten Fetzen von mir. Ihre Schritte hatten sich im Laufe unserer Wanderung so sehr angeglichen, dass die Erde pulsierte. Es kam mir falsch vor, so entsetzlich falsch, ihren Rhythmus zu teilen. *Ich hätte nicht hier sein sollen. Bei Gott, was tue ich hier?*

»Das einzige Portal liegt in der Zwischenwelt.«
Das dritte Portal Fejas.

Fremde Geschöpfe umgaben sie in einem fremden Reich, dessen Teil Coryn niemals hätte werden sollen. Er allein hatte sie aus ihrer Sicherheit herausgerissen, sie wohlerwogen von ihrer Familie getrennt, um sie für sich zu beanspruchen. Bei seinem Gleitschirmsturz vor anderthalb Jahren hatte sie ihm versprochen, immer bei ihm zu bleiben. Doch er war es gewesen, der dieses Versprechen auf all seine Leiden ausgeweitet hatte. Er hatte sie dazu verpflichtet, sein Leben zu richten, das die Reinblute in seiner Kindheit zerschossen hatten. Er hatte ihr die Aufgabe erteilt, sich an Feja zu gewöhnen, weil es der Ort war, an dem er sich sicher fühlte. Er hatte von ihr erwartet, für ihn stark zu sein, denn ihre Kräfte überstiegen die seinen. Aber dabei hatte er vergessen, dass sie nicht für ihn existierte. Wie hatte er sich bloß anmaßen können, über ihr Leben zu bestimmen?

Er hatte sie niemals besessen ... Er verstand es zu spät, viel zu spät. Und die Worte seines Betrugs hallten wie mahnende Schatten in seinem Gedächtnis nach, die ihn dicklich umflossen und seine Lungen verklebten.

»Das einzige Portal liegt in der Zwischenwelt – auf dem Weg hierhin wären wir beide fast tausend Tode gestorben, die du dir in deinen schlimmsten Albträumen nicht ausmalen könntest.«

Aber er hatte es doch nicht so beabsichtigt! Wenn er sie nicht davon abgehalten hätte, durch Feja zu irren, um nach Hause zu finden, wäre sie vielleicht gestorben! Besonders im Angesicht des drohenden Krieges ... Das musste sie doch verstehen!

Coryn

Nahm er wirklich an, er hätte mein Leben bewahrt? Wann hatte er vorgehabt, mir seine Lüge zu gestehen? Heute? Morgen? Hätte ich davon erfahren, wenn der Winterprinz mich nicht entführt, der König meine Mutter nicht im Kerker eingesperrt und sich Asten nicht unserer Armee angeschlossen hätte? Damals hatten seine Argumente so überzeugend geklungen. So teuflisch überzeugend für dieses verfluchte Reich, das weder Logik noch Gerechtigkeit noch Reue kannte!

Es war mir so leichtgefallen, ihm zu vertrauen. Hatte ich mich früher freiwillig auf ihn verlassen, so war es mit der Flucht nach Feja zu einer Notwendigkeit geworden. Ich hatte mich an ihn geklammert, weil er mein einziger Vertrauter in dieser Welt war. Er hatte gewusst, wie sehr ich auf ihn angewiesen war. Und statt mich wie ein loyaler Freund zu stützen, nutzte er meine Hilflosigkeit schamlos aus.

Überwältigt von meiner Wut hatte ich nicht auf einen Felsbrocken geachtet, an dem mein Stiefel mit Wucht abprallte. Stolpernd ruderte ich mit den Armen, rang um Gleichgewicht. Fremde Hände packten mich an den Schultern und zogen mich hart auf die Beine.

»Vielleicht wäre es eine gute Idee, einfach mal deine Umgebung zu beobachten«, giftete Asten mich an.

»Vielleicht wäre es eine gute Idee, einfach mal deinen Mund zu halten. Ich habe nicht nach Ratschlägen gefragt.«

Er bleckte die Zähne, erwiderte aber nichts.

Ich hätte dich nie kennenlernen sollen, verruchter Prinz! Dich und deinen niederträchtigen Onkel. Ich hätte niemals gefoltert werden sollen! Niemals auf dem Boden des Dornensaals gefroren und den glimmenden Fleck im Gestrüpp an der Wand beobachtet haben sollen ... Diesen Schleier eines Gefangenen, dessen Leben der Palast für nicht wertvoll genug erachtet hatte.

Eduard

Ihr Leben ... es hätte ... so menschlich verlaufen können.

Oh, wie sehr sie ihn dafür hassen musste, dass er es ihr genommen hatte.

»He, Junge.« Nuepán neben ihm benetzte die Lippen. Haltor und Adiz folgten ihnen lautlos.

»Stimmt etwas nicht mit Coryn? Ihr ... vertragt euch nicht so gut, kann das sein? Hat sie die Seiten gewechselt? Du weißt schon, wegen meiner Verletzungen beim Aufstand habe ich nicht besonders viel Zeit mit ihr verbracht, aber –«

»Du kannst sie doch nicht wirklich verdächtigen, sich mit dem Winter gegen uns verbündet zu haben!«, mischte sich Haltor ungewöhnlich empört ein. »Nuepán, das Mädchen hat bei uns *gelebt!*«

Adiz, der sich genauso wie Haltor aus der Formierung gelöst hatte, streichelte seinen braunen Bart. »Unterschätze nicht, dass bestimmte Motive sie leiten könnten. Vielleicht verspricht sie sich von ihrer Zusammenarbeit irgendetwas. Abseits von dieser Muttersache natürlich. Niemand nimmt an diesem Krieg teil, der sich nicht auch einen Nutzen davon erhofft.«

Ach wirklich, und was ist dann deiner?, hätte Eduard Adiz am liebsten entgegengeschleudert, *was willst du erreichen?*

Willst du Elixierbücher aus der Palastbibliothek stehlen? Die Macht an dich reißen, wenn Fejas Anführer tot ist und die anderen Feen ihre Magie regenerieren müssen?

Er hatte bereits den Mund geöffnet, da fiel ihm auf, wie sinnlos dieser Versuch war. Selbst eine Fee, die Coryn und ihn nicht kannte, hätte ihre Feindschaft ihm gegenüber längst bemerkt.

Du hattest sie nur beschützen wollen! In dem Zustand, in dem sie in Feja angekommen war, hättest du doch nicht riskieren können, dass ihr dasselbe noch einmal widerfährt! Was hätte es ihr genützt, tot in die Menschenwelt zu gelangen? Es ist nicht deine Schuld, dass Asten das Portal erwähnt hat. Du hättest es ihr erzählt, wenn der Krieg vorbei wäre. Du hättest nicht lange mit dieser Lüge leben können.

Was für ein selbstsüchtiger, schwacher Verräter er doch war. Eduard schüttelte den Kopf. »Coryn wird uns unterstützen. I-Ihre«, er pausierte, nach dem richtigen Ausdruck suchend, »Kälte mir gegenüber hat nichts mit unserer Mission zu tun.«

»Wenn das nicht nach Verbitterung stinkt.« Adiz lachte kratzig.

Eduard fand keine Kraft, um seiner Bemerkung zu widersprechen. *Womöglich liegt diese Feststellung bloß so unbehaglich in meinen Gedanken, weil sie der Wahrheit entspricht. Weil sich Adiz als Einziger traut, die Dinge auszusprechen.*

»Ich habe einen großen Fehler gemacht«, murmelte er.

Coryn

Hätte ich die Anzeichen seiner Schwäche früher bemerken können? Seine Bitten in Zürich, ihn zu Hause zu besuchen, weil er die Einsamkeit in seiner viel zu großen Wohnung nicht aushielt. Er hatte das Flehen in seinen Worten immer sorgfältig verhüllt. Seine Tatenlosigkeit, als ich in Feja in Magie explodierte und den Reinbluten ein Ende bereitete. Er hatte bloß zugeschaut. Seine jämmerliche Gegenwehr bei meiner Entführung. Dabei hatte er doch mit Haltor trainiert.

All die Male hätten mir zeigen können, wie abhängig Eduard von mir war, wie unfähig, allein zu überleben. Ich hätte nur hinschauen müssen. Aber das wollte ich nicht.

Ich wollte in meinem besten Freund keinen ängstlichen und besitzergreifenden Versager sehen, der Einsamkeit um jeden Preis umgehen wollte. Und wenn er dafür belügen, betrügen und verraten würde – kein Mittel wäre ihm zu teuer.

Nie würde ich ihm verzeihen.

Genauso wie sein Schleier den Verrat entlarvt hatte, hatte ihm der meine von Feindseligkeit erzählt. Und sie reichte viel tiefer als der Blutsunterschied bei Feen. Es gab mir ein seltsames Gefühl von Genugtuung, daran zu denken. Ich wollte, dass er litt.

Asten

Feja, Sommerreich
102. Mond der 3600. Sova

»Meine Magie wird das Portal schwächen. Wir müssen also davon ausgehen, dass es für eure Transportation länger braucht. Geht nacheinander hindurch und passt darauf auf, dass ihr nicht das Gewölbe berührt. Sonst riskiert ihr eine magische Entladung, die ziemlich schmerzvoll sein kann.« Asten deutete auf das flimmernde Gebilde hinter ihm. Wenn man den verstaubten Wälzern der Feenchroniken glaubte, die er als Prinz studieren musste, hatte die Zeit selbst das Portal ursprünglich aus aufeinandergeschichtetem Finsternisgestein errichtet. Aber der Lauf aller Dinge hatte auch an etwas so Verzaubertem und Geheimnisvollem wie diesem Weltendurchgang seine Spuren hinterlassen. Efeu und Moos wucherten, neidisch auf die Errungenschaften des anderen, an den Säulen hoch, und versteckten Anfang und Ende des Baus.

Als würde dieser einen Geist besitzen, den die Pflanzen mit ihrem störrischen Wuchs vergifteten, rann eine Flüssigkeit in der Farbe von verflüssigtem Sonnenuntergang die Steinplatten hinunter. Sie verströmte einen seltsamen Geruch von vergorenen Schatten, den die verkrümmten Baumstämme atmeten.

Oder war es der Duft vom Kirso des Wächters, mit dem er sich hier vergnügt hatte, bevor er ihn erledigt hatte? Asten blähte die Nasenflügel. Er wusste nicht viel über diese Fee. Nur, dass es sich um ein Reinblut gehandelt hatte, das seinen Pflichten nicht nachgekommen war. Wenn er nicht mit den Sommerfeen zusammenarbeiten und den Diener des Königs aus dem Weg räumen müsste, hätte er ihn später für Unachtsamkeit beim Dienst getötet.

»Und die Lurixe? Sind sie nicht zu groß für das Portal?«

Überrascht von dieser Frage beäugte Asten die Sprechende: eine Frau mit einem starken Kiefer und hoher Stirn, auf der die Haut, dünn und zart wie Papier, bereits in dünnen Falten zerknitterte. Hatte sie Kinder in ihrem Dorf zurückgelassen? Focht sie diesen Krieg für sie aus? *Was hat der Palast bloß angerichtet? – Denk nicht darüber nach. Wen kümmert es?*

»Sie werden euch folgen«, entgegnete Asten knapp. »Drückt nur ihre Flügel herunter.«

»Wo genau im Winterreich werden wir ankommen?« So kränklich und schwankend, wie er sich an seinen Freunden abstützte, ging Eduard in der Menge der Soldaten völlig unter. Erloschen war das Feuer in seiner Haltung, das zuvor noch in jeder seiner Gesten geknistert hatte.

Dabei bezweifelte der Prinz, dass seine Mutlosigkeit der erschöpfenden Reise geschuldet war. Etwas anderes hatte die Farbe seines Schleiers ausgetrunken, sodass dieser nun grau und fahl an Eduards Schultern klebte. Er bemühte sich nicht einmal, ihn erneut aufzurichten. Und die Art, wie Coryn ihren Freund durch ihr erbostes Schweigen von sich fernhielt, verriet Asten, dass seine Qualen in ihr gründeten.

Schadenfreude beschlich den Prinzen. »An der südlichen Seite des Palastes hinter einem Berg. Dort könnt ihr euch verstecken und darauf warten, dass die gesamte Armee die Teleportation erfolgreich hinter sich gebracht hat.

Diese Position beinhaltet für uns viele Vorteile. Meliodas und sein Gefolge konzentrieren sich bei ihren Schlachtplänen darauf, die Haupttore zu schützen. Von dort aus könnte das Sommerreich sie am besten angreifen. Sie werden nicht erwarten, dass wir den Palast von der gegenüberliegenden Seite stürmen.«

Weil jedes Kriegsbuch davon abrät, ein Weltentor zu verzaubern, fügte er im Stillen hinzu. Ja, es war tatsächlich ein hervorragender Plan. Und das Portal ... Warum sollte es für ihn eine Schwierigkeit darstellen? Der Energiezusammenbruch, vor dem ihn die Lederbände gewarnt hatten, die Zerstörung des Durchgangs ... Innerlich pfiff Asten abfällig. Er war längst kein magischer Novize mehr, dem solche Missgeschicke passieren könnten.

»Und was, wenn sie uns zuvorkommen? Wenn sie uns zuerst attackieren?«

»Dann«, der Prinz entblößte die Zähne, Eduard unentwegt ansehend, »werden wir ihnen zeigen, was es bedeutet, uns herauszufordern.«

Das Halbdunkel, in das der gesamte Wald versunken war, dimmte auf eine seltsame Weise auch das Leuchten der Soldatenschwaden und erlaubte es Asten nicht, ihre Emotionen zu ermitteln. Ihren wachsamen Blicken entnahm er, dass seine Drohung an den Palast ihre Wirkung entfaltet hatte.

Er konnte seinen Triumph kaum verbergen. Eilig winkte er seine Diener herbei, die sich in etwa fünf Fuß Entfernung vom Heer unter einer nadellosen Fichte aufgebaut hatten. Dabei vermied er es, in das Innere des Portals zu schauen. Selbst einer so furchtlosen Fee wie dem Kronprinzen von Feja flößte das Nichts, das ihn von dort mit hohlen Augen durchbohrte, Unbehagen ein.

Wo der Durchgang begann, endete das Licht. Auch wenn er das Portal sorgfältig nach der Fortsetzung des Waldes oder seinem Spiegelbild absuchen würde, würde er keines finden. Dies war das unergründliche Geheimnis der Zeit.

»Bethesh, führe vor, wie das Portal funktioniert.«

Sein Diener nickte, derweil sich Asten dem Tor widmete und die Hand an eine der beiden Säulen legte. Die Kälte des Portals schmerzte in seinen Fingern. Es war keine Kälte wie die von Neuschnee, von eisgeglätteten Klüften oder grauen Nebelbänken. Auch nicht die von Reifmalereien an den Fenstern, von brüllenden Nachtböen oder von weiß verschütteten Bettlaken. Nein. Sogar ihn als Winterfee erschrak diese Kälte, weil sie sich seiner Kontrolle entzog. Er sammelte sich, ließ seine Kraft durch die feuchte Pflanzendecke geradewegs in das Gestein fließen und fühlte die Gegenwehr dieser alten Macht, die niemandem gehorchte.

»*Sei gegrüßt, Verräter der Krone*«, säuselte eine leise Stimme, die nur aus dem Torbogen kommen konnte.

Unwillkürlich zuckte Asten zusammen. Er erinnerte sich nicht daran, gelesen zu haben, dass das Portal zu ihm sprechen würde. Aber was würde aneinander getürmtes

Gestein schon gegen seine Magie anrichten können? Der Prinz verstärkte seinen Druck.

»Wir wissen beide, wie töricht dieses Unterfangen ist. Lass es sein. Dein Platz ist nicht hier, nicht bei diesem verabscheuungswürdigen Gesindel.«

»Sei still«, warf Asten dem Portal in Gedanken entgegen. Mit all seiner Willensstärke beschwor er das Bild des Gebirges herauf, das das Königshaus wie eine Schlange umwand. Die Spitzen, die Zacken, schwindelerregend hoch ... Der knirschende Schnee unter den Stiefeln der Sommerfeen ... Der Schattenriss des Portals, niemals beschienen von der Sonne ... Dorthin, und nicht ins Menschenreich ... Dorthin, und nicht ins Menschenreich ...

»Du bist zu schwach, um sie alle passieren zu lassen. Ergreife das Mädchen und flieh. So wirst du deinem Großonkel noch behilflich sein können.«

»Ich werde nicht zu Meliodas laufen«, brüllte er innerlich und laut befahl er: »Bethesh, jetzt!«

Binnen eines Wimpernschlags schoss Bethesh an ihm vorbei, zog seine Knie an, umwickelte sie mit den Armen und sprang. Asten sah nur noch das Aufblitzen seines schwarzroten Haars, dann war sein Diener fort.

Das Beben der Säulen ging direkt in Astens Körper über und brachte sein Blut in Wallung. Für einen Moment war er wie gelähmt. Als er sich wieder in der Gewalt hatte, floss die rotorangefarbene Substanz zwischen den Efeuranken auf seine Hände hinunter, dicklich und klebrig wie Blut.

»Verräter der Krone«, fauchte die Stimme.

Asten missachtete sie. *»Ich habe dich gebeugt, Weltentor. Ich! All die alten Schriftführer, die mich abhalten wollten, sind*

bloß Feiglinge gewesen, die sich vor der Macht des Portals gefürchtet haben!«

Wie zur Ernüchterung sandten die Felsenblöcke einen harten Ruck durch seine Muskeln. *»Ich bin noch da, Prinz.«*

»Seid beim Hindurchlaufen möglichst schnell, das spart eure und meine Kraft. Diejenigen, die keine Lurixe führen, sollten genauso wie Bethesh springen. Ach, und Parse: Der Anführer sollte mit einem Beispiel vorangehen.«

Die Sovas im Palast hatten ihn gelehrt, die Töne von Belustigung wie seidene Stränge nur so leise in seine Aufforderung einzuflechten, dass nur ein geübtes Gehör sie von Wohlwollen unterscheiden könnte. Diesmal war es Coryn, für die der bissige Unterton in seiner Bemerkung bestimmt war. *Schau hin! Merkst du, wie schwach dein Volk wird, wenn es seine Entschlossenheit beweisen soll?*

Zwar machte er seine Cousine im Heer nicht aus, aber sie schleuderte ihm ihren Verdruss in einem Schwall frostiger Hitze entgegen. *Was für eine ungehaltene Eisprinzessin.* Vor Vergnügen hätte er sich beinahe gerekelt.

»Und wenn das alles ein Schwindel ist? Wie kann ich dem Prinzen von Feja vertrauen?«, zweifelte Parse plötzlich. Seine Hände ballten sich zu großen Fäusten.

»Du hast ihn selbst zu uns gebeten, nachdem er den Weald abgelegt hatte. Erinnerst du dich nicht mehr? Ich werde als Erster gehen.«

Seltsam gerührt beobachtete Asten, wie sich ein Feenmann aus seiner Reihe löste und in angemessenem Abstand zum Portal stehen blieb. Um den Hals seines Lurix war eine silberne Kette gebunden. Er selbst hielt das Ende davon in der Hand.

Diese hellen Locken ... die dreiste Nasenspitze ... Ohne dass er es sich selbst erklären konnte, versetzte ihn das Gesicht dieses Fremden in Aufruhr. Er glaubte, schon einmal auf diese Iriden, diese hochmütigen grünen Funken getroffen zu sein. Vor vielen Monden, in einer anderen Zeit ...

Wer war er? Feind, Freund? Die Art, wie sein Mut eine empfindliche Saite seines Geistes zupfte, die weniger verrohte Feen wohl als Faszination bezeichnen würden, war ihm seltsam vertraut. Bei Coryns Gespräch mit ihm schienen die beiden befreundet zu sein. Auch er, Asten, kannte ihn von irgendwoher.

Doch jedes Mal, wenn er am Friedhof seiner Erinnerungen den Fetzen einer längst vergessenen Begegnung aufstöberte, wirbelte dieser wieder davon. Fort für immer.

»Seid Ihr bereit?«

»Nur keine falsche Scheu. Ich bin flink.«

Asten entging nicht, wie der Fremde das Kinn vorschob. Unschlüssig drehte sich der Prinz von ihm fort. Seine Aufmerksamkeit galt erneut dem Portal. Ein Ruck, ein Zerren, und das Nichts verschlang die Schwingen des Lurix.

Lautlos stöhnte er auf. Diesmal fügte die Magie Asten mehr Schmerzen zu als zuvor. Vielleicht ... Vielleicht hatten die alten Bücher doch nicht gänzlich unrecht.

»Wer geht als Nächstes?«, fragte er rau.

Die nächsten Dutzend Teleportationen gelangen Asten mühelos. Noch immer verführte das Portal ihn dazu, von seinem Vorhaben abzulassen. Zwar verlockte ihn dessen

Tauschangebot: Das Tor würde Meliodas auf ewig in seinem Inneren gefangen nehmen, wenn Asten seinen Zauber beenden würde. Aber er wusste um die Heuchelei der Magie. So viele Unglückliche hatten ihr Leben verwirkt, weil sie das betrügerische Lied des Weltentores in ihre Seelen gebeten hatten.

Verschanzt hinter seiner Kraft lauschte Asten nur seinem Herzen, wie es im Rhythmus der rennenden Schritte hämmerte. *Eins, zwei, drei ...* Das Heer lichtete sich.

Vier, fünf, sechs ... Das Zählen lenkte ihn von seiner Müdigkeit ab, trieb ihn in die Ungewissheit darüber, wie stark das Portal wirklich an seinen Kräften sog.

Sieben, acht, neun ... Der Saft der Pflanzen und des Gesteins hatte schon längst seine Hände überschüttet. Dessen verlogene grüne Tränen verbrühten seine Haut und bildeten Pusteln aus, die aufplatzten und in einem siedend heißen Regen auf das Gewächs tröpfelten. Ungehemmt wüteten die Ranken nach oben und vorn.

Zehn, elf, zwölf ... Nur noch wenige Soldaten standen Asten gegenüber. Unter ihnen Coryn und Eduard. Letzterer zerrte unbeholfen an der Schnur seines Lurix, der seinen massiven Körper immer wieder kreischend und beißend nach vorn warf.

Asten bemerkte erst, wie sehr das Portal ihn entmächtigt hatte, als er unkontrolliert zuckte. Ein heftiger Schwall seiner Kraft pumpte durch seine Adern und versank in der Portalmauer. Sogleich verengten sich seine Gefäße, um weitere Magie hervorzubringen. Nichts dergleichen geschah. Wo noch vor einem Moment Zauberei quoll, war auf einmal ... nichts mehr.

Mit Grauen bedachte Asten den Boden unter ihm. Der Weltendurchgang hatte seine Magie zu grauen Ascheflocken zerpflückt, die fahl auf die Waldwiese hinuntersegelten.

Das kann nicht passieren ... Er hörte nicht mehr, wie das Portal seinen Sieg über ihn besang. Vor Schwäche und Angst wurde ihm auf einmal übel. Im Chaos, das in seinem Geist toste, kristallisierten sich zwei klare Gedanken heraus. Er musste schleunigst von hier verschwinden. Und er durfte das Mädchen nicht aus der Sicht verlieren.

Sogleich preschte er zu Coryn, packte sie am Handgelenk und spurtete mit ihr zurück zum Portal.

Energiezusammenbruch. Zerstörung des Durchgangs.

»Folgt mir, bevor das Ding in Einzelteile zerfällt!«, rief er den verbliebenen Soldaten zu. Die Säulen des Tores schwankten schon. Erkrankt an tiefen Wunden sprang das Gestein an mehreren Stellen auf. Der Efeu seinerseits, freudig über den Niedergang seines Feindes, den er so lange zu ersticken versucht hatte, spreizte seine hässlichen Triebe zu den Seiten. Trocknend und winselnd wand er sich aus den Rissen der Mauern und stahl ihnen auch den letzten Halt.

Coryn jedoch begriff die Ernsthaftigkeit ihrer Lage nicht: »Lass mich los!«

»Es wird dich unter sich begraben, wenn du zögerst!«

»Eduard! Eduard, renn!«

»Coryn!«

»Los, los, los, beweg dich!«

Nur noch fünf Fuß trennten sie vom Portal. Eine lächerliche Distanz. Hinter ihm kamen die Schritte der übrigen Soldaten hart auf der Erde auf. Dem Prinzen blieb keine

Zeit, um zu überlegen, ob Eduard unter ihnen war. Er war zu unwichtig, als dass er sich um sein Schicksal gesorgt hätte.

Schon rollten Steine von oben hinab. Splitter stoben auf, Nachtbrocken, ein Lärm von zusammenknallenden Welten. Blind drückte Asten Coryn dorthin, wo er das Portal vermutete.

»Kläglicher Dummkopf, du wirst versagen! Großneffe eines Verräters, Neffe einer Abtrünnigen! Du bist Meliodas ähnlicher, als du denkst!«, blaffte das Gestein.

Prompt schlug ihm eine alles verbrennende Hitze entgegen, so stark, dass sie auch den Winter in ihm verloderte.

Ein hohles Gebrüll. Sein eigenes vielleicht. Gleich darauf tauchte er in das Innere des Durchgangs ein.

Er sah nichts. Er hörte nichts. Er roch nichts.

Ihn umgab eine feuchte, glitschige Blase aus Nichts.

Asten spürte – glaubte, zu spüren, denn seine Kehle war rau und kratzig danach – wie er schrie. Er hämmerte gegen die Blase, diesen Stoff, aus dem alle Zeit bestand. Nichts passierte. *Das ist nicht normal. Ich müsste die Teleportation schon längst abgeschlossen haben.*

Panik machte sich in ihm breit, umso rasender, da alle seine Sinne verstummt waren. Gefangener des Portals, Portalgefangener. Würde sein Leben so enden? Da, was war das? Ein Knäuel aus ineinandergeflochtenen Strängen, der bei seiner Berührung Wellen durch seinen Leib sandte. Asten klammerte sich daran.

Und im selben Moment dröhnte das Portal. Die geleeartige Substanz, in der er sich befand, schob sich auseinander und spuckte ihn aus. Dumpf schlug er auf vereister Erde auf. Seine Faust, die gerade noch den Knäuel umschlossen hatte, drückte gegen seine Brust. Dessen Licht sickerte durch Kleidung und Haut und plätscherte wohlig in ihm.

Da verstand er. Das Bündel war die Magie gewesen, die er in das Portal eingespeist hatte. Es hatte etwas Gutes an sich, dass ihn das Weltentor in seinem Inneren einschließen wollte. So konnte er ihm seine Zauberei entreißen.

»Steh auf und kämpfe!«

Ein harter Tritt in die Seite ließ ihn hochschnellen. Und mit derselben Geschwindigkeit, mit der seine Magie seinen Körper füllte, kehrten auch seine Sinne zurück. Instinktiv langte er nach seinem Angreifer. Seine Hand hielt inne, ohne den beabsichtigten Schlag auszuführen. Geduckt und mit breit aufgestellten Beinen starrte Coryn ihn an.

Plötzlich verzerrte Furcht ihren Gesichtsausdruck. Sie warf sich gen Boden und verdeckte ihren Kopf mit den Händen, um sich vor einer Salve aus Pfeilen zu schützen. Die Instinkte des Prinzen reagierten sofort. Mit einer fließenden Bewegung imitierte er das Verhalten seiner Begleiterin und robbte nach hinten zu einem nahen Felsvorsprung. *Was, bei meiner Krone ...?*

Nach der unbeweglichen Stille des Portals klirrten Metallspitzen auf Stein noch lauter. Noch scheußlicher war der süßlich-faule Gestank von Blut und Ruß, der den Schnee um ihn herum wie dicke Geschwüre befleckte. Sobald Asten die Klippe erreicht hatte, zog er sich daran hoch und beobachtete das Geschehen vor ihm.

Unzählige Soldaten hatten sich in der Ebene ausgefächert. Die Reinblute waren ein unüberschaubarer weißer Schneeschaum. Die Sommerfeen wilde Blumen, trotzig bunt in ihrem Frostgrab. Stoßend, schreiend, sterbend bewegten sie sich von ihm fort und drängten einander vom Portal zurück, das trotz der unerbittlich hellen Sonne schwarzspeiende, beinahe greifbare Schatten umstanden.

Dieser Kampf kannte weder eine Taktik noch eine Ordnung. Tod mischte sich mit Leben, Jubel mit blutigem Husten. Die Menge an reinblutigen Kriegern überstieg die Anzahl der Sommerfeen um ein Vielfaches. Nur die kleine Gruppe an Mischbluten, die mit ihm durch das Portal gekommen war, kämpfte gegen die königlichen Soldaten.

Asten kräuselte die Stirn. Wie konnte das sein? Es widersprach Meliodas' Berechnung, einem ganzen Heer die Überwachung des Weltentores aufzutragen, selbst wenn er die Kriegsstrategie seines Großneffen verworfen hatte. Zu gering war die Wahrscheinlichkeit, genau hier auf Mischblute zu treffen. Seit vielen Sovas nutzten nur der Prinz und sein Gefolge das Portal für Reisen in die Menschenwelt.

Und dennoch! Vor ihm attackierten sich organisierte Truppen aus Feen, Lurixen, Pegasi und Hyalen. Asten schauderte es. Valentina hatte also den widerlichen Zweck erfüllt, zu dem Meliodas sie aus dem Kerker befreien wollte. Was bedeutete, dass diese Armee nur durch Zufall auf die Sommerfeen gestoßen war. Durch traurigen, bluttriefenden Zufall.

»War das deine wahre Absicht? Uns alle deiner Armee auszuliefern? Hast du mit deinem widerwärtigen Großonkel diese Idee ausgeklügelt, nachdem du mir versprochen hast, meine Mutter zu retten?«

In dem Versuch, sich möglichst klein zu machen, folgte Coryn seinem Beispiel und presste sich an den Felsen.

Angst leitete ihren Körper an, Wut ihren Geist. Rot fegten ihre Schleierzungen über sie hinweg, während der Wind weiße Eiskrusten in ihre zerfetzte Kleidung blies.

Ohne auch nur einen Gedanken daran zu verschwenden, seine Begleiterin zu besänftigen, inspizierte Asten die Richtung, in die die Schlacht vorrückte. Ihm war der Blick eines Strategen zu eigen. In seinem Leben hatte er bereits so viel Blut vergossen, dass ein brutales Massaker an Hunderten Seelen für ihn bloß ein intriganter Zug in einem Spiel war. Wenn die Mischblute bereits den Palast erreicht hatten, konnte dies nur eines bedeuten: Das Finale war gekommen. Und er, Asten, durfte seine Rolle in diesem Finale nicht verpassen.

Dafür jedoch benötigte er Coryns Unterstützung. Versöhnlich lächelte er ihr zu. »Es war ein Fehler, kein Vorsatz.«

Sie ließ sich von seiner Entschuldigung nicht beeindrucken. »Fehler, ja?«, fuhr sie ihn an. Die schneenassen Strähnen, die ihre Wangen peitschten, verliehen ihrem Anblick etwas Wildes. »Es war ein Fehler, dass jetzt die gesamte Armee sterben wird? Für dich spielt das keine Rolle, was? Du denkst wohl, weil der Kampf hier vor unserem Kommen begonnen hat, trifft dich für den Tod dieser Feen keine Schuld? Kämpfe! Du hast den Weald abgelegt! Kämpfe mit ihnen!«

Erst jetzt, da Stolz und Eigensinn ihre Augen zu Stahl gefroren, erkannte Asten, was für eine erschreckende Ähnlichkeit sie beide vereinte. Dieselbe Kraft, die sie zu solch idealen Gegnern geschliffen hatte, würde sie mit Verfolgung quälen und immer wieder zueinander führen, solange noch genügend Luft in ihre Lungen strömte. Mit dem

Krieg würde es nicht vorbei sein. Es würde niemals vorbei sein.

Erschrocken zuckte Coryn zurück. Auch sie hatte es verstanden.

»Diese Schlacht wird mein Volk von uns ablenken«, sagte er leise, »und wir können Nemiliara befreien. Ich werde gehen. Kein Weald kann mich aufhalten. Was du tust, ist allein deine Entscheidung.«

Er wartete, sich am schmerzlichen Farbenwechsel Coryns Schleier berauschend. Milchiges Grau, Tannengrün und letztlich ein seidenweiches Mitternachtsblau. Nemiliara war ein herausragender Köder, lobte er sich innerlich.

Coryn schielte zum Schlachtfeld hinüber. Ohne Notiz von den beiden königlichen Feen zu nehmen, die das Portal des Sommerreiches gesprengt hatten, befehdeten sich die Soldaten weiter. Die unaufhörlichen borstigen Böen bauschten immer dichtere Schatten von Schmerz und Verzweiflung um sie auf, in denen die Funken der Magie und des Metalls nur noch heller aufstäubten. Und mit jeder Sekunde, die sie zauderte, fiel ein weiterer Körper scheppernd zu Boden. Feind, Freund, womöglich dieser blonde Mann, der seinen Namen nie vor dem Prinzen genannt hatte …

Coryn wandte sich wieder ihm zu: »Ich komme mit dir.«

Wähne dich darin, dass du eine Wahl gehabt hattest. Befriedigt nickte Asten. »Wiederhole alles, was ich tun werde. Und sei gefälligst still. Ich werde mich nicht um dich bemühen, sollte jemand auf dich zielen. Wenn du dich nicht um deinen Schleier kümmerst, dürfte dies im Übrigen selbst dem miserabelsten Schützen nicht besonders schwerfallen.«

Für den Bruchteil einer Sekunde flackerten ihre Schwaden kirschrot auf. Sofort bändigte sie ihre Emotionen, verstaute sie an einem Ort, wo das Auge des Gegners sie nicht erspähen konnte.

Vorsichtig lugte der Prinz aus seinem Versteck heraus. Die Männer konzentrierten sich zu sehr aufeinander, als dass sie die Bewegung zweier Figuren über den Berg wahrnehmen würden. Aber was würde sie vor dem Palast erwarten?

Die Hand auf den Schaft seines Schwertes gelegt – er musste seine Magieressourcen für den entscheidenden Moment aufbewahren – verließ er den Felsvorsprung und umschlich das Gestein. Mit gebeugtem Haupt huschte er nach vorn. Schnee spritzte unter seinen Stiefeln hervor und Luft füllte seinen Umhang.

Die Natur sollte ihn nicht zerreißen, ehe er sein Ziel erfüllt hatte.

Als er die Gebirgskette zur Hälfte passiert hatte, hielt er inne. Noch immer schenkten ihm die Armeen keine Beachtung. Gut so. Wendig umgriff er einen hervorstehenden Stein, stützte das Bein auf einem anderen ab und hievte sich in die Höhe. Obgleich sein ausgezehrter Leib auf Stärkung pochte und sich mit den kleinsten Kratzern vom Klettern abrang, fühlte sich der Prinz so stark und unbesiegbar wie noch nie zuvor. Das Portal hatte ihm seine gesamte Kraft zurückgegeben. Der Hass auf Meliodas multiplizierte sie.

Auf dem Gipfel des Berges legte er sich flach auf den Bauch. So krabbelte er bis zu dem Punkt, an dem das Gestein übermütig auf die Erde zurückfiel. Dort, umringt von weiteren Tälern und Abhängen, rissen sich die Türme des Palastes aus dem ewigen Dunst und Eis heraus.

Asten horchte auf. Er machte keine Patrouille am hinteren Flügel des Königshauses aus. Das musste ein Trugschluss sein! Jetzt, da die Armeen seine Residenz so gut wie belagerten, ließe Meliodas sie keinesfalls unbewacht.

Da! Die geübten Sinne eines Jägers machten eine vage Regung am Fuße des Berges aus, auf dem sich Coryn und er versteckten. Die Schneenebel, die den Palast bei Tag und Nacht umwanderten, verheimlichten vor ihm die schiere Masse der Wächter. Aber jeder, der Meliodas kannte, würde sich lieber in Acht nehmen, wenn er seine Kräfte nicht in einem nutzlosen Kampf vergeuden wollte. Nun, da gäbe es eine Möglichkeit...

»Wir fliegen«, teilte er Coryn schmucklos mit. »Ich hoffe für dich, dass du in der Lage dazu bist, die Energie dafür aus den Schleiern dieser Soldaten zu ziehen. Du bist zum Teil eine Winterfee. Solch eine Magie zu wirken sollte für dich schaffbar sein. Flieg oder stirb.« Dann sprang der Prinz hoch, atmete tief ein, breitete die Arme vor sich wie Vogelschwingen aus und stürzte herab.

Winde umflatterten ihn. Ein Ziehen machte sich in seinem Bauch breit. Er hieß es willkommen. Je mehr er sich der Erde näherte, desto deutlicher schimmerten die Konturen der Feen durch den Nebel hindurch. Da war eine schmächtige Figur mit grünlichen Schwaden, die unter Astens Machteinwirkung schrumpften und schwankten. Jäh warfen sich noch mehr Schleier zu ihr: Krokuslila, Papaya, Erdbraun.

Asten labte sich an ihnen. Er genoss es, wie sie in ihm quollen und stürmten, tobten und gluckerten. Ihm gefiel das Gefühl, auf ihnen zu fliegen. Selbst wenn es bedeutete, den Dienern seines Großonkels so viel zu nehmen, dass es sie für immer in Krüppel verwandeln oder umbringen würde. Goldener Staub von der Schleiermagie benetzte seine Finger und schoss in seine Ärmel. Noch nie zuvor war es so befriedigend gewesen.

Diese Fortbewegungsart war die Einzige, die sich dazu eignete, kein Aufsehen zu erregen. Zu zermürbt würden die Wächter sein, als dass sie noch verständen, dass zwei Feen in den Palast einbrachen. Und ohnehin war es für ihn zu spät für Gnade.

Vorsichtig lockerte er seinen Griff um die Schleier, woraufhin auch er selbst sich verlangsamte. Nur noch wenige Fuß trennten ihn von der Erde. Die Kälte des Schnees stieg zu ihm auf. Und dann, plötzlich, überrollte ihn eine heftige Schwäche. Es war, als hätte ihn jemand oder etwas innerlich ausgeweidet und gestohlen, was einst ihm gehört hatte. So musste es sich anfühlen, wenn er an den Schleiern der Wächter sog …

Coryn, schoss es ihm durch den Kopf. Im selben Moment krachte er mit voller Wucht gegen das Eis und knickte ein, stolperte, rannte nach vorn, rang um sein Gleichgewicht. Sie erdreistete sich dazu, die Magie, die er bei den Wächtern angewendet hatte, bei ihm zu nutzen! Aus dem Augenwinkel heraus sah er seine Cousine, wie sie mit vor Abscheu verzogenem Mund auf ihn zuraste.

»Du Miststück!«, schimpfte er und wollte gerade die Hand ausstrecken, um sie mit seiner Macht auf den Boden zu schleudern. Ein spitzer Schmerz im Arm hinderte ihn daran. Asten heulte auf. Knapp unter seiner Schulter hatte ihn ein Pfeil getroffen. Nur dass er sich krümmte, um ihn zu entfernen, rettete ihn vor einem zweiten. *Was passiert hier? Wer tut das?*

»Hört auf!«, brüllte er. Eine glühende Kugel schoss an ihm vorbei. Gerade noch rechtzeitig lenkte er sie von sich ab. *Wer tut das, wer tut das?*

Coryns Verhalten verlor an Bedeutung, während er gebückt nach vorn hechtete und das Blut aus dem Einschnitt wie rotes Wachs auf den Schnee tröpfelte. *Wie die Kerze, die das Leben meiner Familie eingeäschert hat.* Noch mehr Pfeile und Sphären sirrten durch die Luft. Der Jäger war nun ein Gejagter.

Schneller, schneller. Alles versank im Nebel, er konnte seine Feinde nicht lokalisieren. War es die Gruppe der Wächter? Undenkbar. Er hätte ihre Schleier sehen müssen. Vermutlich befeuerte ihn jemand aus den Schießscharten des Königshauses. Wahllos schleuderte er Eissplitter und lange Lichtblitze in die Höhe. Die Wunde, dessen zerfetzte Ränder weder vernarbten noch verblichen, ermattete seine Kräfte. Es musste sich um eine vergiftete Waffe gehandelt haben. *Ich sehe, du hast mich schon erwartet, Onkel. Dein Empfang ehrt mich.*

Astens Nasenflügel bebten. Alle seine Sinne waren bis aufs Äußerste geschärft. Er musste es nur bis zum Eingang schaffen, nur bis zum Eingang. Dort würden die Pfeile seiner Gegner ihn nicht mehr erreichen. Dort würden weder Nebel noch eine glückliche Fügung seine Feinde vor ihm verhüllen können. Und wehe dem Unglücklichen, der sich traute, sich ihm in den Weg zu stellen!

Hinter ihm schrie eine Frau auf. Coryn. Der Prinz drehte sich nicht um. Begleitet von einem schwarzen Kleid flimmernder Pfeile stürzte er durch das Fensterglas des Palastes und schlitterte über den Marmor. Helle Wände mit Messerkratzern, Waffen an Haken. Die Zeit hielt an. Scherben, Blitze, Myriaden von Tränen und Schreien, die lange Ewigkeiten ins Glas gebannt waren und sich nun über den Boden verteilten, seelenlos kreischend. Er rutschte aus, schlug sich die Hände auf. Und als er wieder hochsprang, rauschte der Zeitfluss ununterbrochen weiter.

Er wusste nicht, ob Coryn ihm folgte. Es war ihm gleich. Diener, erschrocken vom Lärm, wallten ihm in Scharen entgegen. Manchen rammte er sein Schwert in den Bauch. Den anderen zerfetzte er mit einer einzigen Handbewegung den Schleier, der zu einem grauen Leid zerrann. Er durchquerte Hallen, hastete über enge Korridore. Das Hämmern seines Blutes übertönte Coryns Fragen nach seinem Ziel. Längst war er an den Treppen vorbeigerannt, die hinab in den Kerker führten. Es interessierte ihn nicht, was sie von seiner Sinneswandlung hielt. Scharf bog er um die Kurven, sodass sein Umhang über die reifbemalten Wände leckte.

»Einbrecher! Einbrecher im Palast!«

»Alarmiert den König!«

»Haltet ihn auf! Es ist Prinz Asten!«

»Und mit ihm das entflohene Mischblut!«

»Auf Befehl des Königs! Nehmt sie beide fest!«

Asten lachte nur. Und entwischte jedes Mal.

Endlich – die verhasste, massive Pforte. Der Schleierbrand Dutzender Wächter hinter ihm strich unangenehm über seine Lider. Im Angesicht dieser Bedrohung hätte ein Mensch vor Angst erzittert. Das Herz des Prinzen jedoch klopfte nicht vor Furcht so laut, sondern vor Aufregung. Er genoss das spitze Gefühl der Gefahr, kostete den Schauer aus, den das Adrenalin mit sich brachte. Unter dem gebündelten Schwall seiner Kraft flog die Tür zum Thronsaal auf und Asten stürmte hinein, umwittert von Bedrohung und bespritzt mit Blut. Er spurtete nach vorn ...

... und stieß auf eine Phalanx von Piken, die sich mit der Spitze auf ihn richtete.

»Mein lieber Neffe.« Geschmeidig erhob sich der König vom Thron. Die Schatten von seiner Krone ritzten schwarze Dornen in seine Stirn. »Ich habe deiner Ankunft mit Freude entgegengesehen.«

Nein. Die Spitzen der Waffen bohrten sich in Astens Brust, als er vorrücken und sich auf Meliodas stürzen wollte. Von hinten schloss sich der Kreis um ihn mit den Wachmännern. Der Geruch von Schweiß hatte sich in ihren Uniformen festgesetzt. Sie hatten seine Verfolgung aufgenommen und schnitten ihm nun, leise gurrend vor Begeisterung, den Rückweg ab.

Du wettest um dein Leben, Onkel. Nun, du hast dich selbst dazu entschieden. Astens Kiefer mahlten. Er bemühte sich darum, seine Gefühle zu zügeln. Meliodas durfte in seinem Schleier nicht lesen, was für einen bösartigen Plan sein Verwandter ersann. »Ergebe dich, Tyrann. Dein Königreich lehnt sich gegen dich auf.«

Mit angespannten Muskeln bat er den Sturm in seine Glieder. Den Blizzard, der die Tür seiner Seele einriss und heulend und krachend über die Soldaten hineinbrach, das Licht dieser Welt einatmend ... nichts. Seine Ohren fiepten in der metallischen Stille. Warum gehorchte seine Magie ihm nicht?

»Ich verfluche Euch...«

»Oh, so bestimmt? Ich hatte darauf gehofft, mit dir etwas zu plaudern. Immerhin hat uns eine ungeschickte Wendung für mehrere Monde entfremdet. Aber du scheinst darauf zu pochen, direkt zu den dringenden Tatbeständen überzugehen.«

Vor Empörung und Ekel schüttelte es Asten. Wie hatte er das Gespött dieses Mannes so lange ertragen können! Wie konnte er so lange zu seinen Füßen gekrochen haben! Erneut rief er nach der Macht in seinem Inneren, sehnte das Dröhnen herbei, das Pulsieren, irgendetwas... und wieder nichts. Verstört sah er an sich hinunter. Noch immer blutete sein Arm, aber es konnte, durfte keine körperliche Schwäche sein, die ihn seiner vollen Kraft beraubte.

»Ich verfluche Euch, Prinz Asten!«

Diese Stimme! Diese weibliche, fordernde Stimme! Wem gehörte sie? Wer sprach zu ihm? Die Lippen der Soldaten um ihn bewegten sich nicht. Es war ein Gespenst seiner Vergangenheit, die Farben zerblättert, das Haupt krumm von den Eisketten, in die er es gezwungen hatte, damit es niemals sein Bewusstsein quälte.

Es hatte sich trotzdem befreit. Eine violette Blume im schwarzen Haar, blühend trotz des Winters... gerötete Wangen... Noch nie hatte er eine Frau kennengelernt, die so schön gewesen war...

»Mir scheint, als schuldest du mir noch eine Antwort, lieber Neffe.« Meliodas hob eine buschige Augenbraue. »Oder wagst du es etwa, mich, deinen König, zu verachten?«

... und die so leicht seiner Kontrolle entglitten war.

»Auf dass sich im Moment höchster Not Eure Kräfte gegen Euch wenden! Wenn sie das Einzige sind, worauf Ihr Euch verlassen könnt – dann werdet Ihr genau den gleichen elenden Verrat erleben wie der, den ihr an Eurem Königreich begeht!«

Ein Röhren fuhr in Asten. Er konnte seine Macht nicht wachrufen. Das Gefühl durchkreuzte ihn innerlich, zog eine brennende Schneise durch seinen Geist.

Verflucht, verflucht. Astens Sein stürzte in den Abgrund. Er spürte nicht, wie er herabfiel. Bar aller Schmerzen und Dränge hämmerte ihn seine Blöße in den Marmor. Tiefer, tiefer, wo sich Erde und Eis vermischten.

Verflucht, verflucht. Er war ein Verfluchter. Selbst seine Krone würde ihn davor nicht retten können.

Coryn

Feja, Winterreich
102. Mond der 3600. Sova

Selbst seine Krone würde ihn davor nicht retten können. Valentina hatte mich gelehrt, woran ich einen Feenfluch erkennen konnte. Von den Wächtern mit ihren Piken zu Asten getrieben, der sich unter der Last des schrecklichsten Ungeheuers bog – seiner Selbst –, ahnte ich, dass er seine Seele verspielt hatte. Zu dick und zu giftig waren die spröden Wurzeln, die der Fluch in ihn gehauen hatte. Zu tief hatten sie ihn mit ihren klettenartigen Verästelungen durchdrungen. Er würde sie nicht herausreißen können, ohne sich selbst zu zerfasern.

Ich verspürte weder Schadenfreude noch Mitleid mit ihm. Alles, woran ich denken konnte, war, aus dem Thronsaal zu entkommen und meine Mutter zu befreien. Wir waren so kurz vor dem Ziel gewesen ...

Fieberhaft schaute ich mich um. Dutzende Soldaten, runzelig wie alte Rinde, aber wachsam und gut gerüstet. Degen baumelten an ihren Hüften und spitze Klingen blitzten in ihren Stiefeln auf. Selbst wenn ich durch Schleiermagie ihren inneren Kreis durchbräche, würde ich nicht weit fliehen können.

»Offensichtlich befindet sich mein Junge in einer zu misslichen Lage, als dass er mir Auskunft erteilen könnte.« Meliodas seufzte theatralisch.

Ich hielt meinen Blick auf die Soldaten geheftet. Auf das Fenster, wo unter Kriegsgeschrei und Flügelschlägen der Abend den Tag hetzte. Auf irgendetwas. Nur nicht auf ihn. Dieses arglistige Lächeln ... Es drang zwischen Blut und Sehnen. Bis zu jenem düsteren Ort in mir stieß es vor, an dem einst Hoffnung geblüht hatte. Jetzt regte sich nur noch ein vergewaltigtes Es darin. Es würde nie mehr fühlen können.

Denk nach, Coryn. Ich durfte nicht zulassen, dass er mich noch einmal überwältigte. Kein zweites Mal würde ich ihn gewinnen lassen. Es musste eine Möglichkeit geben, von ihm zu fliehen.

Doch nein, nein ... Es gab kein Schlupfloch, kein Entkommen. Warum hatte sich Asten nicht an den Plan gehalten? Ich durfte mich nicht erneut von ihm fangen lassen! Mutter! Mutter! Ich bin so nah!

»Vielleicht könntest du, Coryn«, bei der Erwähnung meines Namens leckte sich Meliodas über die Lippen, »mich darüber unterrichten, wie euer reizender kleiner Aufenthalt bei den Mischbluten verlaufen ist. Haben sie euch vertraut, diese traurigen Gestalten? Haben sie euch in ihre Pläne eingeweiht? Vielleicht haben sie sich bereits bis zum Palasttor vorgekämpft und warten schon sehnsüchtig auf ein Zeichen von euch. Willst du es ihnen geben? Es wäre doch eine Gemeinheit, sie so allein draußen stehen zu lassen. Jeder verdient einen Tod in Hoffnung. Willst du nach vorn treten und deinem Volk ein Zeichen geben, Coryn?« Kalt und drakonisch floss der Zynismus in seinen Worten.

Im großen Fenster des Thronsaals verformte der Nebel die Soldaten zu Missgestalten. In den Schatten vergaßen sie sich selbst und zu den Schatten wurden sie.

Goldene Hörner kräuselten den Nebel und ließen mich plötzlich an Lerenial denken. Ob er noch lebte? Ruhiger, treuer Freund ... Ob er wohl eine Hyalenarmee anführte, um die Mischblute zu stützen? Würde ich je wieder ein Wort mit ihm wechseln? Und mit Eduard? Würde unser Streit das Letzte sein, was ein jeder als Erinnerung an den anderen davontrug? Falls es eine Welt gab, in der wir uns noch an etwas erinnern würden?

Hör auf, du hast dafür keine Zeit! Denk nach, denk nach, Coryn. Das Fenster war zu weit entfernt. Abgesehen davon würde ich meine neugewonnene Freiheit bei einem Sprung aufs Schlachtfeld mit Schwertern zerstückeln. Und in Ruß verwehen.

»Sie wird ... niemandem ein Zeichen geben. Und wenn ... dann nur eines, das deine Kapitulation bedeutet.« Unter sichtbaren Qualen raffte sich der Prinz auf, verschwommenes Silber in seinen Augen.

Meliodas wandte sich vom Fenster ab. Ich konnte nicht sagen, ob ich glücklich darüber war, dass seine Aufmerksamkeit nun einem anderen galt. »Es wundert mich, dass du noch am Leben bist, Neffe. Der Fluch dieser Frau war ziemlich stark. Wahrhaftig, sie hat es mir erträglicher gemacht, dass ich dich beim Mord an deiner Familie übergangen habe.«

Asten keuchte auf. Vom Gedanken an Meliodas' grausame Tat? Vom Fluch dieser unbekannten Frau?

»Woher weißt du von ihr?«

»Ich entlohne meine Palastdiener reichlich, Asten. Selbst diejenigen, die du mit den Füßen getreten hast wie diesen armen Ifrice, können überaus wertvolle Dienste erweisen. Man muss sie nur bezahlen. Nicht jede Fee bekommt die Gelegenheit, magische Elixiere zu trinken. Ich habe sie gegen Informationen getauscht. Du hättest viel von mir lernen können, wenn du nicht so störrisch und dumm gewesen wärst. Aber zurück zu dieser Frau. Mein altes Gedächtnis schwächelt. Verrätst du mir ihren Namen? Kelda, wenn ich mich recht entsinne? Zu schade, dass du sie in einen Dornenbusch verwandelt hast.«

In diesem Moment hörte die Welt zu kreisen auf. Sie glitt aus den Fugen und zog mich in ihre Löcher, wo der Seelenabfall, entblößt seines Körpers und seiner Farben, die Fühler jammernd nach uns ausstreckte. Vor Millionen von Sovas war diesen Seelen entfallen, wie man leuchtete. Und Kelda war unter ihnen.

Die Frau mit den Dabgahs, den runden Feenfrüchten. Ihre zitternden, feingliedrigen Hände, als Lerenial Eduard gegenüber andeutete, er habe den schlechtesten Moment für eine Reise nach Feja gewählt. Ihre Hartnäckigkeit, als sie darauf bestand, die Wahrheit über Nuepán zu erfahren. Sie hatte den Weg in den Palast auf sich genommen, um nach ihm zu suchen. Statt ihm hatte sie hier den Tod gefunden.

Dieses Glimmen im Dornensaal ... war das Kelda gewesen? Hatte es mir deswegen Trost gespendet, weil es meine

Einsamkeit gemildert hatte? Die Überbleibsel einer bekannten Seele hatten mir in der Not beigestanden.

Ich bezeichnete Kelda nicht als Freundin. Aber diese Tat ... dieser Mord ... Er zeigte, welche abscheulichen Feen mich umgaben. Und dass der Sieg über den König bedeutungslos wäre, wenn nach ihm Asten den Thron bestiege.

Vielleicht war Eduards Lüge über die Portale eine Bestimmung gewesen. Vielleicht ergab es einen Sinn, dass die Feen die Zeit als allmächtig verehrten. Sie hatte meine Mutter zu mir geführt und mich noch länger in diesem Reich festgehalten.

Ich hatte Feja nicht gewollt. Aber über die Monde, die es mit mir teilte, heimlich wie ein trauter Gefährte, über die Sonnen, die es mir schenkte, hatte ich es zu lieben gelernt.

Da draußen gaben Freunde ihr Leben für mich. Ich durfte nicht zulassen, dass es vergeblich war. Und es existierte nur eine Möglichkeit, wie ich dafür sorgen konnte.

Meine Gedanken rasten. Konnte ich es tun? Valentina hatte es mir nie beigebracht. Andererseits ... Sie hatte nicht gewusst, dass ich die Enkelin des Königs war. Welche Kräfte hatte diese Herkunft noch in mich gesetzt? Welche Macht? Konnte ich es tun? Ja, ja, ich musste es.

Ich holte tief Luft. Unbeachtet vom König, der Astens Misshandlung fortsetzte, vernachlässigt von den Soldaten, die die Spitzen ihrer Piken gelangweilt gesenkt hatten, sah ich ihre Schleier wie noch nie zuvor. Weißer Granit, umringt von verlöschenden Flammen der Soldaten. Ich wusste, was ich zu tun hatte.

Ich fokussierte mich auf die Farben. Schälte Meliodas' und Astens schützendes Weiß Stück für Stück ab und trat im Geiste immer wieder zurück, um die Ergebnisse meiner Arbeit zu begutachten. Langsam, so zärtlich langsam. In ihren Streit vertieft durften sie nicht merken, wie ich sie vernichtete.

Meliodas' Folter hatte mir beigebracht, schrittweise zu morden. Nun leitete mein Inneres mich dabei an, diese Perversion zu vervollkommnen.

Als Architektin der Seele, die ihr Meisterwerk einriss, aber noch immer dessen wunderliche Bauweise bestaunte, genoss ich es, all das Leid und die Qualen von ihrem Schleier zu kratzen. Ich stellte mir vor, es wäre der Ruß von gestorbenen Seelen, die sich irgendwo unter dieser Welt tummelten. Und statt ihrer Magie ließ ich meine eigene in ihre Schutzschilder fließen. Wie einen dünnen Faden, der ihre Mauer noch zusammenfügte, solange ich sie zertrümmerte.

Und sobald ich diesen Zauberstrang wieder zu mir zog, würden sie bröckeln. Ja, sie würden die beiden mächtigsten Feen des Königreiches dem Angriff jeder Fee ausliefern, die in fremde Schleier dringen konnte. Der weiße Schild verbarg ihre Emotionen und machte sie dadurch immun. Ohne ihn waren sie verwundbar.

Nur noch ein wenig. In Gedanken ging ich um sie herum. Ich prüfte jeden Riss, aus dem Seelentränen sickerten, und richtete meine Magiefäden so, dass sie die Wunden verschlossen. Fort war das lügnerische Weiß aus ihren Schleiern. Weinrot und Knochengrau rieben jetzt aneinander, aufgeraut und empfindsam ohne ihre harte Kruste. Hässlich war das Gebräu aus Wut, Abscheu und Machtgier. Es würde alle Himmel dieses unendlichen Universums mit

Nacht überfließen. Ich musste nur die Ketten lösen, die diese Farben noch in ihre Besitzer stießen.

Eine einzige Berührung.

Ich schloss die Augen.

Eine einzige Berührung, Coryn. Lass sie los. Lass ihre Gefühle los. Und zögere nicht, wenn die Mauern des Palastes über deinem Kopf zusammenbrechen. Würde ich sterben? Würde ich für meine Tat büßen müssen?

»Ich denke, wir haben genug geplaudert. Wachen, kümmert euch um sie. Ich wünsche mir, das Finale des Krieges ungestört sehen zu können.«

Und dann ließ ich los.

Wohin flieht man, wenn die eigene Seele zerbricht? Wohin flieht man, wenn der Hass sie so sehr durchseucht hat, dass kein Fleck bleibt, den man selbst aushalten könnte? Wenn der weiße Schleier ein Schutzschild vor sich selbst gewesen ist und nun, zerschmettert, einen nicht mehr vor dem Verderben retten kann, das man selbst einst gebar?

Zwischen all dem Marmor und Glas gab es keine Zuflucht. Auch die schweren Gewitterwolken am Horizont flogen nicht zu jenem Ort, an dem sich die Seelen ausruhten, um all das Übel von sich zu waschen.

Vor dem Licht der untergehenden Sonne hoben sich die Schleier von Asten und Meliodas ab: ausgedünnt, löcherig an den Stellen, durch die ich meine Magie hindurchgezwängt hatte. Sie gingen in die Knie. Und ich hörte nicht auf.

War ich zuvor ein blinder Jäger, so war ich nun, da ihr Schutz niedergerissen war, ein scharfsinniger Schütze, der seine Pfeile genau dorthin richtete, wo ihre Schwäche lag.

Nach und nach verblasste das Rot, verrauchte das Grau. Goldene Glitzerpartikel stoben aus meinen Fingerspitzen und nahmen mir die Sicht. Sie hielten mich nicht auf. Elisabeth, die Frau, die ich in der Menschenwelt gepflegt hatte, hatte mir erzählt, dass selbst die am meisten verderbte Seele Gutes enthielt. Ich hatte ihr geglaubt. Doch sie irrte sich. Manche beschwerte so viel Schwärze, dass sie das Gute längst zu Farbenasche zermahlen hatte.

Vielleicht schrie sie. Vielleicht taten die Pikenstiche der Wachen weh, mit denen sie sie, erschreckt von der ungehörigen Macht dieser schmalen Frau, hinunter rangen. Aber sie war nicht ich und ich war nicht sie. Sie hatte ihren Körper der Macht geliehen, die sie überschwemmte, und mich verscheucht. Ich jedoch – der Teil von mir, der Schleierfarben sah und Gefühle spann – stand nun neben ihr und beobachtete, wie sie unter den Hieben der Soldaten schluchzte und um sich schlug. Leuchtend vor der unglaublichen Kraft, die in ihren schmächtigen Gliedern wohnte.

Sollte ich sie verabscheuen? Sie bedauern? Die Verbindung, die sie mit den Schleiern von Asten und Meliodas eingegangen war, war unzerbrechlich. Um sie zu vernichten, füllte sie sich selbst mit ihren Emotionen aus. Und zum Schluss, wenn all das Böse aus ihnen herausgesogen würde, dass es nichts mehr gäbe, wovon sie leben konnten ... Zum Schluss würde auch ihr kleiner Geist in sich zusammenfallen wie ein Stern, der die Nacht nicht mehr ertrug.

Wir vereinten uns, als der Krieg in den Palast einzog. In Scherben und Gebrüll brach ein Lurix durch das Fenster, zwei schmerzlich vertraute Gestalten darauf. Ich strengte mich an, aber erkannte sie nicht wieder. Wer sind sie?

Warum empfinde ich es so, als sollte ich mich über ihr Kommen freuen?

Blindlings flogen sie mitten in die Soldatenmenge hinein. Wen nicht die starken Schwingen betäubten, den zerschnitten Säbel und Magie. Noch mehr Lurixe, noch mehr Sommerfeen folgten ihnen und schossen durch das Fensterloch in den Thronsaal. Alles vermengte sich zu einem Wirrsal aus Rufen, Flügeln und Blut.

Hässlich war der Winter, hässlich der Sommer. Für Seelen wie die unseren war kein Platz mehr auf dieser Erde. Ächzend vor dem Gewicht unserer Verbrechen würgte sie uns, auf dass wir alle darin untergehen würden, das uns erschuf. Leid und Chaos und Zerfall.

Und inmitten dieser Ruinen, die niemand betrauerte, klammerte sie – ich – mich immer noch an den Zauberfaden zu Asten und Meliodas. Er umwickelte mein Bewusstsein und trieb mich in den Abgrund. Ich zitterte; wollte aufhören und wusste nicht wie. Tränen rannen mir in die Ohren. Mein Atem brannte.

»Coryn!«

»Coryn, steh auf! Lass sie los! Lass sie los, Coryn!«

Ruinen. Welche Farbe war die ihre? Ich sah keine mehr. Einst hatten sie mir gehört, eine ganze Palette von ihnen. Doch je mehr ich in ihnen aufging, desto blinder wurde ich. Konnte man an Farben sterben? Irgendwo in der Ferne schrie ein alter Mann. Ich freute mich nicht darüber, dass ihn nichts mehr retten konnte. Ich hatte einfach keine Kraft dafür.

»Ich bin es, Coryn!«

»Lass sie los! Lass sie sofort los! Lass meinen Neffen los!«

Hände zerrten an mir. Dünne, bekannte Finger mit Blut unter den Nägeln. Sie hievten mich hoch, den schlappen Körper, der nicht mehr mir gehörte. Schoben mich durch die Soldatenmenge. Ich wollte ihnen sagen, dass sie sich nicht für mich anzustrengen brauchten. Dass sie eine andere Fee suchen sollten: eine, die es wert war zu leben. Meine Stimme versagte. Hell spritzten Funken um uns herum und die Hände antworteten ihnen mit silbrigen Schüssen.

Schnee, der Asche bestäubt. Asche, die Blüten verregnet.

Die Marmorwände bebten. In Bildern von grünen Bestien, die sich auf dem Schutt aalten, stürzte die Decke auf uns. Ich empfing den Zerfall mit offenen Armen. Er war mir willkommen, denn in dem Grab, das er in uns aushöhlte, versenkte ich meine Seele. Und schaute zu, wie er es verschüttete – in Schnee, der Asche bestäubt, und Asche, die Blüten verregnet.

Ob Meliodas und Asten noch lebten? Ob sie litten, ob sie endeten genauso wie ich?

Etwas donnerte von oben auf mich herab. Die Hände, diese Hände, die ich noch immer niemandem zuordnen konnte, hielten es auf. Warum? Warum zwangen sie mir ihren Schutz auf?

Ich verlor mich.

Mein eigener Herzschlag drückte auf meine Ohren.

Ich vergaß mich.

Mein Atem war lauter als das Leid um mich herum.

Ich ergab mich.

Sturm! Hole mich!

»Lass sie los! Coryn, schau mich an!«

Endlich, als ich dachte, dass mein Atem meine Lunge

zerreißen würde, als ich dachte, dass sich die Fluten der Emotionen über meinem Kopf zusammenschlagen würden, wummerte etwas Hartes und Spitzes in mein Bewusstsein. Wie eine Wellenbremse stoppte es den Gefühlsfluss von Meliodas und Asten zu mir. Es biss sich in mir fest und nagte an dem Band zwischen mir und ihnen. Blich es aus, saugte aus ihm seine Farbe. Löschte es aus, alle Fasern, eine nach der anderen. Und mich gleich mit.

Ohne dass ich es kontrollierte, erhob sich alles in mir gegen diesen Eindringling. Mit einer Heftigkeit, die nicht zu meinem zerschundenen Ich gehörte, warf es sich ihm entgegen und verdrängte ihn aus mir. Und mit ihm diesen Knäuel, der mich einst an Großvater und Cousin fesselte.

Es hatte mich zum Leben verdammt. Denn ich sah wieder. Ich hörte wieder. Ich fühlte wieder.

Und als ich die Augen aufschlug, fand ich mich mitten auf dem Schlachtfeld wieder, in das sich der Thronsaal verwandelt hatte. Blut beschmierte die Wände und grässliche Wesen mit Federn und gemustertem Fell zerfetzten die Beine der Soldaten. Hörner durchstachen sie. Die Bewegung der Kämpfenden richtete sich nur auf ein Ziel: zwei Männer, jung und alt, deren Gestalten über dem Boden schwebten. Sie waren aufgespießt von Licht und festgehalten von etwas, das nicht dieser Welt entstammte.

Sie hatten keine Schleier. Das, was früher einer gewesen war, hatte sich verflüssigt und war zu glänzenden Pfützen unter ihnen getropft. Violett und Erdbraun, Kohlschwarz und ein schmutziges Gelb.

Geschmolzene Seelen ... Ich sah an mir herunter. Meine Kleider waren durchtränkt mit denselben Farben. Ein Regenbogen des Todes. Unter meiner Haut traten die Adern stark hervor. Dicke graue Knoten wanderten durch sie hindurch. Und während ich begriff, fielen die Körper des Königs und des Prinzen hinunter. Direkt in ihre bunten Seelenlachen.

Alles geschah so entsetzlich langsam. Als hätte jemand die Welt angehalten, damit alle Facetten des Bösen in aller Deutlichkeit an mir vorbeigleiten konnten, kniete sich eine verkümmerte Gestalt neben Asten und rüttelte an ihm. So wohl bekannt waren ihre Umrisse, ihre spitzen Schultern, ihr Rücken. Meine Mutter. Wie war sie hierhin gekommen? Wer hatte sie befreit?

»Mutter!«

»Coryn!«

Ich zwang mich hoch, kroch zu ihr. Mutter, Mutter ... Sie ist entkommen ... Durch das zersplitterte Fenster schossen Hagelkörner auf mich nieder. Ein Gewitter war in den Palast eingebrochen und der Ruß um uns war sein Kind.

Die Feuchtigkeit bildete einen unangenehmen Film auf meiner Haut. Im schieren Aufleuchten des Blitzes erstarrten die Soldaten in Todesposen. Ein fremdes Reinblut, das einem anderen die Gurgel mit einer Eisplatte durchtrennte. Eine Unbekannte aus dem Sommerreich, die einem Soldaten das Bein zertrümmerte. Wer war schon der Feind, wenn wir alle zu solcher Grausamkeit fähig waren? Wo war das Böse, wenn nicht in uns?

Unter dem Getöse zerschmetternder Seelen tauchte eine blutbeschmierte Fratze neben mir auf. Holte aus. Mir blieb keine Zeit, um ihr auszuweichen. Glühend traf die Axt meine Schulter. Ich kippte nach hinten, rollte zur Seite. Fand mich direkt neben Asten wieder, dessen Lippen zitterten, ohne dass ein Laut über sie kam. Der Soldat trat wieder auf mich zu. Jemand schrie. Meine Mutter? Eduard?

Noch immer versuchte Asten krampfhaft, etwas zu sagen. Gib auf, flehte ich ihn an, gib auf, du wirst niemanden mehr retten können. Komm zu mir. Ich würde in dem Wolkengrau vergehen, gebettet in Dunkelheit, die der Erschaffer oder die Zeit in unsere Herzen eingeschweißt hatte. Wir erkannten sie, sobald wir etwas über uns lernen wollten.

Wenn die Seelen nicht mehr leuchteten, waren unsere Schatten nur noch dichter.

Es stand uns frei, ob wir sie verneinten.

Aber letztendlich würden wir alle untergehen in Schnee, der Asche bestäubte, und Asche, die Blüten verregnete. Und wenn wir fliegen wollten in diesen letzten Sekunden, würden uns Flügel wachsen, und wenn wir zaubern wollten, würde uns kein Schild dieser Welt aufhalten können. Bloß das Atmen verwehrte uns dieses Leben.

Farben! Wir hatten vergessen, dass auch die unseren aus Unlicht bestanden.

»Der Palast ... ergibt ... sich.«

Coryn

Feja
120. Mond der 3600. Sova

Goldene Funken bestäubten die gekräuselte Wasserfläche des Flusses, in der die Schatten der Bäume ihre Schwärze auswuschen. Von ihnen waren sie niedergefallen. Leichter als das Leid waren sie und schwerer als die Seelen, die nun, eingeschlossen in feine Rußpartikel, durch den Fluss trieben. Uraltes Sein, erlöst seines Körpers, nicht aber seiner Existenz. Tausendfach von Orhonen zersetzt und tausendfach wiedergeboren, um sich immer wieder zu verlieren und, heimatlos, dorthin zurückzukehren, wo die Zeit Materie erschuf.

»Du bist nicht festlich angezogen.«

Ich wandte mich um. Neben mir, die Arme angespannt an der Brust überkreuzt, legte Eduard die Stirn in Falten. Er war derselbe Mann, den ich kannte, und doch bis zur Unkenntlichkeit verändert. Goldene Bemalungen wanden sich um Hals und Brust und verdeckten die Narben unter ihnen. Er war gezeichnet mit Wäldern und Bergen, mit Zweigen und Flüssen und zusammen mit den ununterbrochen fallenden Funken drang er misstönend in die aschfahle Ruhe des Waldes ein, der bisher nur aus Baumgerippen bestand.

»Ich sehe keinen Grund zum Feiern«, entgegnete ich knapp.

Er streckte seine Hand aus und ließ sie wieder fallen. Das Blut, das noch vor kurzer Zeit an seinen Fingerknöcheln geklebt haben musste, hatte Flecken auf seiner Haut hinterlassen. »Du benimmst dich zu Unrecht so, Coryn. Dieses Volk hat für seine Freiheit gekämpft. Es gibt etwas, das sie feiern können. Das du feiern kannst. Du hast dazu beigetragen, dass Feja kein Land der Unterdrückten mehr ist.«

Weil kaum noch jemand da ist, den man unterdrücken könnte. Ich seufzte und drehte mich wieder zum Fluss um. Ringe aus abgeblätterter Rinde bestreuten die Ufer, erkrankt an Ruß – wie ich. Als würde er befürchten, die Asche würde seine Gewässer für immer verseuchen, schwappte der Fluss zögerlich um sie herum und schien nicht gewillt, sie fortzuspülen. Stattdessen blieben sie. Wie eine letzte Anklage an die, die sie nie mehr hören würden.

»Du willst nicht mit mir reden.«

»Siehst du das denn nicht? Was haben wir gewonnen, Eduard? Wir glaubten, das Böse aus allen Ecken vertrieben zu haben. Dabei haben wir vergessen, in uns danach zu suchen. Was nützt es, sich darüber zu freuen, dass es nicht mehr länger hier draußen lebt?«

Nun seufzte auch er. Humpelnd trat er zu mir. Ein Missgebilde aus Holz und Ranken ersetzte sein Bein knapp unterhalb des Knies, das seine hochgekrempelte Hose entblößte.

Ich wusste, ich sollte Mitleid mit ihm empfinden, dass

die letzte Schlacht ihn seinen Unterschenkel gekostet hatte. Wo die Ranken auf Haut stießen, schoben sie das Gewebe auseinander und zwängten sich schilfgrün in das Fleisch. Große bräunliche Tropfen kullerten daraus und bildeten Blasen, noch immer gegen den Fremdkörper ankämpfend. In den Falten seiner Hose sammelte sich ihr Saft. Ein feiner Geruch von Fäulnis entstieg ihm.

Entschieden lehnte sich sein Organismus, dieser verkümmerte Stumpf von einem Bein, gegen die Dryadenmagie auf. Und bezwang das, was ihn als Letztes noch zu retten vermochte. Feen sind wir und gegen das Feendasein erhebt sich unser Leib.

Ja, ich sollte Mitleid mit ihm empfinden. Aber mein Inneres war in dem Moment verstummt, als ich zugelassen hatte, dass das Böse meine Sinne betäubte und meine Seele irgendwo am Ende dieser hässlich goldenen Welt taumelte. *Früher bist du eine bessere Freundin gewesen. Du hast ihn kein einziges Mal besucht, seitdem die Dryaden sein Bein amputiert hatten. Nein, du hast dich verzogen wie jemand, der ihn nie kannte. Wie ein Feigling. Das war es doch, wofür du Eduard verurteilt hast. Dabei bist du nicht besser als er. Was würde die Coryn aus Zürich dazu sagen? Nach seinem Gleitschirmsturz hast du Eduard jeden Tag frische Laugenstangen ans Krankenbett gebracht.*

Ich fragte mich, ob er verstand, was dieser Krieg mir genommen hatte. Ich fragte mich, ob er es in meinem Schleier sah. Und ob es ihn ängstigte. Denn Finsternis dehnte sich aus.

Eine Weile standen wir nur nebeneinander. Zwei Geschöpfe, denen die Worte entfallen waren, die einander zu viel gesagt oder zu viel geschwiegen hatten, als dass die Sprache noch eine Bedeutung für sie hätte. Ich streckte den Arm aus und fing eine Flocke auf. Von den verkrüppelten Ästen eines Baums segelte die Owe auf meine Handfläche herab. Dieses Fest ... war nicht das meine.

Ich hatte sie eingeatmet, all die Dunkelheit dieser erschöpften Welt. Dort schien kein Mond und glänzten keine Sterne. Allein war ich darin, an eine gefallene Existenz gefesselt. Noch immer ertrank ich in dem Verderben, mit dem ich meine Seele überschwemmt hatte, als ich es aus Asten und Meliodas herausgesogen hatte.

»Deine Mutter wartet dort auf dich. Du bist untröstlich. Gleichzeitig verweigerst du die Hilfe von anderen. Warum?«

Nachdenklich ging ich am Flussufer entlang. Selbst hier, im Herzen des ehemaligen Winterreiches, kletterte das Moos bereits über Steine und wärmte meine durchfrorenen Füße. Noch vor zwanzig Monden wäre allein schon die Vorstellung davon undenkbar gewesen. Aber heute feierten die Feen das Fest der fliegenden Owe. Das Fest, an dem die Wünsche derer, die noch hofften, zum Himmel aufstiegen und in goldenen Flocken hinabregneten. Sie säten die Erde mit ihren Träumen. Und einer von ihnen war ein Land gewesen, das keine Trennung der Feen vorsah.

»Warum läufst du ständig vor uns weg, Coryn?«

»Ich weiß es nicht.« Ich erschrak darüber, wie dumpf meine Stimme klang. Geformt aus Düsternis, zu der wir alle geworden waren, verfingen sich ihre Noten in den Baumskeletten und taugten nicht einmal dazu, ihre seltenen hageren Blätter erzittern zu lassen.

Neben mir blieb Eduard stumm. Er versuchte nicht, mich aufzuhalten; machte keine Anstalten, mich zu umarmen. Ich war ihm dankbar dafür. Seine Empathie wäre vergebens gewesen. Genauso wie die meiner Mutter, die darauf vertraute, ihre Tochter in mir wachrufen zu können.

Arme Mutter. Vielleicht war ihre unbegrenzte Liebe der Grund dafür, dass ich mich jeden Morgen von ihr wegstahl, immer ferner und ferner wandernd. Sie glaubte nicht daran, dass ich nur noch aus Bitterkeit und Zorn und Schrammen bestand. Ich wusste es.

Und Eduard ... Eduard leugnete es nicht.

»Ich habe mich bei dir nie für meine Lüge entschuldigt. Dafür, dass ich dich hierbehalten habe. Es war so selbstsüchtig von mir. Weißt du ... unwillkürlich frage ich mich, ob dieser Verrat einen Teil des Bösen ausmacht, das dich jetzt zerfrisst.«

Ich schüttelte den Kopf. Müde Augenpaare begegneten einander und suchten in dem anderen nach dem Licht, nach dem sie ausgehungert waren. Sie fanden es nicht. »Was hat das jetzt für einen Zweck, Eduard? Die Vergangenheit entzieht sich unserer Kontrolle. Außerdem könnte ich gehen, das weißt du genauso gut wie ich.«

»Warum bist du dann noch hier?« Sein Atem ging stoßweise. Befürchtete er etwa noch immer, ich würde ihn verlassen? Noch immer dieselbe Angst davor, allein zu bleiben, genauso wie damals von seinen Eltern? Dabei hatte er seine Wurzeln in diesem Reich tiefer geschlagen als ich. Haltor und Nuepán würden nicht zulassen, dass er sich selbst verlöre, wenn ich fort wäre.

Ich blinzelte gegen die Sonne, die sich, einem Eindringling gleich, in den toten Wald kämpfte und über dem Fluss schwebte. Sie war vorschnell gewesen. Nun wusste sie nicht, ob sie sich ins Wasser wagen sollte, das ihr in schwarzen Schandflecken entgegen gähnte. »Die Portale sind zerstört.«

»Nicht das, wo früher der Palast stand«, widersprach Eduard.

»Und wenn – wo würde ich landen, wenn ich fliehen würde? Niemand hat die Zeitmagie aus dem Weg geschafft.« Betrachtete ich mein Leben aus der Ferne, grenzte dessen Abfolge an Ironie. Seit meiner Ankunft in Feja hatte ich mir nichts sehnlicher gewünscht, als nach Hause zurückzukehren. Ich hatte Eduard für seinen Betrug gehasst, in dem Glauben, dass ich ohne seine Lüge längst zu meiner Familie zurückgefunden hätte. Es hatte die Zerstörung einer gesamten Welt gebraucht, um zu realisieren, dass dieser Plan von vornherein zum Scheitern verurteilt war.

Es war mir so einfach gefallen, Eduard die Verantwortung für diese Tragödie zuzuschreiben. Ich hatte einen Schuldigen gebraucht ... Und er hatte so gut in das Muster des egoistischen Schwächlings gepasst. Dabei war es kein Mensch gewesen, der meine Rückkehr behinderte. Sondern diese Welt selbst.

»Meliodas hat alle fünf Portaltalismane in seiner Schatzkammer versteckt. Und nach dem Krieg, noch bevor die Orhonen den Palast zersetzten, haben Feen alle wertvollen Gegenstände geplündert. Sie wären dumm gewesen, wenn sie mit den Talismanen in die Menschenwelt geflohen wären.« Meine tonlosen Worte wandelten sich bei Meliodas' Namen in Schreie. Genauso wie an dem Mond, als ich ihn beinahe getötet hatte.

Er ist nicht mehr, Coryn, beruhigte ich mich, *er kann dir nichts mehr antun.* An jenem Abend, nachdem sich der Palast ergeben hatte und die Welt in Orhonenflimmern und Nachtblut zerrissen war, hatte sich ihn die Zeit in goldenen Ringen geholt. Ich bedauerte, dass es nicht ich gewesen war, die seinen letzten Atemzug beschleunigt hatte. Ich bedauerte, nicht in sein Gesicht gesehen zu haben, als er verreckte. Selbst wenn das bedeutet hätte, vollkommen an dem Übel seines Schleiers zu ersticken.

»Du hast Angst davor, in die Zeit nach Zürich zurückzukehren, in der deine Familie nicht mehr lebt.«

Ich nickte schwach. Harrend in der Einsamkeit würde ich vergessen, was mich einst an diese Erde gekettet hatte. Auch wenn ich nicht nach der Gesellschaft meiner Freunde und meiner Mutter strebte, spürte ich ihre Präsenz. Sie löste die Schwärze auf, die mich im anderen Fall längst überwältigt hätte.

Mutter. Erinnerungen spülten Enttäuschung in meine Gedanken, leise rauschend. Ihre gezackten Splitter verhakten sich in meinen Nerven und zogen nicht fort, als die Bilder verrauchten. Ich hatte sie gefragt, warum sie mir nie von Feja erzählt hatte. All die Jahre lang hatte sie gewusst, dass ich Schleier sah. Dennoch hatte sie es nicht für notwendig gehalten, mir einzugestehen, dass ich nicht an einem seltenen Sehfehler litt.

Stattdessen nahm sie still hin, dass man mich müde belächelte. Sie ließ zu, dass ich selbst für meinen Vater zu einem Aussetzling geworden war. Bis ich das Sprechen vergaß und damit auch einen Teil meiner Selbst.

Klamme Finger, in die der Sonnenuntergang ausblutete.

Schlaffe Wangen, erdig wie der Boden, in den ich meine Zehen grub. »Ich hatte gehofft, dass es beim Schleiersehen bleiben würde, weißt du«, hatte sie bloß als Entschuldigung gemurmelt. Als wäre es je genug. »Wir vererben unsere Fähigkeiten nicht nach den Prinzipien der Genetik. Es hätte sein können, dass du sie nicht von mir bekommst ... Dass dein Vater dir geschenkt hätte, was mir ein Leben lang verwehrt blieb. Ich wollte dir nicht all die Scheußlichkeit dieses Reiches aufbürden, wenn du sie nicht tragen müsstest. Nicht ... meiner Tochter.«

Heiserkeit kratzte an meiner Kehle. Das Lachen war zu trocken, als dass es über meine Lippen rollen könnte. Wie viel von all dem hätte meine Mutter verhindern können, wenn sie mir einfach die Wahrheit gesagt hätte? Ich glaubte nicht an Schicksal, nicht an Gott. Ich hätte Feja niemals betreten müssen.

»Komm mit mir«, bat Eduard mich erneut. »Ich möchte dir etwas zeigen.«

Unsicher ergriff ich die Hand, die er mir anbot – ein Versprechen, das ich brach, als ich es gab. So viel Sehnsucht nach unserer Freundschaft geisterte in seinem Blick. Auch sie vermochte nicht das Zwielicht hinfort zu blasen, das meine Sinne unter Schmerzen niedergedrückt hatte. Qualvoll stöhnend rangen sie sich an die Oberfläche meines Bewusstseins und wisperten von Momenten, die wir miteinander geteilt hatten. Von unserem Spaziergang durch das Sommerreich und unserer Wette, wer seine Dabgah zuerst zum Öffnen brachte, von unserem schiefen Gesang mit Haltor und unserem Lachen, als wir uns gegenseitig zum ersten Mal in den Kleidern der Sommerfeen erblickten.

Selbst in Feja hatten schöne Momente unsere Freundschaft gestärkt. Wann hatte sich das geändert? Mit meiner Entführung? Mit der Enthüllung seiner Lüge? Fremde waren wir geworden. Wir beschuldigten einander für Geschehenes, ohne den Mut aufzubringen, es in Worte zu fassen.

»Ich habe mich nicht dafür bei dir bedankt, dass du meine Mutter gerettet hast«, sagte ich schließlich. »Wie ist es dir gelungen?«

Er zuckte nur mit den Achseln. Die goldene Baumzeichnung auf seinen Schultern bewegte sich bei dieser Geste. »Du und Asten seid noch durch das Portal getreten, bevor es explodiert ist. Mein Lurix und ich hatten dazu keine Gelegenheit mehr.«

»Du bist geflogen?« Fragen, die so leer waren, dass keine Antwort sie ausfüllen könnte; die so abgründig waren, dass das Echo von Seelenrufen darin widerhallte, die schon seit langer Zeit das Schreien verlernt hatten. Und nur die unaufhörlichen Goldflocken schwirrten hinein …

»Ja. Ich habe vieles gelernt, während du im Palast gefangen warst.« Es war als Witz gemeint. Keiner von uns lachte. »In jedem Fall sind diese Wesen sehr schnell, wenn man mit ihnen umzugehen weiß. Alles andere erklärt sich von selbst, denke ich. Ich bin genau im richtigen Moment in den Palastkerker gestürmt. Die Wächter waren fort, vermutlich alle im Thronsaal versammelt. Deshalb fiel es fast niemandem auf, dass deine Mutter mit mir floh. Den Rest der Geschichte kennst du.«

Ja, den Rest kannte ich. Plötzlich knirschten die Steine unter mir wie Glassplitter und die Äste bogen sich zu scharfen Krallen, die sich ineinander verhakten, auf dass nur der

Tod sie aus dieser innigen Umarmung lösen würde. Und zwischen ihnen lief ich.

Geister der Vergangenheit, ihr könnt mich nicht erschrecken. Das Dämmergrau, das ihr mir bringt – längst habe ich mich darin wiedergefunden, was ich einst gemieden hatte.

»Danke«, flüsterte ich, ohne den Sinn dieser Worte zu verinnerlichen. Wieder verfielen wir in Schweigen. Womöglich liebten wir die Stille so sehr, weil ihre Räume unerschöpflich waren. Sie bargen all das Dunkel, das unsere nachtvergifteten Seelen nicht mehr halten konnten.

Nach nur wenigen Schritten stolperte Eduard, der sein Bein hinter sich her schleifte wie eine uralte Last, und wäre gestürzt, wenn ich ihn nicht in einer mechanischen Bewegung aufgefangen hätte. Ich umfasste seinen Ellenbogen.

»Das ist nicht nötig«, nuschelte er. Das Grau seines Schleiers kündete von etwas anderem.

»Schon gut, Ed. Es ist okay.«

Widerwillig ließ er sich von mir stützen. Sein Geruch nach Kiefern, den ich einst so gern um mich gehabt hatte, klebte nun bedrückend auf meiner Haut. Wir verließen den Wald und beschritten eine weite Ebene, auf der nichts wuchs. Genauso wie im Dickicht glänzte das Gras auch hier silbergrau. Nur langsam trat das ehemalige Winterreich ab, was es einst besessen hatte. Aber im neuen Feja war kein Platz für Eis und Fruchtlosigkeit.

Die Feuchtigkeit der Luft brannte in meinem kratzigen Hals und die Wiese überzog ein Netz aus Wassertropfen. Diese Nacht hatte es geregnet. Bei den milden Temperaturen war die Flüssigkeit nicht zu Eis gefroren. Vielleicht verwirklichten sich Lerenials Träume, von denen er mir damals, in dieser so weit entfernten Zeit, erzählt hatte. Vielleicht veränderte sich das Königreich aus Schneekuppen und Bergen vollends. Nur war er nicht mehr bei uns, um es zu genießen.

Eine Gruppe aus Feen hatte sich mit dem Rücken zu uns an der Waldgrenze versammelt. Ihre Figuren wirkten vertraut. Einer von ihnen hielt einen Pegasus fest: ein braunes Ross, dessen Flügel und Beine in samtiges Schwarz übergingen. Geduldig wartete das Geschöpf auf die Befehle seines Reiters, voller Sicherheit, dass die Schar aus Misch- und Reinbluten, die es lachend umgab, ihm nichts Böses zufügen würde. Und doch schwang in den Stimmen der Sprechenden eine Anspannung mit, die nicht von Frieden zeugte.

Selbst wenn wir gewinnen würden, würde diese Welt viele Sovas lang in den Ruinen alter Zwietracht liegen. Wie richtig ich mit dieser Vermutung doch gelegen hatte. Hunderte Monde müssten verstreichen, ehe dieses Volk lernen würde, einander zu glauben. Und nochmals hunderte, bis es sich verzeihen und neu anfangen konnte. Orhonen! Die Natur hatten sie vom Krieg geheilt. Um unsere Schleier mussten wir uns selbst sorgen.

»Eduard! Coryn!« Eine Gestalt drehte sich zu uns um. Es war ein kräftig gebauter Mann, dessen Rücken und Brust ebenso wie die von Eduard mit goldenen Bemalungen verziert war. Trotzdem kaschierten sie nicht die wulstigen Narben, die seinen gesamten Torso hinunterliefen. Das Glitzern in seinen grauen Augen erlosch, als er mich musterte. Er vermisste nicht den festlichen Aufzug an mir.

»Hallo, Haltor«, begrüßte ich ihn klanglos.

Er bemühte sich um eine Erwiderung, schloss den Mund jedoch wieder, ohne dass eine freundlich-sinnlose Floskel ihn verlassen hatte.

»Es ist schön, dich wiederzusehen, Coryn«, half Nuepán ihm. Sein blondes Haar war, anders als normalerweise, seitlich gescheitelt und zu einem aufwendigen Zopf geflochten. Eduard hatte mir erzählt, dass ein Eisfeuer die Haut auf seiner gesamten rechten Kopfhälfte verbrannt hatte. Ich versuchte, mir den Schmerz vorzustellen, aber es gelang mir nicht. Ich habe zu viel gefühlt. Einfach ... zu viel. »Zaphill, Werrot, lasst mich euch unsere Freunde vorstellen Das sind Eduard und Coryn, beide Emporkömmlinge des Sommerreiches. Wobei...« Er biss sich auf die Lippe. Unter seiner Haut zeichnete sich blau ein bizarres Adernnetz ab. Seine verbrauchte Seele fädelte ihre Schwäche in seinen Körper.

Machte es ihn glücklich, im Krieg gesiegt zu haben? Er hatte Gleichheit erlangt; etwas, wonach er sein gesamtes Leben lang gestrebt hatte. Freute er sich darüber? So sehr, dass er darüber hinwegsehen konnte, dass Reinblute seine Verlobte getötet hatten?

Zaphill, eine Feenfrau, auf deren durchscheinend weißen Wangen das Flockengold beinahe gespenstisch schimmerte, weitete die Augen. »Eure ... Hoheit?«

Es dauerte zu lange, bis ich erkannte, dass diese Ansprache an mich gerichtet war. Selbst dann wies ich sie mit einer Geste von mir, die so ermüdet war von dem Jammer dieser Erde, dass menschliche Belange ihre Energie nicht erwecken konnten. »Nein, bitte nicht.«

Verunsichert wich die Frau von mir zurück. Sie war ein

Reinblut, unbezweifelbar. Auch die orangefarbenen Blüten, die sie sich aus Sympathie für das Sommerreich ungelenk ins helle Haar geflochten hatte, täuschten nicht über ihre Herkunft hinweg. Keine Sommersprossen besprenkelten die blassen Wangen, die Augenbrauen waren beinahe weiß.

Ihr Gefährte jedoch, Werrot, war eine Sommerfee. Muster, deren Anfang und Ende ich nicht unterscheiden konnte, rankten sich wie Adern aus Eis seine dunkle Stirn und seinen Hals empor. Ob es ihre Absicht gewesen war, das Reich des anderen mit Verzierungen zu ehren?

Was spielt das schon für eine Rolle? Was spielt das schon für eine Rolle, wenn sie der Gedanke an die Königserben noch immer in Schluchten lockt, in denen die Sehnsucht nach Ordnung den Sinn nach Gerechtigkeit längst aufgefressen hat? Abgenagt und bleich liegen dessen Knochen auf der Erde. Und dennoch flößen sie ihnen keine Angst ein. Sie sind bereit, vor mir zu knien.

»S-Sie hat es lieber, wenn ihr sie einfach Coryn nennt.« Zaphills hilflos gehauchte Entschuldigung verklang in Eduards Räuspern.

»Wo ist Adiz, Haltor?«

Der Angesprochene blähte die Nasenflügel. »Ich habe ihn nicht mehr gesehen, seitdem er mit einem Stapel verstaubter Bücher aus dem Palast gerauscht ist. Offensichtlich hat er sich an der dortigen Bibliothek bereichert, der Ganove. Schließt sich wahrscheinlich wieder in seine Elixierküche ein und beglückwünscht sich zu seiner Raffinesse.«

»Dieser Kerl kann ja schimpfen!« Parses Bass vibrierte vor Lachen. »Bei Fejas Staub! An deiner Wortwahl müssen wir noch arbeiten, aber das hier ist wenigstens etwas. Ich hatte schon Sorge um dich, so wie du schniefend den anderen Soldaten der Armee gefolgt bist und alles akzeptiert hast. Also ähneln sich die Brüder doch mehr, als man denkt, was?«

Haltor verzog das Gesicht. Es vermochte nicht an Parses Hand zu liegen, die etwas zu wuchtig auf seinen Rücken niederfiel. Neben ihm scharrte Werrot nervös mit den Füßen.

»Adiz hat das Talent, die denkbar schlechtesten Seiten von jedem hervorzubringen«, brummte Haltor und ergänzte an Eduard gewandt: »Hast du etwas von Lerenial oder Valentina gehört?«

»Nein, nichts. Ich ... weiß wirklich nicht, wo ich noch suchen könnte.«

Stille verfing sich in der Atmosphäre, lud die Luft mit süßlicher Wehmut auf. Entflohen aus unseren eigenen Herzen hatte sie uns aufgesucht, um die Gesichter derer zu erschauen, die sie zu sich riefen.

Eduard faltete die Hände wie zu einem Gebet. Diese Geste war so menschlich, dass sie mich zu anderen Zeiten gerührt hätte.

Vor vier Monden waren die Hyalen in ihre Gebiete zurückgekehrt. Eduard hatte sie nach Lerenial gefragt. Aber niemand konnte ihm sagen, wohin sein Freund verschwunden war. Nur eine einzige, hufenlose Hyalenfrau erinnerte sich daran, vor dem Krieg von einem Blutbad in den Bergen des Winterreiches gehört zu haben. Es hieß, die Soldaten des Palastes hätten diejenigen niedergeschlagen, die sich nicht auf ihre Seite stellen wollten. Doch auch diese

Frau konnte Eduard weder Trost spenden noch eine sinnlose Hoffnung rauben.

Und was Valentina anbetraf ... Ich hatte Eduard nie erzählt, dass sie mich verraten hatte. Ihre Abwesenheit ersparte mir die Mühe unnützer Gespräche mit ihm, die nur zu einem führten: seiner Feststellung, dass es mir gleich war. So seltsam es auch klang – ich fühlte nicht einmal die Erleichterung darüber, dass sie aus meinem Leben verschwunden war.

»Werdet ihr mit uns zum Fest gehen?« Haltors Frage richtete sich eher an mich als an Eduard. Dennoch war er es, der den Kopf schüttelte.

»Coryn und ich haben noch etwas anderes vor.«

»Dann vielleicht heute Abend?«

»Die Owe ist im Mondlicht besonders schön«, fügte Zaphill unsicher hinzu und lächelte mich an, als könnte die Vorstellung von den Goldflocken in der Nacht mich davon überzeugen, mich zu ihnen zu gesellen. Ihr Eifer, den Fehler bei meiner Anrede aufzuwiegen, sollte mich erweichen. Er tat es nicht.

»Ja, sicherlich«, versprach Eduard für mich. Mit einem Nicken in die Richtung der Feen tätschelte er mich an der Schulter. Eine lautlose Aufforderung, ihm zu folgen.

Unentschlossen irrte mein Blick zwischen den Gestalten meiner Freunde. Erwartend etwas, wofür ich keine Bezeichnung kenne, vermissend etwas, das ich nie meines nennen konnte ...

Nuepán entglitten meine Zweifel nicht. »Dass sich die Feen beider Reiche bei diesem Fest versammeln, ist ein Zeichen, Coryn«, betonte er. Bei jedem Wort spannte sich die dünne Haut an seinen Wangenknochen. »Selbst Zaphill ist dabei und sie als Reinblut hätte mehr Gründe dagegen als du. Du solltest wirklich kommen.«

»Ja, sicherlich.« ... und fliehend vor dem Etwas, dem ich nachgejagt bin.

»Coryn?« Angespannt drehte sich Eduard zu mir um.

Ich senkte das Kinn und lief zu ihm.

Asten

Feja
120. Mond der 3600. Sova

»Ich bewundere dich, Nemiliara.« Gedehnt sprach Asten diese Worte aus, so schwer und unbeweglich lag das Lob auf seiner Zunge. Wann hatte er das letzte Mal seine Wertschätzung vor jemandem kundgetan? Als sie noch ein Teil seines Lebens gewesen war, vielleicht. Der Mond hatte wahrscheinlich vergessen, dass der ehemalige Prinz jemanden würdigen konnte. Zu lange hatten seine Sternenkinder es nicht mehr gehört.

»Du wolltest ihn tatsächlich retten, nicht wahr? Meliodas. Du wolltest tatsächlich sein klägliches Leben retten, in dieser Nacht.«

Grüblerisch trottete sie über die Wiese und blieb direkt vor dem Portal stehen. Seit dem Ende des Krieges bewachte niemand mehr die Weltentore. So stand es nur da, schloss lautlos all das Grauen in sich ein, das er zu sehen bekommen hatte. All die Löcher in seinem dunklen Gestein fielen wie Augen zu, bedeckt von Farnenlidern. Die Asche der Schlachten schimmerte weiß auf seinen Säulen. Wie harmloser Staub sieht sie aus, schoss es Asten durch den Kopf, wie harmloser Staub. Dabei ist es der Schutt unserer Leben.

»Es ist schön zu hören, dass du mir Großmut zugestehst. Aber deine Tante ist eine Egoistin. Wenn ich den Bann zwischen Coryn und euch nicht gebrochen hätte, wärt ihr tot. Du und sie. Was meinem Vater passiert wäre ... Sagen wir es mal so, ich hätte ihn vermutlich selbst umgebracht, wenn die Zeit das nicht für uns alle erledigt hätte.«

Er lachte, leise und kehlig. Es war beinahe unbegreiflich, wie Nemiliara Meliodas so hassen konnte, nachdem sie für so viele Sovas seiner Tyrannei entkommen war. Unwillkürlich glitt sein Blick zu ihrem Ellenbogen. Immer noch dieselben Narben. Ein Unterarm, der, festgehalten von dünnen Fleischstreifen, an ihrem Oberarm baumelt und den Marmorboden mit Blut überflutet. Ihr Unterarm. Meliodas bestrafte seine Tochter nur allzu häufig.

Und ihn? Ihn hatte der König sein ganzes Leben lang erniedrigt. Meliodas' Tod war seine Erlösung von einer äußeren Macht, Astens Abtritt von der Regentschaft ein Aufatmen. Er hatte sich nie weniger nach dem Thron gesehnt als nach dem Krieg. Er wollte Freiheit. Von Meliodas, von Brutalität, von sich selbst. Womöglich ... womöglich würden viele Sovas ihm die Weisheit darüber bringen, wie sein Großonkel so geworden war. Und wie er nicht so werden konnte.

»Weiß Coryn, wer du bist?«

»Ich habe es ihr erzählt. Von den Sovas, die ich im Palast verbracht habe, von meiner Beziehung zu dir, von meiner Flucht. Eine andere Sache ist, ob sie es verstanden hat. Es scheint, als hätte Dunkelheit ihre Seele vollkommen verschlungen.« Nemiliara wandte sich um. Obwohl Gold ihre Wangen einfasste, war ihre Haut fahl und ihr Schleier welkes Grau. Das ärmellose Kleid schlackerte an ihrem dürren Leib. Sie war fast genauso ausgemergelt wie Coryn. Die Befreiung aus Meliodas' Gewalt hatte ihren Zustand nicht gebessert.

Er müsste Coryn nur noch mehr dafür verabscheuen, dass ihre Finsternis seine Tante stahl, aber sie hatte den Hass aus ihm herausgesogen. Gemeinsam mit so vielen anderen Gefühlen, aus denen er bestanden hatte. So wankte seine Seele zwischen Gleichmut und Groll, zwischen geschmolzenen Gletschern und Feuern, die die Erde versengten, und konnte nirgendwo ihren Platz finden.

»Und es gibt keinen anderen Weg als diesen?«, fragte er sehnsuchtsvoll.

»Keinen anderen.«

Eduard

Während ihrer gesamten Wanderung hielt Coryn ihre Schultern eingezogen und Eduard ahnte, dass dies nicht von der Kälte ihrer Umgebung herrührte. Eine milde Wärme war ins Winterreich gezogen. Sie rollte regenschwere Wolken über den Himmel und Wassertropfen über die Erde, sodass er froh darüber war, seine leichte Kleidung nach den Reparaturarbeiten im Morgengrauen nicht gewechselt zu haben.

Es waren Coryns Geister, die seine Freundin frösteln ließen. Immer wieder ließ er sich mögliche Trostworte durch den Kopf gehen. Aber unter ihnen fand er nichts, das diese Schemen der Nacht verblassen könnte, die sie wie schwarze Rauchspitzen umwehten.

Vielleicht hätte es geholfen, wenn sie sich mir öffnen würde, dachte er, *vielleicht würde ich dann besser verstehen, was sie in dieser einen Nacht durchgestanden hat. Was hat sie im Palast erlebt, dass sie so gebrochen war, als sie mit Asten zu unserer Armee stieß? Sie redet nicht mit mir und ich kann ihr nicht helfen.*

»Dieses Ereignis – das Fest der fliegenden Owe – hat es seit zweitausend Sovas nicht mehr gegeben«, erhob er schließlich das Wort. Er ertrug es nicht mehr, ihrem Schweigen zu lauschen. Überrascht schielte sie zu ihm herüber. Die Müdigkeit hatte ihre Augen rot gerändert. »Das ist die Zahl von Sovas, die die Feen in Misch- und Reinblute aufgeteilt sind«, fügte er rasch hinzu, bevor er ihre Aufmerksamkeit wieder an die Dunkelheit verlieren könnte. »Die Zahl der Sovas seit dem ersten Feenkrieg. Eigentlich grenzt es an ein Wunder, dass sich die Feen überhaupt an dieses Fest erinnern. Wie es scheint, hat man die Geschichte davon von Generation zu Generation weitergetragen.«

Es erfüllte ihn mit Kummer zu sehen, wie sich ihr Gesicht wieder desinteressiert verdüsterte. Warum tat sie das? Warum ließ sie es zu? Coryn war so stark gewesen. Jetzt ergab sie sich bereitwillig der Trauer. Fast wäre er stehen geblieben, um sie an der Schulter zu rütteln und sie anzubrüllen, sie möge endlich aus dem Elend aufsteigen, in das sie sich selbst getrieben hatte. Allerdings wirkte ihre gesamte Statur so zerbrechlich, dass sie vermutlich zerrieseln und in das Erdreich eingehen würde, wenn er sie berührte.

Er seufzte. Bei jedem Schritt durchriss sein Bein ein stechender Schmerz, als würde seine Prothese gleich von ihm abfallen. Er hatte sich trotzdem für einen Umweg über das hügelige, graslose Feld entschieden und nicht die direkte Strecke zum Portal genommen. Wenn er ehrlich zu sich selbst war, musste er sich eingestehen, dass er es allein aus der Hoffnung heraus getan hatte. Vielleicht würde er in dieser zusätzlichen Zeit wenigstens eine, wenn auch verschwindend kleine Spur von Leben in Coryn entdecken. Eine, die ihn ermutigen würde, Emilia von ihrer Absicht abzuhalten. Eine, die es ihm erlauben würde, Coryn zu umarmen und mit ihr das Fest der fliegenden Owe zu feiern. Er wollte daran glauben, dass der Mond das Zwielicht in ihr irgendwann zerstreuen würde.

Er konnte es nicht.

Und je näher sie dem Gebirgswall kamen, der, schneelos und besetzt von unzähligen Goldflocken, vor ihnen auffragte, desto klarer wurde ihm, dass es keine andere Möglichkeit gab.

»Warum hat es so lange nicht stattgefunden? Dieses Fest, meine ich?«

Erfreut über ihre Nachfrage musterte er sie. Und sackte sogleich wieder in sich zusammen, so tief hingen ihre Mundwinkel herab. »Ich weiß es nicht. Haltor hat mir erklärt, das Fest der fliegenden Owe beruhe darauf, dass sehr viele Feen von demselben träumen. Wahrscheinlich hat ihre Anzahl in den letzten Tausenden Sovas nicht aus-

gereicht. Und jetzt funktioniert es. Sehr viele sehnen den Frieden herbei. Ihre Wünsche, die in Flocken eingeschlossen sind, werden die Erde neue Magie produzieren lassen.«
Eduard deutete auf eine Stelle vor ihnen, in der ein schmaler Schlitz den Berg durchzog und so einen natürlichen Durchgang bildete. Erschöpft folgte sie ihm dorthin.

Sie will überhaupt nicht wissen, wohin ich sie führe, stellte Eduard fest, *an keinem Ort dieser Welt verblassen ihre Schatten.* Er musste darauf vertrauen, dass sie sich dort, wohin sie gehen würde, nicht vertiefen würden.

»Nuepán glaubt, dass Feja nur deshalb so ein hasserfülltes Land gewesen ist, weil die Magie, die die Erde zeugte, keine Träume enthielt. Sie sind in den zweitausend Sovas längst entflogen.«

»Die Welt erneuert sich also«, sagte sie heiser.

»Ja. Die Welt erneuert sich. Genau deswegen werden die Feenkinder in dieser Nacht die Owe in ihre kleinen Körbchen häufen und mit ihren Freunden Wettbewerbe veranstalten, wer am meisten davon gesammelt hat.«

Eduard trat zur Seite und überließ es mir, als Erste den Bergspalt zu passieren. Kalt atmete das Gestein mich an, während ich hindurchschlüpfte, so schmal war die Öffnung. In den Ritzen entdeckte ich Überbleibsel aus Eis und Schnee, die der Winter vor dem Geist des neuen Reiches barg. Er würde niemals völlig kapitulieren.

»Und ihre Eltern werden zuschauen und Wein trinken und tanzen. Sie alle. Winterfeen und Sommerfeen. Sie haben keinen Gott, bei dem sie sich für diese Nacht bedanken könnten. Also werden sie ihre Ahnen für die Tänze preisen, die sie ihnen vermacht haben.«

Noch ein Schritt und der Felsen ließ mich frei. Eine junge Wiese schmiegte sich von der anderen Seite an die Gebirgskette. In wenigen Fuß Entfernung vor uns krümmten sich zwei Gesteinssäulen aneinander, verformt von ihrer zeitlosen Last und gebettet in Ewigkeit von schmeichlerischem Efeu. Das Portal.

Erst jetzt wurde mir gewahr, welche Gebirgskette Eduard und ich gerade passiert hatten. Ohne den Palast, den die Orhonen längst zu neuer Magie zerstoben hatten, und den Schnee erinnerte mich nichts mehr an die Vergangenheit dieses Ortes. Jetzt fuhr die beißende Kälte wieder in mich. Schrecken jagte durch meine Nerven. Es war derselbe Felsen, den ich vor nur achtzehn Monden mit Asten hochgeklettert war, um in das Königshaus einzubrechen. Damals war ich auf Astens Schleier geflogen. Ich hatte mich von den Emotionen eines Monsters genährt, das zeitgleich seine Opfer ermordete. War ich besser als er gewesen, weil ich nur den verletzt hatte, der es wahrlich verdiente? Warum hatten sich diese Minuten so einfach angefühlt? War es nicht verwerflich, wenn mir mein Gleitschirm zu Anfang mehr Schwierigkeiten bereitet hatte als diese Art von Fliegen?

Sie ahnten nicht, dass wir sie beobachteten. Die Gesichter einander zugekehrt sprachen sie leise. Ich hätte auf sie zu stürzen müssen, um sie von ihm fortzubringen. Allein ihre Körperhaltung hielt mich zurück. Sie sah keine Bedrohung in ihm.

Die Art, wie sie den Kopf neigte, seinen Erklärungen lauschend, strahlte so viel Verbundenheit und Zuversichtlichkeit aus. Und das traf mich mehr, als hätte er sie tatsächlich angegriffen.

Seine Tante. Cousins ... Hinter meiner Stirn pochte ein dumpfer Schmerz. Vermutlich war es die Qual einer alten Seele, die sich, gehetzt von der Wahrheit, lieber in der Flucht abnutzte, als diese verharrend anzuerkennen.

»Warum hast du mich hierhin gebracht?«, hörte ich mich selbst sagen.

»Ich wollte dir etwas zeigen. Weißt du es nicht mehr?«

»Das hier? Nein ... nein, nein, ich will das nicht.« Ergriffen wankte ich nach hinten. Zerbrechend daran, meine geliebte Mutter bei meinem Feind zu sehen, splitterte ich an der Übermacht von Hass und Verzweiflung, wo sich mein Geist doch jeglichen Gefühlen verschloss.

Asten

»Du weißt, dass Feja dich gebraucht hätte.« Ruhig und fordernd folgte Asten ihren Bewegungen, wie sie vor dem Portal vor und zurück stapfte, die Finger Halt suchend in ihr grünes Kleid gekrallt. Seit er Nemiliara kannte, beugte sie sich keinen herrischen Weisungen. Wer sie bei sich behalten wollte, musste ihr glaubhaft machen, unersetzbar zu sein. Genau das nutzte er nun gegen sie aus.

Nervös lachte sie auf. Ihr Schleier knisterte gräulich. »Es hat mich all die Sovas über auch nicht gebraucht, nicht wahr? Nur weil der König tot ist und sein Nachfolger das Amt abgetreten hat, bedeutet es nicht, dass ich plötzlich auch nur irgendeine Wichtigkeit erlangt habe. Denk nach, Asten. Niemand würde die Tochter eines Feenmanns auf den Thron setzen wollen, dessen Krone man so gern fallen gesehen hat.«

»Du könntest das Vertrauen der Feen gewinnen, wenn du nur wolltest«, beharrte er. »Deine Flucht war eine offene Rebellion gegen Meliodas und seine Herrschaft. Selbst die Zweifler würden dich respektieren, sobald du ihnen von deinem Kampf um Coryn erzählst. Du lässt das Reich hilflos zurück, Nemiliara.«

Sie gab ein unterdrücktes Stöhnen von sich. Vielleicht war es ungerecht, mit ihrem Pflichtbewusstsein zu spielen.

Schon immer hatte sich seine Tante so viel Verantwortung aufgebürdet. Er holte sie dorthin zurück, wovor sie geflohen war.

Aber er musste es versuchen. Ohne es selbst zu hören, schrie dieses Land nach ihrer Hilfe. Und ihrem Gebrüll mischte sich sein eigenes Weinen bei.

»Ich vermute nicht...«, setzte sie an und verstummte auf einmal, als ein Rascheln hinter ihnen sie aufhorchen ließ. Zwei schmale Figuren waren durch den Felsenspalt hindurchgetreten und hatten innegehalten, ohne sich ihnen zu nähern. Eine von ihnen war Eduard. Die andere ein Mädchen, das er schon fast gewaltsam nach vorn drängen musste.

Entschuldigend drückte Nemiliara seine Finger. Es entging ihm nicht, dass ihr Schleier vor Erleichterung etwas freier um ihren Körper schwebte.

Sie lief auf die Angekommenen zu. »Hallo, ihr beiden«, begrüßte sie die Feen. »Danke, dass du sie hergeführt hast, Eduard.«

»Nicht dafür.«

Nemiliara nickte eifrig, schien sich aber in ihren Sorgen bereits weit von ihm entfernt zu haben. Als sie das Mädchen umarmte und sich mit ihm zu Asten drehte, glitzerten Tränen in ihren Augen – wässrige Perlenketten, aufgesponnen auf Licht. Es schnürte Asten die Kehle zu, dass dieser Schein ihren Geist nicht erreichen konnte. Denn die Finsternis, die neben ihr lief, tilgte gefräßig auch den kleinsten Funken, der sich nicht rechtzeitig vor ihr in Schutz begeben hatte.

Er hätte Coryn nicht erkannt, wenn Nemiliara sie nicht mütterlich in die Arme geschlossen hätte. Der Palast hatte sie zu einer harten Frau gemacht; einer, die zu morden bereit war. Doch wenn er sie damals angeschaut hatte, hatte er gewusst, dass sie lebte. Jetzt war alles Leben aus ihren Gliedern gewichen. Sie trug wieder das rosafarbene Kleid, in dem er sie in den Palast verschleppt hatte. Nicht einmal die Blutflecke auf dem Saum hatte sie ausgewaschen. Der sehnige Hals und die knochigen Arme zeugten davon, wie wenig sie auf ihre leiblichen Bedürfnisse achtete. Keine Fee, auch keine Enkelin des Winterkönigs würde es lange in diesem Zustand aushalten. Irgendwann gaben die stärksten Heilkräfte nach.

Selbst Eduard, der noch nie besonders bedrohlich gewirkt hatte, erweckte einen gefährlicheren Eindruck als sie.

»Es ist schön, dich zu sehen, mein Schatz.« Still waren Nemiliaras Worte, kaum zu vernehmen. Offenbar bestürzte Coryns Verfassung sie immer wieder aufs Neue. Er hatte ihr nicht geglaubt, als sie ihm davon erzählte, dass ihre Tochter verfalle. Er selbst hatte niemals Schmerzen empfunden, wenn er tötete. Auch wenn er nun bedauerte, es für den falschen Mann getan zu haben.

Oder war seine Seele bereits durch so viel Übel vergiftet, dass er nichts merkte, wenn er die Schleier anderer Feen aussog und ihre Dunkelheit mit der seinen vermengte? Hatte es wehgetan, zum ersten Mal einen Schleier vernichtet zu haben? Er erinnerte sich nicht mehr daran.

Zu dritt trotteten die Feen auf das Portal zu. Coryn hob nicht den Blick. Unveränderlich hatte sie ihn auf die goldbeschmutzte Wiese geheftet und wollte ihn nicht bemerken. Ob er sie hassen sollte? Schließlich hatte sie ihn fast getötet. Und dennoch ... wäre es nicht auch sein erster Gedanke gewesen? Hatte nicht sein Weald allein verhindert, dass er sie zuerst angegriffen hatte?

Wie bedeutungslos das alles nun war. Wie seltsam die Tatsache, dass sie beide jetzt, da ihre Schleier statt bunter Seelentinte nur noch Farbenasche waren, keine Feindschaft mehr empfanden. Es war kein Frieden, der zwischen ihnen weilte. Bloß Gleichgültigkeit.

»Du bist nicht bemalt«, stellte Nemiliara fest. Ein kläglicher Versuch, Coryn aus ihrer Trägheit zu erwecken.

Sie seufzte nur.

Grüblerisch betrachtete Eduard das Weltentor hinter ihnen. *Warum flimmert deine Seele voller Unrast, Halbmensch? Hat dir an Coryn genauso viel gelegen wie mir an Nemiliara? Ich sehe keine Trauer in deinem Schleier. Dich drückt keine Schwärze hinab. Wo sind die Tränen deiner Wehmut?*

»Sie wollte nicht am Fest teilnehmen«, unterbrach Eduard seinen Gedankengang. »Ich dachte, es sei in Ordnung, wenn sie nicht bemalt ist. Immerhin spielt es jetzt keine Rolle.«

Coryns Kopf zuckte hoch. Ihre Haarsträhnen klebten ihr fettig an der Stirn. »Was meinst du damit?«

»Er meint, dass die Menschen diese Muster nicht verstehen würden. Es ist besser, unauffällig zu sein, wenn du in ihre Gesellschaft zurückkehrst.«

Coryn

Der Klang dieser Stimme entfesselte Erinnerungen, die besser für immer am Grunde meines Verstandes gewuselt hätten, kettenschlingernd, nachttrinkend. Ich hatte ihn nicht mehr gesehen, seit ich ihm vor achtzehn Monden fast das Leben genommen hatte. Aber jetzt, da ich seine eingefallenen Wangen genießen könnte, seine zuckenden vernarbten Finger, verschaffte es mir keine Befriedigung zu wissen, wie sehr meine Kräfte ihn zerstört hatten. Nur noch an wenigen Stellen verbanden sich seine Schwaden mit seinem Körper. Bei jeder Bewegung drohten sie, sich von ihm zu lösen. Er heilte nicht. Er würde niemals heilen.

»Ich verstehe nicht.«

Eduards Hand streifte die meine. »Du kannst nach Hause gehen, Coryn. Das hast du dir doch so lange gewünscht.«

Ungläubig wiegte ich den Kopf. Dieses Versprechen, das ich vor Dutzenden Monden noch freudig entgegengenommen hätte, wirkte nun so falsch, dass ich es nicht begriff. »Wir haben darüber gesprochen, Ed. Wofür hast du das alles hier organisiert? Wolltest du mir noch mal unter die Nase reiben, wie unmöglich das ist?«

»Da liegst du falsch.«

Unbeteiligt starrte ich Asten an. Strohiges weißes Haar, ausgerissene linke Augenbraue. Seine eisklirrende Präsenz war aufgetaut und hatte den Gestank von öligen Schneepfützen hinterlassen. König ohne Krone, Herrscher ohne jene, die ihm zu gehorchen bereit wären. Nur noch Härte war ihm geblieben. Indem er sich darin kleidete, hoffte er, verheimlichen zu können, wie sehr er bröckelte.

Noch immer hasste ich ihn; aber es war stiller Hass. Was nützte es mir, ihn zu ermorden? Ich würde bloß die Hülle eines Geschöpfes töten. Einen Geist, durch den die Krone hindurchfallen würde, wenn sie ihm jemand auf den Kopf setzen wollte. Er hatte seine Regentschaft abgetreten. Und ich hatte meine Chance verfehlt.

Ich beobachtete die Muskeln in seinem Gesicht. Sie rührten sich nicht. Ihr seid zu müde, um zu verabscheuen. Du, die dem Bösen ins Auge gesehen hat, und er, der es an dich gegeben hat. Es war das Einzige gewesen, womit sich seine Lungen füllten.

»Ein altes Feenpaar«, setzte er an, »hat bei den Reparaturarbeiten einen Portaltalisman gefunden. Wahrscheinlich hat es die Fee verloren, die alle Talismane aus der Schatzkammer des Königs gestohlen hatte. Damit kannst du in deine Welt zurückkehren. Du würdest in der Zeit nach derselben Anzahl von Monden ankommen, die du hier verbracht hast. Da das Amulett auch die Ortsbindung der Portale überwindet, kann es dich in deine Heimatstadt, sogar bis zu deinem Haus befördern.«

Eduard

Wie zur Bestätigung griff Asten in die Tasche seines Capes und entblößte einen runden Gegenstand, der an einer silbernen Kette hing. Schwarze Tentakelarme, geschlungen um eine blaue Mitte, bildeten den Anhänger. Eduard hatte schon vieles von Portaltalismanen gehört. Einen zu Gesicht zu bekommen war jedoch etwas ganz anderes. Wie gebannt starrte er auf das Amulett. In den Sekundenbruchteilen, in denen er blinzelte, veränderte der blaue Flimmer unter den Tentakeln seine Form. Wie Nebelkörner streiften die Partikel umher, ein Abbild jener Goldflocken, die um sie schwirrten.

Verunsichert schwankte Coryn nach hinten. »Warum solltest du ihn mir geben wollen? Wenn es nach dir ginge, wäre ich jetzt schon tot.«

»Das könnte ich von dir auch behaupten«, widersprach Asten. In seinen Worten lag keine Gehässigkeit. Nur eine kalte, emotionslose Feststellung. »Du gehörst nicht hierhin. Das habe ich an dem Mond bemerkt, an dem ich dich im Palast getroffen habe. Allerdings habe ich versucht, dich aus dem System zu tilgen, anstatt dich einfach gehen zu lassen. Und jetzt, da Feja wieder vereint ist, wird es Zeit, die Dinge an ihren rechten Platz zu rücken.« Ohne eine weitere Erklärung drückte er ihr das Amulett in die Hand.

»Aber ... warum ich? Warum nicht Eduard?«

Er hatte diese Frage erwartet. Wie oft hatte er sie sich selbst gestellt! Er hatte in sich selbst nach einer Antwort gesucht, in diesen Nächten, in denen der Himmel vergraut war und die Erde unter ihm für immer schwieg, der Sprache beraubt vor all den Schrecken des Tages. Wenn das Einzige, was er hörte, das Stöhnen verlorener Seelen war, der Zeit so gleichgültig.

Vor jeder Schlacht hatte er gewusst, dass er sterben konnte. Trotzdem hatte er nie erwogen zurückzukehren. Dorthin, wo er in Sicherheit war.

Warum? Er hatte seine Eltern längst mit den toten Soldaten gerächt, die er auf sein Gewissen türmte. Irgendwann in der Zwischenzeit musste er mit diesem Reich verwachsen sein, und so vollkommen unlösbar von ihm schmeckte er seine Schatten und fand sie süß. Er würde verdorren, wenn er sich von Feja trennen würde; er würde zu einem Geist werden.

Wie Coryn.

Eduard berührte seine Schläfen. Er konnte seiner einst besten Freundin nicht ins Gesicht sehen. »Ich bin schon lange kein Teil der Menschenwelt mehr. Es gibt niemanden, der dort auf mich wartet. Meine gesamte Verwandtschaft ist entweder tot oder so weit von der Schweiz entfernt, dass wir nie wirklichen Kontakt zueinander hatten.« Er legte eine Pause ein. Warum fiel es ihm so schwer, es ihr zu erklären? Warum hoffte er nicht darauf, dass sie ihn verstehen würde, wenn auch auf ihre Weise? Zwischen sie war zu viel Leid geraten, das der andere nicht miterlebt hatte.

»Dieser Krieg ... Ihn gemeinsam mit Freunden auszufechten hat mich stärker an das Reich gebunden, als ich mir je hätte vorstellen können.« Und wenn ich mit ihnen spreche, spüre ich es, immer und immer wieder. Nuepáns Traum von Gerechtigkeit. Haltors Friedsamkeit. Sie sind die meinen geworden.

»Ich weiß, du wirst mir widersprechen, wenn ich das sage, aber Feja besitzt auch schöne Facetten. Wie morgens die Sonne leise den Horizont heraufrollt. Wie die Feenkinder ihre Reise durch das Reich antreten, um sich einen Beruf auszusuchen, der ihnen gefällt. Die Owe. Ich will ein Teil von dem allen sein. Ich will diesem Land dabei helfen, wieder aufzublühen. Doch es ist in Ordnung, wenn du es nicht willst.«

Seine Erklärung prallte an mir ab, ohne meinen Verstand zu erreichen. Nach Hause gehen. Nach so vielen Monden nach Hause gehen. Monde, in denen ich dieses Reich zu lieben gelernt, in denen ich Freunde gewonnen und die Hoffnung aufgegeben hatte, jemals zurückzufinden. Monde, in denen ich Verrat und Hinterlist erfuhr, in denen ich mordete und mich dafür hasste. In denen ich vereinsamte und meine Freunde verstieß. In denen meine Seele zusammen mit dieser Welt unterging, deren Farben ich vergessen hatte.

Ungeschehen.

Nach Hause gehen. Von neu anfangen.

Ungeschehen.

»Coryn, du ... kannst dir gar nicht ausmalen, wie sehr dein Vater und Bruder dich vermissen.« Nun versuchte meine Mutter nicht mehr, ihre Tränen zurückzuhalten. In Rinnsalen versalzener Träume rannen sie ihre Wangen hinunter und verwischten das Gold ihrer Bemalungen zu Schlieren. Ihr Weinen war so fern. Sie alle waren so fern.

Der herbe Geruch meines Vaters. Abenteuer füllten seine Poren aus, und deren Düfte – mal windig vom Propellerschlagen, mal seidig wie das Wasser auf den Philippinen – waren nicht minder seine persönliche Kollektion als die Fotos, die er von seinen Reisen mitbrachte. Schmutzige Fußspuren auf den Flurdielen. Meine Mutter schimpfte Orell immer dafür aus, dass er seine Schuhe auf der Matte vor der Haustür kaum abputzte.

Ungeschehen.

Konnte ich das? Konnte ich das alles hinter mir lassen und mein menschliches Leben fortführen? Wieder studieren und jeden Dienstag Elisabeth im Altenheim besuchen?

»Nemiliara wird mit dir kommen.«

Seine Trauer sickerte mehr aus Astens Aussage, als er es für möglich gehalten hatte. Für viele Sovas hatte Meliodas Nemiliara aus seinem Gedächtnis gelöscht. Heute, nachdem er die Erinnerungen an ihre gemeinsame Zeit eine nach der anderen wieder gesammelt hatte, fiel es ihm schwer, sie erneut gehen zu lassen.

Sie wollte es so. Ihre Bindung zu Menschen war stärker als die zu Feen. Ihre Tochter wichtiger als ihr Neffe. Genau jetzt, als er sie am meisten brauchte, verließ sie ihn in den Trümmern seiner Selbst. Was war von ihm geblieben? Ein Mann, den das Volk hasste. Und mit ihr würde die einzige Fee gehen, die ihm gegenüber jemals anders empfunden hatte.

Wie schwach er bloß geworden war. Sehnte sich jedes Wesen nach Liebe, wenn Leere in seiner Seele schlief? Was hatte Coryn ihm genommen, dass er sich nicht mehr ganz fühlte?

»Aber ... der Talisman ... Er kann doch nur eine Fee durch das Portal befördern«, stammelte Coryn.

Sie ist gebrochen an all dem, was ihr widerfahren ist. Sie ist zerschellt. Asten hätte Mitleid mit ihr haben sollen. Er spürte nur den eigenen Verlust.

»Das ist richtig.« Nemiliara unterdrückte ein Schluchzen.

Er drückte ihre Hand. *Du musst nicht gehen, das weißt du.*

Feja ist dein Zuhause. Und ich sehe in deinem kobaltblauen Schleier, dass du dich anders entscheiden wirst.

»Ich werde dir ohne das Amulett folgen. Ich gehe direkt nach dir in das Portal hinein und …«

»Nein!« Coryns Züge verzerrten sich zu einer Fratze. »Nein, nein, das kannst du nicht tun! Das Portal wird dich in eine andere Zeit versetzen, dich womöglich ganz weit in die Zukunft schicken! Nicht noch einmal! Du … Genau das ist passiert, als du nach Feja gereist bist, oder? Genau deshalb habe ich so lange auf dich gewartet! Nicht noch einmal! Nicht noch einmal!«

»Es gibt keinen anderen Weg, mein Schatz.«

»Nein!«

Röte war in Coryns Schleier getreten; Seelentinte, die ihr entquollen war. Wozu der Zorn, wenn ihn Vergeblichkeit wiegte? Nemiliara würde ihrem Vorhaben nicht entsagen.

»Denk an deinen Vater, Coryn! Denk an Orell! Du fehlst ihnen!«

»Ich werde nicht ohne dich gehen!«

Hörbar atmete Nemiliara aus. Rang mit sich selbst. Schluckte den Schmerz. Wie er. »Okay.«

Coryn

»Okay«, wiederholte ich. Mein Puls, allübertönend in meiner Schläfe pochend, verlangsamte sich. Die Aufregung hatte die Dunkelheit in mir mit einem Blitz zerspalten, ihre spitzen Brocken am Grund meiner Seele verteilt.

Ich trat einen Schritt auf meine Mutter zu. »Lass uns einfach von hier fortgehen, ja?«, wisperte ich und sie nickte. »Lass uns das Fest der fliegenden Owe feiern und das Reich wiederaufbauen. Ich möchte dich nicht verlieren.«

»Das wirst du niemals«, flüsterte sie.

Etwas Warmes berührte meine Haut. Eduard. Seine Stirn war besorgt gekräuselt, als er mich zu sich und mit dem Rücken zum Portal drehte, damit mich seine kummervoll geneigten Säulen nicht mehr ängstigten.

Ich atmete aus, mich selbst zur Ruhe zwingend. Es wird alles gut. Wir werden einen Weg finden, gemeinsam nach Hause zurückzukehren. Selbst wenn es erst in Dutzenden Sovas geschehen sollte, wollte ich nicht dort auf sie warten. Es wäre unerträglich, das meiner Familie erklären zu müssen. Jeden Tag immer mehr daran zu zweifeln, ob unsere alternden Körper die Zeit erleben würden, in der sie angelangt war ... Nein. Nicht dafür hat sie in Meliodas' Kerker gelitten und ich meine Seele zerschlitzt, dass wir uns jetzt wieder trennten.

Also erlaubte ich es Eduard, mich am Unterarm fortzuführen. Die Berührung seiner warmen Hände war besänftigend. Trotzdem konnte ich mich nicht dem Gedanken verschließen, dass etwas an ihm anders war.

Ich hatte recht.

Kaum waren wir einige Schritte gegangen, stieß mich etwas von der Seite an. Erschrocken schaute ich an mir hinunter. Ein dünnes, silbriges Gewächs rankte aus der Erde empor und streichelte meine Beine. Wie ein lebendiges Wesen schmiegten sich die Zweige an mich, kühl und doch beruhigend, als würden sie versuchen, mein Vertrauen zu erlangen. Bestäubt von der Owe glichen sie langen Löwenzähnen. Was ist das? Was passiert hier?

Und dann, plötzlich, hoben seine Ranken mich mühelos über der Erde an, bogen sich und trugen mich nach hinten. Genau in die Richtung des Portals.

Eduard wich zurück, als ich nach ihm schnappte. »Verzeih mir«, hauchte er. Seine vollen Lippen bebten.

In diesem Moment traf mich die Erkenntnis wie ein Schlag.

Sie hatten das alles genauso geplant.

»Mutter!«, rief ich verzweifelt. Es waren ihre Hände, denen das Kunstwerk entstammte. Die Wangen tränenüberflossen lenkte sie ihre Magie, so ähnlich derer, die auch Asten gewirkt hatte, und doch so unglaublich viel zarter und liebevoller.

Mein Mund wurde trocken. Ich wand mich im Griff der Stränge, doch das, was mich gerade noch vorsichtig umschlungen hatte, verfestigte sich zu Eis und schnürte meine Glieder ein. Die Owe wie Löwenzähne. Löwenzähne in Zürich.

»Mutter!«

Ihre Augenbrauen zitterten im beginnenden Schluchzer. Schon spürte ich das unbehaglich feuchte Portalinnere, die Zeit, die sich über alles Drangsal der Menschen erhob. Tue es nicht!, schrie alles in mir, tue es nicht! Du weißt, dass du es bereuen würdest! Wieder und wieder spannte ich meine Muskeln an, um mich zu befreien. Zwecklos. Ich war so nah. So verdammt nah am Ende dieser Welt. Und um mich nur stumme Seelen, die über mein Schicksal entschieden.

»Ich springe nach dir, Coryn.«

»Nein, bitte! Bitte schick mich nicht ohne dich fort!«

»Ich liebe dich«, wisperte sie zur Antwort.

Mein Herz machte einen Satz. Im selben Moment brach das Geäst zusammen, mich schutzlos dem Portal überlassend. Das Letzte, was ich sah, war das Bedauern, das Eduards Haltung gekrümmt hatte. Und meine Mutter, die mir in das Nichts folgte.

Eine Weile standen sie noch da. Der Regen aus Goldfunken, der unversiegbar auf sie niederfiel, überließ der Erde nur dort einen winzig kleinen nackten Fleck, an dem ihre Füße ruhten. *Ihr Leuchten ist zu stark für solch trübsinnige Gestalten wie die unseren.*

Obwohl er es vermied, auf die Ebene des Portals zu schauen, wusste er, dass sie sich bereits geglättet hatte. Nichts erinnerte mehr an die Reise, die vor wenigen Momenten zwei Feen unternommen hatten. Und von denen nur eine sicher an ihrem Ziel angekommen war.

Für immer fern von ihm.

Wie seltsam Dinge doch manchmal waren. Als Nemiliara ihn in ihre Absichten eingeweiht hatte, hatte er vermutet, dass der Abschied ihn quälen würde. So lange war Coryn das Geschöpf gewesen, das er zur Lösung all seiner Probleme festhalten wollte. Dabei hatte er sie längst losgelassen. Vielleicht an dem Mond, an dem sie seine Lüge enthüllt hatte. Vielleicht schon viel früher, als Asten sie in den Palast entführt und er plötzlich verstanden hatte, dass er auch ohne sie in diesem Reich überleben konnte. Ihre Rückkehr zu ihm brachte sie einander nicht wieder näher, entfernte sie nur noch mehr voneinander, weil sie ihm nicht mehr vertraute.

Nur deshalb trauerte er darum, dass sie fort war. Weil er nicht genug an seine eigene Stärke geglaubt hatte, um sie schon früher gehen zu lassen.

Sie waren verschiedene Wesen, er und sie. Er gehörte nach Feja. Sie nicht. Er hoffte nur, dass sie in ihrer wahren Heimat wieder glücklich werden konnte.

»Du wirst sie vermissen.«

Überrascht wandte sich Eduard um.

Eine Ader pulsierte an Astens Schläfe. Er schaute mit solcher Anstrengung in die Ferne, dass es schien, als würde er dort die Umrisse seiner Tante ausfindig machen können. Der welkende Schleier ließ den ehemaligen Kronprinzen von Feja so verletzlich aussehen, dass Eduard kaum nachvollziehen konnte, wie er jemals so viele Feen in die Knie gezwungen hatte.

»Ja. Aber es war richtig so.«

»Ja, richtig«, wiederholte Asten geistesabwesend. »Und jetzt sind wir hier. Du und ich. Beide allein, hm?«

»Du fürchtest Einsamkeit.« So sachlich er diese Erkenntnis äußerte, so sehr verwunderte sie ihn. Früher hätte es ihn vermutlich in Rage gebracht, auch nur eine Kleinigkeit des Charakters mit Asten zu teilen. Jetzt jedoch war ihre Feindschaft zwar nicht niedergelegt, aber verblasst. Ihn wunderte es nur noch, dem ehemaligen Kronprinzen Fejas in diesem Detail zu gleichen. Wem diente es, einen Mann zu hassen, der machtloser war als er selbst? »Komm mit«, schlug er vor, überrascht von sich selbst. »Lass uns zum Fest der fliegenden Owe gehen. Wir sollten feiern.«

Coryn

Dünne Linien, geritzt mit einer so scharfen Federspitze, dass der Himmel blutete. Rot weinte er das letzte Licht des Tages aus. Ich mischte es mit dem Gold der Owe an meinen Händen. Der Nacht den Sieg. Sie hatte die Erde mit ihrem schwarzen Baldachin umwoben. Spitz ragte das Gebein der

Bäume hindurch und zerfaserte den Horizont. Und während der Weltentod immer mehr voranschritt, war ich ein einsam glühender goldener Punkt, umfangen von schüchternen Laternenstrahlen, die das Tippeln des Regens in ihren Lichtkegel hineinwoben.

Es dauerte lange, bis ich verstand, wo ich mich befand. Dann hielt ich mein Gesicht in den Regen und wünschte, das Wasser könnte all das Übel von mir fortwaschen. All die Sünden. Stattdessen nässte er nur meine Haare und ließ mich frieren. Der Asphalt war zu kalt, um ihn barfuß zu betreten. In Feja trug man keine Schuhe.

Wirre Locken, kahle Füße. Staub haftete der dicken Hornhautschicht an und warme Erde hatte sich unter den Nägeln gesammelt. Die Menschen würden mich für eine Wilde halten.

Eine dünne Kette mit Anhänger, die jemand auf die Straße geschleudert hatte, lag vergessen neben dem Bordstein. Erst nach vielen Herzschlägen gewahrte ich, dass es der Portaltalisman war.

Nicht aus dieser Welt.

Sollte ich ihn aufheben? Das Zeugnis der Gram, den niemand in dieser unwissenden, belanglosen Welt verstand? Wie brannten die Schleier dieser Seelen, wenn sie keinen vollkommenen Hass kannten?

Wie konnte meine Mutter mich hintergangen haben?

Langsam setzte ich mich in Bewegung, griff nach dem Portaltalisman und fuhr mit den Fingern die Tentakel entlang. Die Straße schlängelte sich ruhig vor mir und die Häuser, die sie säumten, tranken das Himmelswasser. Menschliche Wesen mit menschlichen Leben wohnten darin. Was tat ich hier? Ihre Gemeinschaft war mir fremd.

Ein kurzer Gedanke: Eine Baumhöhlung, in der eine getragene Jeans bläulich schimmerte. In ihrer Tasche, weich und zerfasert von der häufigen Berührung, ein roter Herzchenanhänger an einem Bund. Schlüssel, die ein anderes Leben öffneten. Verloren in einem Königreich, das mir dieses Leben verwehrt hatte.

Hoffnungsvoll suchte ich die Umgebung nach ihr ab, aber sie war nicht da. Natürlich nicht. Allein trottete ich durch die Pfützen und fragte mich, ob es das Benzin eines Fahrzeugs war, das sie in bunten Tupfen ausgemalt hatte, oder meine Farbenasche, die, aufgeweicht vom Regen, an mir hinunterfloss.

Eines Tages würde ich sie fortwehen müssen.

GLOSSAR ZU SCHLEIERFARBEN

Gelbtöne

Buttergelb: Besonnenheit
Schmutziges und grelles Gelb: Hass, Kampf- und Rachsucht
Honiggelb: Ermunterung, Motivation, Freude
Aprikosenorange: Freude
Papaya: beginnender Zorn

Rottöne

Blassrosa: Zärtlichkeit, Fürsorge, Gemütlichkeit
Scharlachrot: Entschlossenheit, Angespanntheit
Wein- und Kirschrot: Wut
Erdbraun: Niedergeschlagenheit, Pessimismus
Krokuslila: Lustlosigkeit
Verregnetes Lila: Befangenheit
Samtiges Violett: Eifersucht

Blautöne

Blassblau: Kontrollverlust
Cyanblau: Melancholie, Bedauern
Kobaltblau: Sehnsucht
Indigoblau: Einsamkeit
Brombeerblau: Selbstzufriedenheit
Mitternachtsblau: Erleichterung, Zuversicht

Grüntöne

Moosgrün: Ruhe, Gefasstheit

Schwarz- und Weißtöne

Kohlschwarz: Verzweiflung
Knochengrau: Unsicherheit, Schuldgefühle, Betrübtheit, Kraftlosigkeit
Weiß: keine Gefühle. Weiße Schleier sind deshalb nicht natürlich, sondern das Ergebnis von Schleiermanipulation. Sie dienen als Schutzschild: Mächtige Reinblute verstecken ihre wahren Gefühle hinter dem Weiß, damit niemand ihren Schleier missbrauchen oder beschädigen kann.

DIE GEOGRAFIE VON FEJA

1. Der Süden:

DIE ZWISCHENWELT

Die Zwischenwelt ist ein Ort des Übergangs. Durch das Portal können Feen in die Menschenwelt und wieder zurückreisen. Doch wehe dem, der sich zu lange in diesem Gebiet aufhält! Aus dem Trauernden Fluss kriechen hungrige Flusshusel hervor und das ewige Zwielicht stürzt selbst einen abgehärteten Kämpfer in den Wahnsinn.

2. Der Osten:

DAS SOMMERREICH

Das Sommerreich grenzt an die Zwischenwelt. Es ist die Heimat von Mischbluten, aber auch einige Hyalen und Pegasi leben inmitten von saftigen Hügeln, Blumen und kristallklaren Seen.

DIE ORTE DES SOMMERREICHES

Der Dryadenwald

Obwohl der Dryadenwald zu Feja gehört, folgen seine Bewohner eigenen Regeln. Wer Heilung sucht, ist hier richtig. Doch jeder Gefallen hat seinen Preis und die Dryaden fordern ihn immer ein.

Zurit

Zurit liegt direkt neben der Zwischenwelt und ist das Heimatdorf der Brüder Haltor und Adiz. Während Haltor wilde Tiere zähmt, arbeiten seine Freunde Kelda und Nuepán in der Waffenschmiede des Dorfes.

Palia

Genauso wie die beiden anderen Siedlungen Nabdemus und Laproz grenzt Palia an die Zwischenwelt. Es ist der kochende Kessel des Sommerreiches, was Aufstände angeht – und der Ort, an dem der Konflikt explodiert.

Janred

Zusammen mit den Dörfern Giferia und Towaress bildet Janred die Mitte des Sommerreiches. Die drei Siedlungen sind für ihre großen Vorkommnisse von Schattenpflanzen bekannt, aus denen der Feenwein Kirso gewonnen wird.

Improsia

Haltors Bruder Adiz wohnt in Improsia. Hier betreibt er seine Elixierbrauerei.

Frine

Wegen der Nähe zum Winterreich sind Frines Bewohner stets wachsam und misstrauisch. Im Wald versteckt liegt das zweite Portal Fejas, durch das Feen in die Menschenwelt gelangen können.

3. Der Westen:

DAS WINTERREICH

Das Winterreich ist eine Landschaft voller Kälte, Schnee und eisiger Macht. Er wird bevölkert von Reinbluten und Hyalen; auch Rias sind häufig anzutreffen. Vom Palast aus regiert König Meliodas über Feja und seine Boten tragen jeden seiner Befehle auf flügelschlagenden Lurixen in die Welt. Direkt hinter seiner Residenz befindet sich das dritte Portal in die Menschenwelt.